As
AVIADORAS

As AVIADORAS

ROMANCE

LORRAINE HEATH

*Tradução de
Alda Lima*

Rio de Janeiro, 2023

Copyright © 2021 by Lorraine Heath. Todos os direitos reservados.
Copyright da tradução © 2023 por Casa dos Livros Editora LTDA.
Título original: *Girls of Flight City*

Todos os direitos desta publicação são reservados à Casa dos Livros Editora LTDA.
Nenhuma parte desta obra pode ser apropriada e estocada em sistema de banco de dados ou processo similar, em qualquer forma ou meio, seja eletrônico, de fotocópia, gravação etc., sem a permissão do detentor do copyright.

Coordenadora editorial: *Diana Szylit*
Assistência editorial: *Lui Navarro*
Estagiária editorial: *Livia Senatori*
Tradução: *Alda Lima*
Copidesque: *Isis Pinto*
Revisão: *Mel Ribeiro e Aline Graça*
Adaptação de capa: *Renata Zucchini*
Projeto gráfico de miolo e diagramação: *Abreu's System*
Imagens de miolo: © *Yongkiet Jitwattanatam / Shutterstock, Inc.*
Publisher: *Samuel Coto*
Editora-executiva: *Alice Mello*

Dados Internacionais de Catalogação na Publicação (CIP)
Angélica Ilacqua CRB-8/7057

H348a
    Heath, Lorraine
       As aviadoras / Lorraine Heath ; tradução de Alda Lima. – Rio de Janeiro : HarperCollins, 2023.
       320p.

       Tradução de : Girls of flight city
       ISBN 978-65-6005-073-0

       1. Ficção norte-americana I. Título II. Lima, Alda

23-4200
                                CDD: 813
                                CDD: 82-3(73)

Os pontos de vista desta obra são de responsabilidade de seu autor, não refletindo necessariamente a posição da HarperCollins Brasil, da HarperCollins Publishers ou de sua equipe editorial.

HarperCollins Brasil é uma marca licenciada à Casa dos Livros Editora LTDA.
Todos os direitos reservados à Casa dos Livros Editora LTDA.
Rua da Quitanda, 86, sala 218 – Centro
Rio de Janeiro, RJ – CEP 20091-005
Tel.: (21) 3175-1030
www.harpercollins.com.br

*Em memória de todas aquelas almas corajosas
cujo descanso final está longe de casa
Para os que elas amavam
Para aqueles que as amavam*

Se eu morrer, pense apenas isto de mim:
há algum lugar, em um campo estrangeiro,
que para sempre será a Inglaterra.

O Soldado, de Rupert Brooke

PRÓLOGO

Apoiando todo o peso do corpo na bengala, ela percorreu devagar o caminho sinuoso até a parte especialmente designada do Oaklawn Memorial Cemetery, como já fazia havia quase oitenta anos. Seus passos eram mais curtos, cada um deles acompanhado por uma pontada de dor nos joelhos e quadris. Ela duvidava que tivesse mais um ano pela frente e, por esse motivo, agora estava presenteando suas bisnetas com as histórias.

Tendo-as compartilhado com suas filhas e as filhas de suas filhas ao longo dos anos, ela sabia muito bem que seriam capazes de relatar as histórias para aquela geração mais nova com grande precisão, mas, enquanto ainda era capaz, achava importante que as ouvissem de alguém que estivera lá. Alguém que se apaixonara naqueles primeiros meses. Alguém que conversara, rira e dançara com aqueles vinte e dois homens.

Eram meninos, na verdade. A maioria dos jovens britânicos que foram aprender a pilotar uma aeronave. Dezoito, dezenove, vinte anos. Alguns um pouco mais velhos. Para muitos, havia sido a primeira vez que atravessaram um oceano. Certamente, apenas um punhado já visitara os Estados Unidos antes, menos ainda o Texas.

Eles traziam consigo seus adoráveis sotaques, que faziam qualquer pessoa que usasse saia suspirar e se apaixonar unicamente por esse motivo.

Quando chegavam no trem, estavam transbordando entusiasmo, determinação, um senso de responsabilidade assustador e talvez um pouco de medo. Como poderiam não ter experimentado algum medo quando o mundo estava tão turbulento, quando eles sabiam que, assim que terminassem o treinamento e voltassem para a Inglaterra, estariam lutando não só pelas próprias vidas, mas pela existência de uma nação, um mundo, uma democracia?

Embora aqueles vinte e dois nunca tivessem voltado para casa, eles não foram menos corajosos ou nobres. E ela jurara que nunca seriam esquecidos, nunca abandonados.

Por fim, ela chegou ao monumento que Lord Halifax, embaixador britânico nos Estados Unidos, havia dedicado em 1942, quando visitou aquela pequena seção em homenagem aos tombados de sua terra natal. Perto dali, uma bandeira do Reino Unido tremulava sob a leve brisa. As mudas que ela plantara havia tempos agora eram carvalhos imponentes, fornecendo sombra e a protegendo do sol do Texas conforme ela passava por baixo de seus galhos e parava na primeira lápide de granito cinza. Tão profunda em sua simplicidade, com o número de registro, patente e nome inscritos acima de FORÇA AÉREA REAL (RAF). Abaixo, entalhadas a data da morte, a idade e o epitáfio fornecido pela família:

ELE AGORA VOA ENTRE OS ANJOS.

Depois de tantos anos, as lágrimas ainda vinham, assim como a enxurrada de recordações. Como se tivesse sido no dia anterior, ela se lembrava da tarde em que ele chegara e de muito mais.

Ela se lembrava do começo de tudo...

CAPÍTULO 1

Nos céus do norte do Texas
Domingo, 9 de março de 1941

O apelido era Dança da Morte.

A manobra aérea era a favorita de Jessie Lovelace devido à precisão necessária para alinhar as asas duplas do Jenny de modo que se sobrepusessem e pairassem entre as do biplano que voava ao lado dela. Era necessário ter muita confiança na habilidade do outro piloto, visto que ambos sobrevoavam o aeródromo em sintonia a uma altitude e velocidade predeterminadas. Exigia também uma dose exorbitante de concentração para não colidir com a outra aeronave e enviar ambas em direção ao solo, onde as pilotas poderiam não só não sobreviver, como também levar junto alguns dos espectadores reunidos que pagavam um dólar cada pela emoção de assistir às ousadas façanhas das duas aviadoras.

O foco na tarefa a impedia de pensar nos homens de sua vida que a haviam traído recentemente.

Seu irmão, que fora lutar em uma guerra que não era deles. "Acontecerá", afirmara ele. "Uma hora Hitler virá atrás de nós, especialmente se a Inglaterra cair".

O pai dos dois, que morrera inesperadamente durante o sono três dias depois do Natal. Ele não deixara nenhuma instrução nem fizera nenhum acordo em relação à metade que possuía da escola de aviação, que fora montada com o irmão quando voltaram para casa após pilotar pelo Exército na última guerra contra a Alemanha. Como resultado, tio Joe queria abandonar o negócio, vender tudo e arranjar um emprego em outro lugar.

Seu namorado — um termo que se adequava quando ela e Luke Caldwell estavam no ensino médio, mas que, agora que ela tinha vinte e quatro anos, parecia juvenil. Ao mencionar esse pequeno detalhe para ele, porém, Luke sorriu e disse: "Pode usar *noiva*, então. Ou *esposa*". Desde a morte do pai de Jessie, Luke a pressionava para se casar. Até a mãe dela estava dando sinais não tão sutis de que já estava na hora de a filha se tornar uma dona de casa. Por mais que tentasse, no entanto, Jessie não conseguia se ver satisfeita com a vida de esposa de fazendeiro, levantando-se antes de o sol raiar e indo dormir logo após ele se pôr.

A verdade era que ela se ressentia do irmão por ele ter encontrado uma forma de sair de Terrence, e se ressentia ainda mais por terem sido as habilidades de voo dele o elemento que possibilitara aquela fuga. A habilidade de Jessie em pilotar uma aeronave era igual à dele, mas os únicos caminhos na aviação que ela teve sorte em garantir foram pulverizando colheitas e realizando acrobacias aéreas, nenhum dos dois capaz de prover um emprego consistente, uma renda satisfatória ou a vida mais gratificante que desejava. Ocasionalmente, ela dava aulas de voo na Escola de Aviação Lovelace, mas estava ficando cansada de sempre precisar procurar trabalho, sendo forçada a aceitar um bico onde encontrasse e se sentindo inerte, incapaz de decolar novamente.

Ao se aproximar do avião de Annette Gibson, ela respirou fundo e esvaziou a mente por completo, exceto do assunto em questão, concentrando-se inteiramente em alinhar as pontas das asas entre as de Annette. Depois, devagar, com cuidado, em se aproximar até que as bordas se cruzassem ligeiramente, parando a instantes de fazer contato com os suportes das asas superiores e inferiores.

Enquanto planavam juntas, Jessie experimentou uma onda de prazer. Ela podia não estar sempre no controle da própria vida, mas estava no controle daquele bebê, o Curtiss Jenny de seu pai, adquirido quase vinte anos antes e símbolo do início do negócio familiar.

Depois de passar acima da multidão, ela e Annette se separaram, entrando em um balé de voltas e reviravoltas. Em seguida, mais uma disparada sobre a aglomeração, sobrevoando tão baixo que as pessoas se agacharam — mesmo que não pudessem ser atingidas pelas rodas. Annette continuou até pousar, mas Jessie ainda não havia terminado. Para ela, aventurar-se intrepidamente no céu era uma arte, como pegar uma grande tela azul e nela pintar imagens que jamais seriam esquecidas por aqueles que vissem a criação, não importava o quão brevemente. Nos últimos tempos, entretanto, ela começara a perder o entusiasmo por aquelas façanhas. As pessoas andavam menos impressionadas por acrobacias e mais interessadas em testemunhar uma catástrofe repleta de fogo. Ainda assim, Jessie estava determinada a dar um show que as deixasse sem fôlego.

Ela abriu o manete e empurrou o manche para a frente, usando a gravidade para acelerar. Uma vez satisfeita com o impulso obtido, foi a vez de puxá-lo de volta para trás, empinando o nariz até a aeronave estar praticamente de pé, continuando até estar voando de cabeça para baixo. Depois de alguns segundos, ela rolou para a posição correta e voou a uma boa distância do campo de pousio, isto é, um trecho de terra que não estava sendo usado para plantação. Fazendo uma curva ampla e voltando, ela concluiu que ganhara espaço de sobra para aterrissar. O Jenny tinha suas falhas de design, uma delas sendo a ausência de freios. Assim que as rodas tocaram o solo, ela reduziu o acelerador e taxiou rumo ao seu destino. Quando se viu perto o suficiente, interrompeu o controle da mistura para desligar o motor, continuou até parar naturalmente e desligou os magnetos.

Jessie tirou os óculos escuros e o capacete de couro e passou os dedos pelos cachos acaju. No ensino médio, depois que Amelia Earhart, de quem ela era fã, realizou seu primeiro voo transatlântico solo, Jessie cortara as ondas na altura dos ombros em homenagem a ela. Sempre quis ser o mais parecida possível com a intrépida pilota — exceto pela parte em que Amelia desapareceu. Jessie chorou por dias após ouvir a notícia no rádio e ainda tinha esperança de que encontrassem a amada aviadora em uma ilha em algum lugar do Pacífico.

Jessie saiu da cabine e pisou no chão. Um grupo de jovens prontamente a cercou, vários deles agitando animadamente os folhetos que anunciavam o show aéreo e pedindo que ela os autografasse. Ela respondeu às perguntas gritadas dando atenção adicional às meninas, assegurando-lhes que elas também poderiam alcançar as nuvens. Depois da última assinatura no último folheto e de os jovens se afastarem, ela se virou e viu Annette a esperando.

— Foi divertido — disse a colega aviadora.

Jessie conhecera Annette em um show aéreo alguns anos antes. As duas frequentaram juntas a escola de treinamento de instrutores, e ambas ganharam o certificado para ensinar outras pessoas a voar.

— É bom ter você de volta.

— É bom estar de volta.

Jessie não fizera acrobacias desde que o pai faleceu. Quando tinha seis anos, ele a levou aos céus e ela se apaixonou perdidamente — não apenas pela sensação de voar, mas pelo vasto e diferente mundo que a cercava. Varrendo de horizonte a horizonte, as cores pareciam mais vibrantes, as possibilidades, infinitas e a liberdade das restrições terrenas, sedutoras. Depois daquilo, nada tinha o poder de mantê-la em terra se ela tivesse a chance de pairar sobre as nuvens. Embora já tivesse pilotado o Jenny várias vezes desde dezembro, não participara de um espetáculo aéreo. Já tinha sido difícil o bastante se apresentar depois que o irmão partiu, considerando que os dois sempre foram um time. Embora fizesse muitas manobras sozinha, algumas eram melhores com um parceiro, sobretudo as que simulavam um duelo.

— Sei que não tenho como substituir Jack — disse Annette.

— Você se saiu bem.

— Como ele está?

— Exausto, imagino. Ele não tem enviado tantas cartas com todos aqueles bombardeios acontecendo lá. É como se os alemães estivessem tentando afundar a ilha.

Jessie fazia questão de ir ao cinema pelo menos uma vez por semana, só para ver os últimos noticiários. Ela lia os jornais vorazmente e ouvia rádio sempre que podia na esperança de ter alguma notícia sobre a guerra — de preferência quando a mãe não estava por perto, porque qualquer novidade sobre a devastação que ocorria no outro lado do oceano a perturbava.

— É assustador. Tenho que admirar os britânicos por não se renderem. Eu nem estou no meio e só quero que tudo isso termine.

— Ainda bem que não estamos. Votei em Roosevelt porque ele prometeu que não entraríamos na guerra.

De repente, o organizador da apresentação se aproximou.

— Aqui está, senhoras. — Ele entregou cinquenta dólares a cada uma. — Estaremos em Oklahoma City no próximo fim de semana. Espero ver as duas lá.

Ele se afastou, distribuindo no caminho panfletos anunciando o próximo espetáculo.

— Vou abastecer e voltar para casa — disse Jessie, estendendo a mão. — Obrigada mais uma vez, Annette. Fico grata por você arriscar fazer a Dança da Morte comigo.

— Eu vivo pela emoção, e essa manobra em particular nunca falha em fazer meu coração disparar. Talvez nos vejamos em Oklahoma.

— Não vejo por que não.

Após uma descida lenta pelas nuvens cúmulos, Jessie nivelou, pegou mais velocidade e apreciou o rugido suave do motor quando o vento passou por ela na cabine aberta. Lá embaixo, a sombra do Jenny pairava sobre o terreno que ela conhecia tão bem quanto seu painel. À esquerda, pés de milho farfalhavam com a brisa. Ela tirara uma renda extra pulverizando aqueles campos, entre outros, voando baixo para reduzir melhor qualquer deriva potencial do arseniato de chumbo em pó. À direita, do outro lado da estreita estrada pavimentada que serpenteava de leste a oeste e pela qual ela dirigira várias vezes rumo a Dallas, ficava o início do rancho Caldwell. Mais de dois mil e quatrocentos hectares cercados de arame farpado que abrigavam o gado Angus e uma linda égua malhada chamada Buttercup, que ela às vezes montava.

Jessie sobrevoou o antigo carvalho onde brincava de esconde-esconde com o irmão, onde ganhara seu primeiro beijo de Luke e onde, mais tarde, concordara em usar sua jaqueta de futebol americano de camurça para simbolizar que os dois estavam oficialmente namorando. Continuando, ela planou sobre o riacho onde pescara seu primeiro bagre, no qual ainda nadava nas tardes quentes de verão e ousara nadar nua em uma noite sem lua com Luke.

Aproximando-se do coração de Terrence, ela viu a estação construída em 1873 para acomodar a chegada dos trilhos da ferrovia que ia do Texas ao Pacífico. Alguns quilômetros adiante, o aeródromo de seu pai.

Quando o lugar apareceu, ela sentiu o aperto no peito que acompanhava as lembranças de todas as ocasiões em que ele ficava ali observando, esperando. Ela não pôde deixar de sentir que o pai continuava olhando, os braços cruzados, o corpo esguio, um sorriso largo no rosto enrugado, enquanto ela conduzia o Jenny rumo a uma aterrissagem firme e tranquila. Voar era uma paixão de ambos, e ela sentia mais falta dele do que achava possível sentir falta de alguém.

Depois de garantir que o amado avião do pai estava guardado com segurança no hangar, Jessie subiu em sua moto Indian Scout, seu maior orgulho e alegria, que proporcionava a experiência mais próxima de voar que ela encontrava em solo. Na estrada, com a motocicleta ronronando sob o corpo e o vento soprando forte, ela começou a se preparar mentalmente para estar o mais alegre possível quando entrasse na casa de estilo vitoriano onde morava com a mãe e a irmã mais nova, Kitty. Ao chegar, estacionou a moto na entrada, desligou o motor e desceu. Trixie, a labradora preta de Jack, contornou a casa e se sentou na frente dela, abanando o rabo com a língua para fora. Jessie se abaixou e acariciou afetuosamente a cabeça, os ombros e as costas da cadela.

— Ei, garota, tomando conta da casa?

Depois que Jessie se endireitou, Trixie saiu correndo, na certa à caça de esquilos.

Jessie subiu a calçada de pedrinhas da casa branca com acabamento azul, construída no subúrbio da cidade pelo avô quase no fim do século anterior. Saltando os três degraus para a varanda, com o balanço de um lado e duas cadeiras de balanço de madeira do outro, ela puxou a porta de tela, empurrou a de carvalho e entrou no saguão, que de alguma forma ainda carregava os persistentes aromas daqueles que ela amava e não estavam mais lá. O avassalador perfume de rosas que sempre envolvia a avó e qualquer um que ela abraçasse. A sálvia da brilhantina que o avô usava para fazer o cabelo prateado reluzir. O cheiro de mentol da loção pós-barba que o pai usara religiosamente depois que Jessie lhe dera um frasco no Natal, alguns anos antes.

Então ela notou o cheiro de tabaco velho que acompanhava tio Joe e sempre anunciava sua chegada. Ela não o reconheceria sem um charuto robusto preso entre os dentes. Notando o cheiro intenso, deduziu que ele tivesse feito uma visita em algum momento naquela tarde — ou talvez ainda estivesse ali.

— Jessie? — chamou sua mãe, da sala.

Espiando pela porta aberta à esquerda, Jessie a viu, com a testa que parecia sempre franzida demais no último ano e as mãos esguias entrelaçadas no colo, sentada no sofá. Apertando os olhos enquanto soprava a fumaça do charuto, tio Joe — uma versão mais corpulenta do irmão, com olhos e cabelos escuros — estava ao lado da lareira usada apenas algumas vezes a cada inverno.

— Olá — cumprimentou ela.

— Como foi o espetáculo? — perguntou sua mãe, embora houvesse algo errado com sua voz, como se estivesse dando más notícias.

Jessie percebeu que as rugas na testa da mãe estavam um pouco mais profundas e os nós dos dedos, mais brancos.

Sua primeira conclusão foi que havia acontecido algum desastre com Jack, mas os olhos da mãe não estavam vermelhos ou inchados, então qualquer aborrecimento sem dúvida estava relacionado à visita.

Com uma necessidade desesperada de protegê-la, Jessie entrou na sala.

— Tivemos um bom público. O que o traz aqui, tio Joe? Tenho a sensação de que você não veio só para ver se estamos bem.

Sua mãe deu um tapinha na almofada ao lado dela.

— Por que não se senta?

Jessie cruzou os braços.

— Estou bem aqui.

— Pois eu acho que vou me sentar.

Tio Joe foi até uma mesinha onde uma garrafa metade vazia do bourbon de Kentucky do pai de Jessie esperava por um homem que nunca mais sentiria o prazer de tomá-lo à noite, um homem que a teria repreendido por não considerar a garrafa metade cheia. "Mesmo nos piores momentos, Jess, sempre encare pelo lado positivo." Ela teve que reunir todas as forças para não gritar com o descuido do tio ao servir um pouco do líquido em um copo de cristal. Era bobagem se apegar àquela bebida quando Jim Lovelace sempre a oferecera a qualquer visita que recebesse.

Então tio Joe desabou sem cerimônia na poltrona reclinável do pai de Jessie, desencadeando um aperto em seu estômago. Parecia incrivelmente errado alguém se sentar em uma poltrona que, ao longo dos anos, se remodelou para acomodar confortavelmente o homem que transmitira à filha seu amor por voar. Com medo de pegar o tio pela camisa e arrancá-lo da poltrona ou de tirar o copo cheio de uísque de sua mão, ela marchou até o sofá, sentou-se no largo braço e se forçou a esperar.

Tio Joe tomou um gole lento e se inclinou para a frente segurando o copo com as duas mãos, o charuto preso entre dois dedos. Jessie nunca o vira tão nervoso.

— Eu estava explicando para a sua mãe que a administração da cidade está interessada em comprar o aeródromo.

Seu estômago parecia estar em um avião que de repente perdera toda a força e caíra em queda livre.

— Comprar sua parte, você quer dizer. Como isso funcionaria?

Jessie poderia imaginar ter uma sociedade com outra pessoa... mas com uma cidade?

Ele balançou a cabeça.

— Eles querem tudo.

— Metade é nossa.

Especificamente, da mãe dela, mas desde o momento em que seu pai a levara aos céus, Jessie desenvolvera um apego pelo aeródromo, considerando-o seu tanto quanto de qualquer um.

— De sua mãe, sim. Mas ela também está aberta a vender a parte dela.

— Não.

O protesto saiu mais ríspido e desafiador do que Jessie pretendia. Nunca tivera vergonha de ser firme, sem dúvida resultado de crescer com um irmão gêmeo que nunca a deixava esquecer que ele nascera vinte e dois minutos antes. Os dois sempre se desafiaram. E, no que lhe dizia respeito, o assunto do aeródromo não estava aberto para debate. Sentindo que o corpo havia se esquecido de como funcionar, ela se levantou cambaleante, foi até a lareira e parou onde o tio estava antes, lançando um olhar penetrante para a mulher que a dera à luz, a criara, a amara. Derramando toda a convicção que tinha no tom de voz, Jessie declarou com obstinação:

— Não é o que papai gostaria.

— Jessie, querida, não sei administrar um aeródromo.

— Mas eu sei.

De repente, parecia imperativo que ela não perdesse aquele último vínculo com o pai, que mantivesse o legado dele seguro e sob sua proteção até o retorno de Jack.

— Podemos comprar a parte do tio Joe. Cobrir a metade dele.

— Onde vamos conseguir tanto dinheiro?

— Com um empréstimo. Somos descendentes de uma das famílias originais, colonos. Certamente o banco nos concederá um.

Sua mãe inclinou a cabeça ligeiramente de lado, como se o peso do que tinha a dizer a tornasse incapaz de permanecer ereta e firme.

— Eles pediriam uma garantia.

— A casa. A escola de voo.

A mãe balançou a cabeça.

— Tivemos sorte de eu ter herdado esta casa dos meus pais. A escola não dá muito dinheiro, Jessie. Por que você acha que seu pai viajava por aí vendendo peças de avião? Estremeço só de imaginar ter um empréstimo para pagar, dever alguma coisa a alguém. Além disso, você vai se casar em breve e não deve sobrecarregar Luke com dívidas. E quando for a esposa dele, também não terá tempo para a escola.

Como começaram a se livrar dos anos sofridos da depressão havia pouco tempo, todos eram muitíssimo cautelosos, não inteiramente prontos para aceitar que tempos melhores estavam por vir. Sua mãe estava certa, no entanto. Luke não gostaria de uma dívida, muito menos de ver Jessie trabalhando. Só que ela também estava errada, porque Jessie não conseguia se ver casando tão cedo. Ela olhou duramente para o tio.

— Posso administrar o aeródromo e a escola. Você pode fazer o que quiser, enviarei sua parte dos ganhos todos os meses.

Depois de terminar o bourbon, ele deixou o copo de lado. Talvez precisasse da coragem para partir o coração da sobrinha.

— Preciso da quantia total, Jess.

Não quero, não prefiro — preciso. Sem a escola, o que ela faria? Seu sonho era se tornar pilota comercial, mas apenas uma mulher, Helen Richey, havia sido contratada para o cargo. Sua adesão ao sindicato dos pilotos fora negada e ela raramente tinha permissão para voar. Por fim, ela se resignou. Jessie continuava ansiando por se candidatar, ver se as posturas haviam mudado, mas ainda não tinha experiência suficiente para impressionar. Talvez pudesse ensinar em outro lugar. Mas, pior, ela imaginou a escola que seu pai tanto amava demolida, voltando a ser um campo para cultivo ou um abrigo para gado.

— O que a cidade vai fazer com o aeródromo?

— Estão reclamando há alguns anos sobre a falta de um aeroporto. Temos o terreno, o hangar, um prédio de escritórios. É um começo.

— Papai odiaria isso.

— Jim estava pensando no assunto.

— Não, ele não estava.

Ele teria dito algo a ela.

Tio Joe enfiou o charuto na boca. A ponta estava cinza. Jessie não via mais a brasa vermelha. Sem os tragos do tio, o charuto chiara e morrera, um pouco como as esperanças e aspirações dela naquele momento.

— Gerenciar um negócio, manter tudo girando, é um trabalho árduo. O estresse e a responsabilidade, especialmente sem Jack aqui para ajudar, estavam cobrando seu preço — revelou Joe, dando de ombros. — Obviamente.

— Não ouse culpar Jack pela morte dele.

— Só estou dizendo que estávamos com dificuldades e Jim estava começando a sentir a pressão.

Quanto daquela dificuldade teria sido culpa do tio, resultado de sua falta de ambição?

Nem comece, Jessie. Não foi culpa de ninguém. Papai foi dormir e os anjos vieram.

No entanto, se seu pai tivesse mencionado quaisquer problemas, ela poderia ter feito mais para aliviar seus fardos. A culpa a atormentava. Ela devia ter imaginado, de alguma forma.

— Eu estava ajudando, fazendo o que podia.

Ou o que permitiam que ela fizesse. Embalando os paraquedas, ajudando a manter os aviões em movimento, dando aulas de voo. É verdade que não parecia haver tantas pessoas se inscrevendo naquela época, mas o movimento sempre caía no inverno. As coisas começariam a melhorar a qualquer momento.

— Sim, você estava, sem dúvida, mas Jack era bom em ir atrás e fechar negócios; o menino tem a lábia do pai. Mas isso não vem ao caso. Tenho uma família para sustentar. Preciso encontrar pastos mais verdes, e vender o aeródromo e a escola vai ajudar. A questão está para ser discutida na reunião da Câmara Municipal, na terça-feira. — Ele se levantou antes de acrescentar: — Passei aqui para avisar sua mãe. Se eles aprovarem a compra, eu vendo. Eu queria ter certeza de que ela concordaria em vender a parte dela também, porque eles querem tudo ou nada.

Sua mãe parecia pequena e envergonhada sentada ali, e seus olhos verdes, da mesma tonalidade que os de Jessie, fitaram os da filha, implorando.

— O dinheiro nos ajudaria. — Sua mãe nunca se dedicara particularmente à escola de aviação, tampouco havia trabalhado fora de casa. No que lhe dizia respeito, seu trabalho era transformar a casa da família em um lar, e ela era excelente na tarefa. O marido sempre cuidara das finanças, e ela nem tentara disfarçar a surpresa quando descobriu como ele guardara tão pouco para uma emergência, sem dúvida reaplicando a maior parte da renda no negócio. Jessie não podia culpá-la por querer alguma segurança naquele momento. — Se acontecer, eu me encarrego de contar ao Jack. — afirmou a mãe.

Mesmo que Jack conseguisse pedir demissão da Força Aérea Real, que estivesse disposto a isso, não poderia voltar para casa. Ele infringira a lei ao ir para lá, violando as Leis de Neutralidade que impediam uma pessoa de servir nas Forças Armadas de outro país. Em uma cidade pequena como aquela, ninguém fazia nada sem que os outros acabassem descobrindo, e Jack cometera o erro de confiar em uma moça com quem estava saindo na época, incomodado em terminar tudo sem contar a ela a verdade sobre seus planos. Depois que ele partiu, ela chorara em muitos ombros, chateada demais para manter a palavra de guardar segredo sobre a aventura secreta dele. Muitas pessoas não aprovaram o que ele fez. Se Jack voltasse para casa e alguém alertasse as autoridades, ele poderia ser enviado para a prisão — só porque teve consciência.

— Não queremos que ele se preocupe ou pense que poderia ter feito algo para mudar o resultado.

Todos os esforços dele precisavam permanecer focados em se manter vivo.

10 de março de 1941

Queridas mamãe, Jess e Kitty Kat,

Ficarão aliviadas em saber que não tenho visto muita ação desde que fui transferido para esse tal Esquadrão Águia Americano. Escoltar comboios pelo Mar do Norte é chato demais, embora estejam nos mantendo ocupados quando estamos em solo. Fui entrevistado para jornais, revistas e estações de rádio. Outro dia recebi uma equipe de filmagem aqui que nos filmou para um noticiário. Acho que o objetivo é recrutar mais pilotos norte-americanos, então poderão me ver no cinema quando tudo estiver dito e feito.

Com amor,
Jack

P. S.: Dê um petisco para a Trixie e diga a ela que fui eu que mandei.

CAPÍTULO 2

Terça-feira, 11 de março de 1941

Jessie chegou atrasada para a reunião na terça-feira à noite. Ironicamente, o atraso foi por levar um possível aluno em um passeio pelo aeródromo, mostrando os aviões usados para treinamento e explicando um pouco sobre a grade. Se o pior acontecesse naquela noite, talvez pudesse dar aulas particulares, convencer o conselho municipal a deixá-la alugar uma parte do aeródromo e do hangar.

Assim que ela entrou correndo na pequena sala de reuniões da prefeitura, Rhonda Monroe, uma ruiva deslumbrante sentada no fundo e que obviamente estava esperando sua chegada, acenou freneticamente. Resmungando suas desculpas, Jessie passou por joelhos que batiam atrás de suas pernas até chegar à cadeira vazia e desabar nela.

Rhonda se inclinou e sussurrou:

— Não perdeu nada importante. Eles estão discutindo como alguns distritos escolares estão adicionando uma décima segunda série e se o nosso deveria fazer o mesmo.

— Por que os alunos precisariam de mais um ano de escola?

Rhonda revirou os olhos exageradamente.

— Porque o conselho escolar é formado por sádicos?

Jessie se segurou para não rir. Rhonda odiava a escola, embora fosse esperta e raramente tivesse que estudar — o que era útil, já que ela detinha o recorde escolar de maior número de dias matando aula.

— Seus cachos estão ficando rebeldes. Precisa me fazer uma visita.

Cabeleireira do salão local, Rhonda usava seus vibrantes fios ruivos domados, atualmente modelados em uma onda que descansava na altura dos ombros. Quando tinha um encontro, optava por um visual mais Rita Hayworth.

— Tem muita coisa acontecendo. Assim que toda essa bagunça estiver resolvida, talvez eu apareça para aparar as pontas.

— E está precisando de um pouco de cor. Comprei um novo tom de batom que ficaria ótimo em você.

Como mágica, ela sacou um tubo de batom da bolsa e o ofereceu para Jessie. Sem dúvida responsável por manter a Max Factor em atividade, Rhonda nunca ia a lugar algum sem maquiagem e sabia como aplicá-la, de modo que estava sempre tão estonteante quanto qualquer atriz das telas de cinema. Ela dava aulas de maquiagem, nas quais Jessie fracassava toda vez, contentando-se com um simples toque de batom — que Rhonda sempre declarava ser o tom errado para sua tez. Não que Jessie se importasse. Quando se tratava de estilo, as duas não podiam ser mais diferentes, mas haviam nutrido uma amizade na escola primária que permanecera intacta e se aprofundara ao longo dos anos.

— Não, obrigada — recusou Jessie.

— Se está aqui para mostrar a que veio, devia usar batom.

A mulher sentada na frente de Jessie se virou abruptamente, a impaciência estampada nas feições tensas, e lançou um *shh* com um olhar que sempre emudecia a congregação quando ela o emitia de seu banco diante do órgão da igreja.

Rhonda se debruçou.

— Srta. Harding, adorei seu chapéu. Dá ao seu perfil um ar de estrela de cinema.

A organista corou e deu um tapinha na própria nuca, tocando nos fios puxados para cima e presos em um nó apertado.

— Obrigada, Rhonda.

A mulher se virou de volta, mas manteve os dedos na borda do chapéu. Jessie dirigiu uma risada silenciosa para a amiga — uma que Rhonda recebia com frequência graças ao seu dom de abrandar situações tensas. Jessie desejou que a amiga estivesse com ela no domingo para ajudá-la a fazer seu tio ser razoável. Ele estava agora sentado na primeira fila, ao lado de um fazendeiro que argumentava precisar do filho no campo, não na sala de aula por mais um ano. Uma crescente cacofonia de consenso começou a correr pela sala.

— Tudo bem, tudo bem, vamos deixar a discussão sobre o ano letivo de lado por enquanto — disse Buddy Baker, prefeito e dono da única concessionária de automóveis da cidade, batendo o martelo em um bloco de madeira. — Obviamente, a maioria de vocês não está pronta para tal mudança, então vamos passar para o motivo mais importante de estarmos reunidos aqui esta noite: o aeroporto que estamos cogitando.

— Que *você* está cogitando, Buddy — corrigiu o sr. Thomaston. — Temos o Love Field a pouco mais de uma hora daqui. Não vejo necessidade de ter outro tão perto.

— Então arranje um par de óculos, Larry. Há cada vez mais pessoas voando. Poderíamos oferecer um local para pouso de aviões particulares menores, sem falar nos contratos governamentais para diversas coisas, como entrega de correspondências. Após a morte de Jim Lovelace, que ele descanse em paz...

Jessie desejou não ter ido. Ouvir uma referência a seu pai assim fez seus olhos começarem a arder. Rhonda esticou o braço, segurou a mão dela e a apertou levemente.

— ...seu irmão, Joe, está querendo vender o aeródromo, o que seria um bom começo para nós. Com algumas melhorias...

— Quanto? — gritou alguém.

— Quarenta mil para começar.

As objeções vieram rápida e ruidosamente, e alguns homens até se levantaram, apontando os punhos para o teto.

— A cidade não tem tanto dinheiro!

— Você está louco, Buddy!

— Precisamos de um novo prefeito.

Jessie sentiu um fio de esperança de que a armação do tio pudesse fracassar, de que ela talvez tivesse algum tempo para colocar em prática uma estratégia que lhe permitisse comprar a parte dele. De que pudesse ficar com o aeródromo.

O sr. Baker estava de pé, batendo o martelo como se estivesse cravando uma estaca em um dormente ferroviário.

— Se acalmem. Silêncio! Me ouçam!

Com relutância, as pessoas se aquietaram e retomaram seus lugares. O sr. Baker permaneceu de pé, olhando lentamente pela sala, avaliando a multidão, como se estivesse se preparando para lhes vender um automóvel do qual não precisavam nem queriam.

— Sim, teremos que vender títulos públicos.

Um gemido ecoou pela sala, mas ele logo levantou a mão.

— Falei para me escutarem.

Ele olhou para os colegas membros do conselho. Após cada um assentir, ele deu uma última inclinada de cabeça e, de alguma forma, conseguiu encontrar e segurar o olhar de cada pessoa na sala.

Jessie sentiu como se o homem estivesse prestes a falar com ela pessoalmente, o que não era bom. Ela suspeitou que alguns já estavam abrindo as carteiras para comprar seja lá o que o prefeito quisesse antes dele proferir qualquer outra palavra.

— Isso não é de conhecimento geral — recomeçou baixinho, intimamente —, mas Roosevelt deu permissão para que os britânicos comecem a treinar pilotos para a Força Aérea Real em escolas civis por aqui, e eles estão interessados em usar nosso pequeno aeródromo.

Enquanto a sala explodia em especulações, Jessie se empoleirou na beirada da cadeira. Ela percebera muito bem como ele já considerava o aeródromo uma propriedade da cidade.

— Britânicos? — sussurrou Rhonda, animada. — Eles são tão sedutores, tão elegantes. Cary Grant. Leslie Howard. Laurence Olivier. — Ela pôs a mão no peito e completou: — Heathcliff. Essa é uma invasão britânica que receberei de braços abertos.

— Não quero nenhum estrangeiro aqui — declarou a srta. Harding, virando-se. — Não se pode confiar neles.

Com o som abafado do sangue pulsando na cabeça, Jessie mal ouvia o que as pessoas ao redor estavam dizendo. Seu tio sabia sobre aquele fato? Certamente não... Mas agora que eles sabiam... o que poderia significar?

O martelo estava mais uma vez fazendo-se presente, martelando.

— Quietos! Silêncio!

As vozes silenciaram, mas as cadeiras rangiam porque as pessoas continuavam a se mexer de inquietação, comoção ou expectativa. Jessie ficou sentada ali como se fosse uma estátua, mal respirando, se esforçando para pensar, para descobrir como aquilo afetaria tudo.

— Obrigado — declarou sucintamente o sr. Baker. — Teremos que investir um pouco, mas os britânicos trabalharão em conjunto com o Exército para conduzir a maior parte das melhorias necessárias. Quando tudo estiver pronto, seremos pagos pelo uso do aeródromo. — Ele levantou um dedo. — Mas é aqui que fica interessante: isso renderá empregos e negócios para a cidade. Escutem quando digo que é uma oportunidade para prosperarmos após esses longos anos de dificuldades. O Love Field começou como um centro de treinamento durante a última guerra e vejam onde está hoje.

— Eu não gostei — decretou o sr. Gunder. — Não gosto da ideia de estrangeiros vindo para nossa cidade.

A srta. Harding começou a assentir para expressar que concordava.

— Não serão todos estrangeiros — contestou o sr. Baker. — Os civis que trabalharão no local serão norte-americanos.

— Nunca gostei dos ingleses — confessou o sr. Penn. — Perdi minha perna para eles na última guerra.

O sr. Baker olhou para o homem e disparou:

— Foram os alemães os responsáveis por arrancar sua perna quando lançaram uma granada na sua trincheira.

— Ainda assim, eu estava lutando para auxiliar os ingleses. Não sei se devemos ajudá-los novamente. O Estados Unidos vem primeiro; Roosevelt disse isso. Hitler não vai gostar.

— E é por isso que não vamos contar a ele.

— Concordo com Buddy — declarou o sr. Johnson, presidente do maior banco da cidade. — É uma oportunidade para crescermos. Depois, suponho que converteríamos o aeródromo em um aeroporto.

— Isso mesmo — afirmou o sr. Baker.

— Doarei dois mil e quinhentos dólares para o que for necessário.

Após o anúncio, o caos se instaurou, com pessoas oferecendo apoio e expressando objeções, bem como quantias. Jessie ficou tonta, especialmente quando viu as perspectivas de sua família ficar com o aeródromo se esvaindo. Um tanto amargurada, ela precisava admitir que era uma boa oportunidade para a cidade.

— O que você acha? — perguntou Rhonda.

— Seria uma chance de ajudar os ingleses, de ter um papel na guerra.

Jessie se ressentiu por Jack poder sair e lutar, fazer a diferença, enquanto ela era forçada a ficar para trás, sentindo-se impotente e sem um propósito que importasse. Ela também queria fazer a diferença, e participar daquele programa britânico era sua chance. Poderia ter o impacto de uma pedra jogada no oceano — não alteraria a maré, mas ainda criaria ondulações, e essas ondulações poderiam mudar o curso do que encontrassem. Em algum lugar, algo ou alguém seria afetado, e ela esperava que fosse de forma a alterar o resultado positivamente. Mas também se sentiu desapontada consigo mesma quando uma centelha de entusiasmo ameaçou se transformar em uma chama de desejo ao considerar as oportunidades que a beneficiariam. — Eles vão precisar de instrutores de voo. Eu estou bem aqui. Certificada. Por que não me contratariam?

Ela ainda estaria trabalhando no aeródromo, ensinando, só que em um palco maior. Quando a guerra acabasse — e certamente acabaria, em breve —, Jessie poderia aproveitar todas as horas de voo acumuladas e a experiência que ganharia para tentar fazer carreira em uma companhia aérea. Levantando-se, ela gritou mais alto que a cacofonia:

— Tem ideia de quantos eles querem treinar?

De alguma forma, o sr. Baker a ouviu e olhou em sua direção.

— Centenas.

Ela se sentou de volta. Mantendo a voz baixa, disse a Rhonda:

— Se ajudarmos os britânicos, como eles poderiam prender Jack por fazer o mesmo? Talvez ele possa voltar para casa depois da guerra.

Se ela treinasse pilotos da RAF, fornecendo um quadro de homens qualificados o suficiente para vigiar a retaguarda do irmão, poderia garantir que ele sobrevivesse e voltasse para casa.

Em quinze minutos, eles tinham doze mil dólares em fundos doados e aprovaram a venda de títulos. Quando a reunião foi encerrada, algumas pessoas correram para a frente a fim de discutir o assunto com o conselho enquanto outras se dirigiram para a saída. Jessie se levantou de um salto e abriu caminho entre os que partiam até conseguir ficar diante do tio e impedir sua fuga.

— Você sabia desse plano envolvendo os ingleses?

A culpa em seus olhos tratou de fornecer a resposta antes que ele a verbalizasse.

— Buddy pode ter mencionado algo a respeito.

— E não achou que precisava compartilhar essa informação comigo e com mamãe? Eles poderiam alugar a escola diretamente de nós.

Ele balançou a cabeça devagar.

— Preciso ir embora, Jessie, sair desta cidade, deixar de viver sob a sombra do meu irmão. Você entende como é.

Ela sabia que Jack sempre recebera mais responsabilidades, que se ele estivesse ali naquele momento as pessoas ouviriam o que ele diria, respeitariam sua opinião, que se o pai deles tivesse deixado um testamento… Uma pequena e incômoda parte dela não queria considerar que o pai teria deixado a parte dele no aeródromo para Jack, e apenas para Jack. Sabia que ele a via como uma entusiasta, não como alguém que poderia ganhar a vida pilotando um avião. Que ele a ouvia quando Jessie compartilhava seus sonhos, mas, na verdade, não a levava a sério. Caso contrário, por que não teria contado sobre suas apreensões, suas dificuldades, seus medos? Sobre estar cogitando vender a escola?

Alguém esbarrou nela a caminho da porta e pediu desculpas sem parar. Foi o suficiente para trazê-la de volta a si, para impedir que as dúvidas circulassem. Balançando a cabeça, ela repetiu o que havia dito ao tio no domingo.

— Ele não desejaria isso.

— Então ele não devia ter morrido.

A raiva e a frustração no tom de voz de seu tio eram palpáveis, e ele rapidamente deu meia-volta e saiu, furioso. Pela primeira vez, o coração de Jessie se compadeceu por Joe. Ele não estava fazendo nada daquilo por despeito. Ele estava em conflito, lutando para encontrar o próprio lugar, assim como ela se esforçava para encontrar o dela.

Ela era apegada ao aeródromo e à escola porque os locais serviam como uma conexão tangível com seu pai. Tio Joe precisava se livrar de ambos por um motivo semelhante: eram um jugo que o prendiam ao irmão mais velho, do qual estava desesperado para se libertar. Ele estava certo. Ela entendia.

Uma enorme parte das realizações de Jessie estava ligada às realizações de Jack. Quando ele partiu, ela de repente se viu voando sozinha, como se seu copiloto tivesse saltado. Ela ficara com raiva, sentira culpa por estar brava com o irmão. Por mais que sempre tivesse sido próxima do pai, nos meses seguintes à partida de Jack, o vínculo entre os dois se aprofundou, se fortaleceu.

Agora seu pai morrera e ela estava lutando para manter o avião — sua vida — em voo. Aquela novidade não estava ajudando, mas Jessie não podia culpar o tio por querer seguir o próprio caminho.

Ela simplesmente tinha que descobrir como traçar o dela.

15 de maio de 1941

Querida Jess,

    Fomos realocados para ————, também conhecido como Hell's Corner. Hoje, finalmente, voltei a um combate aéreo. A empolgação, a emoção, o terror de apostar minhas habilidades contra as de outro piloto; todos aqueles combates simulados que você e eu fizemos em nossos espetáculos me prepararam para isso.

    Não conte à mamãe nem à Kitty, mas cheguei quase perto demais de um Messerschmitt. Juro que pude ver o desgraçado que o pilotava sorrir para mim. Ele me fez suar a camisa, mas eu consegui pegá-lo no final. Foi estranho. Enquanto o observava despencando em meio às chamas, fiquei esperando que ele desistisse. Parece errado respeitar o inimigo, mas ele lutou bem.

    Sinto falta de ter você por perto para conversar, especialmente depois que pouso e meus nervos estão em frangalhos. Vou a um pub local para tomar uma cerveja e sempre paro por um segundo para olhar ao redor e ver se você está lá. Posso revelar a você pensamentos e sentimentos que não revelo a mais ninguém. Queria que você estivesse aqui, mas ficaria zangada o tempo todo porque não a deixariam voar em combate. Azar o deles, na minha opinião.

Até mais!
Jack

P. S.: Dê um petisco para a Trixie e diga que fui eu que mandei.

CAPÍTULO 3

Terrence, Texas
Terça-feira, 3 de junho de 1941

Descendo dos céus em um recém-adquirido Stearman — um biplano azul vibrante com asas amarelas —, Jessie avistou a locomotiva se afastando ao longe e logo soube que o veículo partira recentemente da estação de Terrence. Ela também sabia que pelo menos dois passageiros haviam desembarcado. Quase podia ouvir o barulho da velha plataforma de madeira quando os saltos de suas botas a atingiram com uma vibração quase sinistra. Dave Barstow, major aposentado e o homem que o Exército escolhera para operar a escola de aviação, daria as boas-vindas aos oficiais da Força Aérea Real antes de levá-los para um passeio pelas instalações.

Após a reunião do Conselho Municipal, que decretara o desmoronamento de seu mundinho outrora seguro, tudo aconteceu incrivelmente rápido, em um ritmo vertiginoso. Em quarenta e oito horas, os títulos públicos foram emitidos e o dinheiro necessário para comprar o aeródromo foi arrecadado. Em uma demonstração de perdão, ela acompanhou a mãe e o tio à reunião em que entregaram o tesouro da família. Segundos depois, a testa de sua mãe não estava mais tão franzida, e Jessie se perguntou quais fardos ela não havia compartilhado. No final da semana, tio Joe se mudou com a família para Austin, onde assumiu um cargo no Aeroporto Mueller.

Aproximando-se de seu destino, ela mal reconheceu o aeródromo onde passara boa parte da vida. Na paisagem antes familiar foram construídos um refeitório, cantina, salão de recreação com uma ampla varanda telada em todos os lados, enfermaria, dois bares e um segundo hangar de aço. Uma extensão abrigando escritórios e salas de aula adicionais foi somada ao prédio onde os alunos recebiam instruções em solo. A construção de uma torre de controle e outro hangar havia começado.

Depois de levar a aeronave para um pouso perfeito no gramado e desligá-la, Jessie tirou o capacete e os óculos de proteção, subiu na asa e saltou para o solo. O mecânico-chefe que estava no aeródromo desde o início se aproximou.

— Ninguém faz uma aterrissagem tão bela quanto você, Jess.

— Obrigada, Billy. Olha, ela começou a correr mal no cruzeiro, mas melhorou depois que desliguei o magneto esquerdo. Pode dar uma olhada na ignição?

— Deixa comigo.

Billy estreitou os olhos e olhou para trás, onde estavam Barstow e dois outros homens que Jessie presumiu serem oficiais da RAF, todos parados perto do hangar mais recente, aparentemente concentrados em uma conversa.

— Aquele sujeito novo tem mostrado tudo aos ingleses.

Aquele sujeito novo não era tão novo. Ele havia trabalhado arduamente por mais de dois meses preparando as coisas.

— Acho que já os conheceu, então.

— Sim. Ele os está apresentando para todo mundo.

— O que você achou?

Billy olhou para ela e balançou a cabeça.

— Estrangeiros. Falam engraçado.

Ela riu baixinho. Billy Collins nunca se aventurara muito, preferindo o conhecido ao novo.

— Essa parte nós já sabíamos, Billy. Fora isso, qual foi sua impressão?

— Tudo bem, eu acho. Caras sérios.

— De onde eles vêm, as coisas estão muito sérias.

— Suponho que sim.

Projetando o queixo, ele se aproximou um passo, como se quisesse contar um segredo.

— Não foi certo o que fizeram com você.

Barstow não a contratara para ser instrutora de voo. Quando ela o confrontou a respeito, ele dissera:

— Não tenho certeza se os militares levarão a sério uma mulher como instrutora de voo.

Ela respondera com:

— Tenho quase certeza de que eles preferem isso a serem abatidos em pleno voo. Já instruí homens antes sem nenhum problema.

A réplica não lhe rendera nenhum ponto com ele, que insistira:

— Não se trata de um bando de amadores vindo para uma aula ocasional quando têm tempo. Serão dias longos e cansativos para que os atualizemos o mais rápido possível.

— Eu dou conta do trabalho e dos cadetes — respondera Jessie, mas ela não conseguiu convencê-lo de que era qualificada para assumir a tarefa com eficácia.

Ela já devia estar preparada para aquele ceticismo. Quando foi fazer o teste para obter sua licença, entendeu que nem todo mundo acreditava que cabine era lugar para uma mulher. O homem que aplicou seu teste de voo zombou dela e não se preocupou em esconder o descontentamento no final, quando teve que registrar que ela havia passado. Mas ela trabalhara tanto para poder voar que não se importou, e simplesmente soltou uma risada triunfante, deu um tapa no ombro dele e agradeceu.

— Pelo menos eles me deram um emprego aqui, Billy.

Por mais que não fosse o que ela queria, era alguma coisa.

— Mas o lugar era do seu pai. Deveriam ter respeitado isso, honrado sua função anterior aqui.

Ela olhou para os lados.

— Nem parece mais, não é? Deve ser um lembrete de que nada permanece igual.

— É um lembrete de que há uma guerra — resmungou ele. — Alguns não gostam disso.

Jessie estava sendo olhada com mais censura ultimamente. Começara logo depois que Jack partira e seu segredo foi revelado, mas ela definitivamente notara um aumento nos olhares de desaprovação desde que o aeródromo mudara de mãos. Talvez seu tio tivesse fugido da cidade tão depressa porque havia passado por alguns conflitos. Homens eram mais propensos a expressar suas objeções abertamente, enquanto as mulheres — pelo menos as de Terrence — tendiam a fazê-lo cochichando pelas costas.

— Não posso me preocupar com queixas mesquinhas. Temos um trabalho a fazer aqui e precisamos fazê-lo da melhor maneira possível.

Com um aceno brusco indicando que estava pronto para trabalhar, Billy deu um tapinha na fuselagem.

— Vou arrumar essa senhora. Estará pronta para bailar antes que os outros britânicos cheguem, na próxima semana.

A primeira turma de cinquenta cadetes estava programada para chegar no domingo e iniciar um curso intensivo de cinco meses que lhes daria asas. A cada cinco semanas, chegaria uma nova turma de cinquenta. Por fim, eles teriam duzentos alunos em variados estágios de treinamento.

— Obrigada, Billy. Isso deixará o tal sujeito novo satisfeito.

Ele sorriu largamente, indicando que ela não o havia ofendido por não querer se envolver com fofocas. Com um passo decidido, Jessie se dirigiu ao hangar para guardar seu equipamento e, a bem da verdade, dar uma olhada nos recém--chegados. Usavam ternos cinza — o material parecia ser lã — com camisas brancas e gravatas pretas. Lã! No Texas. Em junho. Aparentemente, alguém se esquecera de explicar o clima do Texas para eles, embora ela suspeitasse que roupas eram a última coisa com a qual estavam preocupados. A melancolia que projetavam indicava terem plena consciência do peso que levavam nos ombros.

Ela não precisava vê-los de uniforme para saber qual dos dois estava no comando. Embora apoiado em uma bengala, o homem parecia estar em posição de sentido, pronto para inspecionar as tropas com um olhar firme que agora a avaliava, assim como ela estava fazendo com ele.

Quando Jessie se aproximou, Barstow lhe deu um aceno.

— Srta. Lovelace, quero que conheça o oficial comandante e instrutor-chefe de voo, o comandante de ala Royce Ballinger.

Então ela acertou quanto a quem estava encarregado de administrar a operação da escola e monitorar o relacionamento entre os operadores civis e os alunos da RAF. O homem tirou o chapéu e revelou o cabelo preto cortado rente. Ele tinha os olhos mais azuis, o tom de ciano que ela via da cabine ao voar sobre as nuvens no final da tarde; mas eram olhos assombrados, e ela não queria contemplar os horrores que já poderiam ter testemunhado. Aqueles homens haviam saído de uma guerra — ou pelo menos ela achava que sim. Vê-los a fez perceber que eles poderiam ter trazido boa parte daquilo na bagagem. Ballinger parecia ter seus quase quarenta anos, mas as rugas e a tensão em seu semblante revelavam que já tinha vivido uma vida inteira. Ela estendeu a mão.

— Comandante.

Ele piscou e hesitou, como se nunca tivesse visto a mão de alguém antes. Provavelmente, nunca vira uma mulher oferecendo um cumprimento de forma tão direta quanto um homem. Segundo um filme sobre etiqueta a que ela foi forçada a assistir no ensino médio, uma dama não deveria apertar a mão de um cavalheiro, mas Jessie reconhecia que estava no mundo dos homens e não tinha intenção de se acanhar com isso. Não após superar tantos obstáculos para chegar aonde chegara, não quando ainda precisava convencer Barstow de que ela era igual a um homem quando se tratava de voar.

Finalmente, o homem aceitou o aperto de mão e fechou os dedos em torno dos dela. Ele tinha uma boa pegada, grande, forte, sólida. O tipo de mão capaz de controlar um avião quando as coisas ficavam difíceis.

— Srta. Lovelace.

— E este é o instrutor-chefe de solo: Peter Smythson, líder do esquadrão — continuou Barstow.

— Srta. Lovelace, é realmente um prazer.

Ele lhe ofereceu um sorriso caloroso, não tão sombrio quanto o do colega, enquanto apertava sua mão.

— Líder do esquadrão.

— A srta. Lovelace é nossa outra operadora mulher do Link Trainer.

O Link Trainer era basicamente uma cabine numa caixa de compensado pintada de azul que permitia ao aluno experimentar um voo noturno simulado. No entanto, a forma como Barstow a apresentou a fez querer gritar. Qual a necessidade de ressaltar o gênero dela? Ele achava que os britânicos não assimilariam que ela era uma mulher?

— Até os alunos chegarem para usar o Link, ela nos ajuda testando as aeronaves entregues pelo Exército. — Ballinger assentiu na direção de onde Jessie viera. — Sua aterrissagem foi bem-feita.

Em qualquer outra ocasião, ela poderia ter encarado tais palavras como um elogio, mas havia uma sensação incômoda de que ele a estava tratando com condescendência. Uma sensação de que, como Barstow, ele não a consideraria uma boa instrutora de voo porque ela tinha seios. Ou talvez ela estivesse sensível demais depois de dois meses lidando com a tentativa de Barstow de manter a aviação como a velha panelinha de sempre, só para meninos. Ele tinha quase a idade de seu pai, mas não era tão esclarecido. Mas Jessie não queria começar com o pé esquerdo com aqueles caras. Por mais que Barstow administrasse o aspecto civil da escola, eram os britânicos que pagavam por ela, supervisionavam os cadetes e tinham alguma influência no treinamento para garantir que o dinheiro estava sendo bem gasto. Seria um delicado equilíbrio de controle e poder até que se determinasse como todos trabalhariam juntos naquela empreitada singular. Impressionar os recém-chegados seria benéfico para ela.

— Agradeço a avaliação. Mudando de assunto, não tenho certeza se sabe que o Stearman está equipado com um sistema Gosport para comunicação. — As palavras que viajavam pelo tubo de borracha, com um funil em uma extremidade e fones de ouvido na outra, eram muitas vezes distorcidas. — Já que esse sistema permite que apenas o instrutor fale com o aluno, talvez queira pedir ao Exército um sistema de comunicação bidirecional que os mecânicos possam instalar.

— O sistema Gosport é padrão para a aeronave usada durante a fase inicial de treinamento, srta. Lovelace — respondeu Barstow de forma sucinta, visivelmente irritado por Jessie ter tocado no assunto após terem o discutido um mês antes, quando ele declarou que ela se preocupava à toa. — Espera-se que os alunos estejam ouvindo, não conversando.

— Estou ciente, mas pode ser um obstáculo para os novatos ainda não familiarizados com a fala lenta e arrastada de alguns instrutores. Uma vez na cabine, eles não terão a oportunidade de pedir esclarecimentos.

— Não tive problemas para ensinar com um Gosport — alegou Barstow.

— Ainda assim, não acho que a sugestão da srta. Lovelace deva ser descartada de imediato — opinou Ballinger. — Descobri que podemos, de fato, ter alguns problemas de comunicação. Por exemplo, vocês empregam o termo *trem de pouso* para o que chamamos de *trem de aterragem*. — Ele deu a ela um leve aceno de cabeça e completou: — Smythson e eu certamente consideraremos sua ideia, srta. Lovelace.

— Obrigada.

Visto como Barstow rejeitou sumariamente qualquer recomendação dela para melhorias, Jessie ficou agradavelmente surpresa com a boa vontade do inglês.

— O dinheiro é seu — declarou Barstow, um tanto petulante.

— Sim, é mesmo, não é? — afirmou Ballinger.

— É melhor irmos agora — continuou Barstow com uma impaciência oculta no tom, como se não quisesse que Jessie enfeitiçasse aqueles homens.

Se ela tivesse algum prestígio com ele, decerto acabara de perdê-lo.

— Ballinger, você ficará com a família da srta. Lovelace até que consiga providenciar outra moradia. Smythson, consegui um quarto para você na casa da sra. Wilcox. Srta. Lovelace, se quiser guardar seu equipamento, podemos esperar no estacionamento.

— Sim, senhor.

Ela entrou no hangar e disparou para o depósito, onde pendurou o paraquedas e guardou os óculos e o capacete em seu armário. Quando saiu, viu que os homens não tinham avançado muito com o mancar de Ballinger, seu cuidado com a perna direita, os atrasando. Após alcançá-los facilmente e notar a tensão na mandíbula dele, não pôde deixar de sentir alguma comiseração. Barstow estava explicando que precisavam ficar de olho em cascavéis, nos ocasionais coiotes e em vacas fugitivas. Não era incomum vê-las vagando pela praça da cidade.

Smythson recuou para caminhar ao lado dela.

— Fizeram uma boa viagem? — perguntou Jessie, decidida a fazer sua parte para que se sentissem bem-vindos.

Ele lhe deu um sorriso.

— Vocês têm mesmo o sotaque arrastado.

— Temos sim, vaqueiro.

Ele soltou uma risada convidativa e retumbante. Misericórdia, as mulheres ficariam encantadas com aquele ali. Até a srta. Harding, que ainda não estava satisfeita com a presença de estrangeiros na cidade, sem dúvida relaxaria na presença dele e lhe serviria uma fatia de seu famoso bolo de chocolate com leitelho.

— Não fomos alvos de nenhum torpedo — disse ele despreocupadamente, como se aquela possibilidade não tivesse sido um enorme peso na travessia do Atlântico. — Portanto, consideramos um sucesso.

— Mesmo assim, deve ter sido um pouco angustiante saber que submarinos alemães estavam patrulhando aquelas águas.

Ele ficou mais sério.

— Tentamos não pensar nisso, mas admito não ter dormido profundamente durante a viagem, sempre me perguntando se uma matilha podia estar por perto e não muito certo de que nos sairíamos bem contra ela. Mas minhas preocupações foram em vão.

Ele disse a última frase como alguém que descobre que uma maçã não estava podre como presumira. A Batalha do Atlântico, como chamava Churchill, era um perigo real, e ela tinha que admirar aqueles homens, assim como os que os seguiriam, por correrem os riscos envolvidos em chegar até ali. A guerra estava tão longe que a maioria das pessoas na cidade não pensava muito no assunto.

— A viagem de trem do Canadá para cá deve ter sido menos ameaçadora — continuou ela, esperando afastar a lembrança do pior aspecto da jornada.

Ele voltou a sorrir e concordou:

— Foi mesmo. Todos foram calorosos e acolhedores, e tivemos a oportunidade de ver um pouco do seu país. Passamos alguns dias em Washington, D.C., reunidos com a delegação da RAF estabelecida lá e aprendendo mais sobre o que se espera de nós em nossas funções na BFTS. — A British Flying Training School. Seis escolas civis por todo o sul, adaptadas para treinar pilotos britânicos. — Tivemos a chance de passear um pouco enquanto estávamos lá. Espero poder ver um pouco mais do seu país enquanto estivermos aqui.

— Estamos a pouco mais de uma hora de Dallas, e depois dela fica Fort Worth. — Ela apontou para o oeste. — Há alguns lugares interessantes por lá.

— Talvez você possa nos dar algumas sugestões.

— Eu adoraria.

Ela poderia reunir algumas informações para exibir no salão de recreação. Era provável que os cadetes também quisessem visitar os pontos turísticos.

Quando chegaram ao estacionamento, Barstow os direcionou para seu carro.

— Encontro vocês em casa — assegurou Jessie.

Dando um aceno rápido, que só Smythson devolveu, ela montou em sua motocicleta e seguiu para a estrada. Smythson era evidentemente falador, charmoso, um pouco paquerador. Já Ballinger parecia mais o tipo sombrio e taciturno que Rhonda estava procurando.

Após chegar à velha propriedade, ela virou na entrada da garagem, estacionou sua Scout e caminhou até o meio-fio. Alguns minutos depois, Barstow parou o carro e Ballinger saiu, carregando uma mochila e um casaco.

— Vejo você amanhã, srta. Lovelace — disse Smythson, saindo do banco de trás para o da frente, mas parando com a mão na maçaneta.

— Pode me chamar de Jessie.

— Vem de Jessica?

— Sim.

Ele lhe lançou um sorriso caloroso e uma piscadela.

— Um dos meus nomes favoritos.

Com uma leve risada, ela imaginou que o nome de qualquer mulher era o favorito dele. Assim que ele voltou a entrar no carro, Barstow partiu. Jessie se virou para Ballinger, que a estudava como se não estivesse familiarizado com o som que ela fizera. Ela manteve o sorriso no lugar e o tom de voz leve.

— Ele é sempre tão paquerador?

— Parece ser. Não o conheço tão bem. Nós só nos conhecemos após recebermos essa missão.

Ela queria perguntar o que ele achava de Barstow, mas imaginou que não seria bom dar a impressão de que não gostava muito do próprio chefe, mesmo suspeitando que parte do preconceito era porque Barstow estava desempenhando o papel que seu pai assumiria se não tivesse morrido. O lembrete foi acompanhado pela dor intensa de sempre. Recusando-se a ceder à melancolia, Jessie se concentrou em fazer o possível para ajudar o britânico a se familiarizar com seu novo ambiente.

— Dá para ver uma parte da praça da cidade daqui. Qualquer coisa de que possa precisar, deve encontrar em uma das lojas ao redor dela.

— Não parece ser uma caminhada difícil.

— Talvez pense diferente quando chegar julho e agosto. Venha. Por aqui.

— Eu... é...

Tendo dado apenas um passo, ela se virou para o homem, que parecia incrivelmente desconfortável.

— Barstow mencionou o falecimento de seu pai. Meus sentimentos.

Aquilo não a ajudaria a se manter forte, mas ela era obrigada a reconhecer a gentileza.

— Obrigada. Já se passaram quase seis meses e ainda não me acostumei.

— Não sei se alguém se acostuma com a perda. Ele também mencionou que seu pai era dono do aeródromo.

— Era. Ele e o irmão. A cidade comprou o espaço depois que meu pai morreu. Ele teria aprovado que fosse usado para treinar pilotos da RAF.

— Foi ele quem ensinou você a voar, suponho.

Pela primeira vez desde a morte do pai, quando as lembranças vieram, elas não pareceram um ataque. Foram mais como uma brisa suave agitando as folhas.

— Sim, foi.

— O céu não é tendencioso, mas Barstow parece ser.

Ela não esperava aquelas palavras ou a maneira como ele a observava, como se a desafiasse a contradizê-lo.

— Você percebeu, foi?

— É um pouco difícil não perceber.

— Ele está sob muita pressão. — Jessie olhou para a casa. — Mamãe espera que cheguemos a tempo do jantar.

— Certo. Melhor nos apressarmos, então.

Ela caminhou devagar pela calçada, notando como ele segurava o cabo de prata da bengala.

— Sei que não é da minha conta, mas você foi ferido em combate?

— Apenas um pequeno contratempo durante um encontro com o inimigo. Nada com que se preocupar. Estou me recuperando e devo ficar novo em folha em breve.

Jessie não gostou da ideia de Ballinger sendo ferido, mas duvidou que o hóspede fosse apreciar uma oferta de ajuda para subir os três degraus até a varanda. Antes que ela pudesse alcançar a porta de tela para abri-la, Royce já o estava fazendo em seu lugar.

— Obrigada.

Devido ao calor, a porta principal estava aberta. Ela atravessou a soleira para o corredor, consciente de que ele a seguia.

— Mamãe!

Sua mãe e irmã saíram correndo da cozinha e atravessaram a sala de jantar para recebê-los, os passos apressados ecoando no chão de madeira. Jessie e Kitty tinham herdado os cabelos castanho-dourados com um toque de ruivo da mãe, cujos olhos verdes brilhavam com cordialidade. Ela secou as mãos rapidamente no avental.

— Bem-vindo, comandante. Estávamos esperando sua chegada.

— Obrigado, sra. Lovelace. É bom finalmente estar aqui.

— Dot, por favor. Pode me chamar de Dot. Esta é minha filha mais nova, Kitty.

— Um prazer.

Kitty deu uma risadinha. Aos dezesseis anos, ela parecia estar sempre rindo.

— Você fala como Errol Flynn.

Kitty se apaixonara pelo ator quando as irmãs foram ver *As aventuras de Robin Hood*, alguns anos antes. Contudo, ela estava enganada. Com uma voz mais grave e suave, Royce soava muito melhor do que Errol Flynn. Ele também parecia não saber o que dizer. Estaria corando ou o calor já começava a afetá-lo? Jessie gostou da ideia de que o homem fosse propenso a corar.

— Agradeço por me hospedar até que eu encontre outro lugar.

— Não tem problema algum. Fique o tempo que precisar. Kitty e eu vamos terminar de preparar o jantar. Jessie, leve-o lá para cima, para o quarto de Jack.

Enquanto a mãe e a irmã se afastavam, de repente ocorreu a Jessie que ele deveria ficar com a srta. Wilcox, cuja residência não tinha escadas. Contra sua vontade, seu olhar foi direto para a bengala.

— Está tudo bem, srta. Lovelace. Consigo subir escadas.

Conforme os dois subiam, passavam por uma série de fotos de família penduradas na parede que documentavam suas vidas — do casamento dos pais até os filhos, ora quando bebês, ora estudantes do ensino médio. Ao chegar ao segundo andar, ela atravessou rumo ao quarto à esquerda. Ele a seguiu. O quarto ainda tinha o cheiro da loção Old Spice que seu irmão passava no queixo. Não devia se emocionar tanto com o cheiro ou as lembranças de como debochara quando ele começou a se barbear. Ela indicou o interior do quarto com o braço.

— Aqui está. Sinta-se em casa.

— Notei um rapaz nas fotos ao longo da escada. Jack é seu irmão?

— Meu irmão gêmeo, na verdade. Mamãe achou que nossos nomes pelo menos deveriam começar com a mesma letra, então Jack e Jessica. Que bom que ela não se decidiu por Jack e Jill.

Ele moveu os lábios ligeiramente, como se fosse sorrir, mas em vez disso olhou para a prateleira repleta de troféus de beisebol e futebol americano.

— Ele parece ser um grande atleta. Está na faculdade?

— Está em serviço.

Aquilo o fez olhar de volta para ela, cheio de seriedade nos olhos azuis.

— Um piloto, aposto.

Ela sorriu.

— Sim, de fato.

Considerou contar detalhes sobre o envolvimento de Jack na guerra — ele certamente não faria objeções —, mas algo a impediu.

— Se me der licença, preciso trocar de roupa. Fique à vontade. Nada de paletó ou gravata no jantar, está quente demais.

Ela se dirigiu para a porta, mas parou pouco antes de cruzar a soleira e se virou.

— Jack deixou quase todas as roupas. Vocês vestem mais ou menos o mesmo tamanho.

Um metro e oitenta, o que fazia dele quinze centímetros mais alto que ela.

— Você deve encontrar uma calça mais fresca que sirva. Na verdade, pode usar qualquer uma das roupas. São mais adequadas para o clima do Texas do que o que você está usando agora, e provavelmente estarão fora de moda antes que ele precise delas de novo.

— Agradeço a generosidade.

— Pode descer quando estiver pronto.

Em seu quarto, de frente para o dele, Jessie escolheu um vestido em tons suaves de pêssego com cintura franzida, saia rodada e mangas curtas bufantes. Depois de uma última conferida no espelho, ela se dirigiu para o corredor e parou ao ver Ballinger saindo do quarto de Jack. Ele vestira uma calça de algodão cinza que caíra perfeitamente. O paletó e a gravata não estavam mais lá. Apenas um botão da camisa estava aberto, mas os punhos abotoados. Ela deu uma semana até o britânico começar a dobrar as mangas acima do cotovelo.

— Mais fresco?

— Consideravelmente, sim.

— A julgar pelo cheiro vindo lá de baixo, eu diria que o jantar está pronto.

Ela não esperou a resposta e apenas desceu, ciente de que ele vinha logo atrás. Quando pisou no térreo, sua mãe saiu da sala de jantar.

— Ah, que bom. Eu estava indo chamar vocês. Venham, vamos nos sentar.

Deixando vazio o lugar na cabeceira da mesa, onde o pai se sentava, elas ofereceram a Ballinger a cadeira em frente à de Jessie. Kitty se esgueirou para o lado da irmã, e a mãe se acomodou na outra ponta, junto à porta da cozinha. Os quatro começaram a passar as tigelas e travessas até todos terem carne, batatas, vagem e pão de milho dispostos na melhor porcelana de sua mãe, com o anel de flores azuis na borda dos delicados pratos, em geral reservada para o jantar de Ação de Graças e Natal.

— Faz tempo que não tenho um homem à mesa — observou a mãe. — Vá em frente, comandante.

— Não precisa ser tão formal, principalmente depois da recepção calorosa. Royce basta. — Ele olhou para cada uma. — Vale para todas vocês.

— Nunca conheci alguém chamado Royce — observou Kitty.

— O nome está na minha família desde que um dos meus ancestrais vestiu uma armadura pela primeira vez.

Kitty arregalou os olhos.

— Ele era um cavaleiro?

— Sim.

— Então você vem de uma longa linhagem de guerreiros — concluiu a mãe das duas. — Como está indo esta última guerra?

O britânico congelou como um cervo que de repente sente que o caçador o tem na mira com o dedo no gatilho. Ele pigarreou antes de responder.

— Fomos aconselhados a não discutir a guerra, o envolvimento da Grã--Bretanha nela ou a falta de envolvimento dos Estados Unidos.

— Imagino que sim. As pessoas por aqui tendem a ignorar o que está acontecendo, mas Jack partiu no verão passado para ingressar na RAF, então tento acompanhar como as coisas estão indo. E ele com certeza não vai contar a verdade sobre a situação por lá nas cartas que escreve.

Royce estreitou o olhar para Jessie antes de observar a mãe dela.

— Seu filho é membro do Esquadrão Águia?

— Creio que sim. Jessie acompanha esses detalhes melhor que eu.

Ele voltou a olhar para ela em busca de confirmação.

— Ele lutou com um esquadrão britânico durante a Blitz, mas quando formaram a unidade totalmente americana, foi transferido para ela — explicou Jessie.

— Então, é muito ruim? — insistiu a mãe.

Aqueles olhos azuis a fitaram, e Jessie logo soube que ele iria mentir. Se não abertamente, ao menos descreveria um retrato mais otimista da situação.

— Sem dúvida ele está pilotando um Spitfire. Aeronave incrível. Sofremos menos baixas com ela, e essa nova parceria de treinamento nos dará muito mais pilotos, o que reduzirá o risco para todos. Infelizmente, ele não está recebendo tanta comida assim, e aposto que está sentindo falta de seus deliciosos pratos, sra. Lovelace. Está muito saboroso.

Os olhos da mãe começaram a marejar.

— Vou pegar mais pão de milho para nós.

Ela prontamente se levantou e foi para a cozinha. Jessie empurrou a cadeira para trás e se levantou também.

— Com licença. Vou ver se ela precisa de ajuda.

Na cozinha, Jessie abraçou pelas costas a mãe, que estava parada diante da pia chorando discretamente.

— Está tudo bem, mamãe. Jack vai ficar bem.

Ela balançou a cabeça.

— Passei por isso na última guerra com seu pai, quando ele estava lá. É muito mais difícil quando é um filho. Penso nele ainda menino e só queria mais um abraço.

— E você vai ter. Eu o fiz jurar que voltaria para casa.

Sua mãe deu uma risadinha.

— Você sempre foi a mandona dos dois.

Jessie afrouxou o aperto e recuou um passo.

— Então você sabe que ele vai fazer o que eu mandar.

Enquanto enxugava as lágrimas que secavam em seu rosto, ela assentiu em direção à porta.

— Está vendo como ele é magro?

Esbelto, não magro.

— Ele me parece bem. Você não precisa engordá-lo. Caso contrário, ele não caberá mais em uma cabine.

Poucas coisas davam mais alegria àquela mulher do que alimentar pessoas.

— Só espero que ele esteja errado e que Jack esteja comendo o suficiente — resmungou ela na volta para a sala de jantar.

Se Royce ou Kitty perceberam que ambas voltaram sem trazer pão de milho, nenhum dos dois disse nada. Eles evitaram qualquer menção à guerra depois daquilo, apesar da enxurrada de perguntas de Kitty sobre a Inglaterra, declarando que visitaria o país algum dia.

Quando todos os garfos e facas silenciaram, ele olhou para a mãe dela.

— Foi uma refeição maravilhosa, sra. Lovelace. Obrigado.

— Dot.

Ele assentiu, mas Jessie duvidou que ele fosse chamar sua mãe de Dot.

— Enquanto terminamos aqui — disse a mãe —, por que não descansa um pouco na sala?

— Ficarei feliz em ajudar com a limpeza.

— Agradeço, mas esta noite você é um convidado e realizou uma longa viagem. Descanse.

— Venha comigo — disse Jessie. — Vou servir um copo do uísque de papai para você.

Ela não sabia por que não se incomodava que Royce bebesse um pouco quando se irritara tanto por tio Joe se servir da mesma bebida. Talvez por saber que o pai a teria oferecido e gostaria que o britânico se sentisse bem-vindo.

Jessie o conduziu até a sala lhe disse que ficasse à vontade antes de se dirigir à mesinha no canto. Ela estava levantando a garrafa quando ele perguntou, solene:

— Por que não me contou que seu irmão estava na RAF?

Ele parecia decepcionado por Jessie ter deixado passar a oportunidade de explicar quando estavam no quarto de Jack. Agora ele estava bem atrás dela, tão perto que ela sentiu seu cheiro — uma pitada de algo terroso com especiarias.

Ao se virar, ela encontrou seu olhar sombrio.

— Porque não gosto de pensar no assunto, e verbalizar me faz pensar no assunto, imaginá-lo no céu, sendo baleado, desviando para não ser atingido. Quase posso sentir o coração do meu irmão batendo forte, a pele ficando úmida, a respiração acelerada. E se penso nisso por muito tempo, eu o imagino não saindo da frente.

Então ela se lembrou do que dissera seu tio, sobre viver na sombra do irmão.

— E, francamente, acho que não queria que sua opinião a meu respeito fosse influenciada pelas ações de meu irmão.

Ele deu um lento aceno com a cabeça, estudando-a de perto como se estivesse tentando decifrar a justa dimensão de suas palavras.

— Entendido. Dois dedos.

Ela piscou.

— Perdão?

Royce ergueu dois dedos na horizontal.

— Eu gostaria de dois dedos de uísque.

Ela deu uma risadinha.

— Certo.

Após acomodá-lo em uma poltrona — Jessie não teve coragem de oferecer a poltrona reclinável do pai —, ela voltou à sala de jantar para tirar a mesa.

— Kitty, sei que é sua vez de lavar a louça, mas tenho planos para amanhã à noite. Troque comigo.

A irmã sorriu.

— Planos com Luke?

— Quem mais?

— Não sei por que não se casa logo com esse rapaz — disse a mãe. — Você não deve se sentir obrigada a colocar sua vida em modo de espera para cuidar de mim. Estou me adaptando às novas circunstâncias e quero ter netos logo.

O mundo de Jessie, sua visão de si, foi sacudido precariamente, desequilibrando-a e a deixando incapaz de responder enquanto a mãe atravessava com uma pilha de pratos a porta vaivém para a cozinha. Ela não havia colocado sua vida em modo de espera. Embora ainda não tivesse alcançado seu objetivo final, estava trabalhando para isso.

Algum tempo depois, parada em frente à pia da cozinha, ela lavou a louça sem pressa, observando pela janela que dava para o quintal o pneu pendurado por uma corda no galho robusto de um alto carvalho. Jack e ela passaram tantas horas brincando naquele pneu. Um bom número de suas lembranças era com Jack. Ele estava com ela desde o começo, e era estranho não o ter por perto. Embora já devesse ter se acostumado com a ausência, Jessie ainda esperava que o irmão chegasse de surpresa quando não estava olhando só para ouvi-la gritar de susto, ou batesse na porta do quarto para pedir sua opinião sobre alguma garota por quem ele de repente se interessou.

A mãe nunca o acossara para que se casasse, mas, como muitas de suas amigas, ela media o sucesso de uma mulher, seu valor, pelo casamento e, por fim, pelos filhos que geraria. No entanto, nunca fizera Jessie sentir que não estava fazendo nada com a própria vida. Quanto a seguir em frente e se casar com *esse rapaz…*

Embora ela e Luke tivessem sido extremamente compatíveis no ensino médio, nos últimos tempos os dois pareciam brigar com mais frequência do que conciliar. Ele não concordava com algumas escolhas que ela fizera, e ela não concordava que ele não concordasse com as escolhas que ela fizera. E agora Jessie não tinha certeza se a própria mãe apoiava suas escolhas. Parecia que aonde quer que fosse, precisava lutar pelo que queria, mesmo com as pessoas que amava.

CAPÍTULO 4

Kitty gostava de ouvir Royce falar, da forma como ele pronunciava as palavras com um refinamento poético agradável de ouvir. Mamãe e ele estavam conversando sobre um interesse mútuo por romances de mistério, especialmente os escritos por Agatha Christie e Sir Arthur Conan Doyle. Kitty quase perguntou se ele já havia lido Nancy Drew, sua detetive fictícia favorita, mas suspeitou que não. Ela gostaria de saber mais sobre aviões para impressioná-lo, mas nunca teve o mesmo entusiasmo por aviação que os irmãos. Sim, ela gostava de voar uma vez ou outra, mas não tinha vontade de aprender a manusear os controles. Seus interesses eram mais voltados para as tarefas domésticas. E ela adorava colecionar e organizar lembranças em seu álbum de recortes. Gostava especialmente dos cartões postais de aldeias pitorescas e pontos turísticos que Jack lhe enviava.

Naquele exato momento, Kitty estava sentada de pernas cruzadas no chão, colando no papel de cor creme o artigo anunciando a chegada dos oficiais da RAF que recortara da edição matinal do *Terrence Tribune*. O relatório informava que um dos oficiais se hospedaria com a família dela.

Ela mostrou a Royce o artigo com a manchete OS BRITÂNICOS ESTÃO CHEGANDO! publicado logo depois de o conselho municipal anunciar que o aeródromo faria parte do programa de treinamento britânico. Royce sorriu ao ler. Ele tinha um sorriso bonito, mas ela ficou com a impressão de que não estava acostumado a subir os cantos da boca. Parecia até um pouco culpado, como se fosse errado fazer uma coisa daquelas. Uma tristeza pesada pairava sobre ele, como a névoa espessa que às vezes rondava o riacho. Algo que podia ser visto, mas não tocado.

Mamãe estava no sofá, tricotando agilmente um par de meias para a Terrence War Relief Society — sociedade que ela fundara e da qual se tornara presidente alguns meses antes — despachar para o exterior com destino aos soldados. Com as meias, seriam enviadas roupas que ela recolhia para os que ficavam com pouco depois de um bombardeio. Ela tricotara um pesado cachecol de lã para Jack levar à Inglaterra. "Ouvi dizer que lá é mais frio", justificara.

Mamãe não chorara na despedida em família na estação, no último mês de julho, mas depois que o trem partiu, ela deixara escapar soluços enormes e ofegantes envolta nos braços do marido. Papai sempre tinha algo a dizer, mas naquela tarde ele ficara quieto, e seu silêncio pesado foi mais assustador que o choro da mãe. Tudo aquilo fez Kitty perceber que Jack estava correndo um perigo real. Jessie pegara a mão dela e a apertara, sugerindo que fossem tomar um sorvete. Todos foram, mas na maior parte do tempo ficaram só olhando a sobremesa derreter.

Agora, lá estava aquele homem, chegado do país onde Jack estava morando. Kitty tinha inúmeras perguntas, mas era grosseiro interromper. Ela queria saber se ele conhecia a princesa Elizabeth, pois ouvira seu discurso para as crianças que deixaram a Grã-Bretanha a fim de se protegerem de tantos bombardeios. O discurso apaziguara o que ela sentia sobre a presença de Jack no conflito, a fizera acreditar que ele tinha feito a coisa certa, mesmo que não parecesse tão certo assim quando ele entrou na sala de estar, em uma noite tranquila de domingo, e anunciou solenemente:

— Estou indo para a Inglaterra para me juntar à RAF.

Mamãe, sentada em seu lugar habitual no sofá, prendeu a respiração. Jessie deixou o queixo cair e arregalou os olhos. Ela e Jack confidenciavam tudo um ao outro, uma proximidade que Kitty às vezes invejava, mas, ao que parecia, ele também não dividira aquela pequena notícia com a irmã gêmea, que sabia sobre uma guerra acontecendo na Europa, embora não fosse uma guerra deles.

Papai se levantara bruscamente da poltrona estofada.

— Você com certeza não vai.

— Não pode me impedir, pai. Tenho vinte e três anos.

— E mora sob meu teto.

Ele deu de ombros.

— Mas eu vou me mudar.

Para o outro lado do oceano.

— Não há nada glamoroso ou glorioso na guerra. Você não quer ir, filho.

— Não, eu não *quero,* mas preciso. A França se rendeu. Se a Grã-Bretanha cair… Esse louco tem que ser detido. Mais cedo ou mais tarde, teremos que nos envolver.

— Quando nos envolvermos, aí você pode lutar.

— Prefiro antes. Ouvi dizer que os britânicos estão recebendo aviadores americanos.

— Juntar-se à RAF será uma violação das Leis de Neutralidade. Você pode perder sua cidadania. Talvez nunca mais consiga voltar para casa.

Jack engoliu em seco e assentiu.

— Eu sei, pai. Mas você me ensinou que fazer a coisa certa nem sempre é fácil, e que às vezes se paga um preço por isso, mas ainda assim se faz o que é certo. Não posso deixar de ir quando sei que há uma chance de fazer uma pequena diferença. Eu sou um baita piloto. Você sabe que é verdade porque me ensinou isso também.

Papai olhou para o chão.

— Maldição.

Kitty arregalou os olhos, assustada, porque o pai nunca usava palavras como aquela. No entanto, ao ver o alívio no rosto de Jack, soube que o irmão tinha vencido, tinha provado seu argumento. Então ele olhou para a mãe.

— Me desculpe, mãe.

Ela se levantou, atravessou a sala e o abraçou.

— Amamos você e, apesar de preocupados, estamos orgulhosos.

Uma semana depois, Jack foi para o Canadá.

Kitty não entendia bem por que queriam que os norte-americanos interessados em ingressar na RAF passassem pelo Canadá, mas muita coisa que estava acontecendo no mundo não fazia o menor sentido. Ela sem dúvida nunca imaginara ter um britânico sentado em sua sala de estar.

Uma batida sacudiu a porta de tela.

— Eu atendo.

Kitty se levantou de um salto; decerto era sua melhor amiga, Fran Gaines, que às vezes passava lá à noite e estava animada com a chegada dos britânicos a Terrence, disposta a conhecê-los. Quando chegou à porta, contudo, Kitty se deparou com duas senhoras mais velhas vestindo suas melhores roupas e chapéus decorados com flores demais. Ela abriu a porta de tela.

— Boa noite, sra. Johnson e sra. Berg.

— Olá, Kitty — respondeu a sra. Johnson em um tom alto.

Uma das damas mais proeminentes de Terrence, presidente da Associação de Mulheres da cidade, ela falava com um sotaque arrastado e o volume sempre alto.

— Seu visitante está aqui?

— Sim.

— Adoraríamos conhecê-lo.

Kitty não tinha certeza se Royce adoraria conhecê-las — as duas tinham talento para monopolizar uma situação. Ainda assim, abriu mais a porta de tela.

— Entrem.

CAPÍTULO 5

Quando estava terminando na cozinha, Jessie ouviu a voz estrondosa da sra. Johnson anunciando sua chegada. A mulher era uma socialite de Dallas quando se casou com um jovem ambicioso que logo se tornaria presidente do Terrence Bank and Trust. Os habitantes da cidade se intimidavam, a reverenciavam ou tinham grande estima pela sra. Johnson. Jessie a admirava. Ela sabia como fazer as coisas.

Depois de preparar uma bandeja com alguns refrescos para as visitas — a sra. Johnson raramente ia a algum lugar sem a sra. Berg a tiracolo —, Jessie foi para a sala de estar. As apresentações haviam sido feitas e as duas senhoras já estavam acomodadas de bom grado no sofá perto da poltrona ocupada por Royce.

— Alguém gostaria de uma limonada? — perguntou Jessie.

— Ah, você é um amor. Estou tremendamente sedenta, obrigada — disse a sra. Johnson.

Após dar um copo a todos, incluindo Royce, mesmo suspeitando que ele preferisse mais dois dedos de uísque, Jessie se acomodou no chão ao lado da irmã. O álbum de recortes de Kitty estava fechado. Ela não compartilhava seu conteúdo com qualquer um, mas Jessie imaginou que a irmã havia mostrado a Royce pelo menos a parte que tratava dos britânicos. A menina era uma historiadora nata e começara a criar seu primeiro álbum quando tinha sete anos. Ela entraria no último ano do ensino médio em setembro e já havia sido selecionada para ser editora do jornal da escola.

— Comandante da ala — começou a sra. Johnson —, como eu dizia, a sra. Berg e eu queríamos lhe dar as boas-vindas em nome de nosso clube. Não é sempre que recebemos estrangeiros por aqui, então é muito *excitante* ter você em nosso meio.

Jessie não teria empregado o termo *excitante,* mas também sabia que alguns na cidade tinham adotado uma postura um tanto festiva com a chegada dos britânicos. Várias damas esperavam impacientemente a chegada de homens elegíveis, afinal, depois que uma garota saía com todos os rapazes com quem estudara no ensino médio, as opções ficavam um pouco escassas.

— Nossas integrantes expressaram uma boa dose de interesse em você e em seu país — prosseguiu a sra. Johnson com entusiasmo.

— Lou Lou, a sra. Berg, e eu esperávamos convencê-lo a se apresentar para nosso grupo em um próximo almoço.

Ele pareceu desconfortável e se ajeitou na poltrona, como se procurasse as palavras certas.

— Agradeço as boas-vindas. — Ele pigarreou e continuou: — E o convite para falar com suas damas. No entanto, temos muito trabalho a realizar e não sei se terei tempo para tais... compromissos.

Por alguma razão, seu tom parecia mais apropriado para acompanhar a palavra *absurdos*. Jessie não conseguia imaginá-lo particularmente feliz com a situação ou com a percepção de que nem todos compreendiam direito a importância da missão que os levara até ali. Mas ela conhecia a sra. Johnson bem o suficiente para saber que a mulher estava ainda menos feliz naquele momento. Com um corpo muito parecido com uma proa de navio, ela tinha um talento para cortar objeções com a facilidade de um navio cortando águas calmas.

— Imaginei que poderia hesitar, Royce. Posso chamar você de Royce? É mais curto que comandante de ala.

— Sim, certamente.

— Bem, Royce, algumas pessoas da região não estão muito confortáveis com os britânicos andando entre nós. Sem contar as que acreditam que não deveríamos ter nenhum envolvimento na guerra. A pobre Dot, com seus esforços de socorro, não recebe nem de perto as doações que deveria.

— Está melhorando, Daphne — informou a mãe, talvez um pouco seca demais.

Ela ficara incrivelmente desapontada quando criou sua War Relief Society e viu que tão poucos se interessaram em participar. No entanto, a falta de apoio não a impediu de se dedicar ao empreendimento e fazer sua parte para ajudar o país pelo qual seu filho agora lutava.

— Ainda assim, na minha opinião, isso é apenas porque as pessoas não conhecem os britânicos de verdade, não têm uma conexão com eles. Tenho alguns vizinhos que nunca se aventuraram além da fronteira do Texas. Mas eu já estive em Londres e achei seus cidadãos encantadores. Sua fala daria um rosto ao país, por assim dizer, e certamente ajudaria a desenvolver uma relação de apreço mútuo. Você não acha?

Sempre que terminava um discurso com aquelas três palavrinhas, na verdade ela estava dizendo: *você não ousaria discordar de mim, ousaria?*

Royce deu um suspiro que poderia muito bem ter sido o hasteamento de uma bandeira branca.

— Talvez tenha razão. Terei que obter a aprovação de meus superiores.

— Esplêndido. Eu sabia que poderíamos chegar a um acordo.

Se não aprovassem, Jessie suspeitava que a sra. Johnson telefonaria para eles. Ou então enviaria um telegrama ou falaria com o embaixador americano — até com o primeiro-ministro em pessoa. A mulher era uma força da natureza quando se propunha a algo.

— Lou Lou e eu também estávamos cogitando organizar um baile para receber seus soldados.

— Aviadores — corrigiram Jessie e Royce ao mesmo tempo.

Ele olhou para Jessie, seu sorriso ainda pequeno, mas os olhos brilhando, achando graça.

— Não são chamados de soldados — esclareceu Jessie. — São aviadores.

— Bem, não é maravilhoso aprender algo novo? Seus superiores teriam alguma objeção a organizarmos um baile?

— Não, senhora, tenho certeza que não.

— Um baile cairia bem — disse Kitty.

Ultimamente, ela e as amigas só sabiam falar de rapazes, e Jessie sabia que estavam afoitas pela chegada dos cadetes. Kitty estava sempre lamentando a falta de meninos suficientes para todas e nunca havia ido a um encontro ou comparecido a um baile da escola.

— Talvez você possa ajudar com a decoração — sugeriu a sra. Johnson. — E nos ajudar a divulgar.

— Eu adoraria — aceitou Kitty, com um sorriso radiante.

— Maravilha. — A sra. Johnson olhou para Royce e continuou: — Presumo que seus homens terão algum tempo livre.

— Eles trabalham até meio-dia aos sábados e ficam de folga até segunda de manhã.

— Providenciaremos algo que se adapte a esse cronograma, então. Bem, não vamos mais tomar seu tempo. Sem dúvida está cansado da viagem. Foi um prazer conhecê-lo, e ansiamos por uma parceria mais profunda.

Quando ela se levantou, todos os outros se levantaram.

— Eu acompanho vocês — ofereceu Jessie, seguindo as senhoras pelo saguão que levava à varanda e deixando a porta de tela bater ao sair.

— Dê um alô nosso para Jack na próxima vez que escrever para ele — pediu a sra. Johnson.

— Escreverei hoje à noite, então certamente darei. Cuidem-se.

Após vê-las partir, ela abriu um pouco a porta de tela, passou a mão pela fresta e apagou a luz da varanda para reduzir o número de mariposas e insetos. Então se sentou no balanço. Com a janela aberta atrás dela, o som da conversa dentro da casa criava um pano de fundo agradável e silencioso para seus pensamentos, mas ela estava perfeitamente consciente da ausência da voz de Jack naquela noite. Uma leve brisa dançou sobre sua pele. Ela sempre gostou de terminar as noites ali. Trixie saltou para a varanda e se enroscou em seus pés.

— Eu sei, garota. Também sinto falta dele.

Por alguma razão, naquela noite, o vazio constante deixado em seu peito quando Jack partiu parecia mais expansivo, mais profundo. Talvez porque os britânicos estivessem ali. Eles trouxeram a guerra para um pouco mais perto de casa. Deram um rosto ao país de onde vinham, como dissera a sra. Johnson.

Ou talvez o vazio tivesse mais a ver com o comentário anterior de sua mãe. Jessie não teve coragem de perguntar se ela achava mesmo que sua vida estava em modo de espera. Pensando bem, agora via que sempre fora seu pai quem reconhecia e celebrava suas realizações. Sua mãe sorria, mas não demonstrava uma animação genuína, provavelmente porque via cada conquista como um possível atraso na chegada de netos. Era curioso de repente se sentir uma estranha na própria casa. Ela sempre pensou que sua mãe era a cola que mantinha a família unida, mas talvez fosse seu pai. Ele a entendia tão bem.

A porta de tela rangeu ao ser aberta. Royce foi até a grade de madeira branca, apoiou nela os quadris e a bengala e cruzou os braços. Mesmo sem a luz da varanda, ela sabia que ele a fitava com uma franqueza que sem dúvida usava quando estava no ar, avaliando os arredores.

— Duvido muito que a sra. Johnson aceite não como resposta.

Pelo visto, ele era muito habilidoso em julgar as pessoas.

— É, ela não aceita.

Como se de repente farejasse uma possibilidade de carinho, Trixie se levantou e trotou até Royce. Ele se curvou e começou a acariciá-la, coçando suas orelhas.

— Olá!

Jessie sempre teve uma queda por quem tratava os animais com gentileza, e a reação de Royce à cadela foi visivelmente natural.

— Essa é a Trixie, cachorra do Jack.

— Olá, Trixie. Imagino que sinta falta dele, não é, velhinha?

Jessie se perguntou de quem *ele* sentia falta; quem estaria na Inglaterra esperando seu retorno.

— Também tem um cachorro à sua espera em casa?

Ele riu ligeiramente.

— Não. Nunca tive um lugar adequado para um animal de estimação.

— Uma esposa, uma namorada, alguém especial?

— Não. Eu não...

Uma profunda tristeza se entrelaçou à voz de Royce e ela considerou perguntar a respeito, mas decidiu não se intrometer. Eles não eram amigos, apenas trabalhariam juntos para um objetivo comum, compartilhando o mesmo propósito.

— Obrigada por não contar para minha mãe, mais cedo, a realidade da situação.

Ainda afagando Trixie, ele voltou a atenção para Jessie.

— Contei a ela a realidade, mas não toda.

— Foi gentil de sua parte poupá-la do pior, então. Jack faz o mesmo. As cartas dele para ela e Kitty sempre dão a impressão de que ele está lá apenas passeando. Ele é um pouco mais franco comigo, e me fez jurar que nunca deixaria que lessem o que me escreve.

Ela mordeu o lábio inferior.

— Onde fica Hell's Corner?

Ele deu um último tapinha afetuoso em Trixie e se endireitou.

— Sul de Kent. Dover e cercanias. É o ponto mais próximo da França. Já que a Luftwaffe pode alcançá-lo com rapidez, sem gastar muito combustível, o lugar vive sob seus ataques. É lá que seu irmão está servindo?

Ela assentiu.

— Os censores removeram qualquer menção à localização exata, mas deixaram a referência a Hell's Corner, então eu não tinha certeza de onde ele estava.

— É improvável que saber exatamente onde ele está lhe traga qualquer conforto, e também nos esforçamos para não revelar nossos pontos fortes e fracos.

— Foi lá que você foi ferido?

Royce olhou na direção da cidade, e Jessie temeu que ele estivesse revisitando algumas lembranças.

— Sinto muito. Eu não devia ter perguntado.

— Foi. — Sua voz era baixa, rouca, como se tivesse se forçado a dizer aquilo. Ele a olhou e continuou: — Sim, Hell's Corner tem o hábito de coletar baixas. Fui um dos mais afortunados. Eu estava servindo com o 601. Sofremos muitas perdas, receio, mas alguns homens passaram incólumes. Espero que seu irmão seja um deles.

— Ele é um bom piloto. Eu nunca admitiria isso na frente dele, mas Jack é um pouco melhor do que eu.

O sorriso que Royce deu foi quase completo, mas Jessie suspeitou que ele pensava que ela exagerara quanto às próprias habilidades.

— Há quanto tempo você voa?

— Eu tinha seis anos quando papai me levou pela primeira vez. Oito quando ele passou os controles para mim. Eu devia ter ficado apavorada com a responsabilidade, mas estava determinada a não o decepcionar por depositar tanta fé em mim. E a emoção de poder ir aonde eu queria... Eu nunca tinha sentido nada igual. Tirei minha licença de piloto particular aos dezesseis anos.

Ele inclinou a cabeça e arqueou uma sobrancelha.

— Estou impressionado. Você está nisso há muito mais tempo do que eu.

— Quando você começou a voar?

— Somente no verão de 32. Eu tinha vinte e dois anos. Jovem e imprudente. Alguns companheiros e eu queríamos voar e tivemos a ideia genial de ingressar em um corpo civil da Força Aérea Real Auxiliar. Fomos treinados com o entendimento de que voaríamos pela RAF se a guerra começasse. O que aconteceu.

Jessie não conseguia imaginá-lo jovem ou imprudente, tampouco se dera conta de que Royce tinha apenas trinta e um anos. Ela teria lhe dado quase quarenta. A guerra sem dúvida envelhecia as pessoas.

— Deve ser um piloto habilidoso para ter subido tão depressa. Se estivesse no Exército, seria tenente-coronel.

— Conhece bem os postos.

— Papai lutou na Grande Guerra. Embora quase nunca falasse a respeito, ainda conseguiu me passar alguma apreciação por assuntos militares. Como acha que vão chamar esta guerra?

— De última, espero.

Ela não apenas esperava o mesmo, mas desejava que acabasse logo. Antes até de concluírem o treinamento da primeira leva de cadetes. Não seria ótimo para eles se tudo acabasse sendo apenas uma viagem para outro país?

— Você também deve estar ciente — continuou ele — de que meu posto tem mais a ver com a posição elevada da minha família na sociedade. Ao contrário do seu Exército, o nosso raras vezes promove alguém por mérito. Ou pelo menos é assim que sempre foi, embora pareça haver uma mudança em curso para reconhecer realizações em vez de fortunas de berço. Eu sou a favor; acredito que nos dará líderes melhores.

— Mesmo assim, você deve ter provado seu valor, ou não teriam lhe dado uma tarefa tão importante aqui.

— Eles tinham que fazer algo comigo. No momento, minha perna é inútil em uma cabine.

Sua raiva e frustração eram palpáveis.

— Não foi um dano permanente, então?

— Os médicos acham que não.

Ele voltou a observar a cidade.

— Deve ser estranho ver luzes acesas à noite.

Jack escrevera sobre os blecautes.

— É, sim. Eu tinha me esquecido de como pode ser... atrativo.

Ela não conseguia imaginar a escuridão total, como devia ser deprimente e assustador. Por que diabo algumas pessoas queriam ser conquistadoras?

— A maioria dos comércios está fechada agora, mas quer dar uma volta rápida por lá?

— Sim, acredito que sim.

Após sair do balanço, ela avisou pela janela:

— Vamos dar uma volta.

Os passos fortes soaram pouco antes de Kitty abrir a porta de tela com uma ansiedade semelhante à de Trixie.

— Posso ir?

— Claro.

Kitty avançou e saltou da varanda.

— Vamos, Trixie.

A cadela correu atrás dela. Jessie desceu os degraus e esperou Royce chegar ao caminho que levava à calçada. Intencionalmente, ela manteve o próprio ritmo lento e uniforme, consciente da bengala batendo nas pedras.

— Me avise quando quiser voltar.

— O passeio me fará bem.

— Sente muita dor?

— Cada dia menos.

Não era bem uma resposta. Ela o encarou.

— Como é que vocês ingleses chamam? Manter a fleuma? É isso que está demonstrando aqui?

— Outros já sofreram coisas piores.

— Como você se machucou?

Royce suspirou e eles subiram a calçada, as luzes distantes iluminando de leve o caminho, criando uma atmosfera mística.

— No Canal, concentrado demais em atirar no alvo para notar o parceiro dele vindo atrás de mim. O que derrubei mal caíra dentro d'água quando fui forçado a escapar do segundo. Fomos com tudo. Demorou um pouco para estar atrás dele, mas esse acabou na água também. Foi só quando pousei de volta no campo de aviação que percebi que as balas de metralhadora haviam atravessado a fuselagem e me acertado na perna e no quadril.

Royce contava aquilo como se estivesse lendo seu diário de bordo, como se não tivesse ficado apavorado, não tivesse refletido por um único momento que estivera frente a frente com a morte. Se era parecido com Jack, sem dúvida estava frustrado por ter participado da ação e agora se ver de castigo.

— Você mencionou o Spitfire no jantar. Era o avião que pilotava?

— E pilotarei de novo, se puder.

— Ouvi dizer que um Messerschmitt não cai sem uma boa briga.

— E nós não fugimos da briga.

— Aposto que sim. Mas li que o Messerschmitt é melhor em subir e mergulhar.

— Ah, mas o Spit tem um lindo motor Rolls-Royce Merlin e a capacidade de fazer curvas mais fechadas. Eu diria, no entanto, que as vantagens entre os dois são mínimas. A habilidade do piloto importa mais. Um aviador talentoso pode compensar qualquer falta em uma aeronave.

Era estranho falar de aviação com alguém que não fosse seu pai ou irmão. Luke nunca voara de avião, preferindo manter os pés em terra firme. Sempre que Jessie falava sobre voar, ele assentia e murmurava um som ou outro para indicar que estava ouvindo, mas ela suspeitava que ele usava aquele tempo para pensar em ração para gado ou no reparo das cercas.

— Li coisas maravilhosas sobre a capacidade de manobra e velocidade do Spitfire. Estou com um pouco de inveja.

— Quando a guerra terminar, vá para a Inglaterra que te levo para voar nele.

A oferta soou sincera, mas era mais que isso, ela tinha um tom de inevitabilidade. A guerra terminaria e ele estaria lá para voar novamente pelos céus de casa. As cartas de Jack continham o mesmo otimismo. Ele sempre sobreviveria para lutar outro dia. Jessie supôs que todos os envolvidos no olho do furacão precisavam se agarrar à esperança de serem poupados. Caso contrário, como reunir coragem para enfrentar os perigos?

Kitty saltitou de volta até os dois com Trixie em seus calcanhares.

— Royce, vocês têm cinemas na Inglaterra?

Ele deu um sorriso largo.

— Temos, sim.

O sorriso de Kitty estava mais reluzente que uma lua cheia.

— Você gosta de ir ao cinema?

— Gosto, embora eu não vá há algum tempo.

— Talvez possamos ir algum dia.

O coração de Jessie deu um pequeno salto. Por mais que pudesse ter sido uma sugestão inocente, ela temeu que a irmã estivesse apaixonadinha pelo aviador.

— Vou manter seu convite em mente, mas duvido que tenha muito tempo para filmes.

Os três passaram pelo cinema e pela Mona's Dress Boutique, onde as damas mais importantes da cidade faziam compras. Kitty parou em frente à botica Delaney's, fechada até o dia seguinte.

— Eu trabalho aqui — anunciou. — No balcão de refrigerantes. Se passar por aqui, sirvo uma vaca-preta com Coca-Cola e sorvete extra para você.

Ele balançou a cabeça.

— Receio não saber bem o que é isso, mas parece maravilhoso, especialmente a parte do sorvete. Os rapazes vão ficar mimados com a abundância daqui.

— Acha que eles estão com medo de vir?

— Acho que estão animados com a perspectiva de conhecer um pouco do mundo e fazer novos amigos.

— Vocês vão deixá-los sair com garotas?

— Duvido muito que consigamos impedir que se interessem em conhecer as moças por aqui; mas lembre-se, Kitty, eles não vão ficar. Quando partirem, muitos deles... não terão a oportunidade de voltar para visitar.

Ele estava aplacando a verdade para Kitty, assim como fizera com sua mãe, tentando amenizar as realidades da guerra. Eles não teriam chance de voltar porque não sobreviveriam.

— Você vai? — perguntou a irmã. — Vai voltar para visitar?

— É difícil saber, no momento.

Nada na vida era garantido, mas a guerra parecia realçar essa máxima. O futuro sempre foi incerto. Quantas pessoas já tinham feito planos, mas não vivido o suficiente para realizá-los?

Eles atravessaram a rua até a praça da cidade, um pequeno parque arborizado com um gazebo de madeira branca no centro. Embora as árvores lançassem sombras profundas sob os galhos, havia luz suficiente emanando dos postes e dos letreiros das lojas para Kitty encontrar um graveto, pegá-lo do chão e atirá-lo na direção de um dos vários bancos rodeando o gramado onde canteiros floresciam. Trixie disparou para pegar.

Enquanto Kitty a esperava, Jessie e Royce continuaram. Do outro lado da rua, na extremidade da praça, o Cowboy Grill continuava aberto, e o barulho abafado dos clientes dentro do café espalhava-se pela noite.

— Eu me esquecera de como os jovens podem ser inocentes — confessou ele baixinho, batendo a bengala sistematicamente no ritmo de seus passos.

— Receio que ela, assim como o clube de senhoras, tenha ideias românticas sobre a chegada de estrangeiros na cidade.

— Não há nada de romântico na guerra.

— Mas você esteve nela, nós, não. Claro, sabemos que está acontecendo, mas não experimentamos. É difícil entender a realidade.

— Espero que não sejam forçados a isso.

— Você gostaria que estivéssemos lá, lutando?

Ambos deram vários passos em silêncio antes que ele finalmente respondesse:

— Talvez seja melhor guardar minha opinião sobre o assunto.

— Então talvez esteja um pouco ressentido por não estarmos?

Mais alguns passos sem dizer nada, mas ela podia sentir o silêncio aumentando e a tensão irradiando dele.

Ele emitiu um som estrangulado, como um rosnado que tentava engolir.

— Sabia que Churchill abordou seu governo sobre a possibilidade de treinar nossos pilotos há mais de um ano? Mas Roosevelt temia que fornecer qualquer assistência arruinasse sua chance de reeleição. É claro que, depois que a eleição acabou, reconsideraram nosso pedido, mas perdemos meses de preparação, e isso custou vidas. — As batidas da bengala no chão estavam mais fortes, pontuando suas palavras. — Para piorar a situação, não temos permissão para viajar diretamente para os Estados Unidos. Temos que entrar pelo Canadá e renunciar à RAF antes de recebermos nossos vistos para podermos embarcar no trem. Não podemos usar nossos uniformes, exceto no aeródromo, com receio de que alguém se ofenda por estarmos aqui. Devemos ser o mais sutis e discretos possível. Entrar silenciosamente, fazer o que é exigido de nós e sair de fininho. Deus me livre se Hitler decidir que os Estados Unidos estão oferecendo ajuda e conforto e resolver vir atrás de vocês. Ou que nossa presença seja uma indicação de que vocês, ianques, podem se juntar à luta.

Ela não tinha resposta para a raiva dele. Royce deixou escapar um suspiro profundo e trêmulo.

— Sim, acho que estou um tanto ressentido. Peço desculpa pelo desabafo.

Embora ela não esperasse um discurso tão sincero e acalorado, não o culpava.

— Aposto que foi bom colocar tudo isso para fora.

A rápida explosão de riso que veio dele carregava um toque de surpresa.

— Sim, foi mesmo.

Royce a olhou, e seu sorriso discreto, mas ainda capaz de transformar suas feições, o rejuvenescia. Jessie quase conseguiu imaginar a aparência dele na mocidade, antes de carregar o peso da guerra nas costas.

— Mas você não merecia meu discurso. Você tem um irmão em perigo.

— Ele acha que uma hora ou outra vamos nos juntar à luta.

— Talvez tudo acabe antes que precisem fazer isso.

— Você não acredita nisso.

— Não.

Ele olhou para o céu.

— Mas está uma noite linda. Já faz um tempo que não aproveito a tranquilidade de uma noite sem o potencial de ouvir sirenes tocando. No entanto, essa serenidade é um tanto prejudicada pela culpa de estar aqui em vez de lá.

— O que você está fazendo aqui fará diferença.

— Vou me apegar a essa esperança. É melhor voltarmos para casa, agora.

A tensão na voz de Royce denunciava que ele estava sentindo algum desconforto, se não dor.

— Kitty! Estamos indo para casa.

A viagem de volta foi um pouco mais lenta — ele provavelmente se esforçara mais do que deveria. Quando se aproximaram da residência, Royce observou, baixinho:

— Agradeço a ajuda que seu país está nos dando agora e aprecio muito a hospitalidade de sua família.

Assim que entraram, descobriram que a mãe das meninas já havia se deitado. Kitty pegou seu álbum de recortes e subiu as escadas.

— Vou me deitar também — disse Royce.

— Barstow vem buscar você de manhã, não é?

— À metade das oito.

Às quatro da manhã? O rosto dela deve ter registrado a dificuldade em entendê-lo, porque Royce esclareceu:

— Oito e meia.

Só então a fala anterior fez sentido. Com um pouco mais de esforço, ela teria chegado lá.

— Já terei saído, mas quando quiser se arriscar a andar na garupa da minha moto, eu lhe dou uma carona.

O que ela estava dizendo? O homem arriscara ser baleado em pleno voo.

Royce pareceu achar graça, como se tivesse pensado o mesmo.

— Vou pensar na oferta.

Uma maneira educada de dizer que seria totalmente inapropriado, porventura embaraçoso, os dois disparando corpo a corpo na Indian Scout de Jessie.

— Você deve ter visto um pote de talco na mesinha ao lado da cama.

— Sim.

— Polvilhe nos lençóis antes de se deitar. Ajudará a mantê-lo refrescado enquanto adormece.

— Obrigado. Boa noite.

— Bons sonhos.

Enquanto dizia aquilo, Jessie se perguntou se, com tudo que ele havia visto e experimentado, ainda conseguia tê-los. Ela foi até a porta dos fundos, a abriu e chamou Trixie. A labradora subiu os degraus, entrou na pequena sala ao lado da cozinha, que era usada como depósito, e se acomodou em seu montinho de cobertores. Jessie dispensou-lhe um último afago antes de trancar a casa, apagar as luzes e ir para a cama.

Algumas horas depois, algo a acordou. Não sabia o que havia sido, mas, ao apertar os olhos para o despertador, com o luar e as luzes da rua se infiltrando pelas cortinas rendadas, viu que era pouco depois das duas. Ela se levantou da cama, rastejou até a porta, a abriu e viu que a porta do quarto de Jack estava entreaberta. Ouvindo atentamente, não detectou nenhum som vindo do corredor — nem de qualquer outro lugar da velha casa, que rangia com qualquer tipo de movimento. Havia apenas silêncio.

Após recuar de volta pelo quarto, foi até a janela e viu a silhueta escura de um homem no jardim da frente, um minúsculo brilho vermelho do que ela presumiu ser um cigarro sendo levado periodicamente em direção à boca e desaparecendo por um tempo. Jessie duvidava muito que bons sonhos haviam feito Royce sair. Pensou em se juntar a ele, oferecer companhia, mas, por fim, voltou para a cama e olhou para o teto, sentindo o peso de uma responsabilidade inesperada. A guerra nunca estava muito longe de seus pensamentos, mas, de repente, estava tentando fazer morada em sua alma.

3 de junho de 1941

Querida Jess,

Com a transferência do meu esquadrão, demorou mais para sua carta com essa notícia inesperada chegar até mim. Não acredito que venderam nosso aeródromo!

Ao mesmo tempo, fui tomado por uma sensação de alívio por ser libertado. Você e eu, Jess, aquele lugar teria nos prendido em Terrence — se eu puder voltar. Agora, o céu é o limite (trocadilho intencional). Acho que é mais difícil para você porque está aí, e porque sempre foi mais próxima do papai, a queridinha dele, admita. Você sabe que é verdade.

Eu e ele éramos muito parecidos, sempre batendo de frente. Às vezes acho que em parte foi isso que me levou a vir para cá. Eu precisava me afastar da influência dele, precisava sentir que estava tomando minhas próprias decisões, as decisões certas para mim. Talvez com o tempo você veja esse evento como uma coisa boa e tenha uma percepção semelhante.

Embora eles tenham censurado a maior parte da sua carta no trecho sobre o que fariam com o aeródromo, tenho uma boa ideia com base no que ouvi por aqui. Estou feliz que esteja por perto para ajudá-los. Você é boa pra burro em pilotar (por favor, queime esta carta para que eu possa negar ter admitido isso).

Imagino que ——— já esteja aí quando você receber esta carta.
Ansioso para saber como foi.
Sinto sua falta, mana.

Seu irmão mais velho e, portanto, mais sábio,
Jack

P.S.: Não deixe de dar um petisco para a Trixie e dizer que fui eu que mandei.

CAPÍTULO 6

Quarta-feira, 4 de junho de 1941

Naquela manhã, após testar o Stearman que pilotara na tarde anterior, para garantir que tudo estava funcionando bem depois de Billy fazer sua mágica, Jessie se dirigiu ao hangar para guardar seu equipamento. Três instrutores de voo estavam encostados na lateral do prédio, fumando. Ela não os conhecia bem, tendo trocado apenas algumas palavras com o grupo desde que haviam chegado na semana anterior, cada um de uma parte diferente do país. Ela deu um aceno rápido enquanto passava.

— Ballinger vai dar o que você quer depois de terem passado a noite juntos?

Jessie congelou onde estava. Doug Forester não se preocupou em disfarçar a insinuação. Devagar, tão lentamente que o ar ao seu redor nem se mexeu, ela girou de volta. Ele a olhava com a mesma reprovação que ela notara em sua direção mais de uma vez desde que o sujeito chegou. Jessie não sabia o que fizera para ofendê-lo. Ele não era muito mais velho que ela, mas parecia estar sempre de mal com a vida.

— Perdão?

— Ouvi dizer que você queria ser instrutora de voo. Achei que aproveitaria o tempo que ele passou na sua casa para bajulá-lo.

Doug parecia completamente enojado com ela, que se perguntou vagamente qual teria sido a reação dele se Royce tivesse chegado na garupa de sua motocicleta com os braços em volta de sua cintura. Embora Jessie tivesse temido brevemente que a presença de Jack na RAF ajudasse Royce a vê-la sob uma luz mais favorável, nunca pensara que alguém ali a veria tirando vantagem da estadia do homem na casa de sua família. Fora o Exército quem abordara sua mãe para fazer aquele arranjo, provavelmente devido à sua associação anterior com o aeródromo.

— E isso é da sua conta?

— Lugar de mulher não é na cabine.

— Minhas licenças dizem que é.

Além da licença de piloto particular, Jessie tinha uma comercial. Ela deu as costas ao homem.

— Seu irmão está lutando pelo lado errado.

Dando meia-volta mais uma vez, ela estreitou os olhos e deu um passo rápido em direção a Doug que o fez recuar a cabeça. Onde ele estava obtendo todas aquelas informações? Embora a decisão de seu irmão fosse de conhecimento geral na cidade, com suas façanhas relatadas algumas vezes no *Terrence Tribune*, Forester poderia ter ouvido aquilo em qualquer lugar.

— Ele não poderia lutar por nós, já que ainda não estamos envolvidos na guerra.

Doug ajustou a postura.

— Os ingleses vão perder. Ele vai morrer por nada.

Ele não ia morrer. Os ingleses não iam perder. Jessie começou a cerrar os punhos. Será que ele estava sugerindo que Jack lutasse pela Alemanha?

— Eles parecem estar resistindo bem.

— É só uma questão de tempo até se renderem. Os alemães têm superioridade aérea. O Messerschmitt…

— Também tem seus defeitos, mas se você acredita que a Inglaterra não tem chance de vencer, o que está fazendo aqui?

— Sendo pago. É um trabalho.

Tudo o que Jessie fizera na vida havia sido motivado por suas paixões. Ela não podia se imaginar sendo indiferente daquela forma ao falar de algo que ocupava a maior parte do seu dia. Não ficara impressionada quando conheceu Forester, e estava ainda menos agora.

— Vai transmitir esse pessimismo aos novatos?

Ele deu de ombros.

— Vou ensinar o que eles precisam saber, mas não darei tempo extra a ninguém. — E olhou para a área onde ela acabara de pousar. — Eles não têm como vencer.

A raiva estava fervendo dentro dela, borbulhando. Ela olhou além de Forester, onde dois amigos dele se ocupavam olhando para baixo e triturando suas bitucas de cigarro.

— Vocês pensam o mesmo?

— Difícil dizer — respondeu um deles.

— Na verdade, é muito fácil dizer sim ou não. Estamos aqui para fazer a diferença, para dar a eles habilidades para vencerem em voo. Para ajudar a impedir que o país deles seja invadido.

— Vamos apenas ensiná-los a voar — discordou Forester. — Não estamos os salvando.

Jessie o empurrou com força suficiente para fazê-lo cambalear para trás. Ela queria salvá-los, ou pelo menos tentar. Faria isso mesmo se não estivesse sendo paga. Todos os anos voando, todas as horas praticando piruetas e loops, curvas e mergulhos. Aprender do que era capaz uma aeronave, saber manobrá-la... Em alguns momentos ela acreditou que tudo aquilo havia sido para isso. Ela não podia lutar no ar, mas isso não significava que não pudesse fazer sua parte na batalha contra o inimigo. A Alemanha de Hitler era o inimigo, invasor, terrorista, e aquele cara estava agindo como se fosse pouco mais que uma rivalidade no futebol. Que não havia nada mais em jogo além de números em um placar. Não vidas, não um modo de vida, não a democracia e a liberdade.

Doug se conteve e abriu as pernas como se estivesse se preparando para receber mais um golpe. Ela certamente queria dar outro, mais forte e mais contundente.

— Os esforços do meu irmão em nome da Inglaterra não são em vão. O que estamos fazendo aqui não é em vão. Se você acredita que seja, talvez deva desistir.

Após dar meia-volta, ela entrou no hangar, guardou seu equipamento e marchou com determinação até o prédio de madeira onde os Link Trainers estavam instalados. Quando chegou, abriu a porta, agradecendo pelo ar frio que a banhou. A sensibilidade do equipamento exigia um ambiente fresco, por isso foi alojado na única estrutura do aeródromo com ar-condicionado.

— Opa. Tem alguém parecendo furiosa — notou Rhonda, recostando-se na cadeira atrás da mesa com os controles que operavam um Link Trainer.

Rhonda havia deixado o trabalho no salão para passar mais tempo na companhia dos britânicos, acreditando que o que poderia realizar ali era um esforço valioso. Ela estava usando saia e camisa cáqui, com uma gravata um tom mais escuro. Embora não fossem militares, era importante ter a aparência adequada.

— Encontrei Doug Forester. Ele acha que estamos só perdendo tempo aqui.

Sua respiração estava acelerada e furiosa. Ela precisava desacelerar, precisava se acalmar. A postura do sujeito em relação à guerra e ao treinamento era muito mais irritante do que a estúpida incitação pessoal que ele fizera antes.

— Ele me parece um idiota e alguém que nunca faz nada em benefício dos outros.

Jessie foi até um armário de metal, pegou roupas que combinavam com as de Rhonda e começou a tirar o macacão.

— É melhor ir depressa com isso — disse Rhonda.

— Ninguém nunca nos incomoda aqui.

— Ballinger e Barstow já passaram aqui esta manhã.

Enquanto prendia a camisa sob o cós da saia, Jessie olhou a amiga.

— Passaram?

— Sim.

Rhonda bateu as unhas compridas, pintadas de um vermelho vibrante para combinar com o batom, no tampo da mesa.

— Ballinger pareceu desapontado por você não estar.

Jessie voltou a atenção para o espelho pendurado na porta do armário e começou a dar o nó na gravata. O rubor em suas bochechas era fruto da raiva de Forester, não de qualquer alegria inesperada após as novidades de Rhonda.

— Duvido muito.

— O que você disse a Doug?

Jessie ficou mais que feliz em voltar àquele assunto.

— Eu sugeri que ele desistisse. — Satisfeita com a simetria de suas roupas, ela fechou a porta e se virou. — Acho que a minha expectativa era que todos trabalhando aqui estivessem comprometidos com um propósito maior do que si mesmos. Podemos ter um impacto, um efeito no resultado dessa guerra.

— É mais pessoal para você do que para muita gente. Infelizmente.

Ela caminhou até sua mesa, virou a cadeira de frente para Rhonda e se sentou.

— Não foi só o encontro com Forester que me tirou do sério. Ele só acendeu o pavio.

— Imaginei que houvesse mais por trás disso.

Quase dezoito anos de amizade significava que as duas eram livros abertos uma para a outra. Não havia nada que não pudessem compartilhar. Inclinando-se e apoiando os cotovelos nas coxas, Jessie juntou as mãos.

— Ontem à noite… mamãe me disse que eu não deveria deixar minha vida em modo de espera por ela.

Rhonda arregalou os olhos.

— Não achei que você tinha deixado. A que ela estava se referindo?

— Ela quer netos, e, até eu me casar com Luke, acha que não estou fazendo nada que valha a pena.

— Bem, isso certamente não é verdade.

— Nunca consegui conversar a fundo com ela sobre meu amor por voar. Papai e eu sempre íamos a shows aéreos, folheávamos a *Popular Aviation*, discutíamos os artigos, fotos e aviões e trabalhávamos juntos nas nossas maquetes de aeronaves. — Depois, ele a ajudava a pendurar os modelos acabados no teto do quarto. Eles ainda estavam lá. — Sinto-me tão solta desde que ele morreu; e com a partida de Jack... é como nadar contra a corrente. Ontem à noite, mamãe disse isso tão casualmente, como se fosse um fato da vida, que agora me pergunto se ela não brigou para manter o aeródromo porque não dá valor a nada pelo que venho trabalhando. Se ela não pensou que vendê-lo poderia me forçar a casar. Acho que minha mãe não compreende o que quero fazer da vida.

— Não tenho muita experiência em lidar com mães. — Sua mãe fugira com um caixeiro-viajante quando Rhonda estava na primeira série. Aquilo ajudou a consolidar a amizade entre as duas porque Jessie se compadeceu com a amiga, mesmo que na época não tivesse entendido bem a situação e o que significava. — Mas talvez sua mãe, como tantas outras, acredite que casamento seja o único caminho para a realização de uma mulher. Ela não quis parecer insensível aos seus sonhos.

— Eu sei que você tem razão, mas as palavras dela foram como um tapa na cara.

Rhonda tamborilou com as unhas várias vezes.

— Considerando a atitude dela, talvez seja hora de revisarmos nosso plano de morar juntas.

No verão anterior, as duas haviam decidido alugar uma casa. Então Jack fez seu anúncio-surpresa sobre ir para o exterior, e Jessie não se sentiu bem em sair de casa logo depois disso, como se estivesse abandonando a mãe. Depois, com a morte do pai... Agora ela podia ver como deixara de lado sua independência.

— Sério, estou ficando farta de lidar com a censura do meu pai sempre que tenho um encontro e fico na rua até mais tarde do que ele acha que qualquer mulher respeitável deveria ficar. — Como pastor, o pai de Rhonda tinha expectativas extremamente altas em relação à conduta da filha. Ele sem dúvida ficaria chocado ao saber que ela começara a beber cerveja antes de ser maior de idade. — Se vamos fazer isso, precisa ser antes de os contratados para trabalhar aqui alugarem todas as casas disponíveis. Tem gente vindo do país todo. Pelo menos um milhão de pessoas se mudando para a cidade.

— Não são tantas assim. — Quando estivessem em plena capacidade de alunos e aeronaves, mais de cem famílias teriam se mudado para a área. — Mas você tem razão. Se vamos nos mudar, tem que ser agora. Que tal vermos no sábado de manhã o que está disponível?

Rhonda sorriu.

— Já tenho um lugar em mente. Uma casinha adorável na rua Chestnut. Eu estava ficando desesperada, procurando um lugar que eu pudesse pagar sozinha. Podemos dar uma olhada depois do trabalho.

— Certo. Vamos.

Até a noite anterior, Jessie se sentiria culpada por deixar a mãe, mas agora ela começava a se sentir encurralada.

— Estou louca para ter meu próprio canto. Talvez seja pelo trabalho de papai, mas ele vê todos como pecadores que precisam de redenção. E isso me atrapalha muito, sendo uma pecadora.

Rhonda não era exatamente a garota má que alegava ser.

Depois que a porta se abriu de repente, o calor invadiu a sala quando Peter entrou vestido com um uniforme azul-escuro. Os dois deviam ter guardado, no dia anterior, as roupas que usariam hoje na escola de voo na sala deles.

— Senhoras, como estão nesta bela manhã?

Jessie levantou rapidamente, sentindo que era necessário fazer isso quando Peter apareceu vestido como autoridade. Ela quase fez uma continência. Respondeu mentindo, embora se sentisse um pouco melhor depois da conversa com Rhonda:

— Bem.

Rhonda se levantou de sua cadeira em um movimento sinuoso que teria dado inveja a Hedy Lamarr.

— Estou melhor agora. E você?

Ele sorriu calorosamente, mas ignorou a insinuação.

— Me adaptando ao dia tranquilo. Ballinger quer saber se pode dar uma palavrinha com vocês duas na sala dele quando tiverem um minuto.

— Ele pode dar quantas palavrinhas quiser. E você também.

Peter gargalhou sem censura.

— Vou me lembrar disso, srta. Monroe. Talvez possam passar lá em, digamos, dez minutos?

— Estaremos lá — disse Jessie.

— Ótimo. — Ele piscou. — Até mais, então.

Assim que ele saiu e fechou a porta, Rhonda afundou em sua cadeira.

— Meu Deus, ele é lindo de morrer, mais do que eu me lembrava quando o vi ontem pela primeira vez. O que um homem de uniforme tem que dificulta tanto o meu raciocínio?

— Qualquer homem dificulta o seu raciocínio.

Rhonda riu baixinho.

— Especialmente quando ele tem lábios tão beijáveis.

Jessie lhe deu um sorriso indulgente.

— Rhonda, eu sei o que está pensando, mas ele não terá tempo de se envolver com você.

— Eles vão ficar aqui por meses, Jess. Está realmente me dizendo que não vão querer companhia e consolo durante todo esse tempo? Eles são homens. Mesmo que trabalhem sete dias por semana, e aposto que não vão fazer, precisarão relaxar de vez em quando. Por que Peter não pode relaxar comigo? Além disso, por que não deveríamos conhecê-los? Eles fazem parte da comunidade enquanto estão aqui. Aposto que a sra. Johnson já está tentando descobrir como convencê-los a falar em sua Associação de Mulheres.

Depois de sorrir e revirar os olhos, Jessie admitiu:

— Sim, ela passou lá em casa ontem à noite, mas isso é diferente de sair com eles. Não me entenda mal, Rhonda; eu gosto de Peter, mas ele é meio paquerador. Charmoso, mas ainda assim um paquerador.

— Eu também sou. Isso nos torna perfeitos um para o outro.

Jessie bufou, mas com o afeto de todos os anos que as duas passaram cochichando sobre rapazes.

— Achei que você gostasse dos homens de cabelo escuro e caladões. O que, no caso, seria Royce.

Quando Jessie disse aquilo, seu estômago deu um nó, como se antecipasse um golpe. E daí se sua amiga saísse com ele?

— Mudei de ideia. Decidi que daria muito trabalho. Eu só quero me divertir um pouco, e Peter me parece alguém que sabe divertir uma garota.

— Ele não vai ficar aqui para sempre.

— Você me conhece, Jess. Não estou procurando para sempre.

— Ele pode já ter uma garota em casa.

— Duvido muito. Royce, no entanto, provavelmente tem. Ele é todo sério, e parece cheio de responsabilidades. Embora seja gentil da sua parte se preocupar comigo, eu sei me cuidar. Vamos lá ver o que ele quer.

Elas saíram e subiram o caminho pavimentado que levava ao prédio de escritórios e salas de aula. A área parecia uma colmeia movimentada, com alguns homens caminhando em direção aos aviões ou hangares e outros inspecionando a aeronave. A construção da torre continuava, assim como a do hangar adicional. Ainda havia muito a ser feito antes da chegada dos cadetes. As grades de aulas precisavam ser elaboradas; as rotas de voo, definidas; os mapas, marcados.

Ao chegarem ao destino, elas entraram e desceram o corredor, passando pelas salas de aula onde os alunos aprenderiam o básico sobre voo, navegação, meteorologia e os diversos assuntos que alguém precisava saber para se tornar hábil em voar.

A sala de Barstow estava fechada; a dos britânicos, aberta. Rhonda bateu no umbral da porta do escritório simples com duas escrivaninhas, uma longa mesa de trabalho e várias cadeiras. Ambos os homens ficaram de pé atrás das respectivas mesas. Royce também havia vestido o uniforme, que lhe caía muito melhor do que o terno, sem deixar dúvidas quanto à largura de seus ombros. Ele não era magro como a mãe de Jessie havia dito, e sim esguio. Depois de vê-lo de uniforme, Rhonda provavelmente voltaria seu interesse para ele. Jessie de repente percebeu como era incrivelmente insultante eles não terem permissão para usar seus uniformes pela cidade. De qualquer maneira, seriam imediatamente reconhecidos como parte da RAF assim que abrissem a boca. Royce tinha todo o direito de estar irritado com as regras ridículas que regiam a presença deles ali.

— Entrem, senhoritas — orientou Royce. — Agradecemos por arranjarem tempo para nós. Sentem-se.

Rhonda e Jessie se acomodaram nas cadeiras em frente à mesa dele. Ele se sentou de novo, inclinando-se um pouco para a frente com seriedade, os antebraços sobre a mesa, os dedos entrelaçados, e pigarreou.

— Em primeiro lugar, para ser bem claro, obrigado pela função que as duas terão em garantir que nossos rapazes sejam devidamente treinados. O que estão fazendo costuma ser feito por homens, então reconheço que pode ser um pouco desafiador.

— Estamos à altura da tarefa — tranquilizou Jessie.

— Não estou duvidando de suas habilidades, mas sim da postura dos cadetes, que pode exigir algum ajuste. Se algum deles causar problemas ou deixar de levar as instruções a sério, nos informem que resolveremos o problema.

— Agradecemos a oferta, mas seria melhor lidarmos com as coisas sozinhas.

— Possivelmente, mas se tiverem dificuldades, não hesitem em nos procurar.

— Parece justo — disse Rhonda. — Obrigada pelo apoio.

— Garanto que o terão aqui, caso necessitem. A próxima parte será um pouco estranha, mas precisa ser abordada. Senhoritas, devemos insistir para que não confraternizem com os cadetes.

Rhonda bufou e revirou os olhos.

— A sra. Winder não deveria estar aqui?

A sra. Winder trabalhava como secretária do aeródromo e tinha, no mínimo, cinquenta anos.

— Ela não vai ensinar os rapazes a pilotar um avião; vocês, sim. Não podemos permitir que se envolvam emocionalmente com um sujeito a ponto de lhe atribuírem uma avaliação favorável que ele não mereça. Smythson, líder do esquadrão, e eu contaremos com vocês para que sejam objetivas em suas avaliações sobre o domínio de cada cadete nos assuntos e habilidades necessárias para o êxito, bem como adequação como piloto.

Embora Jessie entendesse aqueles receios, ficou decepcionada por ele sentir a necessidade de expressá-los. Ela deu um breve aceno de cabeça.

— Estamos plenamente conscientes de nossas responsabilidades para com esses jovens. Entendemos que as vidas deles estão em jogo e, assim como você, não queremos que morram. Acredite em mim, qualquer envolvimento com um desses rapazes é a última coisa que planejamos fazer. — Ela encarou Rhonda. — Certo?

O olhar de Rhonda disparou para Peter antes de voltar para Royce.

— Juro que não tenho o menor interesse em confraternizar com nenhum cadete.

— Ótimo. Achamos que seria melhor deixar tudo claro desde o início para não trabalharmos de forma contraditória.

Ele se levantou, levando todos na sala a fazerem o mesmo.

— Como eu disse, agradecemos sua visita.

— Quando quiserem — disse Rhonda, embora seu olhar estivesse focado em Peter.

Ele não piscou nem lhe concedeu um sorriso sedutor, como se naquela sala ele só tratasse de negócios.

— Cuidem-se — disse Royce.

Jessie sorriu, sem saber exatamente o que ele quis dizer.

Assim que chegaram ao corredor, Rhonda a cutucou no ombro.

— Acho que o homem caladão de cabelo escuro está interessado em você.

Tentando não se sentir lisonjeada com a ideia, Jessie fez uma expressão horrorizada.

— Não seja ridícula.

— Ele não tirou os olhos de você por um minuto.

— Acho que é uma exigência dos militares ter esse olhar penetrante.

— Então você notou.

— Não, eu... eu estava só prestando bastante atenção a tudo o que ele dizia, provavelmente diferente de você. Além disso, ele pode ter ficado um pouco mais confortável se dirigindo a mim depois da noite passada...

— O que aconteceu na noite passada? O que você não me contou?

— Nada. Nós conversamos. Sabe, como fazem pessoas civilizadas. De qualquer forma, eu tenho namorado.

Aquela palavra mais uma vez soou como algo dito por alto no parquinho de uma escola primária.

— Como pode ter tanta certeza de que Luke é a pessoa certa se você nunca beijou mais ninguém?

Jessie parou e olhou para a amiga, a quem ela às vezes lutava para não julgar por distribuir beijos por aí tão livremente.

— Se quer se envolver com um dos britânicos, se envolva, mas não me arraste junto. Talvez você se contente em ser uma operadora do Link Trainer, mas eu quero levá-los para o céu. Preciso descobrir uma forma de me colocar nessa posição quando eles começarem a contratar mais instrutores. E o primeiro passo é não ter absolutamente nenhum interesse em me envolver com qualquer aviador britânico, seja novato ou experiente.

Rhonda levantou as mãos em rendição.

— Tudo bem. Esqueça que eu disse alguma coisa. Talvez eu tenha me enganado. Já aconteceu antes com aquele *quarterback* que pensei ter uma queda por você no ensino médio.

Jessie se virou e empurrou a porta, saindo rapidamente e sentindo o sol aquecê-la, sem entender ao certo por que de repente sentia frio. Mas Rhonda não se enganara sobre o *quarterback*.

— Talvez morarmos juntas não seja uma boa ideia.

Não importa o quão rápido Jessie andasse, nunca poderia vencer as passadas da ruiva alta de pernas compridas.

— Ah, qual é, Jess. Se você vai morar com alguém, quem melhor do que a pessoa que conhece todos os seus segredos... e sabe guardá-los?

CAPÍTULO 7

Kitty tinha acabado de colocar uma garrafa de refrigerante na bancada diante do sr. Peterson, um advogado aposentado que vinha todas as tardes, às duas em ponto, para "o de sempre", quando ouviu o estrondo vindo de cima, como se o céu estivesse se partindo.

Ela não foi a única a correr para a calçada. Pessoas estavam saindo dos automóveis. Mulheres embalavam seus bebês chorosos. Crianças de olhos arregalados puxavam a barra da saia das mães. Bolas pararam de quicar e bolinhas de gude, antes lançadas na calçada sob a sombra dos carvalhos que rodeavam a praça da cidade, foram esquecidas, deixadas para trás. Todos estavam esticando o pescoço para mirar o céu azul sem nuvens e o sol refletindo nos objetos visíveis.

Ela foi atingida por uma sensação de admiração e espanto. Aviões, tantos aviões. Talvez duas dúzias. Como pássaros gigantes com corpos azuis e asas de um amarelo vibrante. Ela não sabia que tipo de aeronave era, mas Jessie saberia. Jessie conhecia todas.

— Estão indo para a escola do seu pai? — perguntou o sr. Peterson, parado ao lado dela.

Kitty teve que se livrar da pontada momentânea de tristeza. Ele não estava ali e a escola não era mais dele, mas às vezes as pessoas se esqueciam desses dois fatos. Ele adoraria ver todos aqueles aviões, e tomara que estivesse — só que de cima, e não de baixo, como ela.

— Provavelmente.

Ela sabia que a chegada de mais aviões do Exército era esperada. Lutando para não tapar os ouvidos com o rosnado ensurdecedor quando as aeronaves passavam diretamente acima, bloqueando o sol e lançando sombras sobre a cidade, ela se perguntou se os céus da Inglaterra sempre ecoavam com aquele trovão profundo, ao mesmo tempo aterrorizante e esperançoso.

— Que cena linda — elogiou o sr. Peterson.

Só quando as aeronaves eram amigas. Ela não queria pensar em Jack tendo que enfrentar tantos aviões, duelar com eles.

Então eles se foram, o rugido foi sumindo ao ganharem distância e o céu voltou a estar limpo, com nada além de seu azul-claro se espalhando pelo horizonte. No entanto, Kitty nunca esqueceria a imagem daqueles aviões, o rosnado ou as vibrações reverberando ao redor, como se a potência daquelas máquinas a tivesse atravessado.

— Foi incrível — descreveu Kitty durante o jantar naquela noite. — Quantos eram?

— Duas dúzias — respondeu Jessie. — Mas só metade deles ficou. O restante levou os pilotos extras de volta para casa.

— Ah... Nunca pensei no que acontece com as pessoas que entregam os aviões. Você viu, mamãe?

— Vi. Eu estava trabalhando no jardim quando os ouvi.

— Acho que a cidade inteira viu — supôs Jessie. — Os carros e caminhões até pararam na beira da estrada. As pessoas saíram e começaram a caminhar pelo campo. Alguns homens atrapalharam o pouso. Royce, talvez seja bom falar com Barstow sobre construir uma cerca em volta do aeródromo. Infelizmente, nem todo mundo tem bom senso. Algumas pessoas podem aparecer para assistir aos treinos dos cadetes.

— É uma ideia esplêndida. Vou bater um papo com ele a respeito disso amanhã...

Kitty nunca vira um homem falar tão pouco durante o jantar. Seu pai e Jack sempre dominaram a conversa. Jessie era boa em se inserir na discussão, dando sua opinião ou discutindo francamente com eles. Mamãe sempre se limitava a sorrir, como se estivesse assistindo a uma peça e se divertindo. E Kitty ficava um pouco intimidada, mas imaginou seu pai agora, sorrindo carinhosamente enquanto ela falava sobre aeronaves, sobre todas as coisas.

— Eram diferentes dos aviões que vi você pilotar, Jessie. Esses tinham apenas um nível de asas.

— Não eram biplanos. Eram Vultees de treinamento. Os instrutores de voo vão utilizá-los para a segunda fase do treino, pois essa aeronave em particular é um pouco mais complicada de operar.

Kitty olhou para Royce.

— Há tantos aviões assim no céu da Inglaterra?

O sorriso que ele abriu foi um pouco triste.

— Às vezes mais.

— Não gostei daquele barulho todo que fizeram.

— É melhor os ouvir chegando do que ser pego de surpresa, pelo menos do nosso ponto de vista. Se bem que temos estações de radar para vigilância, então geralmente sabemos que estão vindo antes de ouvi-los.

— Aviões são tão bonitos. Não parece certo serem usados para ferir pessoas.

— É porque não deveriam ser. Mas até aí, seria ótimo se ninguém quisesse machucar ninguém, não é?

Sentindo-se triste de repente, ela apenas assentiu. Todos comeram em silêncio por alguns minutos, e Kitty percebeu uma tensão crescente na irmã. Por fim, Jessie disse:

— Eu ia mencionar isso mais tarde, mas não há motivo para esperar. Antes de voltar para casa, dei uma olhada em uma casa na Chestnut. Rhonda e eu vamos alugá-la.

— Para quê? — perguntou Kitty.

A risada de Jessie foi leve, talvez um pouco constrangida.

— Para morar.

— Mas você mora aqui.

Jessie lançou um olhar para a mãe.

— Rhonda e eu conversamos sobre morar juntas no ano passado, mas... Bem, quando Jack partiu...

— Ficou preocupada comigo — completou a mãe.

— Não parecia certo os dois saírem de casa. Depois houve a partida repentina de papai... Mas ontem à noite você indicou que se adaptou à ausência deles, então decidi que é agora ou nunca.

— Deus sabe que você tem idade para ter sua própria casa, mas talvez devesse discutir isso com Luke antes de tomar uma decisão final. Ele pode ter outras ideias sobre onde você deveria morar.

— Vou falar com ele hoje à noite, mas Luke não vai me fazer mudar de ideia. A casa está mobiliada, desocupada, e nos mudaremos no sábado.

— Você com certeza não quer perder tempo nem deixar espaço para ajustes.

— Queríamos nos mudar antes que os dias ficassem cheios demais.

Ela olhou para Royce.

— O proprietário mencionou outra casa para alugar algumas ruas adiante, na Pecan. Totalmente mobiliada. Não sei se é o que procura. Tem dois quartos.

— Obrigado. Smythson e eu vamos dar uma olhada.

— Fique à vontade para permanecer aqui, Royce — ofereceu mamãe.

Kitty esperava que ele ficasse. Gostava de tê-lo por perto. Ele amenizava a saudade que ela sentia de Jack e do pai.

— Seu colega pode se mudar também, ficar no quarto de Jessie.

— Obrigado, sra. Lovelace. É uma oferta muito nobre, mas não quero abusar da sua hospitalidade. Sempre planejamos ter nossas próprias acomodações, e é provável que nossos horários se tornem um tanto irregulares à medida que o treinamento avança.

Kitty não pôde deixar de ficar um pouco decepcionada.

— Bem, Kitty, se teremos dois quartos vazios em breve, eu me pergunto o que você acharia de hospedarmos um cadete ou dois alguns sábados à noite.

— Como assim?

— A War Relief Society se reuniu esta tarde e discutimos a possibilidade de esses rapazes, tão longe da família e de tudo que conhecem, sentirem saudade de casa e apreciarem pernoitar em um lar em vez de no quartel. Decidimos fazer uma lista de quem deseja recebê-los por uma noite, fixá-la no salão de recreação e deixar que se inscrevam. Isso é, se achar que é uma boa ideia, Royce.

— Eu nunca teria pensado em uma ideia tão ordinária, mas da qual eles fossem gostar tanto. Só podia ter vindo da senhora.

Kitty arfou e o olhou com horror.

— Por que você diria algo tão maldoso?

Ele parecia confuso, como se as palavras não fizessem sentido.

— Kitty, querida — começou a mãe.

— É verdade. Por que ele diria que sua ideia foi ordinária? Que grosseria.

— Ah, acho que entendi — murmurou Royce. — Acho que me expressei mal. Nós usamos muito a expressão *ordinária* para dizer que algo é simples, comum. A ideia de sua mãe me surpreendeu pela simplicidade. Foi um elogio. Pela sua reação, imagino que aqui a expressão implique algo diferente.

Kitty confirmou com a cabeça.

— Exatamente.

— Vou anotar isso para os rapazes. Estou fazendo uma lista de termos e expressões que vocês falam que diferem das nossas, assim podem saber o que evitar dizer por aqui.

A ideia da lista fascinou Kitty.

— O que tem na lista?

— Gasolina. Chamamos de combustível. E chamamos cookies simplesmente de biscoitos.

— O que mais?

— Bem, há... — Ele parou e a observou. — Certo. Não consigo pensar em mais nada de cabeça.

— Posso ver sua lista quando terminá-la? Talvez possamos publicá-la no jornal para que a gente também não diga nada errado.

— Eu certamente pensarei no assunto.

Royce elogiou os canteiros de flores da sra. Lovelace e, a partir dali, a conversa fluiu para seu amor pelos jardins ingleses, em particular os da *mãe* dele. Quando terminaram o jantar, Jessie ajudou Kitty a tirar a mesa antes de subir e se preparar para o encontro. Kitty não demorou para lavar, secar e guardar a louça. Ela queria passar mais tempo com Royce, ainda mais agora que ele não ficaria lá por muito mais tempo.

Quando Kitty se juntou a ele na sala, o convidou para jogar damas. Ela acabara de abrir o tabuleiro sobre uma mesa perto da janela quando bateram à porta.

— Eu atendo.

Ela não ficou surpresa ao ver Luke.

— Ei, pequenina — disse ele enquanto Kitty abria a porta de tela.

Com mais de um metro e oitenta, ele havia sido um ótimo *quarterback*, já que conseguia ver acima de muitos jogadores e lançar um passe direto para os braços do *running back*. Quando não estava de capacete, usava um chapéu de caubói, que tirou conforme ela o conduzia até a sala.

Enquanto sua mãe fazia as apresentações, Kitty subiu correndo para avisar a Jessie que seu futuro marido havia chegado.

CAPÍTULO 8

Jessie acabara de passar seu Chanel Nº 5 atrás de cada orelha quando ouviu o barulho de passos, rapidamente seguidos pelos gritos de Kitty do outro lado da porta:

— O Luke chegou!

— Obrigada. Eu já desço.

Olhando no espelho, ela deu uma voltinha e observou a saia do vestido verde-limão. Os sapatos de salto não eram tão confortáveis quanto as botas, mas deixavam suas panturrilhas bonitas. Luke gostava de pernas. Ela não se preocupou com a bolsa, visto que ele pagaria os dez centavos dos ingressos e que a mãe dela, mesmo que fosse se deitar, não trancaria a porta enquanto Jessie estivesse na rua. Ela supunha que muita gente considerava Terrence uma cidadezinha monótona, mas o chefe de polícia nunca reclamava da falta de crimes.

Ao descer e se aproximar da sala de estar, Jessie ouviu a voz grave de Luke, adequada para gritar com vaqueiros, e a de sua mãe. Quando ela entrou, o caubói parado no centro da sala, batendo com seu chapéu Stetson de palha na coxa firme, abriu um largo sorriso.

— Olá, querida.

Ele atravessou rapidamente na direção dela, pegou sua mão, se inclinou e beijou seu rosto. Royce, que estava sentado de frente para Kitty na mesinha perto da janela, imediatamente se levantara quando ela entrou.

— Já se conheceram? — perguntou Jessie.

— Sim — respondeu Luke rapidamente.

Era uma pergunta boba. Sua mãe, sentada no sofá tricotando, teria feito as apresentações.

— Royce e eu estamos jogando damas — disse Kitty. — Só que o tabuleiro de alguns países da Europa é maior. Não é engraçado?

— Kitty, querida, não tire sarro de nosso convidado — advertiu a mãe.

— Eu não estou… Eu só estava dizendo. Não estava tirando sarro.

Ela olhou para Royce implorando.

— Eu sei — tranquilizou ele, com uma piscadela e um sorriso caloroso. — É mais uma diferença para a minha lista.

A gentileza com que Royce tratava Kitty era tão natural que Jessie se perguntou se ele tinha irmãs jovens como a dela, de quem ele poderia estar sentindo falta. Será que na noite anterior ela não lhe fizera mais perguntas por medo de conhecê-lo, de gostar muito dele?

— Vamos nos atrasar — avisou Luke.

Voltando sua atenção para o rapaz, Jessie percebeu claramente o olhar estranho com o qual lhe encarava, como se de repente estivesse diante de um touro desobediente ou de uma equação matemática complexa. Ela passou o braço pelo dele.

— Certo. Vamos.

Ao saírem, ele a encaminhou para sua caminhonete, estacionada na rua, em frente à casa.

— É perto o suficiente para irmos a pé.

Ela não sabia por que comentou o que ele já sabia.

— Se demorarmos muito, vamos perder o começo do filme. Além disso, vaqueiros nunca vão andando a lugar nenhum. Você sabe disso. Nós dirigimos ou vamos a cavalo.

Ele a colocou na caminhonete, contornou o automóvel e entrou pelo lado do motorista.

— Então, o que esse sujeito faz? — perguntou Luke, ligando o motor.

— Ele é o comandante. Supervisionará os britânicos, o treinamento…

— Achei que já tinha outro sujeito para fazer isso.

Ele colocou a caminhonete em marcha e começou a subir a rua.

— Barstow? — Jessie reclamara com Luke sobre Barstow até ele não prestar mais atenção e sugerir que ela parasse de trabalhar no aeródromo. — Ele gerencia o funcionamento da escola. É um pouco confuso. Acho que ainda não definiram como vai ser.

— Mas *esse aí* é o seu chefe?

Pela ênfase, ela estava bastante certa de que Luke se referia a Royce — de quem ele imediatamente não gostara.

— Suponho que sim, embora ache que todos eles são, na verdade. Que diferença faz?

— Só estou tentando entender onde ele se encaixa.

Ele parecia dizer muito mais do que as palavras sugeriam. Seria ciúme? Por que de repente Jessie se sentia culpada? Por ter dado um passeio noturno com o britânico? Antes que as coisas ficassem estranhas, ela concluiu que era melhor mudar de assunto.

— Rhonda e eu vamos alugar uma casa na Chestnut.

— Não me diga. O que levou vocês a fazerem isso?

— Estamos pensando no assunto há algum tempo.

Ele pegou a mão de Jessie, pressionou os dedos em seus lábios, e lhe deu um olhar de soslaio.

— Eu tenho uma casa onde você pode morar.

— É um pouco longe do aeródromo.

Meia hora em vez de dez minutos.

— Não pensei que você continuaria trabalhando depois de nos casarmos.

Jessie sentiu um embrulho no estômago. Sua mudança de assunto resultou em constrangimento. Em algum momento, era imperativo que os dois se sentassem e discutissem as expectativas de cada um, mas ela não estava disposta a um confronto naquele dia.

— Assumi um compromisso com a escola.

— Por quanto tempo?

— Até não precisarem mais de mim, acho. — Ele soltou a mão dela abruptamente, como se não estivesse nada satisfeito com a resposta. — Enfim, vamos nos mudar no sábado.

— Vai precisar de ajuda? Precisa da caminhonete para transportar as coisas?

— Não, já está tudo mobiliado. A princípio vou só encaixotar os itens essenciais. Mas estou animada. Vai ser bom ficar sozinha, ter mais liberdade, não me sentir tão… encurralada.

Ele lhe lançou um rápido olhar antes de voltar a atenção para a rua.

— Não sabia que você estava se sentindo assim.

— Nem eu, na verdade. — Não até entrar na casa que ela e a amiga iam alugar e sentir como seria morar lá. — As coisas andam meio tensas com mamãe. Acho que termos um pouco de espaço vai ajudar.

— Sim, nossos pais podem ser um tanto dominadores, mesmo quando não querem. Foi por isso que construí um lugarzinho longe da casa principal. — A *casa principal* era o nome que ele dava para a grande casa branca de dois andares na qual residia, em um momento ou outro, o patriarca de todas as gerações de sua família, desde que o primeiro Caldwell fincou raízes na região. — Ainda assim, é muita responsabilidade morar por conta própria.

Ela balançou um pouco a cabeça.

— Meu trabalho vem com muita responsabilidade.

Após virar a esquina, ele parou o carro no pequeno estacionamento atrás do cinema.

— Alguma ideia de que se trata esse *Cidadão Kane*?

Jessie não devia ter ficado surpresa por Luke ignorar seu comentário. Eles raramente falavam sobre o trabalho dela no aeródromo. Quando ela ia ao rancho, ele colocava a sela em Buttercup para os dois cavalgarem sobre a terra que acabaria sendo dividida entre ele e as três irmãs. Mas Luke nunca teve interesse em entrar em um avião com ela, em experimentar o mundo dela. Ele conhecia o céu de olhar para cima, não por estar nele, voar por ele. Naquela noite, o fato realmente a atingiu e a incomodou. Talvez porque ela tivesse passado grande parte da noite anterior conversando com outro piloto, alguém com quem tinha muito em comum.

— Não entendo por que ele disse *Rosebud* quando estava morrendo — confessou Luke mais tarde com o braço ao redor dos ombros dela, enquanto os dois voltavam para a caminhonete.

Após assistir aos cinejornais sobre bombardeios, pessoas correndo e vasculhando os escombros, tanques alemães e as realidades da guerra, Jessie sempre lutava para se concentrar, no início do filme. Ficar sentada em uma sala de cinema, segura, protegida e comendo pipoca com manteiga parecia ultrajante. Ela quase perdeu a declaração de Charles Foster Kane com seu último suspiro.

— Acho que o trenó representava a única vez na vida em que ele foi verdadeiramente feliz.

— Que triste a época mais feliz da sua vida ser quando era criança. — Puxando-a para mais perto enquanto se aproximavam do carro, beijou-a no topo da cabeça. — A minha é agora, aqui com você.

Ele sabia como dobrá-la, fazendo os pensamentos anteriores de Jessie sobre as diferenças entre os dois parecerem triviais. Ela sorriu, levantou o rosto e o beijou com uma seriedade que o fez parar no estacionamento mal iluminado e envolvê-la com os braços, desencadeando alguns gritinhos e assobios dos que também estavam indo para os veículos, embora todos sem maldade. Não havia uma única pessoa em Terrence que não soubesse que ela e Luke eram um casal, que não esperasse um casamento no futuro próximo dos dois. Talvez aquilo fosse parte do problema, o motivo para ela estar começando a se sentir no limite, combativa com a mãe. As expectativas de todos os outros de repente não pareciam se alinhar com as dela.

Recuando, ele encostou a testa na dela.

— Quer ficar um pouco na minha casa? Estarei mais do que disposto a tornar esse momento *feliz* para você.

Ela fechou os olhos com força, odiando desapontá-lo, sabendo que o forte abraço que ela lhe deu não abrandaria a recusa.

— Não posso. A primeira turma de cadetes chega no domingo. Tenho muito a fazer para me preparar para eles.

Ainda nos braços dela, Luke enrijeceu, jogou a cabeça para trás e suspirou pesadamente.

— Não sei por que tem que se envolver nesse programa.

— Porque Jack não está aqui para fazer isso.

Mesmo que ele estivesse, no entanto, Jessie ainda ia querer ser instrutora. Ela gostava de testemunhar a emoção de um aluno na primeira vez em que passava os controles para ele. Era assustador para um novato, mas ao mesmo tempo emocionante. Como estava limitada a lecionar no simulador, ela sentiria falta de compartilhar aquela satisfação que vinha com uma conquista.

Luke a soltou completamente.

— Também não entendo isso, Jess. A guerra não é *nossa,* e Jack está lutando por um pedaço de terra no qual nunca pisara até ir para lá.

— Então não devemos nem ajudar?

— Não quando *nosso* governo nos diz para ficar fora disso.

Levantando as mãos, ela deu dois passos para trás.

— Você se opôs ao seu pai nos dar duzentos hectares para usar como campo auxiliar?

O terreno ficava ao norte do aeródromo. Um fazendeiro, o sr. Robson, havia dado a eles pouco mais de cem hectares ao sul. Quando todos os alunos chegassem, precisariam dos campos para lidar com o tráfego aéreo adicional.

— Ele não os *deu*, está arrendando. Foi uma decisão de negócios. Mas, sim, tive minhas dúvidas se deveríamos ter feito isso.

— O governo endossa o que estamos fazendo aqui. Aliás, é o governo que está fornecendo os aviões e grande parte do equipamento.

— Mais uma vez, os britânicos estão pagando por tudo com o programa Lend-Lease. Estamos enviando mensagens contraditórias aos alemães. Parece que não somos mais neutros.

— Não quero fazer isso de novo, Luke. — Quando Jack partiu, eles discutiram aquilo até enjoar, cada um se mantendo firme na própria convicção do que era certo. Desde então, evitavam qualquer discussão sobre o que estava acontecendo do outro lado do Atlântico, mas estava ficando cada vez mais difícil ignorar o horror do que se via e lia. E mais difícil ainda ignorar o impacto de suas diferenças e o que suas crenças individuais diziam sobre cada um. — Nós concordamos em discordar e deixar por isso mesmo. Eu vou a pé para casa.

— Não vai, não. Entre no carro.

O tom de voz ríspido de Luke não ajudou em nada a amansar a irritação que crescia nela.

— Eu preciso caminhar.

— Entre. No. Carro.

— Não.

Quando começou a avançar com passos decididos, ela ouviu o rosnado baixo dele, seguido pelos saltos das botas batendo na calçada dois passos atrás. Jessie nunca conseguira fugir das pernas compridas de Luke. E ela sabia que o lado cavalheiro dele não a deixaria ir para casa desacompanhada. Pelo menos ele teve o bom senso de não dizer nada.

Jessie não conseguia entender o posicionamento dele e o abismo que sua decisão havia criado entre os dois. O silêncio tornou-se pesado e desconfortável. Lembrou-se de uma época em que se consolava com a proximidade dele, mesmo quando não conversavam. Agora, só queria se livrar de sua desaprovação. Eles nem sempre concordavam em tudo. Ele preferia que ela tivesse cabelos compridos, achava sua motocicleta perigosa demais e evitava suas apresentações aéreas. Ela não gostava quando Luke participava de rodeios, mas mesmo assim assistia às competições dele.

Ao se aproximar de casa, ela marchou pela calçada, parou pouco antes dos degraus e se virou para ele, o coração apertado ao vê-lo ali, com uma das mãos enfiada no bolso de trás da calça jeans, o quadril magro projetando-se ligeiramente para fora, uma postura que ela o vira fazer mil vezes.

— Obrigada pelo filme.

— Desculpa ter estragado a noite.

Ela balançou a cabeça.

— Acho que isso é responsabilidade de nós dois. Ou talvez seja culpa da guerra. Sei que você não está sozinho em suas crenças e percepções.

Luke abriu o sorriso torto, com um canto mais alto que o outro, que roubara o coração dela no ensino médio.

— Nem você. Até mais, Jess.

Ele começou a se afastar.

— Luke.

Quando ele parou, Jessie correu até ele, passou os braços por seu pescoço e plantou um beijo em sua boca, sentindo grande conforto nos braços apertando-a, puxando-a para perto. Não foi o beijo mais apaixonado que os dois já trocaram, mas foi firme e seguro. Quando ela recuou, encaixou a palma da mão em seu maxilar forte.

— Não estou com raiva de você. — Triste, decepcionada. — Só estou brava com tudo e com medo.

— Eu sei querida, mas Jack vai ficar bem. — A garganta de Jessie ameaçou dar um nó com a gentileza na voz dele. Luke acenou a cabeça em direção à casa. — Vou esperar você entrar.

Talvez tenha sido aquilo que a fizera correr atrás dele: Luke nunca ia embora antes de ela estar segura dentro de casa. Além disso, parecia tão errado vê-lo ir embora, como se fazer aquilo fosse mudar irrevogavelmente tudo entre os dois e o fizesse nunca mais voltar. Às vezes, ela sentia como se estivesse se equilibrando em uma corda bamba no que dizia respeito ao relacionamento, e ultimamente ela começava a se perguntar se deveria apenas se deixar cair — pelo bem de ambos.

Parando na entrada após entrar e trancar a porta, ela ouviu um barulho na cozinha. Eram quase dez e meia, passava um pouco da hora de sua mãe estar andando pela casa, e ainda assim ficou grata por ela estar. Jessie precisava consertar as coisas com a mãe também, precisava saber que ela estava bem com sua saída de casa. Mas mesmo se não estivesse, Jessie sabia que precisava partir, precisava de espaço para descobrir o que realmente queria fazer da vida. Ela atravessou a sala de jantar rumo à cozinha.

— Mãe, que bom que ainda está…

Ela congelou ao ver o homem, de calça e camisa branca com alguns botões desabotoados e as mangas dobradas para cima, parado ao lado do fogão.

— Er, desculpe, Royce. Achei que era minha mãe.

— Eu não estava conseguindo dormir. É tão quieto por aqui. Londres nunca foi quieta assim, nem antes da guerra. Achei que um pouco de leite morno poderia ajudar. Quer?

— Com este calor? — Após uma careta, ela sorriu e arqueou uma sobrancelha. — Que tal uma cerveja em vez disso?

— De fato parece melhor, mas só se você se juntar a mim.

— Era essa a ideia.

Ela abriu a geladeira e pegou duas garrafas.

— Como foi o filme?

— Triste. Um pouco deprimente, na verdade. Você assistiu a *Cidadão Kane*?

Ela abriu uma gaveta, encontrou o abridor de garrafas e tirou a tampa das cervejas.

— Não, mas acho que vi meu primeiro caubói de verdade esta noite. O sr. Caldwell é um caubói?

— É. Ele monta em cavalos, cria gado. — Ela lhe entregou a garrafa. — Quer se sentar na varanda? É mais fresco lá fora.

Ao sair, Jessie acendeu a luz da sala de jantar, de modo que, quando pisaram na varanda, o lugar estava iluminado pelo brilho pálido atravessando a janela. Ela se sentou em uma das cadeiras de balanço. A outra soltou um rangido baixo e demorado com o peso de Royce.

Trixie apareceu e aninhou a cabeça no colo dele. Jessie quase invejou a cadela quando a mão grande de Royce pousou confortavelmente no animal e coçou atrás de sua orelha com os dedos compridos.

— Você e seu jovenzinho estão juntos há muito tempo?

Ela sorriu com a expressão singular. Seu jovenzinho. Como se Royce fosse muito velho aos trinta e um.

— Começamos a namorar no último ano do ensino médio. Eu tinha dezesseis anos. Nossa, eu tinha a idade que Kitty tem agora, pensando bem.

— Ele parece um bom sujeito.

— Ele é um rapaz bom, decente, trabalhador, alguém que faria de tudo para ajudar se você precisasse. Não concordamos muito quanto à guerra, mas ela não pode durar para sempre, pode?

— Santo Deus, espero que não.

Então ela e Luke poderiam voltar para um terreno mais familiar, sem aquele abismo terrível pairando entre os dois, sempre ameaçando arruinar o tempo que passavam juntos. Mas era mais do que aquilo. Tratava-se mais do que ele queria em uma esposa e do que ela desejava como mulher.

— Devo me desculpar pelo constrangimento durante o jantar. Eu deveria ter esperado para contar à mamãe sobre minha decisão de me mudar.

— Você não tem que se desculpar por fazer o que faria se não houvesse visita. É por isso que recusei o amável convite de sua mãe para ficar. Sempre há um pouco de tensão quando se tem convidados, mesmo nas melhores circunstâncias. Quando assuntos familiares precisam ser resolvidos, a situação se torna ainda mais difícil, acho. Presumo que você e o sr. Caldwell estejam noivos, então.

Ela tomou outro gole da cerveja, imaginando por que de repente parecia amarga.

— Não oficialmente. — Nem extraoficialmente. Balançando a cabeça, ela fechou os olhos por um breve segundo. — Com certeza não houve nenhum anúncio. Ainda assim, todos esperam que nos casemos. — Mas, às vezes, ainda mais ultimamente, ela se sentia como a poltrona reclinável do pai, se remodelando ao longo dos anos para garantir um ajuste confortável para outra pessoa. De repente, percebeu ser dela que se esperava todo o ajuste, toda a adaptação. — Ele é um bom partido. Eu seria tola em deixá-lo. É complicado.

— A maioria dos relacionamentos é.

Sentindo-se desleal ao discutir sobre Luke com ele, optou por mudar de assunto.

— O que você fazia antes da RAF?

— Eu era advogado.

Ela subiu e desceu um único dedo pela garrafa, juntando o orvalho que havia se formado.

— Posso vê-lo como advogado. Você sempre foi tão sério?

— Meu pai... — Ele parou e balançou a cabeça. — Meus pais eram bastante rigorosos e tinham grandes expectativas em relação ao meu comportamento. Qualquer tipo de frivolidade era desaprovado. No entanto, eu tinha um lado selvagem quando era mais novo. Foi o que me levou a voar.

Ela não conseguiu imaginá-lo selvagem e despreocupado.

— Como era a Inglaterra antes da guerra?

— Por onde eu começo? A Inglaterra é cheia de história. De Stonehenge à Muralha de Adriano e todos os castelos pelo país. Você poderia passar algumas semanas só em Londres e não ver tudo de importante. Mas são as pessoas, penso eu, que fazem um país. Nós, britânicos, somos tipos estoicos e determinados. Quando estiver trabalhando com esses rapazes, terá uma noção melhor da Inglaterra do que se visitasse um de seus muitos museus. Assim como estou tendo uma noção melhor da América. Sempre detectei uma aliança incômoda entre nossos países, desde que seus camaradas jogaram em um porto um chá perfeitamente bom.

Ela abriu um grande sorriso.

— Suponho que isso tenha criado algum atrito.

— Um pouco, sim. Para falar a verdade, tivemos uma recepção muito mais calorosa do que eu esperava. Eu me sinto muito mal por ter insultado sua mãe sem querer durante o jantar. Achei a ideia genial justamente pela simplicidade.

— Duvido que ela tenha se sentido ofendida, e, se aconteceu, sua explicação a apaziguou. — Ela tomou outro gole da cerveja. — Qual era a palavra que você não queria compartilhar com Kitty?

— Oh, Deus. — Ele olhou para a cidade, a luz filtrada pela janela capturando seu perfil forte. — Eu provavelmente nem deveria dizê-la a você.

— Algo inapropriado, então, hein? Talvez indecente? Já sou bem crescidinha, não fico chocada ou ofendida facilmente.

— Certo, então. Preservativo.

As bochechas de Jessie esquentaram de vergonha. Obviamente, ela não era tão sofisticada quanto presumira.

— Para se referir à contracepção?

— Para me referir a conservante.

Ela arregalou os olhos.

— Vocês chamam conservantes de preservativos? Aconselho a nunca pedir um prato com ou sem isso em um restaurante.

— Eu sei, já aprendi minha lição.

Ele parecia tão humilhado que Jessie teve que se controlar para não rir.

— Se aconteceu aqui, você não tem mais como dar as caras na cidade.

— Aconteceu quando estávamos em Washington, e me rendeu um olhar da mais absoluta repugnância do garçom.

— Aposto que sim. Mas conseguiu pedir seu prato sem ingredientes com conservantes?

— No final das contas, sim.

Jessie estava feliz em tê-lo encontrado acordado, feliz pelos dois terem tido tempo de dividir aquela cerveja ali fora. Ela sentia sua esperança voltando, não tinha percebido como os resquícios da discussão com Luke perduraram. Cada um tomou sua cerveja em silêncio por um tempo, observando a cidade ao longe, onde as luzes das ruas brilhavam.

Então ele começou a bater os dedos compridos no vidro marrom. Com o silêncio cada vez mais penetrante, interrompido ocasionalmente pelo chiado dos grilos, um latido fraco ou o ronco distante de um carro, ela não podia ignorar como Royce a observava. Ela não deveria estar gostando tanto de ficar sentada ali com ele.

— Você vai falar no almoço da Associação de Mulheres?

Ele suspirou e confirmou:

— Infelizmente, meus superiores estão encorajando isso. Eles acham que a visibilidade será boa para o moral e as relações.

— Como advogado, imagino que você seja bom em falar na frente das pessoas.

— Não me importo de falar, só não estou convencido de que seja o melhor uso do meu tempo.

— Como já deve estar percebendo, não há muita diversão nesta cidade. As pessoas estão animadas com a chegada de aeronaves, embora provavelmente seja mais pela quantidade do que qualquer outra coisa.

— Já tive minha cota de emoção nos últimos dois anos. Eu gosto da calmaria daqui.

— Mesmo que ela o atrapalhe a pegar no sono?

— Sim, mas acho que agora devo conseguir dormir. — Ele mostrou a garrafa vazia e se levantou com ajuda da bengala. — Obrigado pela cerveja e pela companhia. É melhor eu me recolher agora.

— Vejo você de manhã.

Ela ficou ali por mais algum tempo até dar um tapinha afetuoso em Trixie e levá-la para dentro. Depois de trancar a casa e apagar as luzes, Jessie subiu as escadas e foi para o quarto. Alguns minutos depois, estava deitada na cama, olhando para o teto, perguntando-se por que se sentia mais confortável conversando com Royce do que com Luke. Talvez porque ela e Royce tivessem um objetivo comum, um propósito pelo qual começariam a trabalhar quando os cadetes chegassem no domingo. Aí tudo mudaria, embora ela não estivesse convencida de que já não havia mudado.

CAPÍTULO 9

Domingo, 8 de junho de 1941

— Kitty! Depressa! Vamos nos atrasar! — chamou Fran escada acima.

Em seu quarto, Kitty passou a escova pelos cabelos uma última vez antes de pegar a faixa que ela e Fran haviam criado na noite anterior. Aquilo ajudou a distraí-la da mudança de Jessie e Royce na tarde daquele mesmo dia. As respectivas casas ficavam a apenas alguns quarteirões, a uma curta distância, e ambos disseram que ela poderia visitá-los quando quisesse, mas foi estranho não ter nenhum dos dois por perto quando a escuridão se instalou. Com suas mil perguntas sobre a chegada dos cadetes naquele dia, ela quis visitar Royce, mas a mãe a desencorajara, dizendo que ele devia precisar de um tempo sozinho; embora não estivesse sozinho, já que estava morando com o outro oficial da RAF.

Não poder falar com ele, no entanto, não diminuiu seu entusiasmo em receber os recém-chegados. Com uma emoção renovada vibrando dentro de si, ela desceu as escadas correndo até onde Fran a esperava. O sorriso da amiga estava tão largo quanto o de Kitty, e elas se abraçaram e deram um gritinho.

— Não acredito que eles estão quase chegando — admitiu Fran.

— Eu sei.

A chegada dos cadetes havia sido a grande manchete da edição do *Terrence Tribune* daquela manhã. Tendo decidido recentemente que queria documentar tudo o que fosse relacionado com os britânicos, Kitty recortara o artigo para seu álbum.

— Precisamos mesmo ir — disse Fran, puxando Kitty pela mão.

— Um segundo.

Kitty apressou-se pelo corredor em direção ao quarto principal.

— Mamãe, está pronta?

— Quase! Podem ir na frente.

Ansiosas, Kitty e Fran saíram e caminharam o mais rápido possível em direção à estação. Correr não era uma opção, visto que ambas estavam usando suas melhores roupas e não seria nada bom quebrar um salto no caminho. Quando chegaram à plataforma, já estava lotada. Kitty concluiu que quase toda a cidade estava ali. O artigo encorajava as pessoas a garantirem que os recém-chegados se sentissem bem-vindos.

— Eu sabia que não conseguiríamos um bom lugar — lamentou Fran. — Eles não vão ver nosso cartaz.

— Vão, sim. Venha.

Puxando a mão de Fran, Kitty abriu caminho entre as pessoas até chegar ao seu destino, quase na frente da plataforma, onde os dois oficiais de terno esperavam.

— Bom dia.

Os britânicos se voltaram para ela.

— Olá, Kitty. Que surpresa agradável vê-la aqui — cumprimentou Royce.

— Não perderíamos isso por nada. Esta é minha melhor amiga, Fran.

— Olá, Fran. Permita-me apresentar o líder do esquadrão, Smythson.

— Oi — disse Kitty, enquanto Fran sorria e corava. — Aposto que não esperavam que a cidade inteira aparecesse.

— Ficamos bastante surpresos ao ver tanta gente aqui.

— Queremos que os cadetes se sintam em casa.

A sra. Johnson e a sra. Berg haviam montado uma mesa com cookies e limonada. Crianças estavam correndo ao redor. Kitty viu o sr. Peterson no meio da multidão.

— É muita gentileza da parte de todos — disse Royce.

— Quer ver o que fizemos? — perguntou Kitty.

Antes que ele pudesse responder, ela e Fran desenrolaram a faixa com o texto BEM-VINDOS acompanhado de um desenho da bandeira britânica. Ela emprestara um livro da biblioteca para ter certeza de que estava certa.

— Os rapazes certamente vão gostar de sua faixa e apreciá-la.

Um apito de trem soou ao longe. O gritinho agudo de Fran foi acompanhado por um pulinho, mas Kitty se esforçou para aparentar calma. Ambas ergueram a faixa conforme o trem entrou ruidosamente na estação, parando com um guincho estrondoso.

Os passageiros começaram a desembarcar. Foi fácil avistar os cadetes. Todos vestiam os mesmos ternos cinza que os oficiais. Eles também carregavam bolsas de lona que provavelmente guardavam todos os seus pertences. Alguns tinham cachimbos na boca — ela nunca vira alguém fumar cachimbo. Outros pareciam estar no ensino médio, aparentando ter pouco mais idade que ela. Muitos se mostravam cautelosos, sem saber como reagir quando as pessoas se dirigiam a eles. Kitty viu vários semblantes atordoados e perdidos. Não podia imaginar como devia ser confuso chegar a uma cidade nunca visitada. A banda municipal de Terrence estava tocando "San Antonio Rose", e Kitty se perguntou brevemente se haveria alguma música inglesa que eles preferissem ouvir.

De repente, ela e Fran haviam largado a faixa e estavam avançando, dando as boas-vindas aos aviadores que chegavam enquanto Royce batalhava para guiar os cadetes em direção ao ônibus que os esperava.

— Bem-vindos a Terrence. Estamos muito felizes em recebê-los — disse ela alegremente, enquanto apertava a mão de cada rapaz.

Muitos rapazes. De todos os tamanhos, altos, baixos, mas magros — tão magros todos eles, e cada um com olhos assombrados, não importava a tonalidade, embora também contivessem um entusiasmo. Seus sotaques variavam. Kitty não conseguia entender exatamente o que alguns diziam. Ela pensou que estivessem agradecendo ou talvez apenas dizendo "olá". Era tudo confuso para ela, e com certeza ainda mais confuso para eles.

Estendendo a mão, ela cumprimentou o cadete seguinte com entusiasmo.

— Bem-vindo a Terrence.

— E quem seria você?

Ninguém mais se dera ao trabalho de perguntar. Ela gostou que o jovem tivesse perguntado, gostou de como ele a fitou como se a achasse interessante.

— Kitty. Kitty Lovelace.

— Olá, Kitty Lovelace. Ouvi dizer que o Texas tinha as garotas mais bonitas. Você provou que o rumor estava correto.

O coração dela parou brevemente e os dedos dos pés quiseram se enroscar. Ninguém nunca a chamara de bonita. Kitty sabia que não era feia, mas nenhum menino expressara aquilo antes. Ela não sabia como responder, mas pensou em como ficaria feliz ouvindo-o falar o dia todo com aquele sotaque adorável. Ele tinha olhos cor de chocolate, como ovos de Páscoa. Engolindo em seco, Kitty tentou se recompor, não queria parecer completamente inexperiente quando se tratava de garotos, mesmo que nunca tivesse ido a um encontro.

— Como se chama?

O sorriso do rapaz era hipnotizante.

— Harrison, mas meus amigos me chamam de Harry.

— Bem-vindo, Harrison. Espero que goste daqui.

— Já gostei.

Ele se aproximou ligeiramente.

— Me chame de Harry.

Kitty tinha certeza de que estava ficando vermelha.

— Harry.

— Cadete! — gritou Royce, e Harry o olhou por cima do ombro.

— É melhor eu ir. — Ele deu uma piscadela e completou: — Mas nos vemos por aí, Kitty.

Depois que o jovem se foi, ela ficou parada no mesmo lugar por vários minutos, imaginando se realmente o veria de novo. Talvez ele visitasse a botica e ela pudesse lhe servir um refrigerante.

— Eles não são maravilhosos?

Kitty voltou a atenção para Fran, que estava sorrindo de orelha a orelha, e percebeu que o ônibus já subia a rua e que os habitantes da cidade estavam indo embora.

— Sim, eles são.

— Eu amo o jeito que eles falam. Quanto tempo vão ficar aqui?

— Cinco meses.

As duas começaram a caminhar.

— E é Jessie quem vai treiná-los? Ela é tão sortuda.

Kitty cogitou perguntar a Fran se Harry também perguntara o nome dela, mas não sabia se queria mesmo descobrir a resposta. Ela queria pensar que talvez ele tivesse sido simpático apenas com ela. Nenhum dos meninos da escola lhe dava muita atenção, e ela descobriu que gostava de ser escolhida. Agora, queria conhecer todos os cadetes, mal podendo esperar pelo baile que a sra. Johnson prometera organizar. A vida estava enfim ficando interessante.

10 de junho de 1941

Querida Kitty Kat,

Não importa onde eu esteja em Londres quando visito a cidade, é como se pudesse sempre ver a cúpula de St. Paul. Depois da pior noite da Blitz, dizem que Churchill chorou quando avistou a cúpula ainda intacta em meio à névoa escura. Aqui está um cartão postal para o seu álbum de recortes, assim você sabe como ela é.

Que bom que conseguiu o emprego que tanto queria servindo refrigerantes no Delaney's. Quando eu voltar para casa, pode me servir uma vaca-preta de Coca-Cola com uma bola extra de sorvete.

Estou ficando sem espaço aqui, então vou encerrar. Sinto sua falta.

Dê um petisco para Trixie.

Com amor,
Seu irmão

CAPÍTULO 10

Sexta-feira, 13 de junho de 1941

A proximando-se do aeródromo em um Stearman, Jessie sorriu para as duas bandeiras, dos Estados Unidos e da Grã-Bretanha, tremulando na brisa perto dos edifícios principais. Simbólicas em sua simplicidade. Dois países trabalhando em parceria. Um empreendimento conjunto.

Desde que os cadetes chegaram, frequentavam a sala de aula aprendendo o básico. Na segunda-feira, eles começariam a treinar em um Stearman assim como no Link. Ela passara a semana fazendo os últimos testes com os biplanos para garantir que estivessem em sua melhor forma.

Antes de começar a descida, circulava o aeródromo quando um avião de repente mergulhou na sua frente. Xingando e puxando levemente o manche para interromper a descida, Jessie empurrou o acelerador para a frente, jogou o manche para a direita e apertou o pedal do leme direito para fazer uma curva rápida. Por pouco não colidiu. Seu coração estava batendo forte quando ela olhou para o lado a tempo de ver a outra aeronave pousar na extremidade mais distante de um quadrado branco — uma adição recente ao campo. Jessie disparou uma nova enxurrada de xingamentos.

Um dos instrutores mais novos, Mark Lawson, parecia preferir diversão e jogos ao trabalho. Na tarde de terça-feira, no fim do expediente oficial, ele pintara aquele alvo no campo de pouso e começara a desafiar outros instrutores a aterrissarem, determinando que deveriam pousar com as rodas bem no meio da sinalização. Depois fizeram apostas para ver se um piloto o acertaria perfeitamente. Eles também arranjaram um enorme vidro de picles dentro do qual, para tentar atingir o alvo, era necessário deixar um dólar. O primeiro piloto a acertar o alvo bem no meio receberia o conteúdo do pote. Nenhuma aterrissagem fora declarada um acerto direto até aquele momento. Foi a exibição mais estúpida de homens se esforçando para superarem uns aos outros e provar que são os mais fortes e durões que Jessie já testemunhara. Para piorar, eles cronometravam aquela competição mesquinha e imprudente a fim de se exibirem para os cadetes que saíam da aula e se dirigiam para o quartel. Os rapazes acabavam indo até eles para ver o motivo de toda a algazarra.

Enquanto circulava de volta, Jessie viu Doug Forester sair da cabine. Então havia sido ele o idiota que quase colidira com ela, provavelmente nem ciente de sua presença por estar tão focado naquele pequeno ponto branco em vez de prestar atenção no que acontecia ao redor. Se não fosse pela reação dela, teriam perdido dois aviões e possivelmente dois pilotos.

Ela iniciou a aterrissagem e saiu da aeronave.

— Aquilo foi quase um desastre e tanto — observou Billy ao se aproximar.

— Com certeza foi.

Jessie ainda estava tremendo quando avistou Forester rindo, levando tapinhas nas costas como se voar fosse brincadeira. Fervendo de raiva, ela marchou e o socou no ombro com força suficiente para fazê-lo tropeçar dois passos para trás.

Ele levantou o queixo e a olhou atravessado.

— Que diabo foi isso?

— Eu tinha o direito de passagem, seu idiota. Sua negligência quase nos fez bater.

— Não teria sido minha culpa.

Esse era o argumento dele? Ela olhou para os lados.

— Vocês viram o que aconteceu, certo?

Ninguém respondeu. Alguns rapazes arrastaram os pés, alguns pigarrearam, mas nenhum ousou encará-la.

— Você só está chateada porque sabe que não conseguiria pousar nem perto da mira.

— Não sou paga para brincar.

— Estamos praticando pouso.

— Está admitindo que ainda não dominam nem essa manobra básica e precisam praticá-la?

Ele ficou tão vermelho que Jessie pensou que suas bochechas estavam prestes a explodir, mas ela reconheceu o calor do ódio em seus olhos. Jessie vira aquele calor uma vez nos olhos de um touro prestes a atacar. Ela não lhe deu chance para responder e continuou:

— Você está perdendo tempo e desgastando a aeronave, só porque está entediado. — Com a cabeça, ela indicou os cadetes, reunidos a uma curta distância. — E sente necessidade de se exibir ou mostrar sua masculinidade, ou provar algo, sei lá. Seja lá o que for, é infantil, mas preste atenção em outras aeronaves na área.

Dando meia-volta, ela partiu furiosa de volta para o hangar, e o paraquedas que ainda precisava retirar batia em seu traseiro a cada passo raivoso.

Rhonda estava encostada na parede de aço, de braços cruzados.

— O que foi?

— O idiota passou na minha frente.

— Então por que não está competindo com eles?

— Cão que ladra não morde. Não compensa o tempo ou esforço.

Rhonda assentiu e declarou:

— Eles não convidaram você.

— Os ingleses estão pagando pela gasolina. É um mau uso dos recursos.

— Estamos pagando cinquenta dólares por mês de aluguel. Seria bom ganhar aquele pote cheio de dinheiro. Você consegue pousar naquele local?

Jessie se virou e observou um avião se aproximar, mas não baixo nem rápido o bastante. A aeronave aterrissou ultrapassando a marca.

— Provavelmente.

— Para mim já serve.

Rhonda sacou um dólar.

— Eu até pago sua inscrição.

— Não vou participar dos joguinhos infantis deles.

Mais uma tentativa foi feita, as rodas girando demais para a direita, a aeronave quase atingindo a multidão de instrutores idiotas — gritando, berrando e zombando, dando aos cadetes, que assistiam a tudo, a impressão de que um avião era um brinquedo em vez de algo que merecia respeito e admiração.

Outro aviador por pouco não acertou o alvo, mas, como o avô de Jessie dizia, por pouco não era o bastante. Lawson, em comiseração, bateu no ombro do piloto fracassado. Que clube do bolinha. A raiva crescendo dentro dela poderia abastecer um avião.

— Que se dane.

Seria bom acertar aquele ponto. Quem sabe até desse um basta a toda aquela bobagem.

Quando começou a caminhar em direção ao avião que acabara de pilotar, ouviu o grito de Rhonda:

— Ei, pessoal! Aposto cinco dólares que a Jessie acerta aquele ponto. Quem quer apostar contra?

Nada como um pouco de pressão para dar mais graça às coisas, e Jessie sempre se saía melhor quando havia mais em jogo. Quando chegou ao avião, um tripulante de solo a esperava.

— Oi, Mike.

Era um dos homens que trabalhavam ali antes do propósito do lugar mudar. Ele sorriu de forma encorajadora para ela.

— Você se segurou mais tempo do que pensei.

— Vamos dar uma volta nessa belezinha.

Depois de fazer a inspeção pré-voo, Jessie subiu na cabine com o paraquedas amarrado ao corpo, baixo o suficiente para se sentar nele e acolchoar o assento duro. Ela fez a verificação da cabine e levantou o polegar para Mike.

Ele começou a girar a hélice, enchendo o ar com o zumbido agudo, e logo ela estava girando por conta própria. Mike deu um passo para trás e gritou:

— Contato!

Jessie ligou um magneto, apreciando como de costume o rugido do motor ganhando vida. Ela esperava nunca deixar de sentir a emoção desencadeada pela potência e pela promessa de uma aeronave. Terminando o procedimento de largada, taxiou para a frente, verificando constantemente os arredores e a posição, e enfim virou para ficar de frente para o vento. Quando teve certeza de que tudo estava certo, acelerou e decolou.

Jessie fez um amplo círculo ao redor do aeródromo antes de avançar baixo e rápido — zunindo — sobre os outros instrutores de voo, sabendo que não deveria, mas se divertindo ao ver alguns se esquivando. Mais um círculo. Outra volta, mais baixa e lenta, marcando mentalmente seu alvo. Um circuito final antes de alinhar a aterrissagem. Assim que as rodas tocaram o chão, ela sabia que havia atingido o ponto antes mesmo de ver Rhonda rindo, pulando e agitando os braços. Jessie continuou com leves solavancos, controlando os freios, diminuindo a velocidade e parando. Mike estava sorrindo como se Orville Wright tivesse acabado de chegar para um aperto de mãos.

Jessie estava prestes a desligar o motor quando Rhonda veio correndo e subiu na asa.

— Eles acham que foi sorte. Estão se recusando a pagar.

Jessie gemeu.

— Mas que patéticos.

Ela apostava que se tivesse sido um dos homens a aterrissar no local, as habilidades dele jamais seriam questionadas.

— O dobro ou nada.

— É bom você garantir que não será nada — advertiu Rhonda antes de descer.

Jessie decolou, fez um amplo circuito ao redor do aeródromo e iniciou o pouso, tendo marcado mentalmente seus orientadores na primeira tentativa. O desafio era que o piloto não conseguia ver a frente do avião, então era preciso se posicionar com base no que se via das laterais da aeronave. Quando as rodas tocaram o chão, ela estava bastante confiante de que acertara o alvo. Desta vez, quando parou, desligou o motor, saiu da cabine e pulou.

Mike ainda estava sorrindo.

— Acho que nem o Jack teria conseguido duas vezes seguidas.

— Tenho uma ótima percepção de profundidade.

— Você tem habilidade, mocinha. Não deixe aquele idiota do Barstow convencê-la do contrário.

— Não sei do que você está falando.

Ela nunca gostou de falar mal de alguém em público, e definitivamente não mencionara a ninguém no aeródromo, além de Rhonda, que ela e Barstow estavam em desacordo.

— Os tripulantes de solo ouvem coisas.

Jessie poderia ter feito mais algum comentário, mas de repente Rhonda estava na sua frente, risonha e contente, segurando maços de notas de cinco dólares, abraçada ao pote.

— Foi tão divertido. Nunca vi tantos queixos no chão ao mesmo tempo.

— Um deles já deveria ter feito isso, mas não estavam levando a sério. Ficaram brincando, dando um mau exemplo para os cadetes.

Quando começou a caminhar em direção ao hangar, Jessie viu Royce e Peter parados a uma curta distância de onde os cadetes se reuniram. Merda. Ela se perguntou quanto do espetáculo teriam visto. Peter disse alguma coisa. Royce assentiu, mas seu olhar estava fixo nela.

Virando-se para Rhonda, ela pegou o vidro.

— Deixe-me ficar com isso. Você ganhou o suficiente com sua aposta à parte. Não precisa disso.

— O que você vai fazer?

— Só me dê.

Rhonda soltou o pote. Jessie marchou até Royce e empurrou a jarra para cima dele.

— Para ajudar a pagar o *combustível* que nossa palhaçada desperdiçou.

Abrindo um leve sorriso, os olhos denunciando que estava achando graça, ele aceitou a oferta. Peter parecia prestes a ter um acesso de riso.

Ela havia se afastado poucos passos quando Royce gritou:

— Srta. Lovelace?

Jessie parou e o encarou. Era Peter quem estava segurando o vidro agora, conduzindo os cadetes de volta ao quartel. Os instrutores também tinham se dispersado.

Royce a observou por um minuto, como se estivesse tentando mensurar alguma coisa.

— Isso foi bastante impressionante.

Ela deu de ombros.

— Foi só pensar um pouco a fundo. Muitas acrobacias exigem precisão, então sou boa em alinhar as coisas.

— Por que não tentou ser instrutora de voo?

— Quem disse que não tentei?

Ele pareceu surpreso.

— Você é certificada para ensinar?

Ela confirmou lentamente com a cabeça.

— E se candidatou para lecionar aqui?

Ela soltou uma rápida explosão de ar.

— Barstow não acredita que mulheres possam ser levadas a sério quando ensinam de uma cabine.

— Entendi. Por que não mencionou isso em uma de nossas conversas? Achou que eu concordaria com a avaliação dele?

Talvez sim. Talvez ela temesse que, se ele soubesse, se os outros soubessem que ele sabia, veriam sua vitória ao se tornar instrutora sem merecimento, como resultado de bajulá-lo, como sugerira Forester.

— Isso é assunto meu com Barstow, e vou dar um jeito de provar quem eu sou e provar que ele está errado. Não preciso de você mexendo pauzinhos ou o influenciando em meu nome.

— Acho admirável.

Ela deu um sorriso travesso.

— Alguns chamariam de teimosia.

A risada dele foi baixa, mas bem-humorada.

— E é. Continue, então. Cuide-se.

— O que esse *cuide-se* significa, afinal?

— É simplesmente uma forma de se despedir ou dizer até mais.

Ela riu de leve.

— Mais um item para sua lista.

— Justamente. Cuide-se, Jessie.

Ela não sabia por que estava relutante em partir. Em algum lugar, Forester devia estar observando e contando os minutos que Royce e ela passaram conversando. Após um breve aceno de cabeça, ela se dirigiu ao hangar para guardar seu equipamento desejando que Royce não a tivesse visto envolvida em uma exibição tão infantil da necessidade de provar o próprio valor. Era simplesmente vergonhoso. Seu pai teria ficado decepcionado. *Nunca entre na briga. Prove seu valor com suas ações.*

Por outro lado, provara o próprio valor com as próprias ações, e queria poder ter visto todos aqueles queixos no chão.

14 de junho de 1941

Querida Jess,

O Esquadrão 601! Ballinger estava com o lendário Esquadrão dos Milionários? As pessoas consideravam aqueles pilotos uma piada. Filhos da nobreza e pirralhos abastados só brincando de pilotar. Suas sessões de treinamento incluíam festas luxuosas, mas quando a Luftwaffe apareceu pela primeira vez, os homens provaram ser valentes e habilidosos, e assim fizeram seu nome. Seu amigo é reconhecido como um ás com dezoito mortes na conta. Soube que, durante sua última missão, seu Spittie estava tão esburacado que ninguém entende como ele conseguiu levá-lo para casa e pousar. Metade dos controles não funcionava e ele não conseguia descer as rodas. Foi, com certeza, um pouso acidentado.

Fico feliz em saber que ele foi discreto no que revelou à mamãe. Não quero que ela se preocupe comigo mais do que já se preocupa. Ainda me sinto culpado por não ter ido ao funeral de papai, mas estava com receio de não conseguir voltar para cá. Também achei que não faria nenhum favor à mamãe se a polícia aparecesse para prender o filho dela.

O inimigo está nos mantendo ocupados. Treine bem esses pilotos. Nós precisamos deles.

Com amor,
Jack

P.S.: Dê um petisco para a Trixie e diga a ela que fui eu que mandei.

CAPÍTULO 11

Sábado, 14 de junho de 1941

O Delaney's sempre fora um ponto de encontro para alunos do ensino médio, então Kitty não ficou surpresa quando os cadetes migraram para a botica após encerrarem seus exercícios matinais. Mais cedo, durante uma pausa, ela estava sentada em um banco sob um carvalho na praça quando os viu marchando para a cidade, em fila dupla, assobiando uma música. Com a empolgação tomando conta, Kitty correu para dar a notícia a Fran, que também trabalhava atrás do balcão de refrigerantes no sábado. As duas ficaram olhando pela vitrine até os estrangeiros chegarem à praça, onde pararam e um dos caras na frente gritou uma ordem. Então eles dispersaram, alguns indo em direção à botica.

Agora, com quase uma dúzia de cadetes diante do balcão, ela e Fran corriam para providenciar drinques com Coca-Cola e sorvete para todos. Foi divertido observá-los tomando o primeiro gole da bebida. Alguns gostaram, enquanto outros torceram o nariz. Aparentemente, era uma experiência nova para eles, e alguns não conseguiam decidir se gostavam. Ela não conseguia imaginar.

Embora decepcionada por não estarem de uniforme, Kitty estava simplesmente fascinada pelos rapazes. Era mais do que os sotaques e como se expressavam. Havia algo mágico na maneira como falavam. Alguns eram tímidos e não pareciam muito confortáveis com os costumes locais. A maioria, no entanto, parecia maravilhada com a possibilidade de pedir qualquer coisa que quisesse e ver uma quantia considerável sendo colocada diante de si.

Ela ouviu o tilintar do sino acima da porta, que tocava continuamente conforme pessoas saíam e chegavam. O movimento era como estar em um carrossel que nunca parava. Ela se perguntou se o sr. Delaney fecharia o lugar até que a RAF não estivesse mais sendo treinada ali. Ele ficava na farmácia, mas aparecia de vez em quando para conferir se estava tudo bem e passava um tempo conversando com os cadetes antes de voltar para seu domínio.

— Pode atender o rapaz na ponta do balcão? — gritou Fran.

Como eram só as duas trabalhando, Kitty sabia a quem ela estava perguntando. Ao se virar, parou, com o coração acelerando. Era *ele*. Harry. Estava virado de lado, espremido entre dois outros cadetes, conversando com um dos rapazes. Ele era ainda mais bonito do que ela se lembrava. Seus cabelos, cortados rentes, eram de um loiro cor de areia. Então Harry se virou e sorriu.

Kitty se derreteu. Nunca alguém lhe dirigira um sorriso tão radiante e entusiasmado. Sim, ela já colecionara muitos sorrisos antes, e até os sujeitos que estavam no balcão naquela tarde sorriram para ela, alguns um pouco tímidos, outros um pouco doces, mas nenhum com tamanho entusiasmo. Como se ela fosse alguém especial. Ela quase se esqueceu de que tinha um propósito ao se dirigir a ele.

— Oi.

Kitty se perguntou por que ele parecia sem fôlego, como se tivesse corrido até ali.

— Olá, benzinho. — Ele franziu ligeiramente a testa. — Você era uma das garotas da estação de trem.

Uma das garotas? Que decepção. Ela queria ser *a* garota na estação de trem.

— Meu nome é Harrison, mas meus amigos me chamam de Harry. Quem é você?

Ele nem se lembrava do nome dela ou de já ter dito aquilo antes. Ela havia sido uma tola em pensar que ele se lembraria.

— Kitty.

— Olá, Kitty. Você é uma belezinha.

Ela descongelou um pouco com o elogio, mesmo sabendo que não deveria se deslumbrar tão facilmente.

— O que deseja?

— Talvez um passeio pelo parque do outro lado da rua?

Ela queria que aquele charme não parecesse tão ensaiado.

— Não posso, estou trabalhando. O que gostaria de comer ou beber?

Ele a observou por um longo minuto.

— Surpreenda-me. Alguma coisa com sorvete. Eu sou louco por sorvete.

Ele deu uma piscadela.

Kitty correu para o meio do balcão, virou-se para o espelho que percorria toda a parede e começou a servir sorvete de baunilha para fazer um drinque com refrigerante.

— Ele flerta com todo mundo, sabe.

Pelo espelho, ela viu um cadete parcialmente apoiado no balcão sobre os cotovelos. Tinha cabelos escuros e olhos lindos, embora ela não conseguisse identificar se eram cinza ou apenas de um azul muito, muito claro.

Depois de servir o sorvete em um copo alto, ela acrescentou o refrigerante e se virou.

— Eu acho que percebi.

Kitty levou a bebida até o final do balcão e a deixou na frente de Harry, que piscou para ela novamente.

— Obrigado, benzinho.

— São oito centavos.

Ele fez beicinho.

— Vai me cobrar, querida?

— Eu preciso.

Ele enfiou a mão no bolso e tirou algumas moedas.

— Qual delas seria?

Tentando não tocar nele, mas falhando, Kitty pegou uma moeda de cinco centavos e três moedas de um.

— Obrigada. Avise-me se precisar de mais alguma coisa.

Ela olhou para os rapazes ao lado dele.

— Alguém precisa de alguma coisa?

Quando negaram com a cabeça, Kitty perambulou de volta para onde estava o de olhos azuis.

— Gostaria de alguma coisa?

— Outra Coca-Cola.

Ela pegou o copo que ele usara, o deixou na pia para que fosse lavado e pegou outro limpo. O sr. Delaney não gostava de reutilizar copos e pratos quando as pessoas pediam uma segunda porção. Kitty encheu o copo novo e o deixou na frente do rapaz. Ele deslizou uma moeda para a garota, que a deslizou de volta.

— Esta é por minha conta.

— É muito gentil da sua parte.

— Eu me chamo Kitty. E você?

— Will.

Ela lançou um olhar para a ponta do balcão.

— Você o conhece bem?

Ele abriu um sorriso, que não era tão radiante quanto o de Harry, mas era mais sincero.

— Quem? O "Harrison, mas meus amigos me chamam de Harry"?

Ela deixou uma rápida gargalhada escapar antes que pudesse impedir, mas o azul dos olhos de Will brilharam como se a reação o tivesse agradado.

— Ele é legal, só pensa que é mais importante do que é. Quantos anos você tem, Kitty?

— Farei dezessete em outubro.

Dezesseis de repente parecia jovem, com todos aqueles rapazes por perto, mas ela se formaria no próximo mês de maio. Turma de 1942.

— Quantos anos você tem?

— Dezoito.

Ela olhou de uma ponta à outra do balcão.

— Todos vocês têm essa idade?

— A maioria. Alguns são mais velhos. Não muitos.

Kitty não esperava que fossem tão próximos dela em idade. Ela se perguntou se poderia convidá-los para um baile da escola.

— Senhorita?

Ela olhou para o de cabelos loiros sinalizando para ela.

— Eu volto já.

Quando ela terminou de preparar um sundae com calda quente, Will já tinha ido embora, mas deixara a moeda de cinco centavos ao lado do copo. Aparentemente, não queria que ela pagasse por sua bebida. Kitty se perguntou quando a sra. Johnson organizaria um baile. Ela queria muito uma oportunidade de dançar com aqueles rapazes — quase mais do que qualquer coisa.

A tarde passou voando. Antes que ela percebesse, eram seis horas e o sr. Delaney estava enxotando todo mundo e trancando a porta. Fran e ela limparam tudo antes de começar a caminhada para casa. Alguns dos cadetes estavam vagando pela praça e, por mais que falar com eles fosse tentador, Kitty sabia que a mãe a esperava para o jantar.

— Eles são tão incríveis — comentou Fran. — Muito mais interessantes que os meninos da escola.

— Também achei. E não são muito mais velhos que a gente.

— Um deles mencionou que eles têm escala aberta para sair no fim da tarde às quartas-feiras. Acho que é assim que chamam quando estão de folga, porque ele disse que alguns vão ao cinema.

Fran lhe lançou um olhar travesso.

— Talvez devêssemos ir ao cinema na quarta-feira.

Com um sorriso, Kitty assentiu.

— Concordo.

— Mas não vamos contar para nossas mães que os cadetes estarão lá. A minha não quer que eu passe tempo com os britânicos. Ela não confia neles só porque não são daqui.

— Isso é ridículo. Eles são como a gente.

Exceto pela parte interessante.

Fran deu de ombros antes de se afastar e subir a rua até sua casa. Quando Kitty chegou à dela, continuava cheia de energia devido ao frenesi daquela tarde, além de animada com os planos de ir ao cinema. A mesa já estava posta para duas pessoas. Era tão estranho serem só ela e mamãe todas as noites.

— Cheguei!

Carregando uma travessa de costeletas de porco e uma tigela de verduras, sua mãe atravessou a porta vaivém.

— Maravilha. Sente-se. Já preparei tudo.

Após se sentarem, ela perguntou:

— Como foi na botica?

— Movimentado. Diversos cadetes foram lá. Você sabe quando a sra. Johnson vai organizar o baile que ela mencionou?

Sua mãe ficou imóvel por alguns segundos antes de voltar a cortar a costeleta de porco.

— Não. Eu sei que ela convidou você para ajudar, mas você não pode ir ao baile.

Sentindo-se como se tivesse caído de um dos pôneis de Luke, Kitty olhou para a mãe.

— Por que não?

— Porque você não precisa se envolver com esses meninos. Eles são velhos demais para você.

Ela balançou a cabeça.

— Não são, não. Conheci vários hoje com dezoito ou dezenove anos. Eu até conheci um que tinha dezessete. Ele teve que pedir para a mãe assinar uma carta confirmando que poderia se alistar. Eles são como os meninos da escola.

— Não, Kitty, não são. Eles são mais vividos e experientes. Além do mais, estão se preparando para ir à guerra, e por isso dispostos a viver o máximo que puderem no tempo que acham que têm. Isso pode fazer você se machucar.

— Mas você pareceu gostar quando Royce esteve aqui.

— Bem, você certamente não vai se envolver com *ele*.

Claro que não. Ele era um idoso.

— E os cadetes que vai convidar para ficar aqui? Não devo conversar nem jogar damas com eles?

— Já repensei isso, e não acho que vamos receber algum aqui, a não ser talvez no Natal.

— Eu não entendo.

Sua mãe baixou os talheres, apoiou os cotovelos na mesa e juntou as mãos como se estivesse a ponto de rezar pedindo forças... Ou talvez perdão.

— Quando levei o caderno ao aeródromo para os cadetes começarem a se inscrever caso tivessem interesse em ficar em uma casa de família, tive a oportunidade de conversar com vários deles.

— Então você sabe que eles são legais.

Ela deu a Kitty um olhar direto, sério e intransigente, o mesmo que usava antes de lançar um decreto ou anunciar uma punição por mau comportamento — não que Kitty já tivesse sido castigada, mas Jack certamente sim. Até Jessie, de vez em quando.

— Sim, mas também sei que não são companhias apropriadas para uma garota inocente como você.

A mãe dela deve ter falado justo com "Harrison, mas meus companheiros me chamam de Harry". Ela não teria gostado nada dele.

— Isso não é justo.

— Talvez depois que você se formar.

— Eles podem nem estar mais aqui.

— Infelizmente, Kitty, não vejo essa guerra terminando tão cedo. Portanto, você terá muitas oportunidades de crescer antes de passar seu tempo na companhia desses sujeitos.

Kitty mal podia acreditar. Ela se perguntou se a mãe andara conversando com a de Fran.

— Você deixou Jessie namorar sério quando ela tinha dezesseis anos.

— Com um menino da idade dela, que tinha as mesmas experiências. Um menino que conheci quando ainda usava fraldas. Não quero que você se envolva com os ingleses.

— Não vou me envolver. Eu só quero passear com eles, conhecê-los. Dançar com eles. Por favor?

— Você pode cumprimentá-los na base, conversar com eles enquanto serve refrigerantes. Mas dançar, tenho que dizer não.

Kitty empurrou o prato para longe, levantou-se repentinamente e disparou para o quarto. Ela não sabia o que fazer com sua raiva. Nunca havia feito nada que não deveria. Mas aquilo estava prestes a mudar.

CAPÍTULO 12

Segunda-feira, 16 de junho de 1941

Sentada à mesa, atrás dos controles, Jessie observava Rhonda se olhar em um pequeno espelho, aplicar lentamente um batom vermelho vibrante e estalar os lábios duas vezes.

— É a terceira vez que você faz isso em menos de vinte minutos.

Rhonda largou o espelho e o tubo de batom dentro da bolsa antes de olhar de volta para Jessie.

— Os cadetes chegarão a qualquer minuto para a introdução ao Link Trainer. Quero aparentar o melhor possível.

O ronco de um motor reverberou do lado de fora. O primeiro cadete estava iniciando sua viagem inaugural, fato que doía no peito de Jessie porque não era ela quem o estava levando. Os alunos haviam sido divididos em dois grupos, metade na sala de aula e metade ganhando experiência prática, seja de avião ou no Link. À tarde, os grupos trocavam.

— Você também ficaria bem com um pouco de cor — sugeriu Rhonda. — Tenho um tom menos ousado, se quiser emprestado.

Jessie sabia que a amiga estava se esforçando para desviar seu foco do que acontecia lá em cima, o lugar no qual ela queria desesperadamente estar.

— Obrigada, mas não quero distrair os novatos de onde eles precisam direcionar sua atenção.

Rhonda se levantou, se aproximou e se sentou na beirada da mesa.

— Eles querem que a gente os distraia. Foi por isso que Barstow contratou mulheres.

Jessie franziu a testa.

— Quem disse isso?

— Ninguém. Mas faz sentido. O LT não é tão emocionante quanto uma cabine real. Eles têm um número mínimo obrigatório de horas para passar no LT, mas podem fazer horas extras se quiserem. Quanto mais tempo dedicarem à prática, mais bem preparados estarão. É aí que entramos, garantindo um cenário atraente para continuarem estimulados a passar tempo aqui.

— Eles não deveriam precisar de nenhum estímulo. É o ambiente mais seguro para aprender a voar por instrumentos.

— Quantos homens você conhece que se preocupam em estar seguros? Você namora um camarada que acha divertido montar nas costas de um touro caprichoso até cair de cima dele. Esses britânicos não são diferentes. Se você não fosse atraente, Barstow provavelmente a teria contratado para ser instrutora de voo, como você queria.

Rhonda podia ter razão sobre por que elas foram escolhidas para operar o LT, mas Jessie duvidava muito que fosse aquele o motivo para ela não estar em uma aeronave naquele momento.

— Ficar sentada atrás dessas mesas é como ensinar na frente de um quadro-negro ou em um laboratório de química, e ele vê o ensino em uma sala de aula como uma ocupação perfeitamente aceitável para mulheres. Já em uma cabine... Ele não acredita que um homem aceite receber instruções de uma mulher.

— Bom, se algum desses cadetes não me respeitar, darei a eles uma carona naquele simulador que vai fazê-los devolverem o café da manhã. Você poderia fazer o mesmo de uma cabine.

— E eu faria. Só acho que não precisaria. Ou pelo menos só raramente. Quando papai estava vivo e eu ensinava homens a pilotar, eles só queriam aprender, indiferentes a quem ensinava. Expliquei isso a Barstow, mas ele acha que militares são diferentes.

— Todo homem acha que é diferente, mas se a minha experiência serve de alguma coisa, eles são praticamente todos iguais. — Ela inclinou a cabeça e insistiu: — Tem certeza de que não quer passar batom?

A porta se abriu. Rhonda rapidamente se endireitou ao ver Peter entrar com seis cadetes em uniformes azuis andando em linha reta atrás dele. Estavam muito sérios, embora Jessie tenha notado que alguns olharam com aprovação para Rhonda, que havia passado para a frente de sua mesa e estava de pé com uma das mãos apoiada na cintura, sem dúvida tentando provar seu argumento sobre o motivo pelo qual haviam sido contratadas como operadoras de LT. Rhonda acreditava em usar sua silhueta ao máximo, enquanto Jessie preferia que a dela não tivesse impacto em nada que quisesse fazer na vida.

— Senhoras — disse Peter, e Jessie jurou ter ouvido Rhonda dar um breve suspiro. — Trouxe alguns cadetes para começarem. Achei que eu poderia ficar por aqui um pouco para ver como vai ser, se não se importam.

— Por que nos importaríamos? — perguntou Rhonda. — O senhor é sempre bem-vindo. Cavalheiros, por favor, reúnam-se. Vamos apresentá-los ao Link Trainer, abreviação LT. Ou Ellie, como prefiro chamar. Ellie os levará a alturas das quais não se esquecerão tão cedo.

Ao ouvir algumas risadas hesitantes, Jessie se perguntou quanto tempo levaria até que todos se sentissem confortáveis ali, e quanto tempo antes que todos se apaixonassem por sua amiga atrevida. Rhonda levou três para o LT que ela controlaria, e Jessie levou os outros para a caixa azul com asas e cauda amarelas que era responsabilidade dela. O simulador ficava no topo de um pedestal contendo bombas e foles que ela controlava para criar inclinações e curvas grosseiras que o piloto deveria enfrentar com as ferramentas à disposição. Ela abriu a porta e recuou para deixar os cadetes espiarem o interior.

— Quando vocês usam o leme e o manche, as asas e a cauda se movem. Não que consigam ver, mas eu, sim. Depois que eu fechar vocês aqui, estarão na mais completa escuridão, exceto pelas luzes do painel de instrumentos e a luz fraca na lateral. Será como voar à noite ou em meio à famosa neblina inglesa. — A referência despertou alguns sorrisos. — Visibilidade limitada, portanto, precisam aprender a confiar nos instrumentos para guiá-los. Quem gostaria de ir primeiro?

Eles se entreolharam. Dois pareciam não ter idade nem para se barbear, o terceiro tinha uma fina penugem no lábio superior. O da penugem finalmente levantou a mão.

— Eu posso ir.

— E quem seria você?

— Geoffrey Moreland.

— Certo, sr. Moreland. Vou pegar leve desta vez. Você vai taxiar, decolar, voar em linha reta por cerca de dezesseis quilômetros, depois virar, voltar para o ponto de partida e pousar. Não farei nenhuma maldade como simular uma tempestade ou colocar você em estol. Será um voo tranquilo até o fim. — Ela tirou um fone de ouvido de dentro do simulador. — Você vai colocar isto, e eu também vou usar um para podermos nos comunicar. Alguma pergunta?

— Acho que não, senhora.

— Entre.

Depois que o novato se acomodou, ela o apresentou aos instrumentos. O rapaz devia ter aprendido algo sobre eles durante a última semana, mas Jessie achou que uma rápida atualização seria útil. Então abaixou a cobertura, fechou a porta e o deixou na quase completa escuridão. Após conduzir os outros para um lado da sala, ela se sentou diante de sua mesa. Preso a um braço de metal havia um pequeno componente triangular conhecido como *crab*, que viajava sobre o vidro em cima da mesa e marcava em vermelho os movimentos do piloto; abaixo da placa havia um mapa. O cadete de Rhonda já estava em modo de voo e ela o guiava observando o *crab* se mover sobre a mesa. Parado atrás dela, Peter observava.

— Certo — disse Jessie a Geoffrey —, você está autorizado a decolar.

Ignorando as decolagens reais soando do lado de fora do prédio, ela se concentrou na caixa azul abrigando o jovem e em como o simulador se inclinava para cima e depois se nivelava. Ele estava a apenas quinze pés.

— Você se nivelou um pouco baixo. Leve-o até dois mil pés.

O *crab* começou a balançar para a frente e para trás.

— Mantenha-o firme. Você está oscilando.

— Eu não consigo...

Ela ouviu a respiração do rapaz, difícil e pesada.

— Sr. Moreland, é tudo uma ilusão. Na verdade, você não está nem a um metro do chão.

— Está escuro.

— Vê as luzes do painel de instrumentos?

— Sim.

— Respire fundo.

— Não aguento. Não consigo respirar aqui.

De repente, ele estava batendo na madeira. Jessie desligou o LT quando a porta se abriu e ele saiu, caindo no chão pálido e suado, com os cabelos grudados na cabeça. Ela disparou até ele, pegando no caminho sua lixeira de metal, que empurrou contra o peito do jovem bem quando ele começou a vomitar entre xingamentos e pedidos de desculpas. Os outros cadetes começaram a murmurar. Ela ouviu até uma risadinha, mas olhou para trás com tanta veemência imediatamente que todos pararam e se calaram. E Barstow ainda achava que ela não saberia comandar dentro de uma cabine.

Peter se agachou ao lado dela observando, esperando pacientemente. Ela preferia o britânico quando ele estava sério e preocupado.

— Será que comeu algo que não lhe fez bem, cadete?

— Não, senhor.

Ele colocou o lixo de lado, tirou um lenço do bolso e limpou a boca.

— Desculpe, senhora. Eu estava sufocando. É tão pequeno lá dentro, quente, escuro. Eu não conseguia respirar.

— Aqui — disse Rhonda, abaixando-se para lhe entregar um copo d'água.

Rhonda tinha interrompido seu treino e seu cadete estava de pé ao lado da caixa azul, também assistindo.

— Obrigado, senhora.

— Cabines costumam ser pequenas — reforçou Jessie —, mas a escuridão dentro do simulador pode ser enervante e torná-lo um pouco claustrofóbico. Não olhe ao redor. Apenas se concentre nos instrumentos.

— Não posso. Eu não posso voltar lá. Terei que voar durante o dia.

— Tenho certeza de que isso vai bastar. — O alívio nas feições dele foi visível. — Duvido que os alemães voem à noite.

E o alívio deu lugar à derrota.

— Eles voam à noite. Toda noite. Há meses.

Jessie sabia, claro.

— Nas noites em que não há lua, ou quando o tempo fica extremamente ruim de repente, você nem sempre consegue ver o solo ou a água ao sobrevoar o Canal. Precisa confiar nos instrumentos. O Link é seguro. Nada vai acontecer com você lá dentro, mesmo que interprete mal sua altitude, avalie mal sua inclinação ou erre o padrão de voo. Você aprende a compensar e ajustar, de modo que, quando estiver em um avião de verdade e algo der errado, ler e entender o que os instrumentos estão indicando pode ser a sua salvação.

Ele balançou a cabeça.

— Não posso. Não consigo aprender a voar no escuro.

— Então está me dizendo que os alemães conseguem fazer algo que você não consegue?

O novato desviou o olhar, parecendo aflito, envergonhado, inseguro, embora Jessie esperasse raiva e determinação.

— Os alemães tiveram que dominar uma dessas coisas?

Ela não sabia o que tiveram ou não de fazer isso, pois desconhecia o tipo de treinamento dos alemães.

— Se estão voando à noite, estão confiando nos instrumentos deles e tiveram de ganhar essa habilidade. Você pode fazer algumas sessões sem estar totalmente fechado, mas em algum momento terá que treinar no escuro. É a melhor forma de determinarmos se você está usando os instrumentos.

— Que se dane. Voar à noite me dá uma vantagem, não é? Eu poderia levar a guerra até eles, suponho.

Ela lhe deu um sorriso tranquilizador.

— É o que eu faria.

Ele passou os dedos pelos cabelos suados.

— Acho que o calor também estava me afetando.

— Pode ficar quente lá dentro — confirmou Jessie.

— Eles podem tirar as jaquetas e camisas — sugeriu Rhonda.

Peter levantou o olhar para ela.

— As jaquetas talvez, mas não as camisas. Não com mulheres por perto.

Ela deu de ombros.

— Não somos colegiais. Além disso, os homens por aqui costumam jogar as camisas de lado quando estão trabalhando.

Peter se virou de volta.

— O que achou, sr. Brightwell?

— Estava meio abafado lá dentro, senhor.

— Muito bem. — Ele se levantou. — Senhores, sintam-se à vontade para ficarem só com a camiseta de baixo antes de entrarem.

— Se não tiver problema, senhor, prefiro encerrar o dia a arriscar outro transtorno. Continuo um pouco abalado, por assim dizer — admitiu Moreland.

— Fique para assistir. Muito bem, quem é o próximo?

— Eu vou tentar — respondeu um jovem de camiseta, aproximando-se.

— Isso é lã? — perguntou Jessie.

Antes que ele pudesse responder, Rhonda comentou:

— Não é de admirar que tenham sentido tanto calor. Eles vão assar lá dentro. Sem falar nas erupções cutâneas. Estou surpresa que ainda não tenham cuidado desse aspecto. Precisam se livrar dessas roupas de lã. Não quero ninguém desmaiando aqui.

— Nossos homens não desmaiam — retrucou Peter, claramente ofendido.

Rhonda deu um passo em direção a ele. Eles tinham quase a mesma altura.

— Vou lhe dizer uma coisa, senhor. Por que não entra na Ellie por dez minutos, iniciamos sua simulação, e vemos se ainda pensa isso?

Jessie não sabia mais se o calor na sala vinha de como os dois pareciam se desafiar a desviar o olhar primeiro.

Foi Peter quem piscou primeiro.

— Os homens continuarão vestidos como estão, pelo menos por hoje. Veremos quanto a providenciar roupas mais adequadas à temperatura.

— Calções de banho serviriam.

— Isso seria totalmente inapropriado. Eu estava pensando em trajes de voo, já que se trata, afinal, de um voo simulado.

Rhonda sorriu.

— Está tirando toda a graça da situação, senhor. No entanto, se mudar de ideia e quiser dar uma voltinha, me avise.

Antes que Peter pudesse responder, ela estava caminhando em direção à mesa, chamando seu cadete.

— Sr. Brightwell, deixe-me mostrar como você se saiu.

Jessie teve a sensação de que sua amiga estava deixando Peter Smythson zonzo e se divertindo um pouco demais com aquilo.

CAPÍTULO 13

Quarta-feira, 18 de junho de 1941

D o lado de fora da sala de exibição, ainda à espera, Kitty era a definição de uma pilha de nervos. Sua mãe não se opusera a ela ir ao cinema com Fran, mas só porque provavelmente não sabia que os cadetes estariam lá.

— Não entendo — repetiu pela centésima vez para Fran. — Ela queria tanto fazer os cadetes se sentirem bem-vindos e, de repente, decide que não posso fazê-los se sentirem bem-vindos. É tão injusto.

— Acho que minha mãe tem medo de que eu me apaixone e vá morar longe de casa. — Fran sorriu com malícia antes de continuar: — Até que seria emocionante e divertido. Não quero passar minha vida inteira aqui.

Kitty não conseguia se imaginar se mudando, indo morar em outro lugar. Não conseguia nem se imaginar morando em outra casa. Ela amava Terrence e as pessoas, e só queria compartilhar aquilo com os cadetes, queria que eles vissem como era maravilhoso estar ali.

De repente, ao ouvir um assobio ao longe, seu coração disparou. Ela queria que os aviadores fossem mais silenciosos, que entrassem sorrateiramente na cidade para que mamãe não ouvisse falar deles.

Fran apertou o braço da amiga e sussurrou:

— Eles estão chegando.

Então os cadetes apareceram, marchando pela rua. Os jovens seguiram a mesma rotina do sábado à tarde, parando em frente à praça central antes de se dirigirem para o cinema. As vozes refletiam sua animação. Quatro deles avistaram Kitty e Fran e se aproximaram.

— Olá, amores.

— Que bom ver vocês aqui.

— Bela surpresa.

Kitty queria dizer alguma coisa, mas sua língua estava travada. Ela os vira na botica, mas, de repente, não conseguia nem se lembrar de seus nomes. Pensando bem, estava tendo dificuldade em se lembrar do próprio nome.

— Estão aqui para assistir ao filme? — perguntou um deles.

— Estamos! — exclamou Fran, parecendo atropelar as palavras e fazendo Kitty se perguntar se a amiga estava igualmente nervosa.

— Querem se sentar conosco? — perguntou outro, o mesmo que pedira um chili no sábado.

Kitty não sabia como elas se sentariam com os quatro rapazes, mas assentiu assim mesmo.

— Excelente — disse Chili, antes de passar o braço pelos ombros de Kitty, puxá-la para perto e conduzi-la até a bilheteria.

Por um breve e agonizante momento de medo, Kitty se perguntou se a mãe estava certa sobre eles serem velhos demais para ela. Nunca estivera tão perto de um garoto, nunca se sentira como uma posse — um troféu. Era uma sensação estranha. Ao olhar para trás, viu Fran sorrindo e caminhando entre dois cadetes, com um terceiro atrás.

Quando ela se virou para a frente, quase esbarrou em Will. Ele estava parado ali, estudando-a enquanto Chili a fazia parar na fila dos ingressos. Kitty abriu um sorriso tímido e murmurou um olá, que Will provavelmente não conseguiu ouvir com todo o falatório acontecendo ao mesmo tempo.

— Você sabe que ela só tem catorze anos, né, cara? — disse Will.

Chili estremeceu pouco antes de afrouxar o abraço e olhar para ela.

— Você tem?

Sem saber o que dizer, Kitty não reagiu enquanto os pensamentos mais loucos se embaralhavam em sua mente. Ela deveria mentir? Por que Will mentira? Será que ele havia esquecido o que ela lhe dissera no sábado?

Chili afastou o braço, cheio de pesar nos olhos.

— Desculpe, meu bem. Você é jovem demais para mim.

Em segundos, ele já estava longe, furando o início da fila. Kitty olhou para Will, que segurava dois ingressos.

— Você não é jovem demais para mim. Quer se sentar comigo?

Ela se aproximou um passo.

— Eu não tenho catorze anos.

— Eu sei. Dezessete em outubro.

— Por que você mentiu?

— Daria menos problemas do que brigar com ele por você.

Ela sentiu uma sensação estranha no estômago, como se estivesse cheio de borboletas voando.

— Você teria brigado com ele?

— Não, eu teria apenas ficado deprimido, desejando que você estivesse sentada comigo.

Will a fazia sorrir e parecia legal, mas ela não queria ficar sozinha com ele ou deixar Fran sozinha com os outros.

— Minha amiga pode vir conosco? Já temos nossos ingressos.

— Quanto mais gente melhor.

Ela correu para Fran, parada na fila com os rapazes que acompanhavam o garoto do Chili, e puxou sua mão.

— Venha.

Ela ouviu Will dizer a alguém que tinha um bilhete a mais e, de repente, ele as estava apresentando a Antony Ashby.

Dentro do cinema, encontraram assentos juntos perto do fundo. Will se sentou de um lado dela, Fran do outro. Antony estava do outro lado de Fran.

— Por que a chamam de Kitty? — perguntou Will. — É um apelido, certo?

Ela sorriu.

— Meu nome verdadeiro é Kathryn. Meu irmão me chamava de Kat e, como eu odiava, começou a me chamar de Kitty. E meio que pegou.

— Eu gosto.

— Will é a abreviação de William?

Ele abriu um sorriso largo.

— É. Não há nada de interessante sobre o meu nome.

— Eu gosto mesmo assim.

E o sorriso dele ficou mais largo e radiante.

Quando o noticiário começou, a sala ficou extremamente quieta. Embora eles não estivessem se tocando, ela estava ciente da tensão de Will ao seu lado, imóvel. Kitty ficou feliz quando acabou e o filme começou. No meio do filme, ela o olhou e descobriu que Will a olhava também.

— Você não está assistindo.

— Você é mais interessante — disse ele.

— Aposto que isso é algo que Harry diria.

Quando Will olhou de volta para a tela, ela o analisou. Ela gostava do perfil dele, com um maxilar forte e traços definidos que a lembravam do cuidado que seu avô tinha em esculpir brinquedos, como se as feições de Will tivessem sido criadas com uma atenção meticulosa. Depois de um tempo, ele voltou a observá-la.

— Você não está assistindo ao filme.

— Você é mais interessante.

Ele sorriu, ela também.

Depois, Will e Antony acompanharam Fran até a casa dela e continuaram com Kitty até chegar ao jardim em frente a sua casa.

— Preciso me despedir aqui.

Depois de dizer que havia sido um prazer conhecê-la, Antony se afastou, mas Will ficou.

— Obrigado por se sentar comigo, Kitty.

— Talvez nos vejamos na botica.

— Estou contando com isso.

E logo ele estava se afastando com as mãos enfiadas nos bolsos. Ele alcançou Antony e os dois continuaram. Sua mãe estava certa. Alguns eram velhos demais para ela, mas não todos. Não Will.

CAPÍTULO 14

Terça-feira, 24 de junho de 1941

Ele aguentou oito minutos.

Com um suspiro, Jessie desligou os controles quando Geoffrey Moreland saiu aos tropeços da caixa azul, curvou-se e apoiou as mãos nos joelhos para respirar fundo. Pelo menos não estava devolvendo a última refeição. Ela tinha que admirar a tenacidade do rapaz. Aquela era a terceira noite em que ele pedia a Jessie para encontrá-lo discretamente após o jantar. Enquanto todos os seus colegas cadetes relaxavam, jogavam cartas, ouviam música ou liam livros, ele lutava para superar o medo de espaços apertados, de ficar enclausurado. Jessie estava começando a se perguntar se ele também tinha medo do escuro.

Ela temia que ele passasse pelo treinamento primário, mas que, quando avançasse para o básico e o Vultee, com sua cabine fechada, sofresse da claustrofobia que conseguira evitar na cabine aberta do Stearman. Se bem que, se estivesse certa quanto ao medo de escuro, era improvável que ele sobrevivesse ao primeiro voo noturno.

Endireitando-se, ele a olhou timidamente com um sorriso torto, mas Jessie não deixou de notar a decepção em seus olhos.

— Eu não consigo.

— Você durou um minuto a mais que ontem à noite.

Ele bufou baixinho.

— Não diga isso aos meus amigos, eles fariam alguma analogia grosseira.

Ela sorriu afetuosamente.

— Fica só entre nós dois.

Os alunos começaram a se revezar dois de cada vez, um para cada Link, para estudar enquanto esperavam sua vez. Também não tinham sessões todos os dias, então Moreland havia tido só mais uma sessão oficial com ela. Uma vez que o resultado não foi melhor do que na primeira, mesmo vestindo o uniforme de voo mais fresco, ele a abordou pedindo que se encontrassem à noite, quando ninguém mais estivesse por perto para testemunhar seu fracasso.

— Vamos trabalhar um pouco com os instrumentos sem enclausurar você.

Esperava-se que ele fizesse cerca de oito horas de voo por instrumentos antes de concluir o treinamento primário. Ele usaria mais os instrumentos durante o básico.

Moreland assentiu e os dois passaram mais meia hora juntos antes de encerrar. Estava escurecendo quando o rapaz, de ombros caídos e um tanto desanimado, foi para a cantina e ela se dirigiu a sua motocicleta. Era uma noite sem lua, do tipo em que os instrumentos podem ser essenciais para um voo bem-sucedido. Jessie gostaria de ter algum conselho para ajudá-lo a superar tamanha dificuldade.

Sentindo uma satisfação sombria com a aceleração do motor, ela começou a atravessar a estrada de terra, mas ficou surpresa ao ver uma figura caminhando em direção à estrada. Sua jaqueta, enganchada em um dedo, estava pendurada sobre o ombro e apoiada nas costas. As mangas da camisa haviam sido dobradas até os cotovelos. A bengala firmava seus passos. Jessie parou ao lado dele e desligou o motor.

— Royce. Está voltando para casa?

Ele tinha parado de andar ao vê-la se aproximar.

— Estou. Exercitando um pouco a perna.

— Barstow não está mais lhe dando carona?

— Está, mas Smythson e ele saíram mais cedo. Eu tinha outros assuntos para resolver. Por que ficou aqui até tão tarde?

Ela não estava surpresa por Royce não ser do tipo que deixava uma tarefa esperando na mesa até o dia seguinte. O homem parecia ter um bocado de autodisciplina. Quando estivesse totalmente recuperado da lesão, ela gostaria de vê-lo voando, já suspeitando que ele exercesse o mesmo controle em uma cabine, nunca fazendo o que não deveria. Será que ele já tinha sobrevoado baixo demais uma torre de controle, uma pequena cidade ou a casa de uma garota? Na escola, quando Jack se interessava por uma garota, ele voava baixo sobre a casa dela, geralmente incitando a raiva do pai da pobrezinha com o barulho alto vindo de todos os lados com um avião tão próximo. Mas ela conhecera garotas que teriam dado tudo para serem sobrevoadas por Jack Lovelace. Será que alguém sentira o mesmo por Royce Ballinger? Ela poderia apostar que ele não havia feito aquilo com a frequência de Jack, e que teria significado algo especial quando fizera.

— Peter contou a você sobre o incidente da semana passada com o LT?

— Em que Moreland entrou em pânico? Contou.

— Ele não se saiu melhor na segunda tentativa, então me pediu um tempo extra para treinar até vencer o desafio. Temos nos encontrado à noite.

— Não está desenvolvendo uma afeição por esse jovem, está?

Ela cruzou os braços.

— Eu esperava que nos casássemos antes que ele voltasse para a Inglaterra. Imaginei que sacudi-lo no Link como se ele estivesse montando um garanhão selvagem o fizesse me pedir em casamento de uma vez por todas.

Royce de repente pareceu muito interessado nos próprios sapatos, fazendo Jessie pensar que ele tinha abaixado o rosto para esconder um sorriso. Isso deu a ela uma pontada de alegria; pensar que talvez tivesse rompido aquela fachada séria. Ele pigarreou e levantou a cabeça.

— Talvez você esteja mostrando favoritismo porque ele está passando por uma situação difícil.

— Eu faria isso por qualquer um deles.

— Sim, é provável que faria. E o resto, está indo bem?

— Parece que sim. E do seu lado, como está indo?

Os dois raramente se cruzavam na escola.

— Alguns poucos ajustes necessários aqui e ali. Era de se esperar. Talvez seja do seu interesse saber que o Exército rejeitou nosso pedido de um sistema de comunicação bidirecional, mas mandei buscá-lo na Inglaterra.

— Lamento que precise passar por tantos obstáculos.

— Vai valer a pena para melhorar a comunicação.

— Falando em comunicação, mamãe mencionou que você impressionou as senhoras quando falou no clube delas no sábado.

Como Jessie não fazia parte do clube, não comparecera, mas sua mãe, sim. Depois, quando algumas mulheres perguntaram como poderiam ajudar nos esforços de guerra, Dot não pôde deixar de acreditar que a palestra de Royce fizera diferença.

— Elas foram adoráveis. Eu até evitei entrar em um discurso inflamado.

— Talvez não devesse.

— Meus superiores não teriam gostado que eu parecesse um britânico zangado, tampouco teria ajudado meus compatriotas. Na outra noite, eu estava jantando no café e ouvi alguns resmungos sobre nossa presença. Portanto, significa muito você e sua família terem sido tão acolhedoras.

— Certas pessoas por aqui têm a cabeça muito dura. Eu não levaria para o lado pessoal.

— Ah, eu não levei.

Ele bateu com a bengala no chão.

— É melhor deixá-la ir para casa agora.

Ela sorriu.

— Suba. Ficaremos apertados, mas é melhor que caminhar. A menos que você não confie em mim.

— Não sei se existe alguém em quem eu confie mais.

Eles se fitaram pelo que pareceu uma eternidade, embora não devesse ter durado mais que alguns batimentos cardíacos, então Royce assentiu e Jessie prendeu a respiração enquanto ele se acomodava na garupa. Ela se virou ligeiramente.

— É melhor segurar em mim. Costumo ir rápido.

Com um braço, ele envolveu a cintura de Jessie, a força e o poder evidentes no aperto firme. Ela podia sentir o calor do peito dele roçando de leve suas costas. Ao olhar para o outro lado, observou a mão de Royce segurando o chapéu e a bengala apoiada na coxa. Ele vestira a jaqueta.

— Pode ir direto para a sua casa — disse ele, o hálito quente contra a orelha dela. — De lá posso continuar a pé.

Ela ligou a ignição, acelerou o motor algumas vezes e disparou, satisfeita ao senti-lo redobrar o aperto. Percebendo que a estrada à frente estava livre, ela quase não desacelerou ao dobrar a curva. Jessie estava tentada a uivar como uma loba.

A rajada de vento dançando em seus cabelos, o ronco do motor entre suas coxas e a potência na ponta dos dedos sempre melhoravam seu humor — quase tanto quanto voar. Ela ocasionalmente dava carona para Rhonda ou Kitty, mas nunca havia compartilhado a experiência com um homem. Era inebriante ser abraçada, experimentar tamanha proximidade.

Ela virou na entrada de sua garagem e desligou a moto. Ele afastou o braço ligeiramente, deixando a mão grande e forte na cintura dela. Jessie não sabia por que os dois continuaram sentados ali, tão quietos. Sabia apenas que não estava pronta para se ver sem aquela presença calmante.

— Eu devia ter deixado você na sua casa — ela finalmente se forçou a dizer. — Poupá-lo da caminhada.

— Eu teria vindo até aqui de qualquer jeito, para ver se chegou em casa em segurança.

— Não há muito perigo nesta cidade.

— Isso não muda o que eu teria feito.

A voz dele era como um ronco agradável na noite, dando a Jessie coragem para admitir um de seus medos.

Ela se virou até poder vê-lo melhor, parcialmente delineado pela luz da varanda.

— Acho que Moreland não vai conseguir. Ele está se esforçando muito, mas temo que seja lá o que o apavore tanto no Link acabe por apavorá-lo na cabine.

— Nem todos vão conseguir, Jessie. É melhor freá-los do que torná-los alimento para a Luftwaffe.

Parecendo subitamente perceber que ainda a segurava, ele a soltou e desceu da moto, ficando de pé com a ajuda da bengala.

— Andar nessa coisa é quase como voar.

Depois de descer também, ela o encarou e sorriu.

— Quase.

— Bem, é melhor eu ir.

— Como você faz isso? Como não se importa?

— O que a faz pensar que não?

— Você é tão reservado. Acho que pensei que você não fosse afetado por nada disso.

— Não sei se adianta de alguma coisa deixar transparecer quando me afeta. — Ele olhou para o céu escuro salpicado de estrelas. — Mas tem noites em que não consigo dormir de tanto que me importo.

— Nessas noites você vai para o jardim e fuma um cigarro?

— Você viu, não é?

— Na primeira noite.

Quando ele parecera tão solitário, desamparado, isolado.

— Naquele dia foi um pesadelo, acredito. Não consigo me lembrar de um único sonho antes da guerra, mas agora eles são tão reais que pesam sobre mim como as correntes de Jacob Marley. Naquela noite, meu Spitfire estava em chamas e eu não conseguia escapar.

Jessie sentiu um aperto no estômago, como se o órgão tivesse sido laçado e puxado.

— Seu avião já pegou fogo?

— Não, mas o de amigos meus já. Pelo menos eu vi suas aeronaves sendo engolfadas e não os vi saltar de paraquedas. Presumi o pior. Que forma pavorosa de partir. — Ele balançou a cabeça. — É você que terá pesadelos agora.

— Jack escreveu que você é uma espécie de lenda, um ás.

Ela recebera a carta naquela mesma tarde, após uma pausa no aeródromo, antes de retornar para seu encontro com Moreland.

Royce riu como se tivesse achado incrivelmente divertido.

— Ele disse, é?

— Você matou dezoito.

— Isso é uma coisa horrível de se registrar, não é? — Ele enfiou a mão no bolso e tirou um maço de Camel. — Você fuma?

— Não.

Ele acendeu um cigarro e soprou a fumaça para longe dela.

— Cigarros me lembram de tempos melhores, descontraindo com meus amigos.

Jessie quase podia ouvi-lo terminando com um *agora cigarros vão me lembrar de você*. De onde viera aquela ideia? Era melhor ela entrar e se servir de um gole do bourbon do pai. Ela levara a bebida para a casa nova para tê-la por perto quando precisasse de coragem. Ou para guardar para a volta de Jack. A ideia de alguém bebendo aquilo à toa era insuportável. Por um instante, Jessie ponderou convidá-lo para um drinque. Seu pai teria gostado dele, o admirado. Royce teria retribuído os sentimentos.

— Você sente falta de estar lá?

— A cada segundo. — Ele largou o cigarro e o apagou com a sola do sapato. — Tudo bem, então. Durma bem, aviadora.

Ela riu levemente, embora duvidando que qualquer outro apelido a teria agradado mais.

— Boa noite, aviador.

O sorriso dele foi um breve clarão de branco, mas a fez sorrir.

— Vou esperar aqui até você estar sã e salva lá dentro, combinado?

— A única coisa que vai me tirar daqui são os mosquitos.

Eles não eram tão abundantes ali quanto ao longo da costa. Ainda assim, ela se dirigiu para a casa, deu um pequeno aceno da porta e entrou.

— Então eu *estava* certa sobre o comandante da ala ter interesse em você — disse Rhonda do sofá, com uma taça de vinho branco na mão.

A culpa atingiu Jessie em cheio, acompanhada por uma onda de vergonha que provavelmente a fez ficar tão vermelha quanto o cabelo de Rhonda.

— O que você estava fazendo? Estava me espionando?

— É difícil não ouvir sua chegada nessa coisa, mas quando você não entrou, espiei para ver se estava bem e vi que não estava sozinha.

Jessie jogou as chaves sobre a mesa e, um pouco irritada, desabou no canto do sofá.

— Ele precisava de uma carona. Foi inocente.

Exceto pela segurança que ela sentiu na companhia dele.

— Você sabe que perder a virgindade com um cara não a obriga a se casar com ele, né?

Jessie olhou atravessado para a amiga. Um dos segredos que Rhonda sabia era que Jessie tivera sua primeira experiência sexual com Luke no banco de trás do Chevy dos pais dele após o baile de formatura.

— Por que você diria isso?

— Porque eu conheço você e sei que, como muitas garotas, acha que é algo sagrado que amarra você a um cara. Não é e não amarra.

— Diz a virgem.

Rhonda riu.

— Adoro a ironia. Minha reputação é de menina má e a sua é de santa.

Jessie puxou um fio solto do sofá.

— Posso conversar com Royce sobre aviação e temos um objetivo comum, só isso.

Ela amava Luke, mas ele não era o homem em quem pensava quando estava deitada na cama tentando dormir.

C A P Í T U L O 15

Sábado, 28 de junho de 1941

A sra. Johnson finalmente organizara um baile para os cadetes, mas Kitty estava *proibida* de ir. Não importava que ela tivesse ajudado a transformar o austero e enfadonho American Legion Hall em um ambiente mais festivo, com serpentinas penduradas nas vigas. Tampouco que ela tivesse prendido luzinhas de Natal em volta das janelas e pendurado do teto. Ou que tivesse ajudado a mãe a assar pelo menos cem biscoitos para serem servidos com os comes e bebes, embora Dot também não fosse comparecer. Nem que várias de suas amigas da escola fossem. Até Fran conseguira, de alguma forma, obter permissão.

Mas sua mãe insistira que Kitty era jovem demais, muito vulnerável para meninos em guerra. Portanto, ali estava ela, deitada na cama, lendo um mistério de Nancy Drew, ouvindo o tique-taque do despertador e desejando ter nascido astuta e intrépida como a protagonista da série.

Sua mãe bateu na porta instantes antes de abri-la e espiar.

— Estou indo dormir.

— Boa noite.

Ela não tirou os olhos da página que estivera encarando fixamente pela última meia hora.

Sua mãe entrou mais no quarto.

— Sei que está chateada comigo, mas haverá outros bailes e outros cadetes.

Kitty deitou o livro na barriga.

— Eu só quero dançar e me divertir um pouco.

— Quando tiver dezessete anos.

Kitty revirou os olhos, embora pelo menos agora não precisasse mais esperar até a formatura. Sua mãe queria que Jessie se casasse, mas não queria que Kitty conhecesse garotos.

Dot atravessou o quarto e se sentou na beirada da cama.

— Seu pai não está aqui para colocar medo em um menino e fazê-lo se comportar.

— Luke poderia fazer isso. Ou Royce. Ele faria qualquer um se comportar.

— Apenas tenha paciência. — Ela deu um tapinha na perna da filha e completou: — Bons sonhos.

Depois que a mãe saiu e fechou a porta, Kitty se levantou da cama, deitou-se no chão e pressionou a orelha contra o piso de madeira. Aquela velha casa rangia com os movimentos de qualquer um. O quarto de mamãe ficava logo abaixo do dela, então dava para ouvi-la se mexendo. Kitty escutou até o rangido da cama quando a mãe se deitou. O baile acabava à meia-noite e já eram dez, mas duas horas eram melhor que nada.

Kitty esperou até não ouvir nenhum rangido para se levantar silenciosamente e ir, na ponta dos pés, até o armário. Ela colocou seu vestido verde favorito e pescou os saltos que usava para ir à igreja. Descalça, andou de fininho pela casa, evitando pisar nas tábuas e pontos que já sabia que chiavam ao serem incomodados. Ela lubrificara as dobradiças da porta e da porta de tela naquela tarde para que não fizessem barulho quando alguém passasse.

Logo estava correndo em direção ao Legion Hall. Não era tão longe, mas Kitty estava ofegante quando chegou. Apoiando-se na parede, calçou os saltos, respirou fundo e entrou.

Ela convencera a sra. Johnson de que o salão não deveria estar iluminado demais, embora houvesse luz suficiente para ver todos que estavam ali. A banda estava no outro extremo da sala, a mesa de refrescos, encostada em uma parede.

— Você veio — disse Fran, puxando-a pelo braço até um canto.

— Por bem pouco. Tem muito mais gente aqui do que eu esperava.

— A sra. Johnson enviou uma mensagem às irmandades da UMM avisando sobre o baile e os cadetes britânicos. Algumas meninas de lá vieram.

A *Universidade Metodista Meridional, em Dallas. Universitárias.* Kitty não queria competição. Os cadetes pertenciam à cidade.

— Por que ela faria isso?

— Ela queria assegurar que haveria moças suficientes para todos.

Embora Kitty não tivesse gostado, fazia sentido. Havia trinta e quatro alunos na turma dela, mas só pouco mais da metade eram meninas, o que dificilmente garantiria que todos os cadetes tivessem com quem dançar.

— Você dançou?

— Muito. Você também vai dançar. Você vai ver.

Um cadete se aproximou e chamou Fran para dançar. Deixada para trás, Kitty apoiou as costas na parede e lutou para não ter ciúme quando Will convidou Juliet Barnes para dançar. A garota miúda de cabelos escuros era uma das várias meninas de sua turma do ensino médio por lá. Algumas mulheres da cidade — casadas e solteiras — dançavam swing. Jessie estava com um cadete e Rhonda se divertia com o tal de Smythson. A maneira como se encaravam enquanto moviam os pés no ritmo da música era como se estivessem passando bilhetinhos secretos um para o outro, mas só com o olhar.

Kitty precisava ser mais ousada se quisesse dançar. Foi para a beira da pista de dança, esperando que aquela música terminasse para talvez reunir coragem e se aproximar de Will. Contudo, enquanto esperava, de repente lhe ocorreu que ela nunca dançara de verdade. Tudo bem, ela já dera alguns saltinhos, giros e balançara os braços em uma festa de família ou duas, mas nunca estivera em uma pista de dança com um rapaz. E certamente nunca se envolvera em nada elaborado como o que estava acontecendo naquele momento: meninas se balançando, sendo giradas, se afastando de seus parceiros, voltando. Todo mundo parecia saber o que estava fazendo, principalmente aquelas universitárias. Era desconcertante perceber que algumas danças exigiam conhecer os passos.

Ela recuou para as sombras. Sua mãe estava certa, ela não estava pronta para aquilo. Onde estava com a cabeça? A música acabou e as pessoas se dispersaram em busca de novos parceiros. Ela não queria que Jessie a visse ali, mas tinha esperanças de que Fran voltasse.

— Oi, Kitty.

Com o coração martelando ao ouvir a voz melódica, ela olhou para Will. Ele deixara o paletó em algum lugar e estava apenas de camisa e gravata. Se a mãe de Kitty o visse, seu instinto seria querer engordá-lo, mas Will tirava o fôlego de Kitty, que por sua vez temia que ele nunca mais o devolvesse. Ela sabia que não devia gostar tanto do rapaz, mas não conseguia se conter. Ele era tão bonito e sempre tão legal com ela.

— Oi.

— Não sabia que você estava aqui.

— Cheguei há pouco tempo.

— Quer dançar?

— Eu quero muito, mas... — Ela olhou para trás, onde as pessoas dançavam e giravam. — Acabei de perceber que não sei.

— Eu posso mostrar. É só seguir a minha deixa.

Ele estendeu a mão.

— Não sei bem o que isso significa.

— Significa que eu vou guiá-la. — Ele se aproximou ligeiramente e completou: — Não existe jeito certo ou errado. Podemos apenas nos segurar um ao outro e dar alguns passos no ritmo da música. Além disso, se você nunca tentar, nunca aprenderá, não é?

— Tudo bem.

Ao encaixar a mão na dele, Kitty esperava que seu sorriso não refletisse como estava nervosa. Não que fosse provável alguém notar se ela fizesse papel de boba. Todos pareciam concentrados nos próprios passos e parceiros. Will, contudo, notaria, e ela não queria envergonhá-lo de forma alguma. Ele escolheu a beira da pista de dança, onde não estava tão cheio. Então segurou a outra mão dela, a puxou ligeiramente e a afastou de volta. Puxou-a para mais perto, colocou a mão em sua cintura e a aproximou antes de começar a guiá-la pelo salão.

— Viu? Não é tão difícil — afirmou ele, sorrindo.

— Você conhece todos esses passos complicados? Já vi rapazes levantarem garotas do chão.

— Conheço. Quando você confiar mais em mim, podemos tentar.

— Eu já confio em você.

Ele balançou a cabeça.

— Não o suficiente para isso. Precisa confiar em si também.

Eles se aproximaram da banda, o que dificultou a conversa, já que a música estava muito mais alta daquele lado. Quando retornaram para a porta, ela percebeu que ele os havia levado discretamente para o meio. Ao constatar que Will a olhava como se ela fosse especial e uma companhia adorável, Kitty parou de se perguntar o que alguém poderia pensar da maneira como ela dançava.

Quando a música acabou, ela torceu o nariz, desejando que não tivesse parado.

— Foi divertido.

— Sim, foi. Mas só dançamos um pouquinho. Vamos tentar mais uma?

Se ela o tivesse envergonhado, ele não teria sugerido aquilo. Kitty estava tão feliz que poderia explodir.

— Eu adoraria.

— Olá, Kitty — disse Harry, apoiando a mão nas costas dela.

Ela estava tão concentrada em Will que nem vira Harry se aproximando.

— Que tal dançar a próxima comigo?

— Eu já prometi ao Will.

— Ah, ele não vai se importar.

— Na verdade, eu vou — protestou Will.

Os dois se entreolharam, dando a Kitty a impressão de que não eram grandes amigos. A música recomeçou.

— Tchau, Harrison — disse ela.

Com a testa franzida, ele a encarou como se estivesse sendo dispensado pela primeira vez na vida. Ainda segurando uma de suas mãos, Will alcançou a que havia soltado antes, puxou Kitty para mais perto e começou a direcioná-la para trás. Normalmente, ela estaria olhando para trás para não esbarrar em ninguém, mas confiava nele para garantir que isso não acontecesse.

— Você não gosta dele, não é?

— Como eu lhe disse quando nos conhecemos, ele flerta com todas as garotas. Você merece alguém diferente.

— E você não é assim.

Soltando o aperto em uma das mãos, ele a girou, circulando-a com o braço por cima de sua cabeça. Ela se deixou girar, sorrindo quando ele pegou sua mão e a puxou de volta.

— Geralmente não — respondeu ele.

Quando ele a girou novamente, ela sabia o que fazer e se posicionou sob o braço erguido de Will antes de voltar a estar de frente para ele.

— Isto é tão legal!

— Você é legal.

Ela estava tão feliz pelos cadetes estarem ali. Eles eram empolgantes, diferentes. Nunca acontecia nada em Terrence, mas agora, sim, havia algo acontecendo. Ela estava conhecendo pessoas interessantes que vinham de longe, aprendendo coisas e sendo apresentada a novas experiências. Todos pareciam felizes com a presença dos britânicos. Havia uma atmosfera tão festiva na cidade. Ela pensou em como seria bom se os cadetes nunca precisassem ir embora, se pudessem continuar fazendo parte da comunidade.

Quando a música acabou, Will não parou imediatamente, mantendo os dedos entrelaçados nos dela. Kitty esperava que ele a convidasse para dançar outra vez, mas, de repente, sentiu um arrepio na espinha. Ela sabia o que veria antes mesmo de se virar.

De braços cruzados, a olhando feio, sua mãe, parada na porta. A última coisa que Kitty queria era uma cena na frente de todo mundo.

— Eu tenho que ir.

Will franziu a testa.

— Você acabou de chegar.

— Eu sei, mas… Obrigada por dançar comigo.

Quando ele olhou atrás dela, Kitty se perguntou se ele perceberia o olhar furioso e gélido de sua mãe.

— É a sua mãe?

— É. Nós nos vemos na botica.

— Estou contando com isso.

Ele se inclinou para perto e disse:

— Espero que você não esteja em apuros.

Kitty sentiu que Will entendera que ela não deveria estar ali. Era humilhante, mas mesmo assim ela falou a verdade.

— Se eu estiver, valeu a pena.

Por mais que não quisesse, ela o deixou lá, livre para dançar com outras garotas. Sua mãe não disse nada até as duas estarem do lado de fora.

— Não acredito que me desobedeceu. Estou tão decepcionada com você, Kitty.

— Como você soube?

— Eu não conseguia dormir. Comecei a me sentir culpada por obrigar você a ficar em casa e decidi que não estava sendo razoável, então subi para avisá-la que poderia ir ao próximo baile. Obviamente, coisa que não vai mais acontecer. Esta noite você mostrou que não posso confiar em você.

Kitty sentiu como se o corpo inteiro estivesse gemendo de agonia. A irracionalidade de sua mãe era inacreditável. A princípio, Kitty não podia ir. Depois, ela podia. Agora ela não podia porque havia ido.

— Mas eu só dancei.

— Você saiu escondida de casa. Traiu minha confiança. Nas próximas duas semanas, vai para o trabalho e para casa. Só isso.

Kitty conhecia aquele tom, já ouvira a mãe usá-lo com Jack inúmeras vezes. Ninguém a convencia a desistir de um castigo. Kitty estava condenada a duas semanas entediantes. Exceto que ela veria Will na botica. Só teria que aproveitar ao máximo esses momentos.

CAPÍTULO 16

Tendo terminado o que deveria ser sua décima ou décima primeira dança, Jessie caminhou até a mesa de refrescos, onde a sra. Berg servia ponche e biscoitos. Ela pegou um copo cheio de ponche, olhou em volta e disse alto o suficiente para ser ouvida em meio às conversas, risos e música:

— Foi um inegável sucesso.

— Fico tão feliz por todos estarem se divertindo. Eu estava conversando com Daphne, e acho que vamos planejar um baile toda semana.

Daphne, a sra. Johnson, estava socializando com os que estavam à margem, apresentando pessoas aparentemente tímidas ou hesitantes demais para se conhecerem sozinhas. Jessie suspeitava que ainda mais pessoas da região, dos arredores de Terrence, compareceriam ao próximo baile, pois a notícia se espalharia. Sempre se espalhava.

— Eu acho ótimo. Dá aos cadetes algo para fazer no sábado à noite.

A música era alegre e animada. Os jovens — Deus, quando ela começou a se sentir tão velha? Ela não nascera tanto tempo antes que a maioria daquela garotada — riam e dançavam.

— Mas pode escrever: muitas dessas moças vão se apaixonar por esses ingleses — observou a sra. Berg. — O que será delas quando esses meninos voltarem para casa?

— Eles estão sendo desincentivados a se envolver com os moradores.

— Hunf. Isso só vai fazê-los querer ainda mais. Já viu um homem deixar de fazer algo porque mandaram não fazer?

A sra. Berg tinha razão. A mãe de Jessie sempre dizia que, quando se tratava do macho da espécie, chegava-se mais longe pedindo do que mandando. "Deixe-os pensar que eles têm uma escolha ou que a ideia é deles." A pérola fora compartilhada quando Jessie, na época com nove anos, começara a perceber que sempre a mandavam tomar banho, enquanto a Jack apenas pediam. Após a explicação da mãe, a teimosia de Jessie foi despertada, e Dot se viu tendo que pedir aos dois filhos mais velhos que fizessem as coisas. Jessie nunca quis ser vista como diferente de Jack.

Ela começou a observar os casais girando.

— Pensei ter visto Kitty dançando mais cedo.

— Provavelmente viu. Ela esteve aqui por um tempo, mas sua mãe apareceu. Com base no rosto dela, tive a impressão de que sua irmã estava onde não deveria.

Não era típico de Kitty ser desobediente, mas Jessie sabia que ela estava encantada pelos cadetes, então compreendia a hesitação da mãe em deixar a caçula comparecer aos bailes.

— Estou surpresa por Luke não estar aqui com você esta noite. Nunca o vi perder a chance de arrastar aquelas botas em uma pista de dança.

— Ele foi a uma expedição para comprar touros ou algo assim.

— Eu teria imaginado você indo com ele.

— Ele queria sair ao nascer do sol e eu tinha que trabalhar até meio-dia.

Luke não ficara nada feliz. Embora eles não tivessem trocado nenhuma palavra acalorada, parecia que haviam discutido.

— Ele é um jovem responsável. Será um marido maravilhoso para você.

Pelo visto, Jessie não conseguia escapar das insinuações de que era sua hora de subir no altar. Ela mordeu a língua e se limitou a assentir. Luke seria um bom marido para ela, mas ela não sabia mais se seria uma boa esposa para Luke.

— Com certeza ficou muito mais barulhento por aqui com tantos aviões voando o tempo todo — continuou a sra. Berg.

Jessie gostou da mudança de assunto.

— Você ainda não sabe o que é barulho. Espere até o outono, quando teremos um contingente completo de cadetes.

— Teremos que encontrar mais garotas.

— Não acho que isso possa ser um problema.

As meninas da UMM eram da região ou estavam fazendo cursos de verão. Quando chegasse o outono, sem dúvida apareceriam mais para dançar. O salão também ficaria mais cheio, tornando difícil encontrar alguém. Ainda havia espaço de sobra naquela noite, embora as pessoas reunidas em grupos nem sempre fossem facilmente identificáveis. Ela se perguntou se Royce estaria em um deles. Mais cedo, ela o vira andando pelo salão, conversando com alguns rapazes e sorrindo educadamente para as moças que se aproximavam.

— Procurando alguém? — sondou a sra. Berg.

— Só estava me perguntando para onde foi o comandante da ala.

— Eu o vi sair há pouco.

Decidindo que um pouco de ar fresco seria bem-vindo, Jessie colocou o copo vazio de volta na mesa.

— Obrigada pelo ponche.

Após passar pela multidão, atravessou a porta da frente, com algumas notas da música a seguindo, e inspirou o ar abafado da noite antes de olhar ao redor. Havia um casal perdido em um abraço um pouco além de onde não batia mais luz. Ela não conseguiu identificar quem eram, e também não queria saber.

Ao dobrar o prédio, ela se deparou com sombras mais densas, mas enxergou um pequeno brilho vermelho perto de um olmo. Com cuidado, aproximou-se até distinguir um homem com um dos ombros apoiado no tronco. Quando seus olhos se ajustaram à escuridão, Jessie percebeu que ele estava de costas para ela e conseguiu visualizar melhor sua silhueta, a camisa branca tornando-o mais evidente. Estranho como reconhecia aquela silhueta.

— Está se escondendo?

Após se virar, ele deu outra tragada no cigarro, soltou-o no chão, apagou com o sapato e soprou a fumaça.

— Só precisava ficar um pouco sozinho. Está um barulho e tanto lá dentro.

— Os cadetes parecem estar se divertindo.

— Definitivamente. Eles estão mantendo você bem ocupada.

Jessie não deveria se sentir tão satisfeita por ele notar — não que parecesse incomodado com a atenção dispensada a ela. Ela não sabia se Luke teria apreciado os múltiplos parceiros de dança, os sorrisos que os cadetes lançavam na sua direção ou o entusiasmo com que a cumprimentavam.

— É tudo na brincadeira. Prometo que não estou me apaixonando por nenhum deles.

— Não tenho certeza se o mesmo pode ser dito sobre eles não se apaixonarem por você. Alguns pareciam encantados.

— Sei, de fontes seguras, que mais bailes estão sendo planejados. Rhonda e eu seremos proibidas de comparecer?

Ela manteve o tom leve e provocador.

— Eu teria um motim em minhas mãos se me opusesse à presença de vocês em um evento tão público. Talvez a srta. Monroe até pedisse demissão, e meus compatriotas certamente iniciariam uma rebelião.

Jessie riu, gostando de como ele estava um pouco mais relaxado, imaginando se estava bebendo da garrafa que ela vira Peter dividindo com Rhonda. Ela reconheceu a melodia escapando das janelas abertas do salão. Com um sorriso, Jessie disse:

— "Non-Stop Flight", Artie Shaw.

— Parece o tipo de música que uma aviadora gosta de dançar. Não serei o parceiro mais habilidoso que você teve esta noite, mas estou disposto a tentar.

Ele apoiou a bengala na árvore e estendeu a mão.

Jessie sabia que não deveria, imaginando os rumores que se espalhariam pelo aeródromo e pela cidade se alguém os visse, mas aquelas sombras formavam uma espécie de santuário. Ela aceitou a mão de Royce, que envolveu seus dedos e apoiou a outra mão em sua cintura enquanto ela descansava a própria mão no ombro dele. Seus passos não eram uniformes, evidenciados pela lesão que o fazia mancar, mas Jessie não se importou. Eles estavam se preparando para ela girar quando a música terminou, dando lugar a um ritmo mais delicado e lento. Jessie esperou que ele a soltasse. Em vez disso, Royce a puxou para mais perto, levando a mão que segurava a dela até o peito, onde ela sentiu o coração dele batendo forte.

Jessie sentiu os próprios batimentos cardíacos acelerarem enquanto seguia os passos dele, lentos, curtos, os dois quase sem sair do lugar, nunca tirando os olhos um do outro. Ela agradeceu por aquela escuridão, ocultando o que não deveria ser revelado. Como gostava de estar perto dele, como gostava de seu cheiro marcante e terroso, até do persistente aroma do tabaco. Ela não devia estar saboreando tanto aquele momento. Assim como, quando terminou, não devia ter desejado que não tivesse acabado.

Lentamente, como se também estivesse relutante em se separar dela, ele a soltou, recuou um passo e pegou a bengala.

— Minha noiva gostava de dançar. Não consegui mais dançar desde que ela morreu.

Jessie sentiu como se alguém tivesse enlaçado uma corda em seu peito e o puxado com força.

— Noiva?

— Kate. Ela foi morta em novembro passado, quando os alemães bombardearam Londres implacavelmente, noite após noite.

Deus. E na primeira noite ela perguntara a ele se havia alguém especial o esperando em casa.

— Sinto muito. Perdê-la assim deve ter sido inacreditavelmente difícil. Estava com ela quando aconteceu?

— Não. Às vezes preciso me convencer de que estar lá não teria feito diferença. Ela se ofereceu para ser guarda antiataque aéreo. Quando eu disse que não gostava nada daquilo, ela respondeu que também não gostava nada de me ver caçando o inimigo. Expliquei que não tinha escolha. Ela disse que também não. Minha Kate tinha um grande coração, sempre colocando os outros em primeiro lugar. Era uma das coisas que eu mais amava nela. Quando recebi a notícia de que havia sido morta, imediatamente se tornou uma das coisas que mais odiava nela. Eu soube na hora que ela devia estar ajudando outras pessoas a chegarem aos abrigos antiaéreos em vez de cuidar da própria segurança. — Ele suspirou e balançou a cabeça. — Perdão. Consegui arruinar uma noite adorável.

Por mais horríveis que fossem as lembranças, por mais que Jessie se entristecesse pelo que ele havia passado, estava grata por Royce ter se sentido confortável o bastante para dividir aquela perda terrível com ela e pela chance de o conhecer um pouco melhor.

— Por favor, não peça perdão. Ela se foi um pouco antes que meu pai, e eu ainda não me adaptei à ausência dele. Eu gostaria de poder aliviar sua tristeza.

— Você ajuda mais do que imagina. Agora é melhor eu voltar para ver se os rapazes estão se comportando direito e lembrá-los de que não devem se envolver com moradores.

Como se o coração se importasse com o que deveria ou não fazer.

C A P Í T U L O 17

Segunda-feira, 30 de junho de 1941

— **A** cha que os britânicos vão comemorar o feriado da independência?

Sentada atrás dos controles do LT, Jessie olhou para Rhonda, que estava examinando a própria panturrilha, certificando-se de que a costura das meias estava reta. Era a primeira manhã em que os cadetes praticavam tiro, e Jessie se perguntou se os estouros ininterruptos haviam feito Rhonda pensar nos fogos de artifício e a induzido a perguntar aquilo.

— Eu nem havia pensado nisso.

Rhonda levantou a cabeça.

— Seria estranho se comemorassem? Pegaria mal se não comemorassem? Barstow vai avisá-los que não trabalharemos no dia?

— É isso que realmente a preocupa: quer o dia de folga. Você não perguntou a Peter durante uma de suas muitas danças?

Depois do primeiro dia, quando acompanhara os cadetes, ele não voltara mais à sala do Link.

— Eu tinha outras coisas em mente, como o talento dele na dança. É uma pena que a lesão de Royce o impeça de dançar.

As bochechas de Jessie esquentaram com um rubor que ela esperava passar despercebido.

— Ele não está mais mancando tão visivelmente. Tenho certeza de que também estará dançando em breve.

— Aposto que ele tem alguns passos na manga.

Jessie pigarreou.

— E algum deles não tem?

135

A porta se abriu — graças a Deus, os cadetes chegando para usar o LT —, exceto que era Barstow, não parecendo nada feliz. Será que estava chateado com Rhonda e seus flertes?

— Srta. Lovelace, precisamos de um instrutor de voo esta manhã. Os britânicos acreditam que as horas de voo têm precedência sobre as horas no LT. Estaria disposta a aceitar os alunos de Emerson até ele se recuperar de seja lá o que o esteja afligindo?

Jessie suspeitava que era por ter bebido demais na noite anterior, mas não importava. Ela se levantou de um salto.

— Vou precisar de meia hora para ir para casa me trocar.

Ele assentiu.

— Então apresente-se a Watkins. — O instrutor de voo principal. — Ele lhe dará um resumo do que precisa saber.

— Obrigada, senhor. Não vou decepcionar você.

Uma palavra de segurança ou fé nas habilidades dela teria sido bom, mas, em vez disso, ele simplesmente deu mais um aceno rápido de cabeça, como se fosse trabalhoso demais dizer algo positivo. Quando Barstow saiu, Jessie olhou para Rhonda e precisou juntar todas as forças para não gritar como Kitty fazia toda vez que conseguia algo que queria muito.

— Esta é sua chance — afirmou Rhonda, radiante.

— É só por hoje. Tenho certeza de que Emerson está só se recuperando de uma farra. Ele estará de volta amanhã. — Jessie correu até o armário e pegou a bolsa. Depois que parara de pilotar os aviões, também parara de levar seu macacão. — Mas, sim, eu definitivamente voo melhor que ele.

Ela chegou em casa e voltou em tempo recorde. Watkins, mais um ex-piloto da Grande Guerra, a lembrava alguém que estava sempre lidando com uma dor de dente, com a mandíbula tensa se projetando para fora. Não parecia particularmente feliz em entregar os mapas, rotas e nomes dos quatro alunos daquele dia, mas sua grosseria não diminuiu o entusiasmo de Jessie pela tarefa à frente.

Quando ela chegou à aeronave designada, William Wedgeworth já estava lá, esperando-a. Outros aviões aceleravam, taxiavam ou decolavam. A movimentação era barulhenta e emocionante, e Jessie se admirou ao imaginar como a correria da equipe em solo e os voos dos pilotos pareciam parte de uma corrida para enfrentar o inimigo. Ela estendeu a mão para o jovem de cabelos escuros e olhos azul-acinzentados.

— Bom dia, sr. Wedgeworth.

O aperto de mão dele era firme, seguro.

— Srta. Lovelace, parece que o sr. Emerson não veio. Terei que usar o LT então?

— Não, senhor. Sou eu quem testará suas habilidades de voo esta manhã.

Ele sorriu de orelha a orelha.

— Excelente. Imagino que não vá me ensinar a aterrissar com a perfeição que pousou algumas semanas atrás, durante aquela competição.

— É só uma questão de concentração e de conhecer sua aeronave. Você se considera um dançarino talentoso, sr. Wedgeworth?

— Gosto de pensar que sim. Sua irmã reclamou?

Então ele dançou com Kitty. Jessie podia ver a irmã se interessando por um jovem tão simpático, mas também podia vê-lo partindo o coração de Kitty. Forçando um sorriso, ela riu.

— Não, nenhuma reclamação, mas já percebi que bons dançarinos costumam ter excelente coordenação, o que os torna os melhores pilotos. Por que não me mostra seu pré-voo?

Ela o seguiu enquanto ele sistematicamente contornava o avião. Quando terminaram, Jessie lhe entregou um mapa.

— Esta é a rota que seguiremos hoje e os pontos de referência que deve observar para saber se estamos no caminho certo. Você assume o assento do piloto.

Ela baixou os óculos, subiu na asa e escalou a lateral até alcançar o banco da frente, enquanto Will se acomodava atrás. Depois de o rapaz colocar o capacete de couro, Jessie falou no funil do Gosport.

— Prontinho, sr. Wedgeworth. Agora me impressione.

Um dos tripulantes de terra se aproximou e começou a girar a hélice. O cadete já havia experimentado aquele aspecto do voo diversas vezes, então ela se forçou a esperar pacientemente enquanto ele ligava a ignição. Era um pouco enervante não ter voado com ele antes, não ter noção de seu nível de competência, mas ela poderia assumir os controles caso sentisse que ele ainda não dominara uma habilidade necessária.

Quando começaram a taxiar para a área onde esperariam a vez de decolar, ele girou levemente, manobra necessária para avaliar os arredores. Era impossível ver por cima do nariz da aeronave, então ele tinha que verificar constantemente as laterais para garantir que não bateria em nada. Depois de entrar na fila de aeronaves prestes a decolar, ele avançou devagar até chegar sua vez. Eles esperaram um dos tripulantes de terra abaixar a bandeira que segurava.

Will ligou o motor e partiu pelo campo gramado. Embora não fosse Jessie no comando, ela sentiu a emoção que sempre experimentava quando as rodas começavam a subir. Esperava nunca perder aquela admiração pelo que estava sendo realizado: pessoas capazes de chegar às nuvens.

— Sr. Wedgeworth, quero reiterar o que tenho certeza de que o senhor Emerson já lhe disse. Quase todas as cidades têm uma caixa d'água com seu nome pintado, portanto, se tiver alguma dúvida sobre onde você está, procure a torre com a caixa d'água. E se realmente achar que está perdido, encontre os trilhos da ferrovia e siga-os. Eles geralmente o levarão em direção a uma cidade. Se ainda não for suficiente para ajudá-lo a se orientar, sempre poderá pousar em um campo e encontrar alguém na área para perguntar.

Assim que passaram pela cidade, ele aumentou a altitude e se dirigiu para Dallas. O destino era o prédio da Magnolia Petroleum, o mais alto da região. No topo, havia uma placa vermelha no formato de um Pégaso. Quando chegaram, ele o circulou e depois deu meia-volta para Terrence.

Após Will conduzir o Stearman em um pouso tranquilo e ambos estarem em solo, Jessie deu um tapinha em seu ombro.

— Muito bem executado, sr. Wedgeworth. Não deverá ter problemas com seu voo solo, no final da semana.

— Obrigado, senhorita.

Ele sorriu largo, suas bochechas ficando um pouco rosadas.

Impressionada, Jessie concluiu que ele devia dançar bem. E esperava que ele dançasse até estar de cabelos brancos.

O aluno seguinte, Mick Turner, mostrou-se um pouco vacilante na decolagem e na aterrissagem. Em vez de seguir a rota pré-planejada, Jessie o levou a um dos campos auxiliares e o fez praticar aquelas manobras algumas vezes. Embora aquilo tivesse ajudado, ele ainda poderia melhorar. Se ela fosse uma instrutora permanente, daria ao cadete um tempo adicional para mais exercícios no final do dia.

Depois, ela se encontrou com Rhonda no refeitório, sentando-se à mesa que a amiga dividia com a sra. Winder. Os sexos definitivamente não se misturavam ali.

— Você parece feliz — observou Rhonda.

— Eu estou. Foi incrivelmente satisfatório, embora também um pouco frustrante por não estar fazendo isso todos os dias. Eles estão tão dispostos a aprender, a se sair bem. Os dois desta manhã foram um prazer.

— Talvez você precise bater um papo com Barstow antes que a próxima turma e os instrutores adicionais cheguem.

Jessie olhou para onde Barstow estava, sentado com Royce e Peter.

— Talvez. Acho que não faria mal, e depois do meu desempenho esta manhã...

— Vejo que seu pequeno encontro no escuro com Ballinger valeu a pena — sibilou Forester, abaixando-se para entregar a mensagem antes de seguir em frente.

Jessie rapidamente se virou e o viu cair em uma cadeira à mesa de alguns outros instrutores. Seja lá o que ele dissera aos outros, fez com que todos virassem o rosto para ela, estreitando os olhos em sua direção. Ela não sabia decifrar se estavam com raiva, desconfiados ou enojados, mas era evidente que satisfeitos não estavam. Lutando contra a vontade de confrontar Forester, ela se voltou para as companheiras de mesa.

— Do que ele estava falando? — perguntou Rhonda.

— Nada.

— Você não fica pálida e depois vermelha assim por nada.

Ela olhou para a sra. Winder, que parecia estar absorta nas páginas de *Por quem os sinos dobram*, mas Jessie tinha quase certeza de que a mulher também captaria qualquer fofoca. O que ela fizera não fora errado e certamente não era um segredo. Ela não tinha vergonha, mesmo que tivesse gostado da breve dança mais do que deveria.

— Lembra daquela manhã em que fiquei chateada com a atitude de Forester?

Rhonda assentiu.

— A respeito da guerra.

— Bem, ele também pode ter insinuado que eu estava aproveitando a hospedagem de Royce conosco para bajular.

O queixo de sua amiga caiu.

— Você devia ter iniciado seu discurso com essa parte da conversa.

— Fiquei um pouco constrangida com o que ele estava insinuando, já que não chega nem perto da verdade.

— Claro que não.

— No baile de sábado à noite, eu precisava de um pouco de ar fresco, então saí. Acontece que Royce também estava lá fora, e conversamos um pouco. Acho que Forester nos viu e pensa que aconteceu mais do que de fato houve entre nós dois.

Mesmo que ele tivesse visto a dança, como poderia concluir algo maldoso?

Rhonda estreitou os olhos na direção em que Forester estava sentado. Se um olhar pudesse matar, o dela teria cumprido a tarefa.

— Aquele sujeitinho…

— Certamente insinuou ao sr. Barstow que havia mais coisas acontecendo.

Jessie voltou sua atenção para a sra. Winder, que virou casualmente uma página do livro, de olhar baixo, dando a impressão de estar lendo.

— Sendo assim, estou surpresa que Barstow tenha me convidado para ser instrutora substituta.

— Não sei até que ponto ele teve escolha, já que certo oficial britânico sugeriu seu nome... Com bastante ênfase, aliás.

Lentamente, Jessie fechou os olhos com a decepção. Estupidamente, acreditava que Barstow estivesse começando a ver seu valor, talvez devido à competição de aterrissagem. Em vez disso, foi por causa de Royce. Por que ele a sugeriu? Por um arrastar lento dos pés com uma música tocando ao fundo? Um passeio de moto? Uma conversa sincera na frente da casa dela? Ele estava tentando fazer um favor a ela? Agora Barstow se ressentiria ainda mais dela, assim como os outros instrutores de voo.

Ela observou a secretária, cujo nariz permanecia enterrado no livro.

— Obrigada, sra. W.

A mulher levantou o olhar, que brilhava.

— Acho que há uma razão para o sr. Barstow nunca ter se casado. Ele sempre subestima as mulheres.

Rhonda deu uma gargalhada, mas Jessie se permitiu apenas uma risadinha baixa. Alguns minutos depois, mesmo sabendo que provavelmente só jogaria mais lenha na fogueira, ela correu atrás de Royce assim que o viu sair, alcançando-o sem dificuldade.

— Queria que você não tivesse insistido para Barstow me escolher como substituta.

Ele parou de andar para olhá-la. Então deu um pequeno aceno de cabeça.

— Ah. Bem que achei que a sra. Winder estava ouvindo atrás da porta.

— Preciso provar meu valor.

— E provou.

Para ele talvez, mas Jessie não podia deixar de pensar que ele era um pouco parcial. As lutas, os medos e as perdas que ela e Royce compartilhavam criaram uma intimidade entre os dois, mas também despertavam sentimentos confusos dentro dela que a obrigavam a afastá-lo enquanto, ao mesmo tempo, ansiava por tê-lo mais perto.

— Preciso que Barstow acredite que mereço. Não apenas Barstow. Os outros instrutores também. Eles...

Ela não terminou.

— Eles o quê?

— Não importa. Já pedi para não interferir ou falar com Barstow em meu nome. Posso conquistar isso sozinha.

Sem fazer com que os outros instrutores se ressentissem dela por pensarem que estava sendo beneficiada por Royce.

Ele deu um breve aceno de cabeça.

— Muito bem, srta. Lovelace. Não acontecerá novamente, mas considere o seguinte: talvez eu tenha feito isso porque queria o melhor instrutor para meus homens. E você está deixando seu orgulho atrapalhar.

Com aquilo, ele foi embora. O fato de Royce se dirigir a ela como "srta. Lovelace" quando ninguém estava por perto para ouvir a conversa fora preocupante. Ela ficou surpresa por ele não ter quebrado a bengala com a força com que a batera no chão. Será que ela tinha sido sensível demais? Jessie queria Barstow do seu lado, acreditando que ela merecia aquilo. Queria todos eles convencidos de que ela merecia.

Talvez ela quisesse convencer até a si mesma.

À tarde, Jessie treinou outro bom dançarino, Martin Brightwell. Enquanto caminhavam em direção à aeronave, ele confessou:

— Queria que nos deixassem levar as pistolas conosco.

Ela sorriu.

— É improvável que você seja abatido e tenha que atirar no inimigo para escapar.

— Não é só por isso que carregamos a pistola.

— Ah, não?

Ele hesitou e olhou para os lados antes de se voltar para ela. Sua testa estava franzida, como se estivesse arrependido de ter dito alguma coisa.

— Sr. Brightwell? Você despertou minha curiosidade agora.

Ele mordeu o lábio.

— Ouvi dizer que você tem um irmão na RAF.

— Sim, tenho.

— Bem, então talvez lhe traga algum conforto saber que carregamos a pistola para o caso de ficarmos presos em uma aeronave em chamas. Para dar um fim rápido à agonia, por assim dizer.

Não trouxe nenhum conforto. Aparentemente, Jack não estava contando tudo a ela.

O último aluno do dia, Antony Ashby, resmungou sobre fazer o pré-voo, achava que era trabalho do mecânico ou da equipe de terra garantir que o avião estivesse em boas condições de funcionamento. Ele deu a impressão de ser alguém acostumado a ver os outros fazendo as coisas por ele. Além disso, parecia um pouco mais velho que os outros, com um bigode estilo Clark Gable e uma postura nada animada. Jessie não sabia se ele era sempre tão ausente ou simplesmente preferia Emerson a ela. Foi um desafio bem-vindo conquistá-lo.

Ela o elogiou quando ele manteve o avião nivelado e o advertiu quando ele se aproximou demais do Pégaso. Ele melhorou um pouco, voando uniformemente na volta para a base. Embora cada instrutor levasse seus alunos em uma trajetória de voo diferente, para que tivessem muito céu à sua frente, o tempo necessário para concluir o exercício e retornar era razoavelmente igual, então eles chegavam quase ao mesmo tempo, exigindo que circulassem o aeródromo esperando a vez de aterrissar. Quando Ashby fez sua aproximação final, Jessie o avisou de que estava indo muito rápido e muito baixo para o pouso. Ele ajustou e já estava prestes a pousar quando ouviu o ronco incrivelmente alto de outra aeronave, como se estivesse quase em cima deles. Ao olhar para cima e para trás, Jessie percebeu que era isso mesmo.

— Meus contro…

Mas era tarde demais. A sacudida os fez bater no chão pouco antes de tudo ficar preto.

CAPÍTULO 18

—Jessie? Jessie? Acorde, querida. Vamos lá.

Ela não queria. Sua cabeça doía. Cristo, tudo doía. A cabine estava em um ângulo estranho, o cinto de segurança fazia pressão em um dos ombros. Ela tocou na testa. Estava molhada, com algo pegajoso e espesso. Óleo? Ao olhar para os dedos, perguntou-se por que era de um vermelho tão forte.

— Consegue se mexer?

Com cuidado, ela se virou na direção da voz. Royce. Com as feições tensas e enrugadas de preocupação, ele estava inclinado sobre ela.

— Você tem olhos tão azuis. Como o céu. Eu poderia voar até eles.

— Acho que chega de voo para você por hoje. Quantos dedos tem aqui?

— Seis.

— Consegue sentir suas pernas, seus pés, os dedos?

Quando ela assentiu, sua cabeça protestou, uma dor cortante a envolvia. Lancinante. Ela se lembrou da sensação de ser empurrada, sacudida, jogada. Eles foram atingidos. Alguém havia batido neles. Alguém que não esperou a vez. Ou talvez tivesse cometido algum tipo de erro mecânico, perdido o controle do avião.

— Ashby?

— Abalado e um pouco machucado. Ele conseguiu sair.

— Os outros?

— Contusões e machucados. Você levou a pior, receio. Tem uma ambulância chegando.

— Não precisa...

Quando Royce se afastou, ela desejou que ele não tivesse feito isso. Jessie pensou tê-lo ouvido ordenar a alguém que tratasse de tirá-la de lá, mas não tinha certeza. Uma névoa estava se instalando e, de repente, era noite.

As pessoas ficavam perguntando seu nome, como se não soubessem. Será que existia uma única pessoa em Terrence que não soubesse quem era ela, sua família e os detalhes de sua vida? Luzes brilhantes e escuridão. Uma cutucada, um empurrão. Frio, depois calor. Finalmente, a deixaram sozinha para dormir nas nuvens.

Quando acordou, os olhos que a observavam tão atentamente eram castanhos.

— Oi, querida.

Ela tentou sorrir, mas talvez só tenha conseguido fazer uma careta. Tudo estava doendo de novo. Queria voltar para as nuvens brancas e macias.

— Luke, o que está fazendo aqui? Você nunca vem ao aeródromo.

No começo, Jessie ficara desapontada por ele não se interessar por aquele aspecto de sua vida enquanto ela se interessava pelo gado e pelos cavalos dele. Por fim, no entanto, aceitou que ambos podiam ter interesses diferentes e ainda se darem bem. Mamãe nunca voou e papai nunca tricotou.

— Você não está no aeródromo, está no hospital.

Terrence tinha um pequeno hospital para realizar cirurgias simples e partos. Se ela estivesse realmente ferida, a teriam levado para Dallas. Ele delicadamente afastou os cabelos dela da testa.

— Sofreu um corte e tanto aí. O médico teve que suturar, enfaixar. Eles acham que foi parte de uma hélice ou outra coisa que partiu e a atingiu. Você nos assustou pra diabo.

— Minha cabeça dura me salvou.

Ele sorriu.

— Provavelmente, mas terá um baita olho roxo quando acordar amanhã. Tome um gole disto.

Ele colocou um canudo entre os lábios dela. A água era fria e reconfortante. Quando ela terminou, Luke disse:

— Vou avisar a enfermeira que você acordou.

Ele saiu antes que ela pudesse assimilar as palavras. Quando a enfermeira entrou, Jessie passou por toda a rotina de dizer o próprio nome, dia da semana, ano. Seus olhos foram examinados com lanternas.

— O dr. Brown quer que você durma aqui, apenas para observação — anunciou a enfermeira. — Provavelmente poderá ir para casa de manhã.

Então Luke voltou, puxou uma cadeira ao lado da cama, sentou-se e pegou sua mão, com o olhar fixo nela.

— Não achei que você estivesse realmente voando com os alunos.

— Eles estavam com um instrutor a menos esta manhã.

— Da próxima vez, diga a eles para arrumarem outra pessoa.

Como eram diferentes os dois homens em sua vida. Royce ainda estava em sua vida? *Srta. Lovelace.* Provavelmente não mais. Ele a deixava confusa ao acreditar nela. Ela realmente queria que ele não acreditasse? Precisava se concentrar em Luke, na preocupação dele, na perturbação dele.

— Não sei direito o que aconteceu, mas não foi uma ocorrência normal.

— Você podia ter morrido, Jess.

— Mas não morri. Você sabe como estão os outros?

Ela perguntara aquilo a Royce, inclinado sobre ela na cabine? Ou sonhara? A cabeça dela parecia estar cheia de algodão e os pensamentos não faziam muito sentido.

Quando Luke suspirou, ela percebeu como ele estava frustrado ao acreditar que ela não estava levando o que acontecera a sério. Ela estava, mas sempre existiria o risco de um acidente. Fazia parte da aviação.

— Ouvi dizer que um cara quebrou o braço. Os outros sofreram ferimentos leves. Você é a única que vai dormir aqui.

— Isso me faz parecer um ótimo partido, hein.

Ele levantou um canto da boca.

— Não me lembro de nenhuma ocorrência assim quando seu pai administrava a escola.

— Nunca tivemos uma dúzia de aviões no ar ao mesmo tempo. — Ela apertou a mão dele. — Eu estou bem. Mamãe está aqui?

— Estamos nos revezando. Ela virá esta noite. Agora volte a dormir.

— Você não precisa cuidar de mim. É para isso que servem as enfermeiras.

— Vou ficar mais um pouco.

Ela fechou os olhos e, quando os reabriu, Luke havia sumido, assim como a luz do sol. Pela janela, dava para ver que era noite. Sua mãe estava sentada na cadeira, com Kitty de pé ao lado.

— Tenho me preocupado tanto com Jack — disse a mãe. — Mas parece que eu deveria estar preocupada é com você.

— Foi só um pequeno contratempo.

Agora ela estava falando como Royce. O que a surpreendia era que não tivera tempo de pensar no que estava acontecendo, de ficar assustada. Apenas pensara que, se conseguisse assumir os controles, poderia, de alguma forma, usar o que sabia para desviar, para evitar a colisão. Ela nem sabia quem estava pilotando o outro avião.

— Por acaso você sabe quem mais estava envolvido, na outra aeronave?

— Não conheço todos os cadetes.

— Geoffrey Moreland — informou Kitty.

Quando Dot lançou um olhar assustado para a filha mais nova, Kitty explicou:

— Eu o encontrei na botica.

Jessie lamentou saber que tinha sido ele. Penando com o Link e ainda sem confiança, aquela experiência o deixaria ainda mais abalado.

— Rhonda disse que os dois aviões ficaram bem danificados — acrescentou Kitty.

— Temos alguns de reserva.

— Talvez você devesse encarar isso como um sinal de que é hora de sossegar, construir seu lar, ter sua família — sugeriu mamãe.

Jessie balançou a cabeça.

— Eu não vou desistir.

— Você vai me deixar de cabelos brancos antes da hora.

Sua mãe não dissera aquelas palavras para Jack. Em vez disso, reiterara o orgulho que sentia dele. Por que não conseguia enxergar o valor do que Jessie estava fazendo?

A porta se abriu um pouco e Rhonda enfiou a cabeça no quarto.

— Estou interrompendo alguma coisa?

Jessie ficou mais que grata pela interrupção porque, com uma plateia, sua mãe deixaria de tagarelar e se esforçar para fazê-la se sentir culpada.

— Diga-me que você traz detalhes sobre o que aconteceu.

Rhonda entrou e mostrou um saco.

— Eu trago hambúrgueres.

Jessie sorriu e respondeu:

— Melhor ainda.

— Comida de hospital é tão sem graça — disse Rhonda enquanto colocava o lanche em uma bandeja e mamãe ajudava Jessie a se sentar com um travesseiro nas costas.

Quando a bandeja estava em seu colo, Jessie pegou o hambúrguer e deu uma mordida, sentindo-se subitamente faminta.

— Então, o que se sabe sobre o que aconteceu? Quem era o outro instrutor?

— Seu querido amigo Doug Forester.

Jessie fechou os olhos com força. Ela deveria ter imaginado.

— Quanto ao que aconteceu exatamente, ainda é um pouco obscuro e as histórias não batem, pelo que entendi. Royce e Peter estão trabalhando para entender tudo a fundo. Nem preciso dizer que eles não estão felizes em perder duas aeronaves em uma situação que provavelmente poderia ter sido evitada.

Enquanto Jessie comia, Rhonda mudou de assunto e começou a falar sobre o feriado de Quatro de Julho. Royce daria aos cadetes permissão para tirar o dia de folga por respeito à data. Rhonda queria organizar uma partida de beisebol entre os ingleses e os ianques. Quando mamãe e Kitty foram embora, já haviam sido encarregadas de organizar um churrasco pós-jogo.

— Obrigada por isso — disse Jessie quando só restavam as duas no quarto.

— Sua mãe parecia muito triste e preocupada.

— Ela e Luke acham que preciso parar de trabalhar na escola.

— Casar e ter um bebê. — Rhonda arqueou uma sobrancelha. — O que não vai acontecer.

— Não, não vai.

Rhonda sentou-se na beirada da cama.

— Então aí vai uma coisa interessante. Quando ouvimos o estrondo do prédio do LT, saímos correndo. Não sei como ele conseguiu com aquela lesão, mas quando chegamos a um ponto de onde se via os aviões amassados, Royce de alguma forma havia subido no seu e estava debruçado na cabine.

Então Jessie não tinha sonhado.

— Ele teria feito isso por qualquer pessoa que não estivesse reagindo e saindo da aeronave. Pelo que entendi, eu apaguei.

— Não sei se ele teria a mesma reação. Acho que você deu um susto nele.

— Pelo visto, dei um susto em muita gente.

— Em mim, certamente deu. Todo aquele sangue, e você estava tão pálida quando finalmente conseguiram deitá-la no chão.

— Ferimentos na cabeça sangram muito. Não foi tão profundo.

— Claro que não. É por isso que você precisa dormir aqui esta noite. — Semicerrando os olhos, Rhonda encaixou um dedo sob o queixo de Jessie e virou seu rosto. — Você ganhou um lindo olho roxo.

— Não consigo decidir se esse pequeno incidente vai me render algum ponto ou prejudicar minhas chances de trabalhar como instrutora de voo permanente.

— Rendeu a você muita gente preocupada. — Rhonda deu um tapinha na mão de Jessie e continuou: — Acho que o horário de visitas acabou. Vou deixar você dormir um pouco.

A enfermeira voltou logo após Rhonda sair, e as duas repetiram o mesmo ritual de perguntas e lanternas nos olhos. Ela mediu a temperatura, fez algumas outras coisas e diminuiu as luzes para que Jessie pudesse dormir. Apesar das dores, ela conseguiu pegar no sono. Acordou com a luz do sol entrando e uma enfermeira diferente verificando como ela estava, uma moça que Jessie conhecia da escola.

— Como se sente esta manhã? — perguntou Eva.

— Como se eu tivesse sido atropelada por um caminhão.

— Você está cheia de contusões. Espero que possa descansar alguns dias antes de voltar ao trabalho. O médico vai passar aqui em breve e, se ele aprovar, poderá ir para casa.

— Estou mais que pronta para ir.

Ela olhou para a mesa ao lado da cama. Havia um pequeno buquê de hortênsias roxas em uma jarra.

— Quem mandou isso?

— Ah, um simpático cavalheiro britânico trouxe ontem à noite. Falou que a conhecia da escola de aviação, que estava preocupado e queria ver pessoalmente se você estava bem.

— Como ele era?

— Cabelos escuros, lindos olhos azuis. Eu não deveria tê-lo deixado entrar depois do horário de visitas, mas ele foi tão charmoso, além de prometer deixar a porta aberta. Ele ficou um tempo. Acho que você nem acordou.

Jessie se lembrou de dois arbustos de hortênsias plantados em frente à casa que Royce estava alugando. Ela queria que ele a tivesse acordado. Embora tentasse assegurar a todos que não estivera em perigo e que acidentes aconteciam, não era fácil se convencer de que não passara raspando pela morte. Como voltar a uma aeronave quando de repente aquilo envolvia seu pior pesadelo?

CAPÍTULO 19

Terça-feira, 1º de julho de 1941

— Obrigada, mamãe — disse Jessie enquanto saía do carro.

Sua mãe a buscara no hospital e a levara para a casa que ela dividia com Rhonda. Jessie colocou as flores na cômoda de seu quarto e trocou de roupa, fazendo uma careta ao constatar os hematomas azul-escuros pelo corpo, especialmente o que rodeava seu olho. Tivera muita sorte de não o perder. Depois, sua mãe a levara até o campo de pouso para buscar a motocicleta. Seu médico a aconselhara a tirar o resto da semana de folga, e, considerando que todas as dores pioravam a cada movimento, ela decidira seguir o conselho.

— Não sei se você deve ir montada nessa coisa.

— Eu vou ficar bem.

— Venha para casa, assim posso mimá-la.

O que significava canja de galinha e olho vivo nela.

— Eu vou para a minha casa dormir. Ligo quando chegar para você não ficar preocupada.

Jessie fechou a porta, acenou e esperou até a mãe partir para começar uma caminhada lenta e prudente até o prédio administrativo. Alguns membros da equipe de terra pararam a fim de falar com ela.

Billy se aproximou.

— Você nos assustou, mocinha.

— Estou bem, apenas um pouco roxa. Ouvi dizer que os aviões foram um tanto mutilados.

— Eles podem ser consertados.

— Fico feliz em ouvir isso.

— Que bom ver você de pé.

Ela sorriu, embora uma parte de seu rosto se opusesse.

— É bom estar de pé.

Ela seguiu em frente e entrou no prédio administrativo.

Peter estava lá dentro, visivelmente de saída.

— Ah, Jessie, isso parece doloroso.

— Poderia ter sido pior.

— De fato. Sempre pode, não é? Espero que não esteja planejando trabalhar hoje.

— Não, só quero avisar a Barstow que vou tirar o resto da semana de folga.

— Que bom para você. Os demais envolvidos no acidente também vão. Receio que todos os cadetes tenham sofrido bastante com o que aconteceu, mas agora ficarão mais atentos na cabine. Acredito que alguns não estavam levando o assunto tão a sério quanto deveriam.

— Talvez alguns instrutores também.

Ele deu um aceno rápido.

— Vou deixar você cuidar disso.

Peter pôs a mão na maçaneta da porta, mas parou e acrescentou:

— Royce está no escritório.

Ele saiu antes que Jessie pudesse responder. Ela não mencionara que estava procurando por ele, mas supôs que as pessoas presumissem coisas. Lembrava-se vagamente de Royce tê-la chamado de *querida*, e se perguntou quem poderia estar perto o suficiente para ouvir, embora certamente ele não tivera nenhuma intenção por trás da gentileza. O emprego do termo provavelmente não era diferente de quando a garçonete do Cowboy Grill chamava seus clientes de *queridos*.

Ao se aproximar do escritório, Jessie ouviu a voz dele, embora não conseguisse decifrar as palavras. Espiou pelo batente da porta e viu que estava sozinho, falando ao telefone. Até aquele momento, ela não havia se dado conta de quanto precisava vê-lo.

— Certo, obrigado. Até.

Após desligar, ele deu um suspiro longo e pesado, abaixou a cabeça e começou a esfregar as têmporas.

Jessie entrou silenciosamente na sala.

— As coisas não vão bem?

Royce imediatamente pegou sua bengala e arrastou a cadeira para trás.

— Não precisa se levantar.

Mas ele continuou até ficar de pé.

— Srta. Lovelace, devia estar em casa descansando, não aqui.

Jessie odiou a formalidade apontando que Royce ainda estava sentindo a picada das palavras dela no dia anterior. No entanto, ele levara aquelas flores. Ela era ingênua em pensar que as coisas entre os dois haviam voltado a uma camaradagem descontraída.

— Eu precisava vir buscar minha moto e queria avisar a você e Barstow que vou tirar o resto da semana de folga.

— Ele está trabalhando com alguns alunos. Basta dizer à secretária dele. Ela o avisará.

Com um aceno de cabeça, ela se aproximou um passo.

— Alguma ideia do que exatamente aconteceu ontem? Ouvi dizer que o sr. Moreland estava no outro avião.

— Ele estava, mas não nos controles. O instrutor dele estava, o sr. Forester.

Seu ferimento protestou quando ela arregalou os olhos. Qual era o problema daquele sujeito? Sua vontade era começar a enumerar, mas, em vez disso, decidiu dar ao homem o benefício da dúvida.

— Eles tiveram problemas no motor?

— Não, aparentemente ele só estava impaciente para pousar e decidiu que era a vez dele. Pelo que entendi, em outra ocasião... — Royce a olhou incisivamente — ele quase colidiu com uma aeronave, mas o piloto conseguiu reagir com rapidez suficiente para evitar a colisão. Ele foi dispensado.

Jessie foi tomada de alívio. O homem era uma ameaça em vários sentidos.

— Melhor para a escola. Ele não acreditava mesmo no trabalho que estamos fazendo aqui.

— Isso ele deixou bem claro. Barstow providenciará um substituto.

Se ela não tivesse expressado seu descontentamento por ele falar em seu nome, Royce teria assegurado que fosse ela. Jessie sabia disso com a mesma certeza que tinha sobre o impacto que a direção do vento tem em uma decolagem e aterrissagem.

— Ele provavelmente vai adiantar a chegada de um futuro instrutor.

— Provavelmente.

Ela desejou não ter criado aquele constrangimento entre os dois.

— Algo me ocorreu ontem, enquanto eu oscilava, apagando e acordando. Você tem um minuto?

Ele hesitou, mas logo respondeu:

— Com certeza.

Tirando um pedaço de papel do bolso, Jessie se aproximou até estar ao lado dele, atrás da mesa, ciente de que Royce ficara ligeiramente tenso. Ela desdobrou o mapa que levara em seu uniforme de voo no dia anterior e o abriu sobre o tampo.

— Se desenhássemos a Grã-Bretanha e a Europa em cima deste mapa do Texas e dos estados vizinhos, com Terrence representando Londres, e marcássemos a localização aproximada das outras cidades críticas, como Paris e Berlim, poderíamos orientar os cadetes para que, quando voltarem à Inglaterra, tenham uma ideia melhor de como chegar aos seus destinos. O terreno não será o mesmo, claro, mas a direção e a distância, sim, ou pelo menos parecidas.

— Simplesmente brilhante — declarou ele baixinho.

Jessie o encarou e se deparou com Royce olhando para ela, não para o mapa. Ele estava imóvel, como se qualquer movimento pudesse deixá-los instáveis.

— Obrigada pelas flores.

Lentamente, muito devagar, ele levantou a mão e afastou os cabelos dela da bandagem que ainda cobria a cabeça.

— Eu quis bater nele até não sobrar nada.

Jessie sabia que ele estava se referindo a Doug Forester. Ela nunca se considerara violenta, mas gostaria de ter visto a cena, porque Doug não só a pusera em perigo, como arriscara a vida de mais dois cadetes.

— Pena que você não trouxe a armadura do seu antepassado.

Ele deu um sorriu largo. Jessie adoraria ver mais daqueles sorrisos.

Com cuidado, Royce pôs o polegar na bochecha dela, logo abaixo de onde ela sabia que o hematoma terminava.

— Eu não esperava quase ter ataques cardíacos aqui.

— Me desculpe pelo que eu disse ontem sobre sua interferência. Eu sei que você só estava tentando ajudar.

— Não, você tinha razão. Você deixou claro desde o início que não queria nenhum favoritismo, real ou aparente. Ignorei seus desejos, talvez em um esforço para agradar você.

Jessie não sabia o que responder. De repente, sentia-se tonta, com vontade de descansar a palma da mão no rosto de Royce e assegurar que gostava dele, de maneiras que não deveria.

Como se tivesse confessado demais, Royce afastou a mão e deu um passo para trás.

— Vou discutir sua sugestão com Smythson e Barstow. Acho que vale a pena tentar.

Simples assim, ele voltava a ser o comandante e ela, a operadora do LT.

— É melhor eu ir. Mamãe deve estar na porta da minha casa com uma panela de sopa.

— Cuide-se, aviadora.

Ela sorriu, grata por não ser mais srta. Lovelace. Talvez grata demais, porque algo estava mudando entre eles e a fazia sentir como se estivesse indo rumo a outro acidente. Só que um que ela desejava desesperadamente.

CAPÍTULO 20

Após voltar para casa, Jessie passou boa parte do dia ora dormindo, ora acordada. Ela acertara na mosca: sua mãe estava esperando na varanda da frente com uma panela de sopa nos braços. Jessie tentou ser paciente com toda a agitação e preocupação da mãe, afofando os travesseiros nas costas do sofá e enrolando-a em um cobertor, apesar do calor. Mãe e filha evitaram qualquer conversa sobre o aeródromo ou o futuro de Jessie lá.

Luke chegou no final da tarde e enxotou Dot. Ele jogou o cobertor sufocante no gramado dos fundos da casa e os dois se deitaram sobre ele de mãos dadas. Jessie se emocionou por Luke saber que ela precisava ver o céu azul com seus fiapos de nuvens brancas semelhantes a algodão-doce.

— Como você consegue? Como volta a montar em um touro depois que ele o joga no chão?

— Com muito cuidado.

Rindo ligeiramente, ela virou a cabeça para encarar Luke e descobriu que ele também a olhava.

— Foi uma pergunta séria.

Ele sorriu.

— Foi uma resposta séria.

Ele fechou o sorriso e manteve os olhos fixos nos dela.

— Se eu não montar de volta, nunca mais vou sentir a emoção de desafiar a natureza, de enfrentar uma fera.

Pela primeira vez, Jessie sentiu que ele tinha uma noção do que voar realmente significava para ela. Ela olhou para cima de novo, sabendo que, se não voltasse para a cabine, só lhe restaria aquela visão do céu.

Na quarta-feira, as dores ainda se faziam presentes, embora começassem a diminuir. Ela ainda se encolhia de horror quando se olhava no espelho e via o preto ao redor do olho. Removeu o curativo que cobria os pontos do corte para não parecer tão patética. Depois vagou pela casa, inquieta e nervosa, desperdiçando momentos preciosos em que poderia estar fazendo a diferença, realizando algo que valesse a pena.

Na manhã de quinta-feira, estava no escritório de Barstow quando ele entrou, arregalando os olhos com a presença dela.

— Sei que você precisa de um substituto para Doug Forester. Eu quero essa vaga.

O homem que nunca sorrira para ela, que ela acreditava ser incapaz de mostrar os dentes, de fato sorriu.

— Bom dia para você também.

Ele gesticulou para uma cadeira na frente da mesa.

— Por favor, sente-se, srta. Lovelace.

Com cuidado, ela se acomodou. Contanto que se movesse lenta e suavemente, era mais improvável gemer de dor quando seu corpo se opusesse ao excesso de atividade.

— Está com um senhor olho roxo.

Rhonda se oferecera para camuflá-lo com camadas e mais camadas de maquiagem, mas Jessie via aquilo como uma medalha de honra, um símbolo de sobrevivência.

— Vai sumir. Sobre a vaga…

Ele levantou um dedo.

— Chegaremos a ela em um minuto. Não sei se já está sabendo que o sr. Miles entregou o aviso-prévio. Aparentemente, a esposa dele se opõe à vida em uma cidade pequena, então eles estão voltando para Houston. Precisamos de um instrutor de navegação.

— Não quero instruir em uma sala de aula. Eu quero ensinar de uma cabine.

Se não pudesse fazer aquilo, preferia continuar como operadora de LT.

— Entendi. Mas já recebi a inscrição de uma certa srta. Annette Gibson… — ele puxou uma pasta de uma pilha e a abriu — …que deseja ensinar em uma sala de aula. Estava curioso para saber se você já ouviu falar dela.

Barstow estava lhe pedindo conselhos? Será que ela ainda estava no hospital, em coma, delirando?

— Participamos de alguns shows aéreos. Fizemos nossas aulas de certificação de instrutores juntas. Ela seria ótima.

Jessie se perguntou por que diabos ele não havia escolhido Annette logo no começo.

— Bom saber. Smythson e eu a entrevistaremos esta tarde.

A responsabilidade sobre as salas de aula da escola e a instrução em solo eram de Peter. Jessie se perguntou quanta influência ele tivera na decisão.

— Quanto ao substituto do sr. Forester, pedi a um dos instrutores que deveria começar quando o próximo grupo de alunos chegasse para vir mais cedo. Ele começa segunda-feira.

A raiva disparou por ela como um relâmpago furioso. Faria alguma diferença se ela tivesse falado com Barstow na terça-feira? Se ela tivesse se sentado ali e esperado para pegá-lo quando ele tivesse um minuto?

— Maldito. — Ignorando o desconforto, ela se levantou. — Já ensinei homens a voar. Tenho as habilidades e a experiência. — Ela odiava roubar as palavras de Jack, mas… — Sou boa pra burro em pilotar. Entre em uma cabine comigo e vou lhe provar isso. Não há uma única coisa que possa me pedir para fazer que eu não consiga. Teste-me, Barstow. Atreva-se.

— Você é bastante apaixonada.

— Porque eu sou a melhor para esse trabalho.

— E é por isso que você vai assumir o ensino dos cadetes de Emerson.

O coração dela, martelando, parou de bater por um segundo antes de começar a desacelerar.

— Perdão?

— Emerson, ao que parece, é um bêbado, então foi dispensado. Como você já trabalhou com os alunos dele e eles deixaram claro que preferiam você, decidi que o substituiria.

— Você poderia ter dito isso desde o início.

— Para ser sincero, só agora tomei a decisão final. Nunca vi uma mulher me desafiando assim antes, ou exibindo tamanha tenacidade. Mas esteja avisada: estarei de olho vivo em você.

— Pode ficar de olho vivo o quanto quiser. Verá que foi a melhor decisão que já tomou na vida.

CAPÍTULO 21

Sexta-feira, 4 de julho de 1941

Jim Lovelace era famoso por seus churrascos, portanto, era um pouco agridoce olhar pela janela da cozinha e ver a grande reunião de vizinhos, amigos e cadetes. Jessie ficou grata pelas pessoas estarem se divertindo, mas a ausência do pai era sentida a fundo. Voltando à sua tarefa, ela começou a fatiar os tomates.

— Como convenceu Luke a cuidar da churrasqueira?

Até aquela tarde, Luke fizera questão de evitar qualquer coisa que envolvesse os ingleses.

Dot ergueu os olhos da salada de batata que acabara de tirar da geladeira e estava colocando na bancada. Qualquer coisa que pudesse ser feita com antecedência, ela preparara no dia anterior. Não que precisasse ter feito alguma coisa, todos os convidados levaram algum prato. A mesa de piquenique do lado de fora já estava cedendo com o peso de tanta comida.

— Eu simplesmente pedi. Ele está sempre disposto a ajudar. Desentupiu uma pia para mim na semana passada.

Jessie não sabia ao certo por que se sentia desconfortável com o fato de a mãe ter pedido ajuda a Luke. Ela ouviu a porta telada da entrada se abrir e fechar, seguida por passos leves. Vestindo calças brancas plissadas e esvoaçantes e uma camisa vermelha sem mangas, justa em todos os pontos certos, Rhonda entrou. Seus pesados cabelos ruivos caíam em ondas sobre os ombros, as laterais presas de modo que uma abundância de cachos repousava no topo. Ela levantou duas garrafas.

— Eu trouxe vinho! Tudo bem se eu abrir um agora, senhora L.?

— Claro.

Rhonda passara quase tanto tempo de sua vida na casa de Jessie quanto na dela. Ela relaxou e pegou um abridor de garrafas.

— Os britânicos nos deram trabalho esta manhã no campo de beisebol.

Rhonda organizara uma partida entre instrutores e cadetes. Jessie se sentara nas arquibancadas para assistir, mas seu olhar vagara com mais frequência do que deveria para a arquibancada dos ingleses, onde Royce fazia o papel de treinador. Quando ele chegou ao campo, cumprimentou-a e a parabenizou pelo novo cargo na escola, acrescentando que ela o conseguira por conta própria.

Jessie não duvidaria da palavra dele, mas era difícil acreditar que ele não houvesse tido alguma influência.

— Imagino que críquete seja parecido com beisebol — disse ela. — Envolve uma bola e um bastão.

— Talvez.

Após entregar uma taça de vinho para Jessie e sua mãe, Rhonda levantou a dela.

— Aos ingleses.

Ela tomou um gole do vinho branco.

— Presumo que já estejam aqui.

— Sim — confirmou Jessie.

Todos foram se aprontar depois da disputada partida, e chegaram havia pouco.

— Acho que vou dizer olá.

— Você se importaria de pegar a cesta de condimentos e deixá-la na mesa de piquenique? — perguntou a mãe de Jessie.

— De forma alguma.

— Eu a acompanho um pouco — disse Jessie à amiga, colocando os tomates fatiados em uma travessa. — Vou levar isso e depois volto para ajudá-la, mamãe.

— Não há necessidade. Estou quase acabando.

Com a taça de vinho em uma das mãos e a travessa na outra, Jessie seguiu Rhonda para fora.

— Você está com um botão aberto.

— Eu sei. O que é um pequeno decote em um dia quente de verão?

— Isso é para Peter?

— Ele está praticamente me ignorando desde o baile, e eu gostaria de saber por quê.

— Talvez ele ache você muito descarada.

— Ele ainda não viu o que é ser descarada.

Jessie riu.

— Você não ouviu quando Royce falou que não devíamos confraternizar?

— Com os cadetes. *Peter* não é um cadete. E eu suspeito que ele possa me ensinar uma ou duas coisas.

— Você é incorrigível.

— Mas isso rende bastante combustível aos sermões do meu pai.

As duas deixaram os itens na mesa.

— Agora vou cumprimentar seus convidados de honra.

Jessie se sentiu culpada por abandonar a mãe, mas viu três das amigas mais queridas de Dot atravessando a parte do gramado da frente que era visível do quintal. A cavalaria havia chegado e as gargalhadas logo estariam se derramando pela janela. Atravessando com Rhonda para onde Royce e Peter estavam, com garrafas de cerveja na mão, ela não teve como deixar de notar a admiração de Peter ao olhar os dedos descalços de Rhonda, que usava sandálias, e lentamente subir até seus cabelos. Desde muito jovem, Rhonda sempre teve o poder de prender a atenção de um homem. Jessie apenas esperava que, naquele caso, sua amiga não terminasse de coração partido.

— Srta. Monroe — disse Peter.

Ela revirou os olhos.

— Ah, por favor, não precisamos ser tão formais aqui, precisamos?

— Não quero dar mau exemplo aos cadetes.

— Mas, querido, ser mau é muito mais divertido, e hoje é dia de diversão.

— Os rapazes certamente estão se divertindo — disse Royce, sem dúvida com o intuito de esfriar o clima entre Rhonda e Peter.

Jessie nunca vira sua amiga demonstrar tanto interesse em apenas um homem.

— Imagino que mamãe vá mandar metade dessa comida para casa com vocês.

— A generosidade de sua mãe parece não ter limites.

Royce disse aquilo em um tom afetuoso, e Jessie suspeitou que todo cadete que passasse uma noite ali se apaixonaria por sua mãe.

— Ela sabe mesmo agradar com as ideias mais *ordinárias*.

Quando Royce sorriu ligeiramente, suas bochechas ficaram rosadas. Jessie gostava de como às vezes ele corava.

— Com licença, rapazes.

Era o sr. Baker. Baixo e redondo, ele se esforçava desesperadamente para dar a impressão de que seus cabelos não o estavam abandonando, penteando o pouco que lhe restava por cima da careca cada vez mais aparente. Jessie sempre gostara dele, que transmitia o tipo de jovialidade que o tornava perfeito para se vestir de Papai Noel na festa de Natal da praça da cidade, realizada todo mês de dezembro.

— Buddy Baker, da Concessionária Baker. Já devem ter visto, no extremo oposto da cidade, se tiverem passado por lá.

Ele apertou com entusiasmo as mãos dos britânicos.

— E nosso prefeito — acrescentou Jessie. — Buddy desempenhou um papel importante para o aeródromo fazer parte do programa de treinamento britânico.

— Somos imensamente gratos, senhor — disse Royce.

— Eu acredito que, quando se ajuda alguém, o bem volta para você, e foi isso que me trouxe aqui. Estou com um Mercury Eight de segunda mão parado no meu estacionamento há algum tempo e gostaria que o usassem enquanto estiverem na cidade. Imagino que, se sabem dirigir um avião, sabem dirigir um carro. Você já dirigiu um carro?

— Já, sim — disse Royce. — Embora eu deva observar que vocês dirigem do lado errado da estrada.

O sr. Baker riu bem-humorado, com aquela forte gargalhada que fazia dele um ótimo Papai Noel.

— Nós dirigimos do lado certo, que não à toa se chama *direito*, se é que me entende.

— Admito que faz sentido, e agradeço a generosidade, senhor — disse Royce.

— Não tem o que agradecer.

Ele deu um tapinha no ombro de Royce.

— Meu filho está servindo na Marinha no *USS Arizona*, em Pearl Harbor. Espero que ele também encontre sujeitos amigáveis na base naval.

— Como vai David? — perguntou Jessie.

— Vendo o mundo e se divertindo para valer enquanto o faz. Diz que as ilhas são lindas, diferentes de tudo que já viu. Bug quer ir ao Havaí, talvez no Natal, fazer uma surpresa para ele. Ela viu um anúncio no jornal sobre os encantos de se passar férias lá depois da viagem de transatlântico e agora está considerando fazer uma reserva, mas você não vai querer ouvir todos os detalhes. Enfim, rapazes, basta irem à concessionária quando estiverem prontos que eu preparo o Mercury para vocês.

— Faremos isso, sr. Baker. Obrigado — disse Royce.

Quando ele já estava longe demais para ouvir, Peter perguntou em voz baixa:

— Bug?

Rhonda deu de ombros.

— É o nome que a esposa dele usa. Não faço a menor ideia do motivo, já que o nome dela é Marta. Foi nossa professora de inglês no ensino médio.

— Eles são boas pessoas — assegurou Jessie, olhando pelos convidados e parando ao ver Luke, que estava mais de olho nela do que na carne na grelha. — Com licença.

Ela parou na mesa, pegou um brownie e se dirigiu para a churrasqueira. Quando chegou, mostrou a sobremesa favorita de Luke e a passou entre os lábios dele. Algumas mordidas depois, ele a estava puxando para seus braços e a beijando.

Quando ele afastou a cabeça, sorriu.

— Você com certeza sabe deixar um cara feliz.

— Só sei o que você gosta de comer.

Ele deu uma piscadela.

— Sabe mesmo.

O brilho nos olhos dele a fez corar. Fazia tanto tempo que eles não tinham momentos íntimos a sós. A recente tensão entre ambos certamente não ajudara, mas o incidente no início da semana, reforçando como a vida pode mudar em um piscar de olhos, a fez cogitar ir para casa com ele naquela noite. Ela sabia que ele era carinhoso o suficiente e tomaria cuidado com os hematomas que ainda tinha.

— Jessie?

Ela se virou.

— Annette!

Depois de conseguir o cargo no dia anterior, Annette voltara para Austin a fim de empacotar suas coisas. A casa que Jessie dividia com Rhonda tinha um terceiro quarto, que elas ofereceram à piloto.

— Que bom que pôde voltar hoje e se juntar a nós.

— Estou ansiosa para me instalar.

— Nós vamos nos divertir tanto.

Ela se voltou para a grelha.

— Luke, esta é mais uma aviadora, Annette. Já fizemos shows aéreos juntas e ela acabou de ser contratada para ensinar sobre navegação aos cadetes.

Eles se cumprimentaram.

— Jessie já falou de você — disse Annette.

— Coisas boas, espero.

— Bastante.

— Você gosta de ensinar? — perguntou Luke.

Ela abriu um sorriso radiante.

— Em uma sala de aula, eu adoro, mas não tanto em uma cabine. Não me sinto confortável em passar o controle para outra pessoa, especialmente alguém pouco experiente. Só percebi na primeira vez em que fiz isso. Meu coração batia tão forte que pensei que ia explodir. Não sei como Jessie consegue. Ainda bem que será ela quem vai ensiná-los em um avião, não eu.

— Mas ela não vai. Aquele dia no início da semana foi uma exceção.

Annette não conseguiu esconder a surpresa com a resposta de Luke.

— Ah, eu pensei…

Jessie precisava poupar a amiga.

— Sim, eu vou ensinar na cabine. — Ela olhou cheia de culpa para Luke e continuou: — Segunda-feira começo a trabalhar como instrutora de voo.

— Por que não me contou?

— Descobri ontem e ainda não havia tido a oportunidade.

Mesmo que tivesse falado com Luke mais cedo, quando ele chegara e ela o ajudara a preparar a churrasqueira, Jessie evitara contar porque já previa que ele não ficaria nada contente.

— Deixe-me apresentar Annette por aí e depois eu volto para conversarmos sobre isso.

— Pode levar isso para a mesa?

Luke virou os hambúrgueres em uma travessa.

— Claro.

Quando as duas estavam afastadas o bastante para ele não ouvir, Annette comentou:

— Me desculpe se falei algo que não deveria.

— Você não sabia, e eu *ia* contar a ele, de qualquer forma.

— Depois do que aconteceu esta semana, não é de se admirar que ele fique apreensivo.

— Começou muito antes disso, mas tudo bem. Nós vamos resolver. Sempre resolvemos.

Sua mãe havia saído da casa, então Jessie apresentou Annette a ela e depois a Kitty, que começara a incentivar as pessoas a se servirem. Jessie serviu uma taça de vinho para Annette e encheu a dela antes de voltar para Rhonda, Royce e Peter, que ainda estavam conversando.

— Agradeço muito a oportunidade de trabalhar para a escola — disse Annette.

— Foi um pequeno planejamento preventivo — explicou Peter. — Quando a América entrar na guerra, mais mulheres terão que assumir funções na escola. Muitos dos instrutores estão em idade de lutar. Decidimos que seria conveniente começar a contratar mais mulheres.

— Você acha, então, que vamos entrar na guerra? — perguntou Annette.

— Você não?

— Eu esperava que esse programa evitasse isso.

— Posso estar errado.

Jessie duvidava muito, e suspeitava que Peter também.

— Não vamos falar de guerra hoje — disse Rhonda. — Estamos comemorando nossa independência.

Eles levantaram suas garrafas e taças para um brinde e tomaram um gole.

— À sobrevivência de Jessie.

— À sobrevivência de todos — emendou Jessie, desencadeando mais uma rodada de goles.

— A velhos e novos amigos — ofereceu Rhonda, brinde recebido com aprovação, mais goles de cerveja e longos goles de vinho.

— Sirvam-se logo — recomendou Jessie antes de se afastar, sabendo que precisava arcar com algumas consequências. — Tem mais saindo.

Enquanto eles iam para as mesas, Jessie voltou até onde estava Luke, ciente de como ele a olhava durante toda a caminhada. Ela imaginou que muitos pistoleiros assumiam aquela postura — pés afastados, pernas firmes, olhos semicerrados — antes de sacar um revólver. Embora realmente não quisesse discutir com ele ali, sabia que ele precisava dissipar a raiva. Quando chegou perto o suficiente, começou:

— Eu ia contar mais tarde, quando não estivéssemos mais cercados de tanta gente.

— Jess, tenho observado suas companhias. Alguns deles não devem ser muito mais velhos que Kitty. Eles deviam estar na escola, não se preparando para uma guerra.

Eles estavam na escola, uma escola de aviação — não que Luke fosse gostar de ouvir aquela resposta.

— Você não teve nenhum problema quando David Baker entrou para a Marinha assim que terminou o ensino médio. Quantos anos ele tem agora? Dezenove?

— Isso é diferente. Não estamos em guerra. Ele não vai ser morto. Esses meninos aqui vão, assim que voltarem para a Inglaterra.

163

— Sim, alguns vão, e dói demais pensar nisso, mas se eu não os treinar, outra pessoa o fará.

— Então deixe que outra pessoa faça, assim não precisa carregar esse peso.

— E se outra pessoa não os treinar tão bem quanto eu? Ou alguém morrer porque não fui eu que ensinei? E se houver algo que eu possa dar àqueles que treino e ninguém mais pode? Mais confiança ou... não sei... a habilidade de pensar com mais clareza na cabine, o instinto de saber o que fazer em uma situação difícil?

— Quando descobrir que um deles morreu, você vai se perguntar o que fez de errado, o que deixou de ensinar. Eu conheço você, Jess, isso vai corroê-la por dentro.

— Eu tenho que fazer isso, Luke. Desde que soube sobre os planos do aeródromo, quis ser instrutora de voo. E eu tive que me provar dia após dia. Barstow está finalmente disposto a me dar a chance de fazer uma grande diferença e não vou desistir disso.

— Não vai porque isso garante que possa trabalhar mais perto *dele*?

Como se tivesse levado uma bofetada, ela recuou um passo.

— Do que está falando?

— Não gosto de ver minha noiva flertando com um desses britânicos — resmungou ele.

— Eu não sou sua noiva.

Ele flexionou um músculo do maxilar.

— Jess, todo mundo nesta cidade sabe que você vai se casar comigo. Você quer que eu oficialize? Quer que eu me ajoelhe agora mesmo?

Quando ele fez menção de se ajoelhar, ela agarrou seu braço, impedindo.

— Não. Luke, não é assim que se faz; não quando se está com raiva. Não quando não conversamos seriamente a respeito ou consideramos todos os desdobramentos.

— Jess, se não vamos nos casar, o que temos feito esse tempo todo?

O que eles haviam feito? Luke não escondia de ninguém que queria se casar com ela, e Jessie um dia acreditara, sim, que ser a esposa dele era o que mais queria no mundo. Mas aquilo foi antes de Jack partir, de o pai dela morrer e de treinar os britânicos, algo que deu à sua vida um propósito além dela mesma.

— Ei, Luke, tem um minutinho? — perguntou o sr. Johnson.

Luke a estudou por um segundo antes de se virar para o banqueiro.

— Claro. Como posso ajudar?

Enquanto o homem pedia conselhos sobre o melhor pônei para dar ao neto, Jessie agradeceu pela trégua e olhou pelo pátio lotado. Ela avistou Rhonda e

Peter parados em um canto distante, longe de todos os outros, comendo, conversando, rindo. Como borboletas, Kitty e Fran voavam de cadete em cadete, sem dúvida garantindo que tivessem tudo de que precisavam. Foi só quando viu Royce e Annette sentados em cadeiras separadas, aparentemente perdidos em uma discussão séria, que percebeu estar procurando por ele. Trabalhar na escola, treinar pilotos, nada daquilo tinha a ver com ele. Ela quisera fazer aquilo antes mesmo de saber que ele existia, e certamente não se incomodaria se ele e Annette se tornassem amigos. As dúvidas que ela estava experimentando sobre o relacionamento com Luke haviam começado muito antes, quando tiveram a primeira discussão depois do anúncio inesperado de Jack. Jessie procurara Luke em busca de consolo e empatia mas, em vez disso, encontrara raiva e decepção da parte dele com a decisão de seu irmão, "uma decisão estúpida".

Seu coração quase parou quando a mão de alguém pousou em seu ombro. O sr. Johnson.

— Ainda bem que seu acidente não foi pior — disse ele.

Acidente. Na noite anterior, ela sonhara que Forester fizera aquilo deliberadamente, e que os resultados haviam sido muito mais catastróficos. Ela imitara o hábito de Royce e saíra de casa por alguns minutos, só para respirar. Até havia pensado em começar a fumar.

— Foi só um contratempo isolado. — Royce a estava influenciando mais do que ela imaginava? — Faz parte do treinamento.

— Só tome cuidado. Não quero perder você. Sabe mais sobre aquele aeródromo do que qualquer outra pessoa na região. Imagino que vá nos ajudar a convertê-lo em um aeroporto quando chegar a hora.

Após o sr. Johnson dar um tapinha no ombro dela e se afastar, Jessie se virou para Luke, que a analisava atentamente. Ele gostaria que sua esposa assumisse o complicado trabalho de instaurar um aeroporto?

— É melhor terminarmos essa conversa mais tarde, quando não tivermos plateia — declarou ela.

Ele assentiu.

— Eu te amo, Jess.

— Eu também te amo.

Mas quando ela passou os braços pela cintura dele, aceitando o mesmo gesto da parte dele, as palavras não amorteceram o medo de que seu coração pudesse se tornar a primeira vítima de sua própria guerra interna.

CAPÍTULO 22

K itty estava começando a achar que, caso seu país entrasse em guerra, ela poderia se tornar uma espiã. Sua lábia estava cada vez melhor, garantindo que a mãe não suspeitasse de como realmente se sentia em relação aos cadetes.

Durante toda a tarde, ela vagou pelo quintal, conversando rapidamente com um após outro, nunca se demorando muito com ninguém em particular, nem mesmo com Will Wedgeworth, seu favorito. No entanto, quando falou com ele, o elogiou pela forma como jogou bem na partida de beisebol. Fran e ela tinham assistido da arquibancada, torcendo pelos ingleses. Alguns conhecidos das duas as chamaram de traidoras e vira-casacas. Mas era uma partida apenas por diversão, e ela tinha certeza de que Rhonda, que desempenhara a função de arremessadora, havia pegado leve nas bolas que arremessara para o time adversário.

Quando topou com Will, morrera de vergonha de admitir que estava proibida de ir a bailes até completar dezessete anos. Isso era tão idiota. Alguns meses não fariam muita diferença. Mas Kitty não discutiu com a mãe; ela estava se esforçando para dar a impressão de ser obediente e evitar ser vigiada tão de perto.

A maioria das amigas de sua mãe e suas respectivas famílias já tinham ido para casa quando a noite começou a cair, embora diversos cadetes e alguns colegas de Kitty tivessem ficado para mais uma rodada de hambúrgueres e para um passeio. Pouco antes das dez, Dot começou a conduzir todos para a praça da cidade. Como havia muita gente no grupo, Kitty conseguiu se esgueirar para o lado de Will.

Com um sorriso, ele segurou a mão dela — não que alguém pudesse ver, com as sombras ao redor, as luzes da rua incapazes de espantar toda a escuridão. Nunca tendo dado a mão para um menino em circunstâncias tão íntimas, ela nem imaginava que um simples toque poderia maravilhar seu coração. Kitty lembrou a si mesma de que ele partiria em novembro, depois que ganhasse suas asas, e que ela era uma distração passageira da guerra.

A banda municipal estava montada no grande coreto, onde o prefeito discorria sobre a independência do país. Devido aos visitantes, o discurso parecia particularmente incisivo naquele ano, ainda que os habitantes da cidade estivessem fazendo de tudo para fazê-los se sentirem bem-vindos. Quando chegaram à praça da cidade, Kitty notou que entre os dois bancos que davam para a rua principal havia uma placa anunciando: DÊ UMA CARONA PARA DALLAS A UM BRITÂNICO. Qualquer cadete que quisesse ir para Dallas na folga só precisava esperar no banco que, mais cedo ou mais tarde, alguém ofereceria uma carona.

— Na Inglaterra vocês têm algo parecido com o que fizemos hoje? — perguntou Kitty baixinho.

Will sorriu. Ele tinha o melhor sorriso.

— Não celebramos a liberdade dos ianques, mas temos festas e festivais. Com malabaristas, jogos, esse tipo de coisa.

— Aposto que você gostaria da nossa feira estadual. Há um bocado de jogos lá. E brinquedos, comida. Tanta coisa para ver. Nós sempre vamos no meu aniversário.

O sorriso dele ficou ainda mais largo.

— Em que dia de outubro é seu aniversário?

— Nove. E o seu?

— Só em maio.

— Ah, que pena que perdi.

Will não estaria ali no próximo mês de maio, mas ela enviaria um cartão.

Eles pararam ao lado de um dos grandes carvalhos. Havia tanta gente. Kitty olhou ao redor, mas não encontrou a mãe.

O prefeito finalmente terminou de falar e deu lugar a uma contagem regressiva.

— O que está acontecendo? — perguntou Will.

— As luzes da rua serão apagadas e os fogos de artifício vão começar.

— ...três, dois, um!

A praça da cidade ficou escura. Alguns segundos depois, um apito soou antes de um estrondo estalar no ar, seguido por uma explosão de luzes vermelha, branca e azul em erupção, como uma flor desabrochando. Normalmente, Kitty adorava assistir aos fogos, mas daquela vez não conseguia parar de olhar para a silhueta de Will entre as sombras. Ele apertou a cintura dela e a puxou para mais perto da árvore. Kitty se perguntou se ele perceberia como ela mal respirava. Ela temia que se mover rápido demais ou fazer algo abrupto dissiparia aquele momento, tal qual as faíscas contra o céu escuro. Segurando o rosto dela, ele aproximou o próprio rosto lentamente, como se estivesse temendo o mesmo.

Então os lábios dele tocaram os dela, e ela soube que, mesmo se vivesse até os cem anos, jamais se esqueceria daquela noite, daquele beijo.

CAPÍTULO 23

J essie e Luke começaram a seguir a multidão que a mãe dela conduzia rumo à praça da cidade, mas quando chegaram à sua rua, ela desviou em direção à casa que estava alugando. No fim da tarde, ela ajudara Annette a se instalar antes de ambas voltarem ao quintal para mais uma rodada de comida. Agora o lugar estava escuro, exceto pela luz da varanda.

— Quer entrar? — convidou ela.

— Não.

O tom de Luke continha uma resignação que fez o coração de Jessie apertar e os olhos arderem. Ela agradeceu por eles não entrarem, onde haveria mais luz. Os dois mal se falaram depois, nem quando se sentaram juntos no início da noite. Havia um abismo se formando entre eles que Jessie não sabia como transpor sem abdicar do que queria.

— Eu sei que você não concorda com o que estou fazendo, Luke.

Ela pensou nas vezes, ao final do dia, em que passava um tempo com alguns cadetes. A música da jukebox transbordava das janelas da sala de recreação. Muitos rapazes sentavam-se em cadeiras de balanço ou poltronas na varanda telada, desfrutando da brisa que atravessava. Às vezes, ela ficava na beira do campo e os observava jogando bola, o futebol deles, diferente do futebol americano que ela conhecera a vida toda. Muitas vezes doía observá-los. Rindo, empurrando uns aos outros de brincadeira. Seus sorrisos eram felizes, como se não tivessem nenhuma preocupação no mundo. Ao passar tempo com eles naquele dia, ela se sentira em uma encruzilhada, prestes a abandoná-los caso se reconciliasse com Luke.

— Não posso virar as costas para esses homens, para a escola, para o que podemos fazer aqui. Apoie isso ou vá embora.

Enquanto Luke a estudava, Jessie ficou surpresa ao perceber que estava prendendo tanto a respiração que seu peito doía. Em parte, porque não estava convencida de que não queria que ele fosse embora. Ela estava cansada de Luke não entender, de não tentar entender. Ele não abria mão do próprio jeito e das próprias crenças. Ela estava farta de estar sempre tensa, perguntando-se com o que seu vaqueiro teimoso poderia implicar em seguida.

— Droga, Jess. Você realmente vai escolhê-los em vez de mim?

— Não é questão de escolher. Jack me disse que não escolheu ir para a Inglaterra. Era algo que ele *tinha* que fazer. Na hora eu não entendi bem o que ele estava tentando dizer, mas agora entendo. Eu não poderia viver comigo mesma, não seria a pessoa que você acredita que sou, se eu desistisse de ajudar.

— Eu nunca a perdoaria se você morresse fazendo isso, Jess. Porque você não precisa fazer isso.

Como fazê-lo compreender que sim, precisava? Ele não estava ouvindo o que ela estava dizendo?

— Acho que precisamos dar um tempo — continuou ele. — Preciso pensar em algumas coisas.

Ah, doeu, mais do que ela esperava. Ela mal conseguia respirar.

— Provavelmente é uma boa ideia.

Luke xingou em voz baixa, como se estivesse esperando que suas palavras a fizessem cair em si. Ele parecia estar esperando que ela se desculpasse, mas ela não ia se desculpar por ser quem era ou por acreditar no que estava fazendo.

— Boa noite, Jess.

No entanto, o que ela ouviu foi *Adeus*.

Ele começou a se afastar. Jessie quase correu atrás, quase o deteve, mas não seria justo com Luke quando ela não podia ser o que ele desejava, o que ele precisava.

Então um estrondo soou, um estrondo que quase destruiu seu mundo, porque a exibição de faíscas coloridas que se seguiu iluminou as sombras ao redor daquele que fora uma parte crucial de sua vida por tanto tempo. Não, ela havia sido parte da dele. Ela não sabia se ele havia realmente sido parte dela.

Jessie se deixou cair nos degraus da varanda, sentindo uma dor no peito ameaçando esmagá-la, e deixou as lágrimas rolarem.

22 de julho de 1941

Querida Jess,

Os dias estão se misturando. Mais um enterro. Mais um caixão envolto nas bandeiras americana e britânica. Chuck Robinson, da Geórgia, sabia nos fazer rir. Vou sentir falta dele. Odeio a forma como, algumas horas depois, paro de pensar que sou invencível.

Mas, quando subo de volta ao céu, sinto que papai está lá em cima cuidando de mim. Uma calma se instala. Talvez você sinta isso também. Não estamos sozinhos lá em cima.

Ou talvez eu só esteja ficando louco. Não durmo o suficiente. Estamos fazendo incursões pelo menos uma vez por dia. Depois que volto de um confronto, fico nervoso demais para me acalmar.

Queria que você estivesse aqui para tomarmos uma cerveja. Fico feliz em saber que está protegendo o bourbon do papai. Acabaremos com ele quando eu chegar em casa. E eu vou chegar em casa.

Com amor,
Jack

P. S.: Abrace a Trixie bem forte por mim.

CAPÍTULO 24

Sexta-feira, 15 de agosto de 1941

Enquanto esperava o próximo aluno, Jessie se aproximou de onde os homens estavam reunidos, alguns sentados em um banco comprido, outros agachados ou esparramados na grama. Embora alguns instrutores ainda precisassem aceitá-la abertamente, ela sentiu que a desconfiança ou hostilidade havia diminuído um pouco. Mas ela não se importava com eles. Jessie se importava apenas com seus alunos. Trabalhar com eles nas últimas seis semanas estava sendo a experiência mais gratificante de sua vida.

Certa manhã, estava chovendo. Os instrutores e cadetes estavam aglomerados em um dos hangares observando as gotas leves, esperando que o tempo melhorasse, pois não tinham o hábito de voar quando chovia. Royce entrou e respirou fundo.

— O cheiro da Inglaterra. Por que vocês não estão voando? Esperando que eu traga suas sombrinhas?

Então eles voaram — depois que o aluno dela explicou que Royce estava se referindo a guarda-chuvas. Certamente, não foi um de seus voos mais agradáveis, mas, com base no que ela ouviu sobre o clima na Inglaterra, não tinham tantos dias secos quanto no Texas, então provavelmente seria bom que tivessem um gostinho de uma experiência mais úmida. A maioria dos instrutores resmungou, enquanto os cadetes pareciam levar tudo na esportiva.

Agora, ela ouvia o riso e sentia a empolgação dos cadetes antes de vê-los chegando, seu entusiasmo contagiante. Eles eram tão reservados, sérios e quietos quando chegaram. Agora estavam mais relaxados.

Um dos novatos se separou do grupo e se dirigiu até ela. Era salpicado de sardas, tinha cabelos ruivos vibrantes e seus olhos castanhos brilhavam. Vinte anos. Seu aluno mais velho. Ela queria garantir que o jovem acrescentaria mais sessenta anos àquela marca.

— Boa tarde, sr. Brightwell.

— Srta. Lovelace.

Eles começaram a caminhar em direção ao avião.

— Ansioso por sua folga na próxima semana?

Eles estavam completando as dez semanas de treinamento primário. Os alunos teriam uma semana de licença, depois prosseguiriam para o Vultee e começariam as cinco semanas de treinamento básico.

— Sim, senhorita. Alguns amigos e eu vamos de carona para a Califórnia.

— Parece divertido, mas é uma viagem longa.

— Sim, senhorita, mas temos certeza de que vamos conseguir.

Ela entregou um mapa a ele.

— Esse é o nosso circuito de hoje. Você vai levar a aeronave lá para cima e voar com ela. Assim que chegarmos a esta área — explicou, indicando a localização no mapa —, onde só há pradaria, vamos praticar algumas acrobacias.

Eles estavam fazendo rolamentos havia poucos dias, preparando-se para entrar nas manobras mais avançadas na fase seguinte do treinamento.

Os dois alcançaram o Stearman. O rapaz começou a inspeção pré-voo sem que ela precisasse mandar. Ela gostava que ele tivesse confiança e precisasse de pouquíssimas instruções. Era um líder e iria longe — se evitasse ser explodido em pleno voo. Depois de subir a bordo, com ela na frente, ele taxiou para a posição de decolagem e, em poucos instantes, ambos estavam voando pelo céu, em direção ao seu destino. Ele manteve o avião nivelado, avançando a uma velocidade estável. Desde o começo, Jessie sentiu que ele tinha afinidade por voar e a mão firme.

— Certo, sr. Brightwell. Execute uma rolagem lenta.

Ela olhou para o painel de instrumentos para verificar melhor se ele estava mantendo o avião nivelado, fazendo pequenas correções suaves, enquanto completava um círculo que o deixasse de lado, de cabeça para baixo e de volta até retornar à posição original. Mas quando eles estavam totalmente invertidos, o rolamento ficou desleixado e o nariz desceu.

— Sr. Brightwell, levante o nariz — ordenou Jessie energicamente. — Quando ele não obedeceu, ela declarou calmamente, mas com autoridade: — O controle é meu.

Lutando contra a queda na qual o rapaz os colocara, Jessie nivelou e completou o rolamento, mas, assim que ficaram de barriga para baixo, o nariz mergulhou inesperadamente em direção ao chão como se eles tivessem perdido algum peso na parte traseira. Reduzindo a potência, ela puxou suavemente o manche para tirar a aeronave do mergulho. Quando o avião estava mais uma vez nivelado, ela olhou para trás e percebeu que estava sozinha. Completamente sozinha. O cadete não estava mais lá.

Droga!

Inclinando-se para a direita, ela avistou Brightwell pendurado em um paraquedas que lentamente o levava de volta ao solo. Por que diabos ele tinha fugido?

Ela voltou ao aeródromo e mandou alguém ir buscá-lo.

— Ele se esqueceu de prender o cinto — disse Jessie às meninas naquela noite enquanto estavam reunidas na cozinha preparando uma refeição — e simplesmente caiu quando estávamos de cabeça para baixo.

— Aposto que ele não vai cometer esse erro de novo — garantiu Annette.

— Eu devia ter verificado com ele para ter certeza de que estava bem preso, mas depois de todo esse tempo, realmente não achei que fosse necessário.

— Não deveria ser. E se ele estivesse voando sozinho e decidisse fazer acrobacias? Teria sido um desastre.

Remexendo nos talheres na gaveta da cozinha, ela perguntou:

— Temos um descascador de batatas?

Após verificar o assado, Rhonda fechou a porta do forno.

— Acho que não. Adicione um à lista.

Jessie escreveu em um bloco de papel, embaixo de *batedor*. Parecia que toda vez que preparavam uma refeição, descobriam mais uma necessidade que não tinham à mão. A refeição daquela noite foi um pouco mais elaborada. Elas teriam convidados. O motivo oficial era dar as boas-vindas aos dois britânicos que haviam chegado naquela semana: o sargento de armamento Bran Finnegan, que adicionaria câmeras de armas aos treinadores avançados, para os cadetes se acostumarem a voar e disparar uma arma ao mesmo tempo, e o oficial administrativo Mark Powell. Os britânicos concluíram que eram necessários mais de dois oficiais para manter tudo funcionando sem problemas.

— Podemos só assar as batatas — sugeriu Rhonda.

— Mas fizemos molho *gravy*. Tem que ser purê.

— Acho que eu devia ter ido às aulas de economia doméstica na escola — disse Rhonda.

Jessie voltou a fatiar os tomates para a salada.

— Não consigo imaginá-la como dona de casa.

Rhonda riu e pegou sua taça de vinho.

— Você tem razão. E é por isso que estou encarregada do assado. Foi só colocá-lo no forno assim que chegamos em casa e acabou. Está quase pronto.

Annette parou de descascar as batatas com a faca e olhou para trás.

— Você também o temperou, certo?

Rhonda simplesmente a encarou.

Annette balançou a cabeça.

— Você não tem jeito. Acho que só finge não saber para que a gente assuma e não a deixe ajudar. Como vai fazer quando tiver sua própria casa? Será imprestável como aquele cadete hoje.

— Pretendo me casar com um homem rico e ter empregados.

— Peter é rico?

Rhonda encostou o traseiro no balcão e tomou um lento gole do vinho branco.

— Acho que ele é bem de vida, mas não que tenha comentado algo a respeito. Além disso, na Inglaterra não é comum todos terem empregados?

— Bom, os empregados não têm — ponderou Jessie, franzindo a testa. — Mas você não acha que vai se casar com ele.

— Claro que não. Só estamos nos divertindo. Gastando energia. Vocês sabem. — Ela deixou a cabeça cair para trás. — Estou cansada. Acho que devíamos ter marcado isso para amanhã. Agora que temos cem alunos, fico no comando daquele Link o dia todo.

— Os próximos cinquenta chegam no domingo — lembrou Jessie. — Estaremos ainda mais ocupadas.

— Planejar qualquer coisa para sexta à noite é um grande erro — disse Annette. — Eu só quero colocar os pés para cima e tomar um martíni bem devagar.

— Tem outro baile amanhã à noite — mencionou Rhonda —, e com certeza não quero perder.

Os bailes de sábado à noite tinham se tornado um evento regular, embora Jessie não dançasse com Royce desde aquela primeira vez. Seria no Legion Hall. Às vezes, ela o encontrava do lado de fora, fumando seu cigarro. Aqueles eram os momentos favoritos dela, nos quais se sentia menos inibida, menos propensa a ser vista como se estivesse tentando obter alguma coisa. Mas o que ele poderia facilitar agora que ela já era instrutora de voo? Barstow, para sua surpresa, até a elogiara recentemente, garantindo que ela estava realizando um bom trabalho. Embora Geoffrey Moreland tivesse retornado à Inglaterra após decidir que voar não era para ele, Jessie estava relativamente certa de que seus quatro alunos passariam na avaliação do dia seguinte — incluindo o sr. Brightwell, contanto que se lembrasse de prender o cinto.

— A salada está pronta. Vou fazer alguns martínis.

— Para mim não precisa — disse Rhonda. — Vou ficar no vinho.

Jessie foi até a sala, onde Rhonda arrumara uma mesa com várias garrafas. A variedade aumentara à medida que sua amiga passava mais tempo com o oficial da RAF, que aparentemente gostava de diversas bebidas.

Ela acabara de jogar azeitonas nos martínis prontos quando Annette entrou.

— Achei que você e Luke já teriam voltado, a essa altura.

Eles não se viam ou se falavam desde os fogos de artifício — figurativos e literais. A princípio, a saudade dele fora como uma dor quase insuportável, mas depois começara a diminuir. Embora ela ainda o amasse, a vida que ele tinha a oferecer não era a que Jessie desejava. Ela não estava disposta a comprometer seus sonhos para criar a ilusão de um casamento feliz.

— Acho que ele continua pensando em tudo.

Jessie entregou a Annette um dos martínis.

— Obrigada. — Annette tomou um gole. — Está ótimo. — Ela lambeu os lábios. — Já pensou no que espera esses rapazes quando voltarem para casa?

— Eu tento não pensar.

— Sim, eu também, mas às vezes é estranho rir, beber, dançar e agir como se estivesse tudo bem.

— Talvez seja uma forma de passar por isso. Você cria momentos em que pode esquecer o que está acontecendo.

Alguém bateu na porta.

— Eu atendo.

Annette deixou o copo sobre a mesa e anunciou:

— Eles chegaram!

Jessie experimentou um lampejo momentâneo de culpa, porque, para ser sincera, esperava passar algum tempo com Royce que não envolvesse discussões sobre como melhorar os métodos de treinamento. Quando se viam na escola, ambos eram incrivelmente cuidadosos para não deixar as conversas se desviarem para qualquer assunto pessoal, e para ela era cada vez mais difícil manter a distância, já que sua vontade era conhecê-lo melhor. Até quando se cruzavam nos bailes, os dois evitavam qualquer interação mais íntima.

Rhonda chegou correndo bem na hora em que Annette abria a porta para os convidados. Peter, Bran e Mark estavam cada um segurando uma garrafa diferente. Quando Jessie se aproximou o suficiente para recebê-los, viu gim, rum e uísque. Rhonda cumprimentou Peter com um rápido beijo na boca antes de começar a recolher as contribuições dos homens para o jantar.

— Royce não vem? — perguntou Jessie depois que a porta foi fechada e todos se acomodaram.

A expressão de profunda tristeza de Peter anunciou as más notícias antes que ele respondesse.

— Infelizmente, ele recebeu um telegrama mais cedo com a notícia devastadora de que o irmão foi morto. Nós nos oferecemos para ficar com ele, mas ele pediu um tempo sozinho, o que eu certamente posso entender. Acho que nunca nos acostumamos com a angústia de perder alguém que amamos. Às vezes, temos que lidar com ela sozinhos.

Sem saber que Royce tinha um irmão, Jessie olhava para Peter em um silêncio atordoado enquanto Rhonda o abraçava como se a perda fosse dele.

— Que horrível. Ele era piloto?

— Sim, seguindo o exemplo do irmão mais velho. Por que não abrimos o uísque e brindamos a ele?

— Vão em frente — disse Jessie. — Eu vou... vou ver como Royce está. Se eu não voltar antes de o jantar estar pronto, comecem sem mim.

Ela não se preocupou em pegar chave, bolsa ou qualquer outra coisa, simplesmente saiu noite afora. Ainda estava quente, mas ela estava gelada até os ossos e se envolveu com os braços com a mesma força que desejava usar para abraçar Royce. Como puderam deixá-lo sozinho com tamanha dor? No entanto, ela o conhecia bem suficiente para saber que ele não gostaria que ninguém mudasse os planos por causa dele.

Uma leve brisa agitava as folhas das árvores, um som que ela geralmente achava calmante, mas naquela noite parecia triste. Jessie atravessou a rua Walnut e entrou na Pecan. Luzes fracas brilhavam pelas janelas. Eram quase oito horas, elas haviam decidido jantar mais tarde para dar tempo de se arrumar e preparar a refeição. As crianças da cidade já estavam na cama. Em algum lugar, um gato miou alto e um cachorro latiu. Por toda parte, tudo e todos mantinham suas rotinas habituais como se nada tivesse mudado.

Mas, dentro dela, algo mudara. Ela sabia que Royce havia perdido a noiva para a guerra, mas isso aconteceu antes de Jessie conhecê-lo. Embora o fato não diminuísse o pesar que ela sentia por ele, aquela perda mais recente parecia afetá-la também, pois naquele instante ele devia estar sofrendo intensa e terrivelmente. Ela não queria que Royce ficasse sozinho.

Quando chegou à casa, não viu nenhuma iluminação vindo de dentro. Apenas a luz da varanda estava acesa. Jessie se perguntou se ele ao menos estava lá. Talvez tivesse saído para beber ou ido para o aeródromo. O carro estava na garagem, então onde quer que ele pudesse ter ido, teria sido a pé. Ou talvez simplesmente preferisse ficar sentado no escuro.

Ela subiu os dois degraus até a varanda e bateu na porta. Esperou. Olhou ao redor. Bateu novamente, um pouco mais forte, questionando se ele aceitaria a intrusão. Talvez fosse melhor deixá-lo em paz, mas ela duvidava que conseguiria ir embora.

Um brilho fraco apareceu de repente na janela e, alguns segundos depois, a porta se abriu. Como ele estava de costas para a luz, Jessie não conseguiu enxergar seu rosto claramente, mas não precisava ver para saber que ele estava dilacerado pela dor.

— Posso entrar?

Royce hesitou antes de empurrar a porta de tela e virar o corpo de lado para ela passar. As cortinas estavam fechadas, o cômodo, mergulhado nas sombras. A luz vinha do corredor. Ele provavelmente estava no quarto. Ao contrário da sala de estar de Jessie, que ela e as colegas de apartamento tinham enfeitado com uma variedade de bugigangas, abajures, prateleiras e tapetes, a de Royce era frugal, com apenas um sofá e algumas cadeiras. Ela ouviu a batida da porta de tela quando ele a deixou se fechar e o clique da fechadura sendo trancada.

Jessie se virou e o encarou. Ela cogitou dizer que sentia muito, mas as palavras pareciam banais, não chegando nem perto de expressar o quanto ela lamentava por ele. Então simplesmente avançou um passo e o envolveu em um abraço apertado. Ela sentiu o estremecimento no peito dele ao abraçá-la de volta e segurá-la com força, como se estivera perdido em um mar turbulento, mas finalmente encontrara um bote salva-vidas. E ela ouviu quando ele engoliu o nó na garganta.

— Você não precisa ser forte — sussurrou Jessie.

Outro estremecimento súbito enquanto continuaram ali, abraçados. Ao senti-lo tremendo, lágrimas brotaram de seus olhos. Depois do que pareceu uma eternidade, Royce a soltou, pegou sua mão e a conduziu até o sofá. Ele não estava com a bengala e mancava de forma bem menos pronunciada. Jessie se sentou. Quando Royce ocupou a outra ponta, ela se aproximou e se aninhou nele. Naquele momento, não se importava com o que era apropriado ou não, muito menos com todas aquelas regras dele sobre como britânicos e ianques não deveriam se envolver. Ela só se importava em oferecer algum conforto, e ficou grata quando ele passou o braço por seus ombros, sinalizando que a proximidade era bem-vinda.

— Conte-me sobre ele.

Com a cabeça apoiada no ombro de Royce, Jessie estava bem ciente da respiração profunda dele, sentindo o subir e descer do peito enquanto ele se preparava para falar do irmão.

— O nome dele é Edward. Quatro anos mais novo que eu, mas sempre minha sombra. Ele seguiu meus passos: para Oxford, para a lei, para a RAF. Era tenente de voo e pilotava um Spitfire. Estava com um esquadrão em Kent. Não sei os detalhes, exceto que ele encontrou o inimigo. Suponho que os detalhes não importam. Você está perdendo seu jantar.

Ela se perguntou se a menção ao jantar fora uma tentativa de se distanciar da mágoa, de se lembrar de que a vida continuava para os outros.

— Prefiro estar aqui. Você tem outros irmãos?

De repente parecia importante saber tudo sobre ele.

— Não. Vai ser difícil para os meus pais. Mesmo quando você conhece os riscos, é inesperado quando acontece. Cristo, como odeio não estar lá ao lado deles.

— Pelo menos eles não estão precisando se preocupar com você.

— Como eu falei naquela primeira noite, eles sempre se preocupam. Ouvi dizer que a guerra é mais difícil para os que mantêm o fogo aceso em casa à espera de notícias, o que recentemente descobri ser uma grande verdade. Sinto que, se eu estivesse lá, poderia tê-lo salvado, mas isso é ridículo. Nem estávamos no mesmo esquadrão. É só que sou tão impotente daqui.

Ela não sentia o mesmo por Jack? Ela não se ressentia por ele ter ido embora sem ela, como se, caso estivessem juntos, ela pudesse protegê-lo?

— O que você está fazendo é importante. Fará diferença.

— Será? Ou estou simplesmente ajudando a piorar a carnificina? — De repente, ele se afastou, se levantou e parou a uma curta distância. — Eu não… Eu não serei uma boa companhia esta noite. É melhor você ir embora.

Ela dobrou os joelhos e abraçou as pernas.

— Não vim ter uma conversa educada. Você pode desabafar, xingar, quebrar as coisas pela casa. Não vai me assustar. Se quiser se livrar de mim, terá que me tirar daqui e me jogar lá fora.

Ele bufou alto, mas havia um discreto sinal de que achara aquilo divertido.

— Você é uma moça teimosa.

— Costumo ser. Mas eu me preocupo muito com você para deixá-lo passar por isso sozinho. Se fosse o Jack… eu ficaria arrasada. Posso imaginar que você esteja sentindo o mesmo.

— Se um de nós precisava morrer nessa maldita guerra, eu gostaria que tivesse sido eu.

A voz dele estava rouca, sofrida.

Jessie se levantou e o abraçou forte. Mais uma vez, Royce a puxou para perto, mas desta vez um soluço escapou e ela sentiu as lágrimas esfriando seu rosto,

179

a barba por fazer espetando seu queixo. Ele estava tão longe das pessoas que amava e que o amavam. A distância só podia tornar o momento ainda mais duro.

Então ele levou os lábios até os dela, e ela fez o que sabia que não deveria: o acolheu, saboreando o sal de suas lágrimas e algo muito mais rico, mais sedutor. Ele.

Havia intensidade no beijo, mas também uma grande tristeza. Pela perda dele, pela perda deles, pelo que nunca poderia ser, nunca deveria ser. Eles estavam atiçando aquela atração talvez desde o início, naquelas conversas noturnas e o ocasional vislumbre inesperado um do outro, uma vulnerabilidade revelada e rapidamente ocultada.

Royce era calor, fogo e fome. Ela estava pronta para queimar por ele, por aquilo. Ele subiu e desceu as mãos pelas costas dela, aproximando-a, apertando-a contra ele. Jessie sentiu prazer em esfregar seus ombros, roçar seu pescoço com os dedos e entrelaçá-los em seus cabelos.

Royce recuou.

— Estou querendo fazer isso há um bom tempo, mas eu não deveria.

Ela pôs a mão em sua mandíbula forte.

— Você me viu recusando?

Ele deu uma risadinha.

— Não, mas não sei quanto tempo ficarei aqui.

— Até o fim da guerra, você estará treinando os cadetes.

Seguro. Fora de perigo. Além do alcance da Luftwaffe.

— Não necessariamente. O futuro, o mundo, é tudo muito incerto. E você… Bem, você tem outra pessoa.

Só que ela não tinha. O silêncio de Luke era tão incisivo quanto as palavras que ele dissera naquela noite. Ela não havia anunciado a separação, precisando do próprio tempo para se curar, para ter certeza de que estava seguindo o caminho certo para si. Aquele não era o momento de classificar seu relacionamento com Royce, tampouco definir se tinham um futuro. Ela ainda estava entendendo o que acontecera com Luke, e naquela noite muitas emoções cruas golpeavam Royce. Pegando a mão dele, ela o puxou para seu lado no sofá.

— Você pode dividir suas lembranças comigo ou podemos só ficar aqui em silêncio.

— Você teria gostado dele. Ele teria gostado de você.

Royce deu um beijo em sua testa. Ela se aconchegou mais perto, desejando nunca ter que partir, desejando que o mundo nunca se intrometesse.

20 de agosto de 1941

Amadas mamãe, Jess e Kitty Kat,

Acho que todas aquelas entrevistas que fizemos e as histórias sobre os Águias valeram a pena, porque agora temos tantos americanos aqui que eles criaram outro esquadrão. E o seu Jack aqui será o líder.

Imploro para que não se preocupem comigo. Estou onde quero estar, fazendo exatamente o que quero fazer. O que eu tenho que fazer. Eu não poderia viver comigo mesmo se tivesse ficado sentado assistindo ao que estava acontecendo aqui. Estou orgulhoso do que estou fazendo.

Todo meu amor,
Líder de esquadrão Jack Lovelace, RAF

P.S.: Deem petiscos extras para a Trixie em comemoração à minha promoção.

CAPÍTULO 25

Segunda-feira, 6 de outubro de 1941

Kitty estava apaixonada. Não que tivesse contado à família, que a achava jovem demais, mas só porque a viam como um *bebê*. Sua mãe se casara aos dezenove anos, então como é que alguns anos poderiam fazer diferença?

Toda vez que via Will, seu coração disparava a ponto de quase explodir. Ele era tão interessante. O rapaz já vivera uma vida inteira do alto de seus dezoito anos, e ela queria desesperadamente ir para a Inglaterra com ele quando ele voltasse, em pouco mais de um mês. No entanto, sua mãe jamais aprovaria sua partida antes de se formar na escola. E Will não estava muito interessado na ida de Kitty para lá, de qualquer maneira.

— Não é seguro agora, Kitty. Se algo acontecesse com você, eu ficaria arrasado.

Ele amenizara a recusa com um beijo carinhoso, mas não parecia justo ele ter que ir para um lugar tão inseguro e ela não poder segui-lo.

Os dois haviam concordado em aproveitar ao máximo o tempo dele na cidade. Ele até ficou por lá durante sua semana de licença, e esperava Kitty na porta da escola todas as tardes quando as aulas dela acabavam. Ele a acompanhava até sua casa e, às vezes, no caminho, a puxava para trás de uma árvore e a beijava. As outras meninas achavam Will genial — Kitty começara a usar algumas palavras que ele usava porque eram mais divertidas — e coravam, riam ou suspiravam sempre que o viam. Ela precisava admitir que adoraria se ele pudesse usar o uniforme na cidade, assim todos veriam como era lindo.

Ela parou o carro da mãe em uma vaga do estacionamento no aeródromo, pegou a bolsa que usava em seus trabalhos para o jornal e começou a caminhar em direção ao salão de recreação, onde diversos cadetes ocupavam as cadeiras de balanço da varanda telada.

Eram quase sete da noite e o sol desaparecia lentamente no horizonte. Logo estaria escuro, e Will a acompanharia de volta ao carro e a beijaria.

— Kitty?

Repreendendo um gemido de desagrado, ela parou bem onde estava, forçou um sorriso e se virou para o hangar de onde sua irmã aparentemente acabara de sair.

— Oi.

— O que você está fazendo aqui?

— Estou trabalhando em um artigo para o jornal da escola. "Nossos amigos britânicos." Ou algo assim, talvez um pouco mais cativante.

Jessie franziu a testa.

— Você já não escreveu um?

— Aquele foi sobre os oficiais. Este se concentrará nos cadetes. Eu poderia até fazer um sobre os instrutores. Você me daria uma entrevista se eu precisasse?

— Claro.

O sorriso de Jessie estava um pouco torto, como se talvez não acreditasse na desculpa de Kitty para estar no aeródromo. Assim que as aulas começaram, em setembro, mamãe finalmente cedera e permitira que Kitty começasse a frequentar os bailes, mas ela fazia questão de dançar com vários cadetes para ninguém suspeitar que estava levando Will a sério. Ainda mais porque sua mãe começara a ajudar com a mesa de lanches e refrescos, embora Kitty soubesse a verdade: ela estava lá para garantir que a filha não se aproximasse demais de ninguém. Kitty tinha certeza de que Jessie também não havia percebido a verdade. Ela certamente não queria que a irmã mais velha tentasse entender as coisas naquele momento.

— Na verdade, estou feliz por me encontrar com você — alegou Kitty, o mais inocentemente que pôde. — Sabe como sempre vamos à feira estadual para comemorar meu aniversário? Eu estava pensando em fretarmos um ônibus cheio de cadetes. Talvez possamos até chamar algumas meninas da minha classe para ir. Tornar a experiência mais divertida para os visitantes.

O modo como Jessie estreitou os olhos não foi um bom sinal.

— Achei que iríamos neste sábado. Isso não nos dá muito tempo para organizar uma excursão.

— Ainda estamos na segunda-feira. Posso deixar uma ficha de inscrição aqui antes de ir embora e pedir ao diretor da escola para anunciar lá. Temos tempo de sobra para preparar tudo.

— Você teria que consultar Royce.

— Eu falo com ele. Se você achar que é uma boa ideia.

Jessie deu de ombros.

— Daria a eles algo diferente para fazer, acho. Avise-me se precisar que eu faça alguma coisa. Tenho certeza de que Rhonda e Annette podem ajudar também.

— Genial.

Quando Jessie fez uma careta, Kitty consertou:

— Isto é, ótimo. — Ela apontou para a mochila. — Preciso terminar minhas entrevistas.

Ao se aproximar do salão de recreação, Kitty ouviu Frank Sinatra cantarolando "Blue Skies". Antes de chegar à cidade, Will nunca vira uma jukebox. Ela também ouviu um estalo de bolas se chocando na mesa de bilhar. Como de costume, as janelas estavam abertas e todos os sons, junto com alguma luz, escapavam pela noite.

Kitty abriu a porta de tela e pisou na varanda. Três cadetes se levantaram de suas cadeiras de balanço.

— Boa noite, Kitty — disseram em uníssono.

Ela sorriu amplamente.

— Oi. Alguém sabe onde posso encontrar o comandante da ala?

— Na verdade, ele está na sala.

Como se ela o tivesse convocado ao perguntar, Royce abriu a porta e saiu.

— Oi, Kitty.

— Podemos conversar um minutinho sobre uma ideia que tive?

— Claro. Serve aqui ou precisa de mais privacidade?

— Pode ser aqui.

Ele a conduziu até o canto da varanda para que saíssem do caminho caso alguém quisesse entrar ou sair.

— O que precisa discutir?

— Eu queria perguntar se há algum problema em organizar uma excursão para alguns cadetes visitarem a feira estadual neste sábado.

Kitty explicou o que tinha em mente.

— Alguns rapazes foram no último domingo e ficaram bastante impressionados. Não tenho nenhuma objeção ao passeio.

— Maravilha. Trarei algumas informações amanhã.

— Em nome dos cadetes, agradeço seus esforços.

— Eu gosto de ajudar.

Quando ele se afastou, Kitty se aproximou do cadete que lhe dissera onde encontraria Royce.

— Você se importaria se eu o entrevistasse para um artigo?

— De forma alguma.

Os outros dois rapazes haviam ido para outro lugar, então Kitty se sentou na cadeira de balanço ao lado dele. Ela dançara com ele algumas vezes. Seu nome era Mick Turner.

— Então, Mick...

— Você lembra do meu nome.

Ela sorriu.

— Claro que sim.

Ela nunca se esqueceria deles. Seus sorrisos. A maneira como riam. E, principalmente, a forma como dançavam.

— Do que mais gostou no Texas até agora?

Ele abaixou a cabeça, o sorriso mais alto de um lado.

— Das garotas. Elas têm sido tão legais. E são mais generosas com seus beijos aqui do que as meninas lá de casa.

Kitty escreveu o que ele disse, embora não fosse publicar a parte sobre beijos, temendo causar sérios problemas para algumas das garotas.

— E o que não é como você esperava?

— Tudo é tão grande. Suas casas, especialmente as cozinhas. Minha mãe ficaria exausta de cuidar das cozinhas que vi quando me hospedei com algumas famílias. E todos são tão gentis. Achei que não seríamos muito bem-vindos, já que a América não ia lutar conosco. Pensei que seríamos ignorados, como se faz com aquele primo meio tonto para quem você nem olha por medo de ele vir falar com você. Mas todos foram formidáveis.

— Você acha que vai voltar depois da guerra?

— Eu gostaria. É meio que minha segunda casa, agora, não é?

— Do que você mais sente falta da Inglaterra?

— Do chá. O de vocês é um lixo.

Ela riu, porque Will havia lhe dito o mesmo. Ele estava se acostumando com o chá gelado, mas só se tivesse muito açúcar.

— Do que vai sentir falta quando voltar para lá?

— Do silêncio. Aqui dá para ouvir os grilos cantando e a brisa soprando. Algumas noites, tenho a impressão de que consigo ouvir até as estrelas piscando. — De repente, ele se inclinou para mais perto. — Mas não sentirei falta das malditas cobras. Tinha uma na cabine, outro dia.

— Eu ouvi falar. Era só uma cobra *garter*. Não é venenosa. Ela não faria mal a você.

— Mas eu não sabia disso na hora, sabia? Eu só a vi quando estávamos prestes a decolar. E ainda gritei tanto...

— Não é nada do que se envergonhar. A maioria das pessoas grita.

— Sua irmã simplesmente subiu na asa, esticou os braços, a arrancou dali e a atirou para fora como se fosse o Tarzan.

— Ela não tem medo de muita coisa. Além disso, ela sabia de que tipo era e que não era perigosa.

— Eu me senti um tonto. Mas agora eu olho antes... em todos os lugares. — Ele se recostou e continuou. — Sua irmã é uma ótima pilota. Boa instrutora. Ela tem muita paciência. Com base em algumas histórias que ouvi, alguns instrutores não são tão atenciosos.

— Vocês deviam contar ao comandante da ala sobre os que não são tão bons.

— Não cabe a nós reclamar. Só precisamos fazer o trabalho e voltar.

Disposta a esquecer que eles só estavam ali temporariamente, ela fechou o caderno.

— Nossa conversa ajudou muito, obrigada. Já que está tão escuro aqui fora, tudo bem se entrarmos para eu tirar uma foto sua de uniforme?

— Como quiser.

Ela ficou muito feliz em ver que Will estava jogando cartas com alguns colegas. Depois que Kitty andou pelo salão tirando algumas fotos espontâneas dos cadetes em meio a diversas atividades, Will a ajudou a organizar algumas fotos em grupo. Eles fariam uma boa divulgação para um artigo adicional a ser publicado no *Tribune*. Os britânicos nas horas de descanso. Talvez ela voltasse outro dia para tirar fotos deles em ação na sala de aula e nos aviões. De alguma forma, parecia importante documentar o tempo que estavam passando ali.

Quando Kitty terminou, Will pegou sua mão e a acompanhou até a saída. Estava totalmente escuro, exceto pelas luzes dos prédios. Quando se aproximaram do estacionamento, ele a puxou para trás do hangar mais distante. De costas na parede, ela largou a mochila e envolveu com os braços o pescoço de Will enquanto ele a beijava. Os beijos dos dois haviam mudado desde aquele primeiro, sob os fogos de artifício. Estavam mais ousados, mais esfomeados.

Will puxara a camisa de Kitty da cintura da saia, deslizara a mão por baixo e envolvera seu seio por cima do sutiã. Ela ficou com tanto calor que pensou estar no ápice do verão.

Ele deslizou os lábios pelo pescoço dela, sob o queixo, até a orelha.

— Estou louco por você, Kitty.

— Eu também. — Ela riu. — Louca por você, quis dizer.

— Posso passar a mão por baixo do seu sutiã?

Kitty assentiu. Havia pouco espaço, mas ela adorou a sensação da palma áspera dele em sua pele. Ela teve medo de que os joelhos não conseguissem mais sustentar o peso do corpo.

— É bom?

— Sim.

— Quero tocar você inteira, cada centímetro.

Kitty também queria aquilo, mas se sua mãe descobrisse, ela ficaria de castigo pelo resto da vida. Além do mais, a ideia de fazer aquilo e não ser mais uma boa menina a assustava um pouco.

— Não estou pronta para isso, Will.

Ele se afastou, e Kitty desejou que houvesse alguma luz ali para poder olhar nos olhos dele.

— Tudo bem.

Então ele a estava beijando novamente. Ele era o melhor beijador do mundo inteiro.

Will tirou a mão de baixo da camisa dela, prendeu o tecido de volta na cintura da saia e pegou a mochila que ela largara no chão.

— Vão nos chamar para dormir daqui a pouco.

— Nós vamos à feira no sábado.

Ele sorriu de orelha a orelha.

— Mal posso esperar.

Após acompanhá-la até o carro, Will deu um último beijo nela e correu de volta para o salão de recreação. Era doloroso saber que eles tinham só mais cinco semanas juntos. Kitty queria aproveitar cada minuto.

9 de outubro de 1941

Querida Kitty Kat,

Estão nos mantendo ocupados aqui, e nós, americanos, estamos provando nosso valor. Na verdade, até impressionamos alguns. Os militares do alto escalão vieram nos avisar que estamos dando um ótimo show. Até Noël Coward apareceu. Ele é um ator e dramaturgo que também trabalha para o Departamento de Guerra. Pedi a ele que autografasse um pedaço de papel para você. Ele aceitou. Anexei a esta carta para o seu álbum de recortes. Talvez algum dia valha alguma coisa.

Pensando em você hoje. Espero que tenha tido um feliz aniversário.

Com amor,
Seu mano

P.S.: Dê a Trixie uma fatia de bolo por mim.

CAPÍTULO 26

Feira Estadual do Texas
Sábado, 11 de outubro de 1941

De pé com Rhonda perto da lagoa retangular ladeada de fauna na entrada do Fair Park, Jessie não pôde deixar de se impressionar com a excursão que Kitty organizara, com alguma ajuda. A sra. Johnson alugara um ônibus para transportar os cadetes, e as moças que desejavam acompanhá-los pela feira foram nos próprios carros, criando uma longa fila de automóveis que parecia um desfile rumo a Dallas. Jessie, Rhonda, Kitty e Fran foram à frente, no carro de Rhonda.

Depois de organizar vários grupos e despachá-los, com cerca de uma dúzia de cadetes e meninas restantes, Kitty, que sempre adorara usar blusa, colete, botas e chapéu de vaqueira para a feira, se aproximou de Jessie.

— Nos encontramos de volta aqui às onze.

— Ah, eu vou com você.

Os olhos de Kitty se arregalaram de horror.

— Por quê? Você gosta de ver as exposições, e algumas são tão chatas.

— São educativas.

Kitty revirou os olhos.

— Nós só queremos ir nas barracas. Eu tenho dezessete anos. Não preciso de acompanhante.

Jessie cedeu — não que tivesse planejado acompanhar a irmã. Ela só estava brincando.

— Nossa, como você é adulta. Vá em frente, então.

O grupo disparou antes que Jessie pudesse dizer mais uma palavra.

— Kitty definitivamente gosta de passar tempo com os cadetes — comentou Rhonda baixinho.

Assim como Jessie e a maioria das mulheres ali, ela estava de saia e salto alto.

— Acho que as meninas estão intrigadas com eles.

— Não posso culpá-las.

Quando Peter e Royce se juntaram às duas, Rhonda abriu um enorme sorriso. Assim como os cadetes, eles estavam de terno. A maioria dos homens estava, apesar da temperatura alta, que prometia subir ainda mais.

— Pelo visto, vocês dois sobraram para a gente.

— Não tenho nenhuma objeção — disse Peter.

— Vamos começar com as exposições?

Ele deslizou o braço ao redor da cintura dela.

— Mostre-nos o caminho.

Com uma risada, ela começou a guiá-los. Jessie e Royce caminhavam atrás dos dois. Ele não estava com a bengala, mas isso não o estava atrasando. Embora fizesse questão de manter distância de Jessie para que não se tocassem, as passagens estavam lotadas e às vezes ele acidentalmente esbarrava nela tentando evitar um encontrão em outra pessoa. Desde a noite em que se beijaram, os dois evitavam ficar sozinhos, mas aproveitavam as oportunidades para conversar no aeródromo. Ocasionalmente, ele e outros oficiais britânicos iam à casa dela para jantar ou tomar alguns drinques — a depender do que Rhonda organizasse. Royce também havia desfrutado de um jantar de domingo na casa da mãe de Jessie. As conversas entre os dois nunca iam para um lado muito pessoal, mas ela não podia negar que alguma comunicação íntima ocorria, a julgar por quão frequentemente o flagrava a observando. Da parte dela, sem dúvida era difícil não prestar atenção nas pequenas coisas: o apreço que ele expressava por sua mãe, a gentileza com que tratava Kitty, a atenção que dava a Trixie. No fato de que, sem que ninguém precisasse dizer nada, ele soubesse que ambos veriam a feira juntos.

Rhonda os levou a uma exposição de pinturas de artistas texanos. Eles olharam tudo sem pressa. Jessie parou em frente a uma pintura de um campo sarapintado de azul.

— São *bluebonnets*, a flor do estado. Elas cobrem todos os campos em março e abril. Você verá na primavera.

— Você perdeu o otimismo de que só ficaremos aqui por pouco tempo. — Havia certa tristeza nas palavras dele. — Houve um tempo em que teria dito "se ainda estiverem aqui".

Talvez ela tivesse se tornado um pouco menos otimista, mas também não estava pronta para a partida dele, querendo explorar fosse lá o que estivesse tentando acontecer entre eles, fosse lá o que eles estivessem tentando evitar.

— Talvez possamos não falar da guerra hoje.

— Ótima ideia. Estou ansioso para um piquenique entre *bluebonnets*.

Após se perguntar se aquele piquenique a incluiria, ela olhou ao redor e constatou:

— Parece que perdemos Rhonda e Peter. — Ela não estava surpresa, esperava que aquilo acontecesse em algum momento, mas não tão depressa. — Talvez, se continuarmos andando, os encontremos.

Royce arqueou uma sobrancelha.

— Acredita mesmo nisso?

Ela riu.

— Não, mas estou com fome, e já que perdemos nossa guia, por que não procuramos algo para comer?

Eles decidiram comer cachorros-quentes, e Jessie o apresentou ao refrigerante Dr. Pepper. Depois, caminharam pelas barracas, vez ou outra encontrando alguns cadetes, que sorriam alegremente e pareciam estar se divertindo, e chegaram à área do gado.

— Este parece ser o tipo de lugar no qual encontraríamos o sr. Caldwell — observou Royce.

— Não sei se ele inscreveu algum boi ou cavalo este ano, mas mesmo que não tenha inscrito, na certa virá dar uma olhada. Provavelmente algumas vezes. Como pode imaginar, esta parte é a favorita dele.

— Vamos em frente, então? Já que você sem dúvida voltará para casa com ele.

— Na verdade, não vou. Nós… — Ela não sabia por que era tão difícil dizer, confirmar, admitir… — Er, nós não estamos mais juntos.

Royce segurou a mão dela e a levou da passagem cheia de gente para a lateral de um prédio, onde era menos provável que os dois fossem vistos ou levassem esbarrões. Ele manteve os dedos entrelaçados aos dela enquanto a olhava atentamente.

— Desde quando?

— Quatro de julho.

— Não acredito que ele foi tolo a ponto de terminar com você. A decisão foi sua?

— Foi mútua. Estávamos trilhando caminhos diferentes, e finalmente admitimos que tínhamos objetivos diferentes e queríamos coisas diferentes.

Ele passou os nós dos dedos pela bochecha dela.

— O que você quer?

Você. No entanto, mesmo que pensasse aquilo, ela sabia que não era a resposta correta.

— Ainda estou descobrindo os detalhes.

— Eu gostaria que você tivesse dito algo antes.

— O momento nunca parecia certo. Não era algo para simplesmente deixar escapar. Acho que eu também estava me ajustando à mudança, sem saber se a separação era definitiva. — Jessie passara um terço da vida com Luke. Por um tempo, sentira uma falta, um vazio. Apesar de saber que nunca seriam plenamente felizes juntos, ela lamentara a perda, sentindo o coração rachar e estilhaçar. Jessie apertou a mão de Royce, que ainda segurava a dela.

— Eu queria que você soubesse.

Ele encostou a testa na dela, então a beijou doce e delicadamente.

— Não deve ter sido fácil passar por isso, mas, de um jeito egoísta, estou feliz por ter acontecido. Receio que darei um péssimo exemplo para os cadetes hoje.

— Você disse que qualquer coisa entre nós era má ideia.

Ele roçou a cicatriz na testa dela.

— E é. Preciso que entenda que não posso prometer nada para o futuro, apenas para o agora.

— Não estou pedindo nenhuma promessa.

Ele a beijou outra vez, breve, mas apaixonadamente, como se um peso tivesse sido tirado de suas costas. Ainda de mãos dadas com ela, Royce recuou um passo e olhou para os lados, parecendo um tanto aliviado por não terem chamado atenção. Então ele voltou a olhar para ela com carinho.

— Vamos continuar, Jessica?

Com um aceno de cabeça, ela o puxou de volta para o caminho entre as barracas.

— Ninguém me chama assim.

— Nem o Peter? É o nome favorito dele.

Rindo da lembrança que agora parecia tão antiga, e surpresa por Royce ter se lembrado das palavras de Peter, Jessie o olhou.

— Ele estava tentando me bajular. Ele não esconde o fato de ser paquerador, e é por isso que me preocupo. Rhonda está tão encantada por ele. Não quero que ela se machuque.

— Eu estaria mais preocupado com Kitty e Will Wedgeworth.

Jessie parou onde estava.

— O quê? Eu a vi dançar com ele algumas vezes.

— Você tem noção da frequência com que ela vai ao aeródromo?

— Ela está escrevendo uma série de artigos para o jornal da escola e para o *Tribune*. — Mas, ao lembrar que Will estava no grupo de cadetes com quem Kitty havia saído mais cedo, Jessie fechou os olhos. — Ela armou este passeio como desculpa para passar o dia com ele sem que mamãe se opusesse. Espertinha.

Mais tarde, Jessie teria uma conversa com a irmã na tentativa de poupá-la de lições difíceis, mas duvidava que adiantaria muito. Ali estava a própria Jessie, de mãos dadas com alguém com quem seus instintos diziam que não deveria estar.

Eles recomeçaram a andar.

— Vi alguma coisa sobre uma apresentação de patinação no gelo. Pode nos tirar desse calor.

O lugar estava cheio. Eles encontraram assentos no alto.

— Assim está muito melhor — disse Jessie. — Talvez eu passe o resto da tarde aqui.

— Admito que sinto falta do clima da Inglaterra.

Os artistas patinavam no gelo com uma graciosidade incrível. A mãe de Jessie uma vez explicara que era uma ilusão, havia muito esforço envolvido, simplesmente não era visto. Foi naquela ocasião que Jessie percebera que queria voar para dar a mesma impressão: ser tão boa que os espectadores pensariam que era algo fácil de realizar, maravilhados sem nunca desconfiar das horas gastas dominando a habilidade necessária para controlar uma aeronave até quase fazer parte dela.

Cercada por homens ao redor da pista, uma mulher surgiu e apresentou um número sozinha. Saltos de tirar o fôlego, círculos elegantes. Inclinando-se para Royce, Jessie disse com reverência:

— Ela não é incrível?

— Como você quando voa.

Jessie ficou tocada pelas palavras, por compartilhar com ele aquele aspecto de sua vida. Ela poderia fácil, fácil se apaixonar por ele, rápida e perdidamente.

Depois, eles se viram mais uma vez no meio da multidão. Jessie reparava todo o tempo se ele mancava, mas os passos de Royce estavam firmes, o vacilar, quase imperceptível.

Um macaco de coleira se aproximou dos dois e puxou a saia de Jessie. Com uma risada, ela começou a enfiar a mão na bolsa, mas Royce tirou uma moeda do bolso e a ofereceu à criatura, que teve a audácia de mordê-la antes de lhes fazer uma reverência e correr de volta para um homem tocando acordeão.

Então eles se afastaram, indo para o corredor principal, passando por um vendedor de salsichas fritas em uma massa semelhante a pão de milho. Curiosa, Jessie comprou uma para que dividissem.

— Que diferente — constatou ela. — Não consigo decidir se gostei.

— Receio que não tenha muito futuro.

Ela desejou que o mesmo não se aplicasse a eles.

CAPÍTULO 27

Do banco de trás do carro, Kitty olhava pela janela para a escuridão perguntando-se como guardar todas aquelas emoções, se aqueles que voltavam para Terrence com ela podiam vê-la reluzindo de felicidade.

Ela nunca se divertira tanto na feira. Na companhia de Will, tinha jogado e andado em várias atrações. Ele atirara bolas em garrafas até ganhar para ela um ursinho de pelúcia cor-de-rosa, e os dois passaram quase todo o dia de mãos dadas. Sempre que estavam em algum lugar escuro, ele a beijava apaixonadamente. Mas Will guardara o melhor para a roda-gigante, o último passeio antes da hora de partir. Pouco antes de chegarem ao topo, ele gritou:

— Eu amo Kitty Lovelace!

Kitty poderia jurar que ouviu as palavras ecoando pela feira enquanto ele passava o braço pelos ombros dela, a puxava para mais perto e a beijava como se sua existência dependesse daquilo. Foi o momento mais romântico da vida dela.

— Você está tão quieta, Kitty — disse Jessie, do banco da frente. — Está tudo bem?

— Só estou extenuada.

— Você fala mais como os ingleses do que eles — disse Rhonda. — Daqui a pouco vai começar a falar com sotaque.

— As palavras deles são mais divertidas do que as nossas. A feira fica aberta por mais uma semana, talvez possamos voltar no próximo domingo.

Para o último dia.

— Depois conversamos — prometeu Jessie, mas Kitty teve a impressão de que não era sobre aquilo que elas iam conversar.

Kitty estava se divertindo tanto que se descuidara e estava de mãos dadas com Will quando passou pela irmã. No entanto, se Jessie tivesse pedido satisfações, Kitty já tinha argumentos prontos, visto que a irmã também estava de mãos dadas com Royce. Foi estranho ver Jessie com alguém que não era Luke, mas também parecera certo vê-la com Royce. Ajeitando-se ligeiramente, ela descansou a cabeça no ombro de Fran.

— Você se divertiu com o Martin?

— Sim, mas ele tem uma garota em casa.

— Eu não sabia. Eu teria encontrado outro para passear na feira com você.

— Tudo bem. Eu gosto de conhecer todos eles.

— Will tem namorada na Inglaterra? — perguntou Jessie.

— Não. Você se divertiu com Royce?

— Sim. Gosto da companhia dele.

— Ele ganhou aquele urso roxo para você? — perguntou Rhonda, como se lesse os pensamentos de Kitty.

Não era grande como o que Will ganhara para Kitty.

— Sim, jogando dardos. Você e Peter brincaram de alguma coisa? — sondou Jessie, embora seu tom tenha feito Kitty pensar que a irmã estava perguntando outra coisa.

— Não, só andamos por aí.

Rhonda e Peter estavam aconchegados em um banco na lagoa quando Kitty e Will chegaram lá, pouco depois das onze. Quando todos voltaram para o ponto de encontro designado, os britânicos marcharam para o ônibus e os ianques foram para seus automóveis.

— Você o ama? — sussurrou Fran no ouvido de Kitty.

Kitty apenas assentiu. Assim que se formasse, em maio, iria para a Inglaterra, com ou sem guerra, para poder ficar com Will.

As três deixaram Fran em casa, mas, como sabiam que seria tarde quando voltassem para Terrence, combinaram que Kitty passaria a noite com Jessie. Era a primeira vez que dormia lá desde que a irmã se mudara, e estava ansiosa por aquele dia, mas quando se deitou na cama de Jessie, desejou não ter sido pega de mãos dadas com Will. Ela estava bastante certa de que Jessie não aprovava. Kitty planejara estar dormindo quando a irmã terminasse de escovar os dentes e se deitasse ao lado dela, mas uma pergunta a atormentava, e era mais fácil fazê-la no escuro.

— É por causa do Royce que você não está mais com Luke?

— Não. Luke não aprovava o que eu estava fazendo na escola. Não ter o apoio dele dificultava ainda mais fazer o que eu precisava fazer. Já estávamos nos distanciando havia um tempo. Quando eu tinha dezesseis anos, não conseguia imaginar minha vida sem ele, mas nós mudamos à medida que envelhecemos. Não de um jeito ruim, apenas de um jeito que não combinamos mais tão bem. Isso acontece às vezes. Você acha que é para sempre, mas é só por agora. Especialmente quando se é jovem.

Kitty sabia que Jessie estava sugerindo que o mesmo se aplicava a ela, mas não era verdade.

— Você ama Royce?

A cama balançou um pouco quando Jessie rolou para o lado. Kitty podia distinguir sua silhueta, mas não muito mais.

— Eu gosto dele. Ainda não o conheço bem o suficiente para amá-lo. Você ama o Will?

Kitty mordeu o lábio inferior. Ela provavelmente deveria negar, mas não conseguia.

— Sim.

Jessie suspirou, uma tristeza tecida no som.

— Ah, Kitty, vai ser tão duro quando ele for embora.

— Eu sei, mas vamos nos escrever. Ele voltará quando a guerra acabar.

— Ele pode pensar isso agora...

— Ele vai voltar, Jessie. Eu o conheço. Sei que alguns cadetes arranjam namoradas só pelo tempo em que estão aqui, mas ele não é assim. Nós não somos assim. Além disso, você teve um namorado na escola.

— As pessoas podem mudar quando estão longe umas das outras.

— Nós não vamos mudar.

Eles estavam comprometidos um com o outro, mas se ela tentasse explicar aquilo para Jessie, ouviria que eles eram jovens demais para entender o que aquele tipo de devoção realmente significava.

— Por favor, não conte para a mamãe. Ela vai me proibir de ir aos bailes de novo.

— Vou guardar seu segredo, mas, se precisar conversar, saiba que estou aqui. Pode confiar em mim. — Jessie se aproximou e a abraçou. — Não quero que você se machuque.

— Will nunca faria nada para me machucar. Acredito nisso de todo o meu coração.

CAPÍTULO 28

Segunda-feira, 3 de novembro de 1941

Depois de olhar ansiosamente para o relógio, Jessie procurou pelo céu preto estrelado. Dois dos doze aviões que haviam partido algumas horas antes em uma viagem atravessando o país ainda não tinham retornado. Um levava dois de seus alunos, os cadetes Wedgeworth e Turner. No outro, estavam dois cadetes de Russell Williamson. Ele estivera esperando ao lado dela até alguns minutos antes, quando foi chamado para atender a uma ligação.

Mesmo sabendo que existiam mil razões para aqueles dois serem os últimos a voltar, ela não conseguia ignorar o medo intenso de que algo tivesse dado muito errado. Embora Jessie soubesse que eles deveriam conseguir controlar uma aeronave sem ela, foi desafiador deixá-los ir. Ela lembrou a si mesma de que eram experientes, haviam voado sozinhos inúmeras vezes e voado juntos em alguns trajetos longos. Estavam terminando o treinamento. Ela não devia mais se preocupar com eles, mas ainda assim se preocupava.

— O leite só ferve quando se sai de perto.

Ao olhar para trás e ver Royce, ela se forçou a abrir uma espécie de sorriso.

— Estão duas horas atrasados.

— Eles se saíram bem até agora. Sabem o que estão fazendo.

— É isso que me preocupa.

Aquilo, e o fato de Will gostar de se exibir, acelerar e arriscar, coisas que o tornariam um piloto de combate incrível ou de curta duração.

— Eles são um pouco arrogantes demais.

— Eu gosto dos arrogantes — respondeu ele simplesmente, antes de tirar os olhos dela e voltá-los para o céu.

No aeródromo, os dois interagiam com profissionalismo, mas, desde a feira, haviam saído algumas vezes para jantar e uma vez para ir ao cinema — noites em que os cadetes não tinham permissão para sair e não teriam como vê-los. Ele estava quase totalmente recuperado de sua lesão e até dançou com ela algumas vezes no Legion Hall. Jessie estava incrivelmente grata por Royce não ser um dos cadetes que partiriam dali a uma semana. Ela já podia imaginar a despedida chorosa de Kitty e Will na estação. Jessie estava pensando em como tornar a partida do rapaz mais fácil para sua irmã quando Russell reapareceu ao seu lado.

— Era Montgomery. Eles encontraram uma cobertura de nuvens baixas e visibilidade limitada. Foram forçados a pousar perto de Jumbo, Oklahoma — informou, com alívio na voz.

— Ambos os aviões?

— Ele não viu o outro. Talvez não tenham pousado perto o suficiente de uma cidade ou não tenham pensado em ligar e estejam apenas esperando. Meus rapazes vão pernoitar na casa de um fazendeiro e voltarão pela manhã.

Certamente, Wedgeworth e Turner haviam feito o mesmo. Eles não seriam imprudentes assim faltando tão pouco para poderem voar oficialmente, para poderem enfrentar o inimigo.

— Vou decolar ao raiar do dia — decidiu ela baixinho, sem conseguir afastar um pressentimento. — Apenas no caso de ter sido algum tipo de problema no motor.

O problema havia sido colidir com uma montanha.

Com uma dor no peito que temia poder quebrar suas costelas, Jessie parou à porta do quarto de Kitty sabendo que aquilo não era nada comparado ao tormento que estava prestes a infligir à irmã. Royce se oferecera para contar, mas Jessie sentiu que precisava ser ela. Jessie havia sido a instrutora dele e, embora ninguém a tivesse olhado como se tivesse culpa, ela ainda sentia que tinha falhado.

Levaram grande parte do dia para encontrá-los e depois recuperar seus restos mortais. Jessie nunca estivera envolvida em uma tarefa tão terrível. Vários instrutores se juntaram à busca. Fora ela quem localizara os destroços. O melhor que puderam determinar, com base nos destroços da aeronave, foi que os cadetes simplesmente não viram a encosta da montanha até ser tarde demais — se é que tiveram tempo de entender que a montanha estava lá antes de atingi-la.

— É o problema dos jovens, acharem que são invencíveis — observara Royce. — Eles estariam determinados a continuar apesar de quaisquer perigos que enfrentassem. Você não tem culpa.

Mas ela tinha. Como se ensinava a ter cautela? Como explicar a Kitty o que havia acontecido? Kitty, que agora estava sentada no chão, com o álbum de recortes ao lado, enquanto selecionava notinhas do jornal. Jessie teve um pensamento absurdo, perguntando-se por que a irmã tinha tanta aversão a usar móveis. Ela sabia que estava prestes a partir o coração dela.

— Kitty?

Sua irmã levantou a cabeça e abriu um sorriso radiante.

— Ah, oi! Eu não sabia que você estava aqui. — Ela sacudiu o jornal. — Leu o anúncio convidando toda a cidade para a cerimônia das asas no sábado? Tenho conversado com as pessoas, explicado o quanto é importante, porque nós somos a família deles enquanto estão aqui. Todos nós. É um momento importante para eles. Todos precisamos estar lá.

Com exceção das trovoadas nos ouvidos, Jessie ouvia pouco enquanto atravessava o quarto e se agachava ao lado da irmã.

— Kitty...

— O que houve? Você parece tão triste.

— Kitty, eu sinto muito, querida, mas o avião sofreu um acidente.

Sua irmã soltou uma gargalhada.

— Ih, ele não vai ficar feliz com isso. Queria se formar sem "contratempos", como ele diz.

A dor no peito de Jessie cresceu. Ela não contara direito, não sabia como contar direito quando as lágrimas começavam a brotar e arder em seus olhos.

Kitty parou de rir.

— Isso não vai impedi-lo de ganhar asas, vai?

— Kitty, ele se foi.

— Foi? Quer dizer de volta para a Inglaterra? Aquele rapaz que bateu o avião algumas semanas atrás não foi mandado embora.

— Não, ele...

Jessie fechou os olhos, respirou fundo e soltou o ar lentamente. Ao reabri-los, pegou a mão da irmã e a apertou.

— Ele morreu. Will morreu. Eu sinto muito.

Kitty piscou lentamente, depois piscou outra vez. Balançou a cabeça.

— Eu não entendo.

— Foi uma queda feia, bateu em uma montanha. A visibilidade era limitada. Achamos que eles não enxergaram.

Soltando a mão do aperto de Jessie, Kitty se arrastou para trás até bater na lateral da cama. Após dobrar as pernas junto ao peito, ela as envolveu com os braços.

— Você está enganada. Ele é um bom piloto. Você mesma disse isso.

— Um dos melhores. Mas às vezes...

— Como é que ele não viu uma montanha?

— A cobertura de nuvens estava baixa e eles provavelmente estavam voando no meio, talvez tentando ficar acima ou abaixo…

— Não era ele. Não pode ser ele. Eu o amo.

Jessie se levantou, passou os braços em volta da irmã e começou a balançá-la.

— Eu sei que ama. Mas era ele, querida. Ele estava pilotando, Turner estava no navegador.

O primeiro soluço angustiante de Kitty sacudiu as duas e partiu o coração de Jessie. Sua irmã se agarrou a ela como se estivesse indo para as profundezas do inferno e não pudesse encontrar amparo para refrear a descida.

— Ele… Ele me amava.

— Eu sei. Dava para ver só pelo jeito como olhava para você.

Havia uma fotografia de Kitty presa no painel de instrumentos. Jessie imaginou Will ocasionalmente a olhando e sorrindo enquanto voava. Ela se perguntou se traria algum consolo à irmã saber que Will mantinha uma lembrança dela por perto ou se serviria apenas para aumentar sua dor.

— Ele… queria voltar… quando a guerra acabasse… e se casar comigo. Ele disse que faria de tudo para a guerra acabar logo. Não é justo.

— Não, não é.

Jessie abraçou a irmã, sentindo-se inadequada para consolar alguém cuja juventude acabara de ser arrancada. Alguém cuja inocência fora arruinada. Alguém que nunca mais seria a mesma pessoa.

CAPÍTULO 29

Quinta-feira, 6 de novembro de 1941

Kitty só vestira preto uma vez antes, para o funeral do pai. Mas ela queria usar algo especial para Will, então foi à Mona's Dress Boutique e gastou boa parte de suas economias em algo devidamente sombrio. Sentada no banco da frente entre a mãe e Jessie, olhando para os dois caixões cobertos por bandeiras da Grã-Bretanha, ela não pôde deixar de se perguntar se ele soubera, se sentira medo por uma fração de segundo antes de morrer. Se ele havia pensado nela na hora. Se havia sido com uma sensação de perda ou de carinho pelo tempo compartilhado.

Ela esperava que ele não tivesse tido medo. Esperava que nenhum dos dois tivesse tido, nem ele, nem Mick. Que eles não tivessem visto nada. Que tudo tivesse acabado antes que os dois percebessem o que ia acontecer.

Os cadetes lotavam um lado da igreja, os moradores, o outro. Quase todos da cidade estavam presentes. Ela ouviu pessoas fungando atrás de onde estava. Tantos haviam passado a amar aqueles rapazes, gostar deles. Eles já pertenciam à comunidade. Mesmo depois de partirem, continuariam pertencendo e ocupando um lugar especial no coração de todos. Os que não saíam vivos eram responsabilidade de todos. Royce explicara que, logo após sua chegada, tomara providências junto ao Oaklawn Memorial Cemetery para que uma parte do terreno fosse reservada como um cemitério britânico. "Enterramos nossos mortos onde eles caem", dissera ele a Kitty.

Ele enviara telegramas para as famílias, que responderam com os epitáfios que desejavam nas lápides. Elas não estavam presentes, é claro. Era custoso e perigoso demais ir até lá, mas Kitty pretendia escrever para elas e descrever o serviço funerário. Também enviaria os obituários que recortara do jornal, obituários que escrevera com a ajuda de Royce.

Tudo aquilo deveria ter aliviado a dor, mas quando o reverendo Monroe falou sobre ser levado nas asas de um anjo e as lágrimas inundaram os olhos dela, seu peito ameaçou desmoronar. Parecia oco e vazio, mas, ao mesmo tempo, tomado por uma dor avassaladora. Jessie apertou sua mão e Kitty se perguntou como alguém sobrevivia a uma dor como aquela.

O organista começou a tocar "Amazing Grace" conforme vários cadetes, Royce e Peter caminhavam solenemente até os caixões e os apoiavam nos ombros. Sem pensar, ou quase sem consciência de fazê-lo, Kitty se levantou como todos os outros e observou os soldados caídos iniciarem sua jornada final.

Ela mal se lembrava de caminhar atrás dos caixões rumo ao cemitério na periferia da cidade. Eles foram colocados ao lado de duas sepulturas ocas. Sentada entre a mãe e Jessie, ela não pôde deixar de julgar aquela parte do cemitério, árida demais, vazia demais — desejou a Deus que continuasse desse jeito. O reverendo proferiu mais algumas palavras e fez uma oração. Todos se levantaram e o corneteiro iniciou o toque de silêncio. Era tão triste, que ela levaria para sempre o eco dentro de si. Entorpecida pela dor, Kitty retomou seu lugar e observou as bandeiras serem dobradas. Uma foi entregue a Royce, que se aproximou, se ajoelhou e a estendeu para Kitty, como se ela devesse pegá-la. Ela meneou a cabeça.

— Vai para a família dele.

— Eles querem que fique com você. Aparentemente, ele contou um bocado à família sobre você. A mãe dele vai lhe enviar as cartas.

Os olhos dela ficaram cheios de lágrimas e ela segurou a bandeira junto do peito. Quando os braços da mãe a envolveram, Kitty lutou para conter soluços impróprios, tarefa que ficou quase impossível quando quatro aviões voaram do sul, sobrevoando o cemitério em forma de V, e um dos aviões prateados atrás da aeronave principal se separou e se dirigiu para o sol poente, homenageando Will e Mick e representando a partida dos dois.

De alguma forma, ela conseguiu manter a dor sob controle até estar sozinha no quarto, enroscada na cama e abraçada à bandeira. Então cedeu à dor avassaladora e se perguntou como sobreviveria à morte de Will.

Alguns dias depois, Kitty encontrou forças para recortar os obituários dele e de Mick do jornal e guardá-los em seu álbum de recortes, sem colá-los no lugar.

Aviador da RAF, William Wedgeworth era filho de Gwendolyn e John Wedgeworth e irmão mais velho de Eleanor e Alice. Ele nasceu em 15 de maio de 1923, em Watford, Hertfordshire, Inglaterra.

Aviador da RAF, Mick Turner, era o único filho de Winnifred e Charles Turner. Ele nasceu em 8 de fevereiro de 1922, em Londres, Inglaterra.

Ambos retornaram ao Criador em 3 de novembro de 1941, poucos dias antes de receberem suas asas. Essas asas agora estão costuradas no peito esquerdo de seus uniformes enquanto descansam. Embora ainda não tivessem sobrevoado os céus da Grã-Bretanha, eles a serviram com honra e distinção. Vão com Deus neste voo final para os céus.

Posfácio do editor do *Tribune*: A infeliz realidade é que na guerra há baixas além do campo de batalha.

CAPÍTULO 30

Sexta-feira, 7 de novembro de 1941

De pé ao lado de seu avião, esperando o primeiro cadete chegar para a revisão, Jessie sentia a melancolia pairando sobre o aeródromo como uma névoa pesada. A invencibilidade era uma ilusão. Quer estivessem em treinamento ou em batalha, a morte era uma possibilidade constante para aqueles jovens, e parecia que a verdade daquilo havia se feito presente e permanente.

Cada cadete da Classe Um tinha um voo final durante o qual um instrutor os avaliava em relação a diversas manobras. Tudo o que ela precisava fazer era descrever a tarefa, deixar o piloto cumpri-la e depois observar a qualidade da execução. Passar significava ganhar suas asas. Ela não conseguia superar o fato de que os cadetes Wedgeworth e Turner não receberiam as deles durante a cerimônia. Toda vez que pensava nos sorrisos infantis e em sua ebulição e felicidade, um buraco se abria em seu peito, ameaçando engoli-la. Jessie tinha muita confiança de que eles eram excelentes pilotos e que haviam aprendido tudo o que precisavam para sobreviver ao que os aguardaria quando voltassem para casa. Ela já sabia que os aprovaria antes mesmo de realizarem o último teste.

O que ela deixara de notar? O que deixara de ensinar? Teriam seus elogios feito ambos julgarem mal a própria destreza? Por que não aterrissaram? Por que não viram o terreno no mapa que levavam? Será que tinham se perdido? As perguntas contornavam sua mente como um avião dando voltas contínuas, até deixá-la tonta e incapaz de entendê-las.

— Srta. Lovelace?

A ansiedade no tom de voz a tirou de suas reflexões mórbidas, e ela estava relativamente certa de que parecia estar sonhando acordada. Ao se virar, forçou um sorriso calmo.

— Sr. Brightwell. Sentindo-se confiante?

— Sim, senhora. — Ele abaixou a cabeça e depois olhou de volta para ela. — Relativamente. Um pouco nervoso, na verdade. Não quero estragar isso.

— Não sei por que estragaria. Você passou em todas as outras verificações. — Eles os avaliavam periodicamente para garantir que dominavam o que precisavam dominar. — Você foi um dos meus melhores alunos.

Assim que as palavras saíram, ela se arrependeu de dizê-las e do que poderiam implicar, como se os dois cadetes mortos recentemente não fossem bons alunos, como se pudessem ser culpados pelo que acontecera. A culpa poderia ser dela, se não os havia treinado adequadamente. Ela só queria ter certeza de que não era.

— Só quis dizer que... Vamos em frente logo, certo?

Brightwell ocupou o banco da frente — o assento do piloto principal no AT-6 — e Jessie se acomodou atrás. Após afivelar o cinto, ela colocou o fone de ouvido que permitia a comunicação bidirecional entre os dois ocupantes. Ele já anunciava as verificações que estava fazendo.

Depois que o cadete terminou, Jessie disse:

— Tudo bem, sr. Brightwell, vamos subir e nos divertir um pouco. Siga em direção ao extremo norte do rancho Caldwell.

Apesar de Brightwell voar nivelado, fazendo ajustes, ela não pôde deixar de instruir:

— Mantenha-a firme, sr. Brightwell. A aeronave deve fazer parte de você.

— Sim, senhora.

Ela notou a tensão na voz do jovem, que provavelmente estava se ajustando ao tom dela. Soara seco e conciso até para ela mesma. Normalmente, era mais relaxada, amigável, esforçando-se para imprimir a alegria de voar.

— Ok, agora um giro lento para a direita. — Foi desleixado. Não havia outra palavra para descrever. — Pode fazer melhor que isso. Tente outra vez.

Eles não sabiam que o tempo fecharia. Ela sabia que não tinham como saber. Foi inesperado. Eles provavelmente estavam no meio do mau tempo quando perceberam como estava feio.

— Certo, sr. Brightwell, me mostre sua pirueta.

Não foi ruim, mas Jessie queria encontrar defeitos. Ela não queria que ele se formasse. Não queria que ganhasse asas. E se ela não o tivesse ensinado o suficiente? E se fosse abatido?

Depois de instruí-lo a realizar diversas outras manobras, ela o mandou voltar ao aeródromo. Assim que ele pousou e parou a aeronave, os dois saíram. Jessie estendeu a mão.

— Muito bem, senhor.

O cadete pareceu surpreso, fazendo Jessie se perguntar se havia perdido alguma coisa, mas ele aceitou o aperto de mão.

— Obrigado, srta. Lovelace. Você não parecia satisfeita com meu desempenho.

Talvez ela estivesse julgando mais a si mesma do que a ele.

— Não permita ser morto, sr. Brightwell.

— Não vou permitir, senhora.

Ela deu um tapinha no ombro dele antes de partir para buscar o próximo e último aluno, tentando não pensar nos dois que não poderia testar, nos dois com quem falhara.

CAPÍTULO 31

Sábado, 8 de novembro de 1941

Estar na cerimônia em que os cadetes do primeiro curso recebiam suas asas partiu o coração de Kitty mais uma vez, pois era impossível esquecer quem não estava lá. Quem não estava em posição de sentido no grupo a uma curta distância de Royce e Peter.

Ela cogitara não comparecer, mas conhecia todos aqueles cadetes, amigos de Will. Ela conversara, dançara e dera risada com eles. No dia seguinte, eles partiriam em um trem e ela poderia nunca mais vê-los, mas manteria contato, escrevendo para eles sempre que possível.

E estava ali porque não seria certo não estar depois de ter saído pela cidade incentivando as pessoas a comparecerem, pedindo-lhes que não deixassem aqueles pilotos sem espectadores em uma formatura tão importante. Ela não podia imaginar como seria receber seu diploma em maio sem ninguém para testemunhar, para compartilhar sua conquista e alegria.

Naquela manhã, Kitty ajudara a buscar as cadeiras do refeitório e dos salões de recreação e organizá-las em fileiras paralelas perto da linha de voo. A abundância de aeronaves parecia um cenário adequado para a cerimônia.

Todas as cadeiras foram ocupadas. Algumas pessoas ficaram em pé, ao fundo, e os instrutores e outros funcionários de pé nas laterais. Vestida de preto, ela se sentou entre a mãe e Fran. Nos últimos tempos, nenhuma outra cor combinava com seu humor.

Conforme Royce chamava cada nome, o piloto dava um passo à frente e Peter lhe entregava suas asas. Ela sabia que a mãe e algumas amigas planejavam costurá-las em todos os uniformes naquela noite, de modo que, quando os formandos chegassem ao Canadá e vestissem seus uniformes novamente, a conquista estaria à mostra.

Depois que todas as asas foram distribuídas, o público se levantou e cada grupo de cadetes desfilou. Após pararem e voltarem à posição de sentido, vários aviões sobrevoaram, alto e baixo, e nenhum desviou dessa vez. Eles logo retornariam ao aeródromo para pousar. Enquanto não voltavam, os cadetes foram dispensados e as pessoas começaram a se reunir em torno dos recém-formados para cumprimentá-los e parabenizá-los.

Harry foi o primeiro que ela abordou.

— Foi muita gentileza sua vir — disse ele solenemente, sem nenhum resquício do tom de flerte dos encontros anteriores. — Não deve ter sido fácil.

— Will teria gostado de me ver aqui.

— Ele era louco por você. Ele teria voltado para cá.

Kitty limitou-se a assentir. Ainda era difícil demais falar sobre ele.

— Então vocês vão embora amanhã.

— No trem das dez.

Ela sabia. A informação havia saído no *Tribune* em uma coluna reservada para notícias sobre os cadetes.

— Estarei lá para me despedir.

— Não vai ao baile esta noite?

— Não, eu… eu não consigo. Boa sorte. — Ela franziu a testa. — Ou dá azar dizer isso, assim como dar boa sorte a um ator antes de uma apresentação? Dizem que se deve exclamar um palavrão em vez disso, o que eu acho horrível. — Ela tirou um pequeno cartão da bolsa. — Quando souber para onde foi designado, me mande seu endereço para que eu possa escrever.

Ele sorriu.

— Pode deixar. Obrigado por tudo que você fez, Kitty. Não sei se teríamos alguém para nos aplaudir se você não tivesse garantido isso.

— Eu gosto de organizar.

Ela estendeu a mão para cumprimentá-lo, mas mudou de ideia e o abraçou.

— Cuide-se e acabe com o inimigo.

Will dissera a ela que faria aquilo: acabaria com o inimigo.

Ela abriu caminho entre todos, entregando seu cartão, tentando encontrar as palavras certas para desejar o melhor. Jessie a advertira sobre se apegar, sobre como seria difícil vê-los partir, mas ela não conseguia imaginar não ter conhecido aqueles rapazes. Apesar da dor, havia boas lembranças. Todas as conversas, as danças, os sorrisos.

Quando não viu Jessie por ali, presumiu que a irmã estivesse pilotando um dos aviões. Kitty duvidava que mantê-los em formação fosse fácil, e os cadetes mais habilidosos na tarefa estavam em solo recebendo suas asas.

Ela teria ajudado a guardar as cadeiras, mas os estagiários que haviam chegado na semana anterior já estavam terminando o trabalho.

Fran se aproximou e a abraçou.

— Nem acredito que alguns já estão indo embora. Parece que acabaram de chegar.

— Passou rápido, não foi?

— Queria que você fosse ao baile comigo hoje à noite.

— Não consigo, Fran.

— Não preciso ir. Posso ir à sua casa, e aí podemos...

— Não, Fran. Pode ir. Eles precisam de parceiras de dança, especialmente agora que são tantos.

Pelo menos duzentos.

— Eu queria ser como você, Kitty, queria me apaixonar por um deles, mas agora estou com medo.

— Você não pode forçar, assim como não pode evitar. Simplesmente vai acontecer se tiver que acontecer.

— Vai voltar para a escola na segunda-feira, certo?

Kitty não ia à escola desde que Jessie lhe dera a notícia na terça. Sua mãe escreveria uma desculpa para ela como justificativa, mas ela suspeitava que todos os professores soubessem por que estava faltando.

— Vou, sim.

— Certo. Nós nos vemos lá.

Quando Fran saiu para abordar um dos cadetes, Kitty começou a caminhar até a vaga onde sua mãe estacionara o carro e agora sem dúvida a esperava. Como o mundo conseguia seguir em frente?

14 de novembro de 1941

Querida Kitty,

Imagine que estamos sentados no balanço da varanda da frente, você no meu colo, meus braços em volta de você, eu abraçando-a com força, igual fazíamos quando você era mais nova e tinha um pesadelo e saíamos escondidos de casa para nos balançarmos olhando para as estrelas até você se sentir segura de novo. Estou a meio mundo de distância, mas meu coração está com você agora. Lamento muito por sua perda.

Eu sei que Will era um jovem especial. Minha irmãzinha não se apaixonaria por alguém que não fosse. Eu estava ansioso para conhecê-lo. Em vez disso, papai o conhecerá primeiro. Posso até vê-los sorrindo e dando um aperto de mão, de um aviador para o outro.

Sei que você está sofrendo e que nenhuma palavra minha vai aliviar sua dor. Você vai chorar, sofrer e sentir uma dor no peito que parece que também vai matá-la. Mas se aprendi uma coisa sobre os britânicos desde que cheguei aqui, é que Will gostaria que você fosse forte e seguisse a vida. Você vai zelar pela memória dele. Embora ele possa não ter morrido em batalha, ele morreu pela Grã-Bretanha.

Todo meu amor,
Jack

CAPÍTULO 32

Sábado, 15 de novembro de 1941

— Tem certeza de que não quer ir ao clube em Dallas comigo e com Peter? — insistiu Rhonda. — Aposto que poderíamos convencer Royce a ir também.

Do sofá, onde estava sentada de pernas cruzadas, Jessie sorriu para a amiga, que a espiava da porta.

— Quero terminar este livro.

Exceto que, se Rhonda perguntasse, Jessie não saberia nem dizer sobre o que era a história. Seus olhos corriam pelas palavras, mas não registravam nenhuma, porque sua mente não conseguia se concentrar em nenhuma tarefa.

— Pelo menos vá ao baile no Legion Hall.

Annette já estava lá.

— Eu só quero uma noite quieta em casa.

Rhonda franziu a testa de preocupação.

— Parece-me que já passou noites demais quieta em casa. Você precisa sair.

— Eu estou bem, Rhonda. Vá em frente e divirta-se. Não se preocupe comigo.

Elas ouviram a buzina de um carro.

— É o Peter. Eu posso ficar...

— Vai!

Com um aceno rápido, Rhonda saiu. Jessie largou o livro sobre a mesinha, encostou as pernas no peito e apoiou a testa nos joelhos. Erguendo um pouco a cabeça, ela olhou para a mesa com as garrafas de bebida. Começara a tomar um pouco de rum com Coca-Cola antes de dormir, mas a quantidade de rum andava aumentando. Ela adquirira aquele hábito esperando que isso a ajudasse a adormecer, mas raramente dava certo. Jessie acabava na cama com os olhos bem abertos, encarando o teto, tentando se lembrar de cada lição, cada instrução, cada conselho que dera a Will e Mick. Uma das razões pelas quais queria que Rhonda saísse era para ficar completamente sozinha e poder beber à vontade sem que ninguém visse.

Jessie não gostava da luta que era se levantar de ressaca todas as manhãs, e aquilo também nunca amenizava a culpa que sentia. De certa forma, piorava, porque ela não conseguia estar em boa forma no trabalho. Em dada manhã, teve que pousar o avião em um campo para poder vomitar. Foi humilhante. Seu aprendiz nada dissera, e ela também não dera nenhuma explicação. Simplesmente voltara para a cabine e informara que eles praticariam rolagens outro dia.

Emerson havia sido dispensado porque bebia. Será que fariam o mesmo com ela? Será que Emerson estivera lidando com demônios medonhos como os dela?

Jessie não conseguia superar a crença de que a responsabilidade pelo erro de Will e Mick recaía sobre si. Ela não estivera na cabine com eles nas três primeiras semanas de treinamento, mas os havia instruído nas dezessete restantes. Agora, cada turma tinha um instrutor diferente para cada fase, então esperava-se que o treinamento fosse mais completo e que, se um instrutor deixasse de ensinar alguma coisa, outro perceberia e se encarregaria do que faltava.

Ela até se perguntou se era melhor voltar a treinar com o Link ou ensinar em sala de aula. Talvez Barstow estivesse certo, afinal. Talvez ela não fosse a instrutora que pensava ser. Talvez ele visse o que que ninguém mais conseguia detectar que faltava nela. Talvez devesse desistir de tudo.

Uma batida soou na porta, mas Jessie ignorou. Ela não queria companhia; queria um drinque. Desdobrando as pernas, ela se levantou e caminhou lentamente pela sala.

— Jessica?

Ela fechou os olhos com força. Royce. Não naquela noite. Jessie não queria que ele a visse daquela forma. Ela pegou a garrafa de rum, derramou um pouco em um copo e virou tudo de uma vez. Seus olhos, nariz, garganta ardiam. Ela ofegou, tossiu.

— Jessica, abra a porta.

Maldição. Ela atravessou a sala e abriu a porta.

— O que foi?

Agora os olhos dela ardiam por um motivo diferente: a preocupação e o medo gravados nas feições dele.

— Você não estava no baile.

— Ótima observação. Quer um prêmio por ela?

— Não é de mim que você está com raiva.

— Que diabos você sabe sobre isso? — Ela cerrou o punho e acertou o peito dele. — Aqueles malditos. — Outro golpe. — Por que não pousaram? — Um novo golpe que fez Royce cambalear um passo para trás. — Como não se vê a droga de uma montanha? Ele partiu o coração de Kitty. Eles partiram o meu. O que não ensinei a eles? O que eles não aprenderam? Por que diabo você disse a Barstow para me substituir no dia em que Emerson estava de ressaca? Por que o fez pensar que eu sabia o que estava fazendo?

Foi só quando suas mãos começaram a doer e seus braços se cansaram que ela percebeu que ainda estava batendo no peito de Royce a cada pergunta feita, a cada dúvida, a cada acusação. Ela enterrou os punhos no peito dele e os manteve ali, mal conseguindo enxergá-lo pela cortina de lágrimas. Ele a envolveu com os braços, abraçando-a com força enquanto a fazia recuar até que pudesse fechar a porta.

Grandes soluços escapavam dela, incapaz de contê-los por mais tempo. Ela não podia fingir que não estava em agonia, que uma parte sua não havia morrido com aqueles meninos naquela montanha.

— Deus, como dói.

— Eu sei.

Royce a levantou nos braços. Como conseguia suportar o peso de Jessie com a lesão?

— Sua perna…

— Não estou preocupado com isso. É com você que estou preocupado agora.

Ele atravessou a sala de estar e entrou no corredor.

— Qual quarto é o seu?

— Primeiro à direita.

Com os braços em volta do pescoço de Royce, ela se agarrou a ele como se tivesse sido lançada de um avião e ele fosse seu paraquedas.

Royce entrou no quarto, deitou-a delicadamente sobre a cama, deitou-se ao lado dela e mais uma vez a envolveu em seus braços. Jessie não sabe por quanto tempo chorou, mas, quando percebeu a umidade da camisa dele grudada em seu rosto, ele ainda a abraçava, fazendo círculos suaves em suas costas, até que as lágrimas se tornaram um fluxo lento e ela estava exausta.

— Estou tão cansada. Se eu durmo, sonho que estou no avião com os cadetes, que eles estão confusos… — com medo, mas ela não conseguia dar voz ao que a assombrava: que eles sabiam o que estava para acontecer e estavam apavorados — …pedindo orientação, e eu fico dizendo as coisas erradas a fazer.

— Você não faria isso. Você saberia o que fazer.

— Os dois eram bons e gentis, e eu gostava deles. Eu queria que dançassem até ficarem velhos. — Jessie ficou grata por Royce não dizer nada. Ela estava balbuciando, provavelmente sem fazer muito sentido. — Fui tão arrogante. Achei que, se os treinasse, sobreviveriam à guerra. Que todos eles sobreviveriam à guerra. Mas não dei a esses dois nem as competências para voltar para casa.

— Jessie. — O gemido dele foi sofrido, e ele a apertou mais forte. — Eu sei que se eu disser que você não pode se culpar, vai me mandar para o inferno, mas é impossível saber por que aconteceu. Talvez eles não tenham prestado muita atenção durante o curso de meteorologia ou navegação. Talvez não tenham passado tempo suficiente no Link para dominar os instrumentos. Talvez houvesse algo errado com a aeronave. Há muitos fatores em jogo.

— Eles eram minha responsabilidade.

— Eram minha. — Afastando-a um pouco, ele embalou seu rosto, seu semblante sério e triste. — Jessie, não sei por que aqueles rapazes bateram. Provavelmente nunca saberemos. Mau discernimento. Inexperiência. Presunção. Talvez tenham entrado no meio do nevoeiro sem perceber e não esperavam que fosse tão denso e limitasse tanto a visibilidade. Talvez tenham ficado desorientados, perdido de vista onde estavam, não perceberam a proximidade da montanha que estaria no mapa. Ou talvez tenham achado que poderiam vencer a natureza. Não sei. Só sei que nada que você não tenha ensinado a eles faria diferença. Eles realizaram mais de cento e cinquenta horas de voo. O treinamento deles não deveria ter terminado como terminou, mas não foi por algo que você fez ou deixou de fazer. Nós lhes damos as habilidades. Como eles as gerenciam está além do nosso controle.

Jessie balançou a cabeça.

— Adoraria poder acreditar nisso, mas eu os decepcionei. Decepcionei você.

— Sabia que eu tenho uma lista de mais de uma dúzia de cadetes que pediram para ser transferidos para você, caso um de seus alunos for considerado inapto para pilotar uma aeronave?

— Um dos instrutores diz que é porque sou mulher e só querem me olhar.

— Pois ele está redondamente enganado. À noite, os rapazes se sentam e falam sobre o dia. As experiências no avião, o que aprenderam, do que gostam ou não em seus instrutores. Foi assim que soubemos que precisávamos afastar Emerson. Eles falam de você com a maior consideração, e, mesmo que não o fizessem, eu a vi trabalhando com eles e vi os resultados do que os ensinou.

O acidente.

— O acidente — continuou ele, como se ela tivesse pensado em voz alta — foi uma infelicidade. Não, foi mais que isso. Foi devastador. Um sujeito no meu esquadrão derrubou dois Messerschmitts. Na volta para a base, ele caiu e morreu. Você não pode alegar que ele era um mau piloto ou que alguém falhou em ensiná-lo alguma coisa. Estamos desafiando a gravidade, somos criaturas terrestres voando pelo céu. Às vezes, o pior acontece. Sei que é terrível aceitar o que aconteceu. Perdi homens em meu esquadrão e me pergunto o que poderia ter feito diferente para ter evitado. Mas não podemos permitir que as dúvidas nos dominem. Preciso de você ensinando esses rapazes. Para falar a verdade, a Grã--Bretanha precisa de você.

— Não quero ser a causadora da morte deles.

— Você não foi. E não será. Acredito nisso com cada célula do meu corpo.

Ela fechou os olhos com força e afundou o rosto no peito dele. Se ao menos conseguisse acreditar.

— Não consigo dormir desde que aconteceu.

— Então durma agora. Vou manter os pesadelos bem longe.

Jessie curvou um dos cantos da boca. Era estranho sorrir, mesmo que só em parte.

— Você vai vestir a armadura do seu antepassado e ser meu cavaleiro?

— Eu gostaria, mas ele era bem baixinho, para falar a verdade.

A risada não saiu dos lábios dela, mas estava lá, circulando em seu peito, era muito melhor do que a dor.

— Nunca perdi um aluno antes — sussurrou Jessie.

— Perderemos outros, lamento dizer. É um dos perigos que enfrentamos por termos invejado os pássaros.

— Sempre gostei tanto de voar.

— E deveria. — Ele deu um beijo em sua testa. — Assim como eles, querida. Agora durma.

Ela sonhou com Will e Mick, sorridentes e felizes, voando pelos céus sem a ajuda de uma aeronave.

Quando acordou, ainda estava aninhada em Royce, que estava com o braço em volta dela, os olhos fechados, a mandíbula coberta da barba por fazer. Em algum momento da noite, ele tirara o paletó, a gravata e os sapatos. E, de repente, Jessie percebeu que estava se apaixonando por ele, perdidamente.

CAPÍTULO 33

Quinta-feira, 20 de novembro de 1941

K itty acordou com o som de batidas na porta de seu quarto.
— Kitty, querida, temos muito a fazer até aprontar tudo para os convidados. Seria bom se ajudasse na cozinha.

Com um gemido, Kitty rolou e enfiou a cabeça debaixo do travesseiro. Dia de Ação de Graças. Sempre havia sido um desfile de garotas correndo pela cozinha, tagarelando, fofocando e rindo. Agora, seria puro tormento. Ela seria forçada a atuar, a fingir que seu coração era mais que cacos pontiagudos que doíam constantemente.

— Kitty?

— Tá bom! — gritou ela, desejando que a mãe a deixasse em paz, mas ela estava sempre pedindo para Kitty fazer alguma coisa.

Leve a ficha de inscrição para a sala de recreação, querida. Ajude a decorar o Legion Hall para o baile de sábado. Ajude-me a fazer os biscoitos do evento da War Relief Society para recepcionar os novos cadetes. Ela sentia falta dos dias em que mamãe não queria que ela tivesse contato algum com os ingleses. Talvez devesse sair de casa, como Jessie.

Jogando as cobertas de lado, ela se forçou a levantar. Foi uma tarefa árdua fazer as pernas obedecerem, mas de alguma forma ela conseguiu pentear o cabelo e se vestir.

Enquanto descia as escadas, Kitty ouvia o vozerio vindo da cozinha. Jessie já estava lá. Ela quase voltou para o quarto, mas sabia que era preciso preparar uma quantidade enorme de comida, mais do que o normal. Duas dúzias de cadetes se juntariam a elas no banquete. Sua mãe havia combinado com outras famílias para que reservassem lugares nas mesas para os demais cadetes, assim ninguém precisaria comer no aeródromo.

Ao chegar à porta, ela ouviu Jessie perguntar:

— Kitty vai descer para ajudar?

— Não sei. Ela não está fazendo muito ultimamente. — Sua mãe suspirou. — Eu não sabia que ela tinha se apaixonado por aquele garoto. Deus, estou tão preocupada. Ela não vai aos bailes. Está até dando um tempo da botica. Só sai de casa para ir à escola.

E para fazer todas aquelas tarefas estúpidas. Kitty empurrou a porta e entrou na cozinha. Sua mãe estava junto à grande mesa de madeira no centro, adicionando ingredientes a uma panela de pão de milho esfarelado para temperar. Jessie estava na bancada, esfarelando mais pão de milho em outra panela.

— O que posso fazer para ajudar?

Ela não tivera a intenção de soar menos entusiasmada do que alguém avisando que estava indo ao dentista, mas até que as visitas chegassem, também não havia necessidade de fingir.

— As meninas estão fazendo o purê na casa delas e vão trazer — disse a mãe alegremente. — Quer descascar as cenouras?

— Claro.

Tirando um avental de um cabide, Kitty o vestiu e amarrou, depois se arrastou até a pia e iniciou a tarefa.

— Kitty, quando terminar de ajudar, pode vestir algo um pouco mais colorido? — pediu mamãe.

— Sabia que depois que o marido da rainha Vitória morreu ela usou preto até o dia da própria morte?

— Você não vai fazer isso, vai? — sondou Jessie.

Kitty mal olhou para ela.

— Eu gosto de preto.

Depois de terminar com o pão de milho, Jessie limpou as mãos em um pano de prato, passou a panela para a mãe e juntou-se a Kitty na pia.

— Quer que eu ajude?

— Eu posso fazer.

Com o canto do olho, ela viu sua irmã olhar impotente para a mãe. Kitty sentiu uma pontada de arrependimento pela grosseria, mas não conseguia perdoar Jessie pelo que havia acontecido. Ela fora instrutora de Will, então era graças a ela que ele não estava em um navio de volta para a Inglaterra naquele momento. A razão pela qual Kitty nunca mais o veria.

— Kitty, querida, o que aconteceu não foi culpa de Jessie.

Ela se conteve para não gritar: *Então de quem foi?*

— Eu só quero cuidar disso sozinha.

Ela usou deliberadamente uma frase que o avô usava para expressar como se sentia: sozinha.

As pessoas começaram a chegar mais de uma hora antes de o jantar ser servido. Rhonda e Annette levaram mais um peru, purê de batatas e molho *gravy*. Royce e Peter levaram cerveja e gelo suficientes para encher dois barris no quintal, além de algumas garrafas de uísque. Não importava que a maioria dos cadetes fosse jovem demais para comprar ou beber cerveja em público, eles a ofereceram mesmo assim.

— Já têm idade para morrer pela pátria, já têm idade para beber. Além disso, também já têm idade para beber na Inglaterra — afirmou Royce.

Visto que o dia estava lindo e os britânicos gostariam de ficar ao ar livre, foram providenciadas cadeiras e mantas para que se sentassem na grama. Kitty estava no balanço da varanda da frente. Jessie e Royce estavam lado a lado em uma manta, conversando, sorrindo, ocasionalmente gargalhando; cada sinal de alegria, uma pontada no peito. Ela se odiava por não querer que Jessie fosse feliz.

Alguns aprendizes se acomodaram nas cadeiras de balanço da varanda.

— Faz frio aqui? — perguntou Rupert Tidings.

— Às vezes. — Kitty sabia que precisava ser melhor anfitriã. Sua imensa tristeza não era culpa dele. — Vou sair daqui cheia hoje.

Os cadetes olharam para ela, piscaram algumas vezes e se entreolharam. Então Rupert perguntou:

— De nós?

A pergunta estranha a fez se questionar se seria mais uma falha de comunicação, um item para a lista de Royce. Ela mostrou o prato.

— De tanto comer.

— Ah, sim. Está excelente. Nunca comi nada parecido antes. Chegamos no seu país na hora certa.

Trixie saltou para a varanda e, abanando o rabo, parou entre os cadetes.

— Podemos dar um pouco a ela? — perguntou Rupert.

— Só se quiserem que ela fique grudada em vocês pelo resto da tarde.

Quando terminaram de comer, Trixie e os rapazes eram melhores amigos.

Depois de um tempo, Rhonda saiu e se juntou a ela no balanço. Estava com uma taça de vinho, mas sem prato.

— Já terminou de comer? — perguntou Kitty.

— Já. Só esperando a sobremesa. Alguns rapazes estão falando sobre brincarmos de mímica. Estou cheia demais para pensar em fazer qualquer coisa além de imitar um bicho-preguiça.

Com os pratos vazios, os cadetes entraram de volta na casa.

— Eu disse uma coisa... — Kitty manteve a voz baixa — ...que fez os cadetes me olharem de um jeito engraçado.

— O que você disse?

— Algo sobre sair daqui cheia de tanto comer.

Rhonda sorriu, inclinou-se para perto e sussurrou:

— Cometi o mesmo erro com Peter uma noite durante um jantar. Ele achou que eu estivesse de saco-cheio dele.

— Ah, droga.

Ela fechou os olhos com força, imaginando Will gargalhando com a gafe e sua vergonha. Suas bochechas pareciam estar queimando. Mas uma das coisas que Kitty sempre gostara em Rhonda era que nunca falava com ela como se fosse uma criança. Ela era franca, sincera e direta quando se tratava de coisas que muitas pessoas nunca diriam em voz alta. Certamente ninguém mais teria falado com Kitty usando uma expressão chula dessas. Às vezes, doía mais do que tudo ela ter sido uma boa moça e não ter dormido com Will. Ela sentiu as lágrimas escorrendo e rapidamente as secou.

— Kitty?

— Estou bem. Só que é um dia difícil. Papai não está aqui. Will.

— Eu sei. Pensei tanto neles e em Mick hoje, um dia para agradecer. E agradeço por tê-los conhecido, por terem estado em minha vida por um tempo. Chegará um momento, Kitty, em que as boas lembranças afastarão as tristes.

— Foi seu pai quem ensinou você a lidar com o luto?

— Não mesmo! — Rhonda parecia profundamente ofendida. Kitty não conseguiu conter a risada. — Apesar dos sermões que dá, meu pai nunca procura a luz no fim do túnel. Ele apenas chafurda no túnel. Jamais o procure em busca de consolo; ele só dirá que você fez algo para merecer a dor. E estará errado.

A porta se abriu e Peter saiu, segurando dois pratinhos.

— Não consegui lembrar qual torta você queria: maçã ou abóbora.

O sorriso de Rhonda foi doce e convidativo ao responder:

— Vou querer metade de cada.

Com uma risada, ele entregou a ela a torta de abóbora e se encostou na balaustrada para comer sua metade da fatia de maçã.

— Foi muito bacana da sua mãe organizar tudo isso.

— Tenho certeza de que ela já está planejando o mesmo para o Natal.

— Acho que alguns rapazes estão desejando não ter que ir embora.

Rhonda e ele trocaram pratos. Foi um gesto tão típico de casal que doeu no coração de Kitty. Ela se levantou e disse:

— Acho que vou pegar uma de noz-pecã.

A porta de tela mal havia se fechado após ela sair, Peter se juntara a Rhonda no balanço e os dois já estavam aninhados.

Na cozinha, Kitty deixou seu prato na bancada ao lado dos inúmeros outros e abriu a torneira para encher a pia. Mais cedo ou mais tarde, teria que começar a lavar a louça mesmo.

Sua mãe chegou por trás dela e pôs as mãos em sua cintura, afastando-a e fechando a torneira.

— Deixe tudo como está até nossos convidados terem ido embora.

Já estava quase anoitecendo quando os cadetes se alinharam e começaram a marchar de volta ao aeródromo, seus assobios lembrando Kitty daquela primeira tarde de sábado. Parecia fazer tanto tempo e, ao mesmo tempo, era como se tivesse sido no dia anterior. Ela era tão inocente na época. Agora, parecia ter vivido uma vida inteira.

Kitty saiu da casa e parou no barril de latão. O gelo havia derretido, mas restavam algumas garrafas. Depois de pegar uma, ela usou o abridor preso ao barril com um barbante e a abriu. Sua mãe teria um ataque se a visse bebendo, mas Kitty não se importava. Tinha quase a mesma idade que os cadetes e havia conquistado o direito de aproveitar a bebida.

Estava escurecendo. Ela podia se esconder ali, ficar sozinha até a irmã, Rhonda, Annette, Royce e Peter irem embora. Por um segundo, pensou se Royce gostaria de jogar damas com ela, mas se deu conta de que isso significaria ter Jessie por perto. Caminhou até o balanço de pneu, sentou-se e pegou um leve impulso. Levando a garrafa aos lábios, tomou um gole — e engasgou. *Eca. Que coisa horrível!* Por que as pessoas bebiam aquele lixo? E Will achava o chá americano ruim?

Luzes e risos pipocaram pela casa; provavelmente Jessie e as amigas ajudando mamãe a limpar. Kitty deveria se juntar a elas. Rhonda diria algo ultrajante para fazê-la rir. Só que ela não queria rir, se divertir ou agir como se estivesse tudo bem.

Foi quando ela viu uma silhueta serpenteando em sua direção. Jessie. Por que ela não podia simplesmente deixá-la em paz?

Kitty pegou mais um pequeno impulso, fazendo o galho ranger. Talvez a árvore caísse em cima de Kitty para que ela não tivesse que falar com a irmã.

Quando Jessie parou bem perto do balanço, Kitty sentiu sua total atenção nela, mas continuou olhando para frente. Tomou outro gole da cerveja, engolindo a mistura vil.

— Vai contar para a mamãe que estou bebendo? — perguntou Kitty, de modo desafiador.

— Não sou hipócrita. Tomei meu primeiro gole aos dezessete. Achei a pior coisa que eu já tinha provado.

Ela não queria sentir uma conexão com a irmã, mas admitiu:

— É nojento. Parece remédio.

— Depois de um tempo, aprendi a gostar do sabor. Fica melhor gelada.

Kitty não via como aquilo poderia fazer alguma diferença.

— Por que veio até aqui?

— Para ver como você estava. Não tivemos muita chance de conversar hoje.

— Estou bem.

— Acho que não, Kitty. Não sei o que fazer por você, como fazer parar de doer. Eu sei que está com raiva de mim, que me culpa. Quero que saiba que não tem problema. Eu entendo.

Kitty se levantou do pneu e atirou a garrafa com toda a força. Ela não conseguiu ver onde caiu nem ouviu o impacto, então deve ter sido na grama. Que decepção. Queria ouvir o vidro quebrar.

— A culpa é sua porque, se não for, é dele. Eu não quero que seja dele. — Lágrimas escaldantes escorriam por seu rosto. Caindo no chão, ela se abraçou e começou a balançar o corpo. — Não pode ser culpa dele.

Os braços de Jessie a envolveram, abraçando-a com força.

— Ele era um bom piloto. Eles dois eram. Não era para ter acontecido.

— Mas aconteceu.

— Não podemos controlar tudo. Assim como quando papai foi dormir e não acordou mais. Embora nem sempre saibamos por que as coisas acontecem, isso não torna nada mais fácil.

Kitty não queria admitir, mas as palavras simplesmente saíram:

— Ele se esforçava tanto para impressionar você… Não de um jeito exibicionista. Ele me disse uma vez que queria ser calmo e confiante como você nos controles. Que você entendia tudo sobre o avião e o que o avião dizia a você. Disse que você perguntava: "Sentiu isso, sr. Wedgeworth?". Aí você explicava o que era, se era o avião ou ele, ou… Você simplesmente sabe de tudo, Jess. Você sabia até que eu ia me machucar.

Jessie afrouxou o abraço e recuou.

— Mas eu não sabia que seria assim, Kitty. Eu gostaria tanto que não tivesse sido.

— Eu também. Eu gostaria de muitas coisas. Que eu tivesse dito a ele que o amava mais uma vez. Que eu o tivesse beijado mais uma vez. Abraçado.

Apesar de agora estar muito mais escuro, Kitty sentia o olhar de sua irmã perfurando-a, estudando-a. Por fim, Jessie confessou:

— Sempre me sinto mais perto do papai quando estou voando. E se eu levasse você amanhã à noite na Jenny do papai? Você poderia mandar um beijo para Will lá de cima.

Kitty pensara ter esgotado todas as lágrimas, mas uma nova leva veio à tona, embaçando sua visão. Foi estranho sentir sua boca abrindo um sorriso — não largo, mas os cantos se afrouxaram um pouco.

— Eu gostaria disso.

Ela não sabia onde ficava o céu, mas sabia que Will estava lá. Talvez estar entre as nuvens diminuísse a dor, apenas um pouquinho, apenas o suficiente para poder respirar.

CAPÍTULO 34

Domingo, 7 de dezembro de 1941

Sentada em uma cadeira de vinil vermelho diante da mesinha de metal da cozinha, Jessie tomava seu café matinal e lia o *Tribune*. O voo com Kitty parecera aliviar um pouco a angústia da irmã. Não o suficiente para ela já ter ido a um baile ou aposentado as roupas pretas, mas fora ao salão de recreação para ver os cadetes depois que as duas pousaram, bem como voltara ao trabalho na botica. Era um começo.

Levantando a cabeça com o som dos chinelos batendo no chão, ela sorriu ao ver Rhonda de roupão e com os cabelos ainda enrolados em bobes.

— Café — choramingou a amiga. — Preciso de café.

Rhonda foi até o bule, serviu-se de uma xícara e inalou profundamente antes de tomar um gole. Ela fechou os olhos como se estivesse em êxtase.

— Melhor, muito melhor.

— Notei você bebendo de um cantil ontem à noite no Legion Hall.

Rhonda deu de ombros.

— Peter gosta de tomar um pouco de rum entre as danças. Seria grosseria fazê-lo beber sozinho.

— Então está apenas sendo educada?

— Claro. Além disso, minha visita a papai ontem à tarde não foi das melhores. Ele me chamou de rameira. Eu não sabia que as pessoas ainda usavam essa palavra.

Jessie dobrou o jornal e o colocou de lado.

— Por que ele a chamaria assim?

— Não tenho ido à igreja. Ele ouviu falar que estou andando por aí com um estrangeiro. Eu uso maquiagem demais. Vai saber. Acho que ele nunca superou a fuga da mamãe. Quando olha para mim, ele a vê.

— Para um pastor, ele não é muito cristão.

— Chega de falar dele. — Rhonda se deixou cair em uma cadeira, usou o pé para afastar outra da mesa e plantou os dois pés no assento. — Ouvi uma fofoca interessante ontem à noite. Parece que Luke levou Eve Blessing ao cinema.

Jessie ficou surpresa com sua sensação de alívio, uma diminuição da culpa. Eles haviam estudado com Eve. Ela era a enfermeira do hospital que deixara Royce visitá-la mesmo sem permissão.

— Sempre gostei da Eve.

— Você não fica incomodada?

— Estou um pouco triste, mas... — Como descrever o que estava sentindo? — Estou feliz por ele não estar me esperando.

— Nesse caso, acho que você não precisa mais manter o relacionamento com Royce tão secreto.

— Isso é mais pelos cadetes. Ele está tentando dar um bom exemplo aos rapazes.

— Bem, duvido que esteja funcionando. Qualquer um que veja a intensidade com que ele olha para você sabe que tem algo acontecendo entre vocês dois.

— Não tanto quanto você pensa. Somos apenas amigos. Ele acredita que é tentar demais a sorte ser mais do que isso.

— Acho que é *você* que o tenta; esse é o problema. De qualquer forma, Peter, eu e ele vamos a Dallas ver *Sargento York* no Majestic. Quer ir?

— Você está bancando o cupido?

— Três é demais. Torna as coisas estranhas. Annette vai preparar uma refeição e receber alguns cadetes, e eu quero deixá-la sozinha. Pensei que você gostaria de fazer o mesmo. Além disso, você e Royce podem até estar tentando negar, mas já são um casal.

Royce estava dirigindo. Com Rhonda e Peter no banco de trás, Jessie não quis nem pensar nas travessuras que poderiam estar aprontando. Ocasionalmente, ela ouvia um sussurro, mas não as palavras. E várias risadinhas baixas.

— Espero que não se importe que eu tenha vindo — disse Jessie. — Rhonda odeia números ímpares. Ela tinha dificuldade com eles até na escola.

Royce riu, balançou a cabeça, esticou o braço e pegou a mão dela.

— Ei, eu ouvi — disse Rhonda. — Eu era um gênio na matemática. Era de história que eu não gostava muito. Sempre preferi o presente. Falando nisso, nós estávamos pensando em sair para comer depois do filme, em algum lugar legal.

Então Rhonda e Peter eram um *nós* agora, e esperavam que se entendesse a quem se referia aquele pequeno pronome.

— A festa é sua. Estou só acompanhando.

— Excelente. Tem alguma objeção, Royce?

— Nenhuma.

— Vamos nos divertir.

— Você é sempre garantia de diversão — observou Peter.

— O que é a vida sem diversão? Um tédio.

Assim que chegaram a Dallas, Jessie guiou Royce até a rua Elm. Após estacionarem, os quatro caminharam até o prédio barroco de cinco andares com sua impressionante marquise iluminada.

— Sempre adorei vir aqui — admitiu Jessie a Royce conforme eles entravam, seguindo a multidão de cinéfilos.

Atravessar o piso de mármore preto e branco sob os belos candelabros de cristal até as graciosas escadarias a fez se sentir como Cinderela chegando ao baile ao lado do Príncipe Encantado, que descansava a mão levemente em suas costas — embora ela não tivesse declarado Royce seu príncipe, não publicamente, muito menos para ele em particular. Ela andava mais prudente ao demonstrar seus sentimentos nos últimos tempos, incerta se era resultado de maturidade, um resquício de culpa pelo rompimento com Luke ou o desejo de evitar o destino de Kitty. Ou talvez estivesse apenas seguindo o exemplo de Royce. No entanto, quando estava com ele, as palavras vinham com mais facilidade, os sorrisos, com mais frequência, a felicidade era muito mais intensa.

— Vamos pegar o elevador? — sugeriu Peter, guiando-os em direção ao elegante elevador gradeado.

Eles subiram até o nível da galeria e conseguiram encontrar assentos perto da frente. Jessie se sentou entre Royce e Rhonda.

— Simplesmente espetacular — comentou Royce baixinho perto de seu ouvido.

— Quando um sujeito traz você para cá, fica claro que a está levando a sério.

Ele entrelaçou os dedos nos dela.

— Terei que me lembrar disso.

Ela olhou para Rhonda. Peter estava com os braços em volta dos ombros dela e os dois estavam aninhados, conversando. Jessie se aproximou mais de Royce.

— Nossa primeira saída de casais oficial. Não que esses dois ao menos estejam cientes da nossa presença.

— Eles parecem ter olhos apenas um para o outro. Neste ponto, em circunstâncias normais, eu diria que só tenho olhos para você, mas não quero lhe dar esperança de que possamos vir a ter mais do que podemos.

— Por causa dos cadetes?

— Porque na guerra a única certeza é a perda.

Será que Royce realmente acreditava que, se algo acontecesse com ele, ela sofreria menos porque ele guardou o que sentia por ela?

— É tão lindo aqui. Não vamos permitir que a guerra se intrometa.

Royce a observou brevemente antes de assentir e conceder:

— Tudo bem.

Ele deslizou o braço ao redor dela, que se aninhou em seu ombro, sentindo seu aroma picante, saboreando seu calor.

As luzes diminuíram. Ninguém falou ou se moveu durante os cinejornais. Jessie ficou grata quando o filme começou, embora se perguntasse se ele poderia ter preferido algo como *O Mágico de Oz* a uma história sobre um herói da última guerra. A dada altura, ela sussurrou:

— As cenas de batalha são perturbadoras?

— Estou prestando mais atenção em você.

Quando ela o olhou, Royce parecia querer dizer mais. Porém, em vez disso, ele voltou a atenção para as imagens na tela. Precisava mesmo ser tão cauteloso em relação aos cadetes ou era incerteza? Peter não escondia o que sentia por Rhonda. A situação dos cadetes era diferente. Eles partiriam em pouco tempo, embora aquilo não tivesse impedido um deles de ficar noivo. O anúncio saíra no *Tribune* na semana anterior. Jessie queria que as pessoas soubessem o quanto Royce significava para ela. Era algo que eles precisavam discutir, talvez naquela noite.

Quando o filme terminou, antes mesmo de os créditos finais começarem a rolar, a oscilação na tela parou de repente e as luzes se acenderam.

— Senhoras e senhores.

Um homem com um microfone, provavelmente remanescente dos dias em que o teatro era um local para atos de vaudeville e apresentações ao vivo, estava diante da tela.

— É com choque e horror que acabamos de saber que esta manhã os japoneses atacaram, por via aérea e com uma força militar avassaladora, a base naval de Pearl Harbor. Centenas, se não milhares, estão mortos.

Jessie continuou sentada em descrença, sentindo-se atordoada. Com o braço ainda em volta dela, Royce a abraçou com força. Sem nem perceber como aconteceu, ela descobriu que estava apertando a mão de Rhonda. Depois de um silêncio breve e pesado enquanto todos processavam o anúncio, uma cacofonia de sons irrompeu repentinamente ao redor, enquanto alguns na plateia choravam e outros exclamavam e aplaudiam.

— Vamos para a guerra agora! — gritou um homem.

— Já passou da hora! — exclamou alguém de volta.

— Estou indo para uma repartição de recrutamento neste momento — disse um homem perto deles.

— Vamos acabar com essa guerra antes do fim do ano — respondeu outra voz.

Não, vocês não vão, Jessie queria dizer. Quantas vezes homens haviam marchado para uma guerra pensando que ela terminaria em questão de semanas? Ela olhou para Royce, que não demonstrava nenhuma satisfação pelo fato de a América estar se juntando à luta. Na verdade, ele parecia tão desolado quanto ela.

— Sinto muito — disse ele baixinho.

Ao redor do grupo, as pessoas estavam se levantando, saindo às pressas. Como conseguiam se mexer?

— Eles têm razão — disse Jessie. — Agora teremos que nos envolver. Não podemos ficar de fora depois disso.

Após soltar a mão de Rhonda, ela conseguiu se levantar e imediatamente Royce estava lá, com os braços fortes e reconfortantes a envolvendo. Deitando a cabeça no peito dele, ela o abraçou com força, não querendo mais soltar, não querendo enfrentar a terrível realidade do que os esperava.

— Eu não entendo. — A voz trêmula de Rhonda denunciava sua perplexidade. — Disseram que o Havaí ficava muito longe do Japão para ser atacado. Como é que isso foi acontecer? Precisamos voltar para Terrence.

Era improvável que encontrassem respostas lá, mas era aonde se ia quando se via com medo, confuso e arrasado: para casa.

Pouco mais de uma hora depois, eles entraram na casa da rua Pecan desesperados por mais notícias. O rádio do carro não funcionou — as alegrias de ser presenteado com um veículo usado. Não teria sido um problema durante a curta viagem até o aeródromo, mas deixava muito a desejar quando seu país acabara de ser atacado.

Diante do rádio, como se estivessem sentados em frente a uma fogueira acesa, estavam reunidos Annette e diversos cadetes. Uma sinfonia de música enchia a sala. Como poderia estar tocando música em um momento como aquele?

Todos se viraram com os olhos arregalados de medo e preocupação quando os quatro entraram.

— Os japoneses bombardearam Pearl Harbor — contou Annette.

— Nós soubemos. Fizeram um anúncio no cinema. — Jessie deixou a bolsa em uma mesinha e se sentou no braço do sofá. — Deram algum detalhe?

— Não muitos. Eles interrompem a programação quando têm mais a relatar. Foi feio. Estávamos totalmente despreparados. Navios de guerra foram afundados, aeronaves e aeródromos foram destruídos. Estão dizendo que as baixas serão catastróficas.

— Alguma coisa sobre o *Arizona*?

Ela balançou a cabeça e respondeu:

— Não, por quê?

— É o navio onde David Baker, filho do prefeito, está servindo.

— Merda — sussurrou Annette.

Jessie se levantou.

— Tenho que ir ver mamãe.

Ela já estava do lado de fora quando percebeu que Royce estava ao seu lado. Estendendo o braço, ela segurou a mão dele, que a puxou para perto.

— Como vocês lidaram com isso dia após dia?

— Você apenas tenta lidar, um minuto de cada vez.

— Em um instante, tudo mudou.

Duas semanas antes, estavam jantando e comemorando o feriado, e agora os navios japoneses poderiam estar chegando, prontos para a batalha.

— Como pudemos ser pegos de surpresa desse jeito? — Não importava. Com o tempo, as perguntas seriam respondidas. Ela soltou a mão dele e os dois começaram a caminhar. — Estou sentindo tantas emoções diferentes. Raiva, choque, pavor, preocupação, tristeza. Todas aquelas pessoas que morreram. Achei que eu entendia o que vocês estavam passando na Inglaterra, mas era apenas comiseração. Sinto toda uma gama de emoções e não sei o que fazer com elas.

— Você as transforma em determinação e resolução.

Jessie poderia fazer aquilo. Ela faria aquilo. Eles superariam tudo. O país não cairia. Talvez demorasse um pouco, mas eles seriam vitoriosos.

Quando entraram na casa, ela encontrou a mãe e Kitty na sala, assim como encontraram os outros, grudadas no aparelho de rádio como se precisassem fazer aquilo para ouvi-lo direito. Sua mãe se levantou e a abraçou com força.

— Você está bem!

Como se ela realmente estivesse em perigo. Jessie imaginou que devia ser porque, quando o inesperado acontecia, as pessoas experimentavam uma sensação de alívio e esperança com o esperado.

— Alguma notícia sobre David?

Sua mãe estendeu a mão e apertou o braço de Royce como se quisesse assegurar-se de que ele era sólido e real.

— Não. Eu liguei para Bug... — Com a testa profundamente franzida, ela balançou a cabeça. — Mas eles não tiveram notícias.

— Não parece nada bom — disse Kitty, soando madura demais para a idade que tinha. — Parece que simplesmente chegaram e acabaram com tudo.

Jessie se acomodou no sofá, abrindo espaço para Royce se sentar ao lado. Era incrivelmente reconfortante tê-lo por perto, uma fonte de força, alguém que poderia orientá-las naquele momento.

— Vamos declarar guerra agora, não vamos?

— Não vejo como não — disse Royce.

Eles se envolveriam mais. Enviariam homens para lutar. Teriam que racionar, teriam que... Jessie podia pensar em mil coisas que o país teria que fazer. Estava apavorada com a ideia do que o futuro traria.

No dia seguinte, uma melancolia pairava sobre a cidade e o aeródromo. Na cantina, de mãos dadas com Rhonda, Royce ao seu lado e Peter ao lado de Rhonda, além de instrutores, funcionários e cadetes imóveis e calados, Jessie ouviu no rádio o discurso de Roosevelt declarando guerra ao Japão. Três dias depois, seu país estava em guerra com a Alemanha.

CAPÍTULO 35

Domingo, 14 de dezembro de 1941

Jessie se levantou com dificuldade pouco antes do amanhecer. Não dormira bem a semana toda, embora tivesse quase certeza de que não era a única. Uma nuvem de ansiedade se instalara e todos tentavam descobrir como proceder. Parecia errado rir, contar piadas ou sorrir enquanto os relatos sobre as vítimas não paravam de chegar. Centenas, possivelmente milhares — militares e civis — tinham morrido apenas uma semana antes. Eles haviam acordado para desfrutar de uma bela e pitoresca manhã e, em vez disso, viveram um filme de horror. Ela não conseguia se livrar de uma sensação de perdição, e parecia que muitos ao redor sentiam o mesmo.

O baile marcado para a noite anterior havia sido cancelado na terça-feira, a decisão revertida na quinta, depois cancelado novamente na sexta. Ninguém conseguia decidir se era apropriado ter uma noite festiva. No final, eles se reuniram, mas sem banda, simplesmente para se encontrar e conversar, beber ponche e comer biscoitos. As conversas giravam em torno do que esperar, do que fazer. Todos queriam conselhos daqueles já envolvidos em uma guerra aparentemente bem diferente da anterior.

A vantagem de acordar tão cedo era que ela podia se demorar no banheiro enquanto se aprontava sem ser constantemente interrompida com batidas na porta de uma das colegas precisando entrar. Depois, Jessie foi para a cozinha, suspirando ao ver as compras empilhadas na bancada. Conscientes do racionamento na Inglaterra, Annette e Rhonda limparam quase sozinhas as prateleiras dos supermercados para estocar farinha, açúcar e enlatados. Não havia espaço suficiente nos armários para guardar tudo. Jessie não conseguia imaginar os suprimentos de comida chegando a níveis tão baixos ali, mas sua mãe fizera o mesmo, assim como outros na cidade, criando a escassez que tanto temiam.

Assim que terminou de coar o café, Jessie encheu uma xícara, foi para a sala, se enrolou na ponta do sofá e tomou um gole lento, imaginando se o café também poderia ser racionado. Ela não tinha ideia de como as importações seriam afetadas. Eram tantas incógnitas, tantos aspectos da guerra para os quais ela temia que estivessem mal preparados.

Alguns instrutores já haviam dado aviso-prévio, bem como alguns mecânicos. Quando Barstow a abordou para saber se ela conhecia alguma mulher que pudesse querer trabalhar no aeródromo, em qualquer função, Jessie providenciou uma lista de possíveis instrutoras. Foi estranho como a postura dele mudou rapidamente. Jessie se perguntou se era porque ela, Rhonda e Annette haviam provado ser tão capazes quanto os homens.

Ela estava tão perdida nos próprios pensamentos que a batida na porta fez seu coração ir à garganta. Como todo mundo, ela estava uma pilha. Um artigo no jornal falara sobre um grupo de fazendeiros que formaram uma coalizão armada para proteger o Rio Grande e garantir que o inimigo não tentasse entrar no estado por aquela fronteira.

Deixando de lado o café, agora frio, ela foi até a porta ciente do silêncio vindo do corredor, indicando que ninguém acordara. Eram quase oito, mas ela ainda era a única a ter se levantado. Ao abrir a porta, Jessie absorveu a brisa fresca da manhã, um pouco surpresa ao ver Luke parado ali.

— Oi. — Ela empurrou a tela. — Entre.

— Não dá tempo, tenho um trem para pegar. Só queria passar aqui e me despedir antes de ir embora.

Só então ela notou a pequena mala marrom aos pés dele. O medo perfurou seu peito.

— Para onde vai?

— A guerra é nossa agora, Jess. Estou alistado para os fuzileiros navais. Indo para o treinamento em Parris Island.

Os fuzileiros navais. Ela sabia que nenhuma divisão era segura, mas gostaria que Luke a tivesse deixado ensiná-lo a voar. Jessie tentou ver se havia alguém atrás dele.

— Seus pais estão com você?

Ele balançou a cabeça.

— Mamãe começou a chorar durante o café da manhã. Achei melhor me despedir em casa. Não precisava dela gritando na estação. Partir já é difícil o suficiente sem isso.

— Tudo bem se eu esperar com você?

Ele abriu o sorriso torto que tanto a encantava nos tempos de escola.

— Eu adoraria.

— Deixe-me pegar um suéter.

De repente gelada até os ossos, ela pegou um suéter no armário e o vestiu antes de voltar correndo para a varanda e fechar a porta ao sair. Ela segurou a mão dele e a apertou com força no caminho até a estação.

— Soube que você levou Eve ao cinema — revelou ela baixinho.

— Só uma vez. Ela é legal, mas não consegui ver as coisas dando certo entre a gente. Ouvi rumores sobre você e aquele britânico. Vai se casar com ele?

— Eu gosto dele, mas não foi por causa dele que as coisas não deram certo conosco.

— Eu sei. Pensei bastante, e finalmente cheguei à conclusão de que, no fundo, eu sabia que o que eu estava oferecendo não era vida para você. Você sempre foi mais ambiciosa que eu. Não teria sido feliz como esposa de um fazendeiro, Jess. E eu não teria sido feliz se você não fosse. — Ele deu uma piscadela para ela. — Depois que essa guerra ficar para trás, eu procuro a mulher certa.

Jessie pestanejou para conter as lágrimas que embaçavam seus olhos e disse:

— Ela será uma garota de muita sorte.

Quando chegaram à estação, havia vários rapazes que ela conhecia esperando na plataforma, alguns sozinhos, outros com as famílias. Ninguém gritava saudações entusiasmadas. Alguns assentiam ao reconhecê-la. O clima era sombrio, uma mortalha pesada pairando sobre os viajantes.

— Papai ficaria decepcionado por você não ter se juntado às Forças Aéreas.

— Eu cogitei, mas os fuzileiros navais pareciam uma opção melhor. Gosto de manter os pés no chão, e, com toda a prática com a caça, sou um excelente atirador.

Luke quisera ensiná-la a caçar, mas Jessie não conseguia ter coragem de atirar em um animal que nunca lhe fizera mal. Os dois realmente nunca tiveram os mesmos interesses. Ainda assim, ela não conseguia parar de fitar todos os traços do rosto de Luke, com medo de nunca mais vê-lo.

— Queria que você não fosse tão alto. Por favor, não se esqueça de se abaixar.

Ele a olhou de um jeito estranho antes de virar o rosto, e Jessie soube ali que ele jamais se esconderia, jamais se acovardaria e com certeza jamais fugiria da briga.

O apito de um trem se aproximando reverberou pelos ossos dela.

— Você se importaria se eu escrevesse para você? Jack diz que as cartas que recebe de casa ajudam a mantê-lo vivo.

— Eu adoraria. Não sei se terei muito tempo para responder.

— Tudo bem. Pelo menos saberá que estamos pensando em você.

O trem entrou na estação com um guincho de freios que cessou o silêncio daquela manhã e ecoou ameaçadoramente. Antes de os britânicos chegarem, Jessie sempre considerara a chegada e a partida dos trens uma coisa romântica, um símbolo de pessoas indo a algum lugar, um presságio de aventura. Agora, representava o início de uma jornada rumo ao perigo.

— Acho que você não vai se despedir de mim com um beijo, pelos velhos tempos — disse ele.

O aceno de cabeça dela foi quase imperceptível. Jessie ficou na ponta dos pés, passou os braços pelo pescoço de Luke e plantou os lábios nos dele, transmitindo pelo beijo todo o amor que sentira por ele na juventude e todo o carinho que ainda sentia. Luke tinha sido o primeiro dela em todas as coisas. O primeiro encontro, o primeiro beijo, o primeiro namorado, o primeiro amor.

Quando ele se afastou, Jessie o abraçou mais forte e sussurrou:

— Prometa que não vai se arriscar, que vai se manter seguro e que vai voltar.

— Você me conhece, Jess. Não faço promessas que não tenho cem por cento de certeza de poder cumprir.

Com um ligeiro sorriso, ele encaixou um dos dedos sob o queixo dela.

— Mas farei de tudo para voltar para casa.

Abruptamente, ele se soltou do abraço e, com passos largos e descontraídos, dirigiu-se ao trem. Ela esperou até que ele aparecesse em uma janela para se aproximar do vagão. As pessoas na plataforma gritavam adeus, mulheres choravam. Mesmo que o estivesse olhando por trás de uma densa névoa, ela se recusou a deixar as lágrimas caírem enquanto ele ainda poderia vê-las.

— Vou mandar alguns brownies.

Abrindo um sorriso radiante de pura bravata, ele riu e respondeu:

— Acho bom mesmo!

O apito soou e o trem começou a se afastar da estação. Jessie acenou até não poder mais ver Luke. Acenou até não poder mais ver o trem.

Então ela deixou as lágrimas rolarem.

CAPÍTULO 36

Domingo, 21 de dezembro de 1941

A pós mais uma semana de noites mal dormidas, cerca de uma hora antes do amanhecer, Jessie conduziu sua bicicleta, comprada três dias antes devido à instrução para economizar gasolina, até a casa da mãe. Ela precisava do conforto do balanço da varanda e da cabeça de Trixie deitada em seus pés. As coisas ainda estavam mudando em um ritmo acelerado, e alguns ajustes estavam sendo feitos. O conselho da cidade se reunira e marcara uma data em janeiro para um ensaio geral de blecaute. As pessoas paravam na escola para pedir conselhos a Royce sobre como se preparar caso o inimigo atacasse a região. Queriam saber a melhor maneira de ajudar na guerra. Todos pareciam estar com os nervos à flor da pele. Mais quinze homens tinham se alistado. O *Terrence Tribune* começou a registrar seus nomes e os setores militares em que serviriam.

Agora que os Estados Unidos estavam envolvidos na guerra e todos estavam do mesmo lado, os cadetes tinham permissão para usar seus uniformes fora do aeródromo. Assim, tornara-se impossível confundi-los com qualquer outra coisa senão o que eram: soldados.

Lamentavelmente, três dos cadetes da primeira turma tinham sido mortos em ação. Uma coluna no jornal intitulada "Notícias sobre nossos britânicos" dera a notícia seguida por informações mais animadoras sobre promoções e condecorações. Jessie presumiu que Kitty fornecia a maioria dos detalhes, já que, dentro do possível, mantinha contato com todos os cadetes, escrevendo cartas semanalmente. Isso a ajudava a se curar, mas Jessie não podia deixar de achar que também servia como um lembrete de sua perda. Ela ainda não voltara a frequentar os bailes e continuava usando preto.

Jessie foi despertada de seu devaneio pelo rugido distante de um AT-6 vindo da direção do aeródromo.

Alguns raios de sol haviam acabado de aparecer no horizonte. Correndo para a beira da varanda, ela viu a silhueta do avião se afastando de Terrence, sem dúvida o piloto estava se esforçando para não incomodar quem ainda estivesse dormindo ou causar pânico com o som inesperado de uma aeronave no céu. Mas por que alguém estava pilotando àquela hora da manhã em um dia no qual o aeródromo deveria estar parado?

Depois de dar um último tapinha em Trixie, Jessie pegou sua bicicleta e disparou para o aeródromo com diferentes hipóteses passando pela cabeça, acompanhando o ritmo das pedaladas. Um aluno aprontando alguma? Um ladrão? Alguma sabotagem? Ou talvez não fosse um avião do aeródromo. Talvez fosse um caça inimigo?

Quando virou na estrada de terra, não viu ninguém. Muitos cadetes dormiam fora, visitando outras cidades para ter um pouco de aventura ou se hospedando na casa de alguém para aproveitar a folga do quartel. Obviamente, nenhum dos que passaram a noite ali se incomodaram com o barulho de um avião decolando, preferindo aproveitar a única manhã da semana em que podiam dormir até tarde.

Após parar a bicicleta e encostá-la do lado de fora do hangar, ela disparou para dentro, pegou o binóculo e saiu correndo de volta. Ao vasculhar o céu, tudo o que se via eram os gloriosos tons de laranja, cor-de-rosa e azul enquanto o sol subia de mansinho no horizonte. Ela correu para a linha de voo dos AT-6, percorreu uma fileira de aviões e depois a outra, contando conforme avançava. Definitivamente faltava um.

Jessie torceu para que fosse um dos instrutores, não um aluno. Por vezes, quando precisava esquecer seus medos, ela voava no Jenny. Nas nuvens, todos os problemas do mundo desapareciam por um tempo. Infelizmente, todos voltavam assim que as rodas tocavam o solo. Ela não tirava um tempo para si desde o ataque a Pearl Harbor. Parecia haver tanto a fazer: redobrar os esforços para treinar os cadetes, acompanhar as notícias que inundavam os jornais e rádios agora que os Estados Unidos estavam oficialmente em guerra, honrar a obrigação de ajudar o país da maneira que fosse possível, aprender a viver com um racionamento, proporcionar conforto e ajudar onde fosse necessário.

No dia anterior, a família Baker recebera um telegrama por Western Union, vindo da Marinha, informando-os de que seu filho estava "desaparecido após uma ação no desempenho de suas funções e a serviço do país". Eles enviariam mais informações quando as tivessem, mas nenhuma alma em Terrence duvidava que o rapaz estivesse morto, tombado no naufrágio do *Arizona*. À noite, Jessie visitara a família para prestar suas condolências. Aos sussurros, as mulheres murmuraram sobre realizar uma cerimônia fúnebre logo ou esperar pela confirmação do que todas acreditavam ser verdade. E se os restos mortais nunca fossem encontrados?

Era difícil não se perguntar quantas famílias em diversas partes do planeta haviam passado pela mesma incerteza desde que um louco agiu pela primeira vez visando a dominar o mundo.

Com um suspiro, Jessie começou a caminhar em direção ao hangar. Já que chegara ali e estava uma manhã tão linda, talvez levasse Jenny para dar uma volta, fugir da realidade por um tempo. Simplesmente voar sem restrições, livre… No entanto, a gasolina se tornara um bem tão precioso que ela não podia justificar o que era essencialmente um passeio. Foi quando Jessie se deu conta de que, fosse lá quem tivesse levado o avião, não deveria usá-lo para aquele tipo de propósito. Portanto, se não era um aluno querendo aprimorar suas habilidades fazendo algumas horas de voo…

Ao avistar um pontinho no horizonte, ela levantou o binóculo e ajustou o foco. Era um AT-6. A biruta mostrava o vento soprando do leste. O piloto sobrevoou o aeródromo uma vez e se inclinou para fazer um pouso vindo da direção necessária.

As rodas tocaram o solo com precisão e giraram até parar a uma curta distância. Surpresa, Jessie testemunhou Royce sair da cabine e pular para o chão. Ela não perdeu tempo em marchar e afirmar de forma bastante sucinta:

— Ora, ora. Bom dia.

Enquanto tirava o capacete de couro, ele a olhou.

— O que está fazendo aqui?

— Eu poderia perguntar o mesmo a você.

Pelo modo como ele olhou ao redor antes de voltar a atenção para ela, ficou claro que se sentia culpado.

— Eu precisava praticar. Queria somar algumas horas.

— Quando foi que voltou a voar?

— Mais ou menos um mês atrás.

Por que ele não contara nada? Por que um medo ameaçador se infiltrou nela por ele não ter contado?

— Temos que economizar gasolina.

— Sim, estou ciente. Como sabia que eu estava aqui?

— Eu não sabia que era você. Eu estava na varanda da mamãe quando ouvi um avião decolando deste aeródromo, então vim conferir. Certamente não esperava que fosse você. Por que precisaria praticar? Vai começar a ensinar aos cadetes?

Royce balançou a cabeça devagar, levantou a mão e prendeu alguns cachos atrás da orelha de Jessie, o polegar roçando a cicatriz na testa dela, como sempre fazia.

— Eu queria esperar até depois do Natal para contar, mas volto para a Inglaterra em janeiro, com os próximos alunos que ganharem asas.

O estômago de Jessie embrulhou, como se ela estivesse na cabine de um avião que de repente perde toda a potência e despenca.

— Vai treinar cadetes para algum combate?

Ela sabia que os rapazes recebiam algum treinamento adicional quando voltavam.

— Não, Jessica, vou voltar para a guerra. Espero pilotar Spitfires, embora aceitasse de bom grado um Hurricane.

— Você vai entrar em combate.

Ela desejou ter podido dizer aquilo com mais entusiasmo, mais apoio, só que odiava a ideia de Royce arriscando a vida.

— Sim. — Ele não havia tirado a mão dela, e agora arrastou os dedos por seu queixo, como se estivesse tentando mapear suas feições. — Tenho testado minha perna quando não há ninguém por perto, e ela não atrapalha mais minha capacidade de controlar o avião. Posso fazer mais bem lá do que aqui.

— Mas supervisionar o treinamento dos pilotos é importante.

— Sim, é incrivelmente importante, e é por isso que estou feliz por eles terem vocês. Nossos substitutos…

— Nossos?

Ele fez uma careta.

— Peter também vai voltar, mas é melhor manter isso entre nós por ora.

Se Peter tivesse contado a Rhonda, ela teria contado para Jessie. Por Deus, Jessie teria ouvido o choro, se ela não tivesse contado.

— Quando resolveu fazer isso?

— Depois que meu irmão foi morto. A culpa por estar aqui e não lá… Racionalmente, sei que não teria mudado nada, mas tenho que voltar. Preciso estar no meio das coisas.

Jessie esfregou os braços. O sol havia nascido por completo. Ela deveria se sentir mais aquecida, mas, em vez disso, sentia-se gelada, como quando Jack enfiara na camisa dela uma bola feita com a rara neve vista na cidade. Ela queria que Royce a tivesse envolvido na decisão, mas ele sempre se mostrara decidido a manter alguma distância entre os dois, e talvez este fosse o motivo: por saber que não ficaria. Magoada, com raiva e apavorada, ela queria chorar, reclamar, abraçá-lo para que ele não pudesse ir.

— Você realmente acha que está pronto para combater?

Royce hesitou, estudando-a por um minuto antes de finalmente afirmar com a cabeça.

— Acredito que sim.

— Prove.

Ela começou a marchar em direção ao hangar.

— Aonde está indo? — chamou ele.

— Pegar meu equipamento. Vamos ver se consegue me impedir de te dar um baile.

Eles decidiram a ordem de decolagem no cara ou coroa. Jessie ganhou, então decolaria por último, o que lhe dava a vantagem. Mas o olhar calculista de Royce para ela durante os milésimos de segundo em que a moeda estava no ar deixava claro que ele já estava lhe relegando ao papel de inimiga. Se o derrotasse, ela suspeitava que o relacionamento iria por água abaixo e quaisquer sentimentos que ele pudesse ter por ela iriam azedar. Mas Jessie não se importava. Estava determinada a vencer, a convencê-lo de que era uma tolice considerar voltar aos céus da Grã-Bretanha e da Europa. Pensar na morte de Royce era mais aterrorizante do que a possibilidade de ser odiada por ele.

Eles estavam usando os AT-6 porque as câmeras dos canhões forneceriam provas de que atingiram o alvo e eliminariam qualquer dúvida caso um dos dois reivindicasse uma vitória não merecida. Da parte dela, trapacear teria sido tentador — qualquer coisa para mantê-lo fora de perigo, mesmo sabendo que não era justo quando ele queria ir tão desesperadamente porque a culpa o consumia.

Jessie entendia a culpa, experimentara o mesmo, mas também aprendera que o sentimento poderia levar à falta de juízo. Ela o imaginou vendo cada combatente inimigo como o que abateu seu irmão, assumindo riscos desnecessários para se vingar, para fazer justiça. A vendeta poderia fazê-lo julgar mal a capacidade de um oponente em superá-lo.

Ela sentiria o mesmo se Jack fosse morto, desesperada para causar estragos em todos os pilotos do Messerschmitt. Ninguém estaria a salvo de sua fúria.

Mesmo naquele momento, seguindo Royce rumo ao céu, ela sentia aquilo, entrando em modo de combate, a resolução inflamando sua alma, seu coração bombeando, o sangue correndo pelas veias, criando um rugido em seus ouvidos que lembrava as ondas quebrando na costa. No entanto, ela também experimentou calma e uma firme determinação. Jessie conhecia aquela aeronave. Era sua armadura, sua arma. Podia salvar e podia destruir. Jessie era sua mestra, e a aeronave seguia seus comandos.

Royce estava diante dela, cortando o ar com seu avião ampla e freneticamente de propósito, impedindo-a de acertá-lo, ganhando tempo, esperando por ela, pelo início da competição. Então ele fez uma curva fechada para a direita. Ela também.

Inesperadamente, ele cortou para a esquerda. Jessie praguejou, já decidida a virar. Acelerando, puxou o manche e subiu, olhando para trás e avistando-o em sua traseira, na marca das seis horas.

Ela começou a rolar quando alcançou o ápice de seu loop, nivelada e agora acima de Royce, indo em sua direção. Disposta a bancar a covarde, não querendo se colocar claramente na mira dele, virou o avião de lado, tornando-se um alvo pequeno.

Royce outra vez cortou para a direita e ela o seguiu, pronta para se ajustar caso ele fizesse mais uma curva fechada.

Ele desceu, cortando em direção ao horizonte e desencadeando uma série de voltas e reviravoltas. Jessie fez de tudo para acompanhá-lo, praguejando quando o perdeu momentaneamente de vista em um banco de nuvens, e xingando mais alto quando percebeu que ele estava atrás dela.

Jessie precisava ficar em posição, partir para cima na direção da luz do sol de modo que a claridade ofuscante atrapalhasse a visão dele. Esquivando, ela pegou velocidade. Royce fez o mesmo. Jessie agradeceu por estar de luvas para absorver o suor na palma das mãos. Suas respirações eram calmas e uniformes, embora agora não estivesse apenas duelando com ele, e sim com os próprios instintos de sobrevivência, que imploravam para ela debandar.

Abruptamente, ela parou e reduziu a potência. Royce a sobrevoou, o rugido dos motores sobrepujando os pensamentos de Jessie. Mais uma vez na posição de perseguidora, ela aumentou a velocidade, alinhou a mira...

Ele subiu, ela o seguiu. Mais alto, mais rápido, girando, rolando. Então ele deu uma volta fechada e de repente estava atrás dela de novo.

— Você vai entrar no Canal, Jessica — chiou o rádio que permitia a comunicação entre os aviões. A voz de Royce era firme, quase pesarosa.

Então Royce virou para a esquerda, voltando para o aeródromo. Ele era bom, ela precisava admitir. Jessie deu uma série de voltas largas e lentas apenas para aplacar o coração acelerado. Ela supôs que só quando alguém de fato precisava lutar para sobreviver aprendia os truques, dominava a leitura de um oponente, aprendia a manter o foco.

Depois de espantar a decepção, ela voltou ao aeródromo. Uma multidão havia se reunido. Aparentemente, tiveram uma plateia. Ela taxiou até parar, empurrou a capota para trás, soltou-se do arnês, tirou o capacete e os óculos de proteção e saiu. Royce a esperava. Jack estaria sorrindo de orelha a orelha, dando pulinhos sem sair do chão, se vangloriando. Na verdade, Royce aparentava ter perdido.

— Você é bom — admitiu ela.

— Você também.

— Não o suficiente.

— Eu diria que você me venceria uma em cada três vezes.

Ela o olhou atravessado.

— Certamente uma a cada duas.

Ele sorriu.

— Possivelmente.

— Quer subir de novo e descobrir?

Ele balançou a cabeça.

— Não, mas eu adoraria um bom café da manhã. Junte-se a mim no café.

— O vencedor paga.

— Claro.

Ela lambeu os lábios e engoliu.

— Se eu tivesse ganhado, você teria ficado?

Ele balançou a cabeça devagar.

— É terrivelmente difícil deixar você, Jessica, mas para continuar sendo um homem com quem posso conviver, preciso fazer isso. Um homem com quem você... gostaria de passar um tempo de vez em quando.

— Se acontecer alguma coisa a você...

— Eu queria poder dizer que não vai acontecer, mas nós dois sabemos que provavelmente vai.

E mesmo assim ele estava partindo. Todos continuariam partindo.

— Mudei de ideia. O café fica por minha conta.

— Você é uma mulher notável, Jessica Lovelace.

Não tão notável, apenas tentando não deixar transparecer como estava morrendo de medo por ele.

C A P Í T U L O 37

Quinta-feira, 25 de dezembro de 1941

Na manhã de Natal, o aroma de pinho deu as boas-vindas a Jessie no saguão da casa da mãe fazendo-a se lembrar de tantos outros Natais, mesmo que aquele tivesse um clima bem diferente. De incerteza. De inocência perdida. Quando entrou na sala de estar, no entanto, a grande árvore com seus enfeites, luzes e penduricalhos transmitia esperança. Era particularmente comovente porque fazia quase um ano desde que seu pai havia morrido. Se não fosse a guerra, Jessie suspeitava que a família teria sentido a perda com mais intensidade. No entanto, cientes de que mais perdas estavam por vir, todos pareciam determinados a comemorar, a manter o medo sob controle e criar lembranças maravilhosas para serem levadas pelos que estavam partindo e mantidas pelos que estavam ficando.

Na noite anterior, foram deixados mais embrulhos do que o normal sob os galhos: presentes para os dois cadetes que dormiriam lá, para oficiais e funcionários da RAF, para Rhonda e Annette. Sua mãe tricotara cachecóis para todos e providenciara para que cada cadete passasse a véspera e o dia de Natal na casa de alguém. Havia sido uma tarefa monumental, mas "Natal é para passar em família", afirmara Dot às pessoas enquanto as encorajava a abrir seus corações e suas portas.

— Você chegou! — Dot deu um abraço apertado na filha. — Quer gemada com um pouco de bourbon?

— Ainda não deu nem meio-dia.

— Seu pai nunca se preocupou com as horas no Natal.

Jessie sorriu.

— Então, em memória dele, sim, com certeza vou querer um copo.

Ela cumprimentou os dois cadetes — Larry, que estava jogando damas com Kitty, e Walter, que observava como se estivesse encantado com os movimentos das peças, embora Jessie suspeitasse que estivesse mais interessado na sua irmã —, o oficial administrativo Mark Powell, o instrutor de armamento Bran Finnegan e, finalmente, Royce, que estava ao lado dele. Cada um tinha um copo de gemada. Rhonda passaria o dia sozinha com Peter, e Annette partira naquela manhã rumo a Austin para ver a família.

Afastando-se dos outros, Royce a beijou na bochecha.

— Você está linda.

Jessie estava usando verde-esmeralda, cor que realçava o tom de seus olhos. Royce estava de uniforme e ridiculamente bonito.

— Você também.

— Decente, apenas.

— Bastante.

— Aqui está, Jess — disse a mãe.

Ela aceitou o copo e o levantou.

— Saúde.

Depois que os britânicos seguiram a deixa e brindaram, ela tomou um gole, grata por detectar apenas uma pitada de bourbon. Os drinques de sua mãe eram muito mais fracos que os do pai.

— Papai Noel foi bom para vocês?

— Muito — respondeu Powell. — Recebi um telegrama esta manhã. Minha esposa deu à luz uma menininha nas primeiras horas da madrugada.

Jessie foi tomada por uma alegria imensa. Mesmo nos piores momentos, a felicidade pode ser encontrada; a vida continua, embora devesse ser duro para ele estar ali, longe da esposa. Quanto tempo levaria até que os dois se vissem novamente? Quanto tempo até que os compatriotas de Jessie embarcassem para terras estrangeiras e passassem meses ou anos sem ver suas famílias? Ainda assim, ela sorriu.

— Parabéns. As duas passam bem?

— Com minha esposa, não tem como não.

— Diga a ela que desejamos o melhor.

— Direi. Assim que ela mandar uma foto, eu lhes mostro.

— Eu adoraria. Aposto que é uma criança linda.

— Se ela tiver puxado minha esposa, sem dúvida é. Não tanto se tiver puxado a mim.

Ela olhou para Royce.

— E você? Papai Noel não deixou nada na sua meia?

Ele riu baixinho.

— Minha mãe mandou um cardigã que ela mesma tricotou. Não sei se poderei usá-lo enquanto estiver aqui. Nunca faz frio nesta cidade? Estamos acostumados a um Natal cheio de neve.

O dia estava ensolarado e quente; a criançada corria pela cidade de bermuda.

— Nosso clima é parte do motivo pelo qual seu governo quis uma escola aqui. Temos dias frios, mas raramente duram e costumam chegar do nada.

— Não vou criar expectativas demais, então. Ela também enviou alguns bombons de verdade.

Jessie ergueu a sobrancelha.

— O que há de errado com os bombons que temos aqui?

Ele sorriu largo.

— Nada, mas eles não são como os nossos.

Os bombons, afinal de contas, não eram de chocolate. Sem ninguém ver, Royce deixara um pacote embrulhado como um grande bombom ao lado de cada prato. Quando todos se sentaram para comer e os viram, ele insistiu que não podiam abri-los até terminarem o banquete.

O grupo era pequeno o bastante para haver espaço para todos à mesa, e a mãe de Jessie incentivou Royce a se sentar à cabeceira. Foi um momento agridoce vê-lo na cadeira de seu pai, um lembrete de que a vida continuava. Ele parecia pertencer àquele lugar, e Jessie se perguntou se algum dia ele voltaria para fazer uma visita, talvez mais. Por ela.

Em um acordo não dito, ninguém falou sobre a guerra. Enquanto saboreavam o peru e o pernil, conversavam sobre família, pesca, filmes e livros. Depois que os pratos foram retirados e os pires limpos dispostos no lugar, Dot entrou carregando o que parecia ser um bolo abobadado.

— Nunca fiz um destes antes. — Ela o colocou diante de onde estava sentada. — Esperem.

Após correr de volta para a cozinha, ela voltou segurando um copo.

— Brandy — disse, antes de derramar a bebida sobre o doce, riscar um fósforo e incendiá-lo.

Jessie e Kitty arfaram de surpresa. Os britânicos bateram palmas.

— É um pudim de Natal — anunciou a mãe, radiante. — Para nossos convidados. Espero que esteja gostoso.

Depois que o fogo se apagou, ela serviu a sobremesa para todos, embora ninguém tenha tomado a iniciativa de começar a comer. Como se esperassem que algo mais acontecesse, todos olharam para Royce, que deu uma colherada, saboreou lentamente e sorriu.

— Fantástico, sra. Lovelace.

Jessie nunca vira a mãe ficar tão vermelha.

— Estou tão contente. — Ela agitou as mãos enquanto se sentava de volta. — Andem com isso, ataquem.

A sobremesa típica era uma mistura de doce e especiarias com um toque de conhaque. Pela mesa, ecoavam murmúrios de satisfação. Quando terminaram, Royce anunciou que era hora de abrir os tais bombons. Os britânicos não precisaram de instruções, segurando as extremidades dos pacotes cilíndricos e puxando com força, o que resultou em estouros e uma variedade de itens quicando do interior. Kitty pediu ajuda, e um dos cadetes segurou uma das pontas do dela para os dois puxarem. Quando o tubo se desfez com um estalo, ela riu. Jessie achou incrivelmente maravilhoso ouvir sua irmã, enfim, rir.

— O que é isso? — perguntou Kitty, desdobrando o papel. — Um chapéu? — Ela olhou ao redor e viu que os convidados já haviam colocado os deles. — Vocês parecem uns bobos.

— Não quebre a corrente, Kitty — pediu Royce. — Isso é coisa séria. Não nos deixe parecendo bobos sozinhos.

Ela colocou o chapéu com uma gargalhada antes de pegar o que parecia ser um doce embrulhado.

— Precisa de ajuda? — ofereceu Royce, notando que Jessie ainda não abrira o embrulho dela.

Na certa ela poderia fazer aquilo sozinha, mas em vez de tentar, levantou o embrulho da mesa de modo que uma das extremidades apontasse para ele. Os dois puxaram com força e, quando a embalagem se partiu, o conteúdo voou por toda parte. Enquanto ambos riam, Jessie soube que jamais se esqueceria do som da felicidade deles.

Após ajudar na limpeza da mesa e da cozinha, Jessie seguiu a mãe até a sala. Royce estava perto da lareira observando os outros, que jogavam cartas com Kitty na mesinha onde ela costumava jogar damas.

Com um sorriso, Dot suspirou, contente, e se acomodou no sofá.

— Vou tirar o resto do dia de folga. Preparem sanduíches caso fiquem com fome mais tarde.

Jessie se aproximou de Royce.

— O Natal é o dia favorito de Trixie. Ela recebe um monte de sobras. Vocês dois se dão tão bem. Que tal fazer as honras da casa?

— Eu gostaria muito.

Royce deixou o copo em uma mesa próxima, seguiu Jessie até a cozinha e pegou uma grande tigela contendo a ideia que todo cachorro tem do paraíso.

Assim que Jessie abriu a porta e eles saíram para o quintal, Trixie veio correndo e parou diante dos dois, abanando o rabo furiosamente. Jack a ensinara a esperar pela comida, mas era visível como ela mal estava se aguentando.

— É só deixar no chão.

Trixie cavou um pouco, fazendo Royce rir do entusiasmo. Jessie adorava a risada dele, mas não a ouvira o suficiente.

— Sua surpresa foi divertida, exatamente o que precisávamos hoje — observou ela baixinho.

— É meio bobo, mas ainda bem que minha mãe enviou. Era uma tradição nossa no Natal, mesmo depois de crescidos, além do pudim de ameixa. Sua mãe fez um excelente trabalho nesse sentido.

— Não acreditei quando ela ateou fogo.

— Sempre foi minha parte favorita. — Ele a olhou fixamente e continuou: — Eu esperava que tivéssemos um momento a sós. Tenho uma coisa para você. É só um...

Ele enfiou a mão na jaqueta, tirou uma pequena caixa de veludo e a estendeu para Jessie.

— Eu deveria ter embrulhado.

— Não, tudo bem. Eu só não esperava...

Ela aceitou a caixinha e abriu a tampa com cuidado. Dentro, havia um par de asas de anjo em prata, presas a uma corrente prateada. As lágrimas brotaram e seus olhos arderam.

— Foi o mais próximo que encontrei de qualquer coisa que remetesse a voar. E, para muitos desses rapazes, você é como um anjo, eu acho.

— É lindo. Perfeito. Muito melhor do que a caneta-tinteiro que comprei para você.

Jessie o presenteara na noite anterior, quando todos trocaram presentes na sala de estar. Na ocasião, Royce dera a ela um lenço de renda, provavelmente porque tinham uma plateia e o cordão era mais pessoal, um sinal do que o relacionamento estava se tornando, um relacionamento com sentimentos que pareciam fortes demais para conter.

— Eu adoro essa caneta, é difícil de encontrar na Inglaterra. Suspeito que canetas serão igualmente raras e preciosas aqui em breve. Vou usá-la para escrever para você... se quiser.

Foi a razão pela qual ela dera o presente. Uma insinuação. Lutando contra as lágrimas — ela não podia chorar na frente dele —, Jessie assentiu.

— Eu quero que escreva. Pode colocar seu presente em mim?

Royce passou a corrente de prata em volta do pescoço de Jessie e a fechou sem pressa, roçando os dedos quentes em sua nuca. Ela tocou as asas, que descansavam logo abaixo da cavidade em sua clavícula. Nunca tiraria aquela joia.

— Pronto — disse ele sucintamente, como se dispensando um grupo de cadetes e fazendo Jessie se perguntar se o momento era tão difícil para ele quanto para ela.

— Eu estava pensando... e sei que isso é provavelmente ousado da minha parte... mas eu estava pensando em irmos a Dallas para a noite de Ano-Novo. Ir a um clube para dançar, jantar, tomar champanhe à meia-noite, reservar quartos em um hotel, separados, é claro, e dormir lá.

— Você acha que sua mãe vai aprovar nossa ida?

— Não estou no ensino médio. — Jessie faria vinte e cinco anos no final de janeiro. — Eu faço o que quero. Não há nada para fazer aqui na véspera de Ano-Novo. Eles soltam alguns fogos de artifício, mas nem sei se vão fazer isso, com o humor sombrio de todos agora. Podemos encontrar o mesmo em Dallas, mas qual o mal em descobrir? Não estaríamos fugindo para nos casar.

— Eu gostaria muito de passar a noite com você. Só não quero que suas expectativas terminem em decepção.

— Não vão.

Como poderiam acabar em decepção quando Jessie o teria só para si por um tempo?

CAPÍTULO 38

Quarta-feira, 31 de dezembro de 1941

Royce e Jessie partiram para Dallas no Mercury que o sr. Baker emprestara aos oficiais britânicos, o automóvel que deixariam para seus substitutos. O clima havia esfriado consideravelmente desde o Natal, com previsão de neve. Royce sugerira talvez adiar a "saída", mas Jessie estava disposta a se arriscar na pior nevasca da história do Texas por alguns dias a sós com ele. Ele partiria em duas semanas, e qualquer atraso trazia o risco de nunca mais terem aquele tempo juntos, aquelas lembranças. O clima no Texas era imprevisível demais.

Eles conversaram sobre a escola, sobre como o substituto de Royce, o líder do esquadrão Michael Hollingsworth, que havia chegado dois dias antes, parecia capaz, um bom sujeito. Jessie admitiu gostar dele, mas teria dito aquilo mesmo se não tivesse gostado. Royce não precisava levar consigo nenhuma preocupação quando partisse. Jessie queria que ele se concentrasse exclusivamente no inimigo e em evitar a morte. Nos dois dias seguintes, porém, pretendia tirar tudo da cabeça, exceto os momentos em que estivessem juntos.

Nada de medos, preocupações, previsões, hipóteses. Seria o fim de um ano marcado por mudanças e o início de outro que prometia transformações ainda mais drásticas. Ele já a havia lembrado várias vezes: "Sem promessas, sem compromissos".

A cabeça de Jessie reconhecia as palavras, mas seu coração não ouvia.

Ela suspeitava que Rhonda estivesse vivenciando a mesma situação. A amiga passava o máximo de tempo possível com Peter. Às vezes, tarde da noite, ela ouvia seu choro. Mas aquilo era outro assunto no qual não queria pensar no momento.

Eles saíram direto do aeródromo assim que terminaram as tarefas do dia e chegaram ao hotel Adolphus um pouco antes das sete. Em qualquer outra época, Jessie teria ficado impressionada com o prédio de vinte e dois andares que mais parecia um castelo do que qualquer hotel que ela já tivesse visto. O saguão era imponente e glorioso, com escadas sinuosas. Cada um fez o check-in em seu respectivo quarto, embora Jessie tenha tido a ousadia de perguntar ao funcionário da recepção se poderiam ocupar quartos no mesmo andar. Havia um rapaz disponível para ajudá-los com a bagagem, mas Royce recusou a oferta. Ele vestia a mochila com a qual chegara em junho e carregava a pequena mala que Jessie havia levado. Era só uma noite; eles não precisavam de muito.

Seu corpo vibrava de expectativa quando o elevador parou no andar deles. Embora fosse difícil fazer aquilo enquanto Royce carregava a bagagem, ela passou o braço pelo dele enquanto caminhavam pelo corredor até encontrarem o quarto dela.

— Parece que o meu fica logo ali adiante — observou ele.

Jessie destrancou a porta com a chave, e Royce lhe estendeu sua maleta.

— Pode entrar com ela?

Ele obedeceu; passou pela soleira e acendeu a luz. Jessie o seguiu e fechou a porta. Ele se virou devagar, como se não tivesse certeza do que poderia encontrar quando finalmente estivesse de frente para ela. Mas ela estivera pensando em como queria que fosse aquele momento desde que os dois decidiram dar as boas-vindas ao ano de 1942 em um clube em Dallas. Seus planos para o dia seguinte deixariam algumas lembranças, mas era tudo para mantê-los ocupados, para impedi-los de pensar sobre o que os próximos dois ou três anos poderiam trazer.

Jessie respirou fundo.

— Reservei dois quartos apenas por decoro. Sei que é um desperdício de dinheiro não usar um deles, mas quero que passemos o tempo que tivermos juntos realmente juntos.

Royce, que ainda não havia soltado as bagagens, continuou parado ali, a observando. Jessie se aproximou um pouco mais, grata por ele não ter recuado.

— Por acaso você colocou algum *conservante* nessa bagagem que está segurando?

A gargalhada dele foi quase triste.

— Querida, não posso prometer nada a você. As probabilidades de...

Como se não tivesse nenhum desejo de dar voz à realidade do que o futuro poderia trazer, Royce não terminou a frase.

— Eu não quero promessas. Quero lembranças.

— Jessie, seu país foi jogado no meio de uma guerra. De repente, tudo se torna imediato. Já estive nessa situação, já vi, já sei o que acontece. Perdemos a capacidade de pensar racionalmente porque tememos que a morte logo nos roube a capacidade de pensar. Haverá uma onda de casamentos, de pessoas se esforçando para sentir algum senso de normalidade. Más decisões serão tomadas no calor do momento. Os arrependimentos vão durar a vida toda.

— Então estou errada em pensar que você gosta tanto assim de mim?

— Se eu não gostasse tanto de você, já estaríamos naquela cama.

Aquelas talvez fossem as palavras mais doces que Jessie já ouvira, e o sorriso que ela deu deve ter sinalizado que Royce estava perdendo a batalha.

— Não quero ser responsável por você se magoar.

Aproximando-se, ela espalmou as mãos no peito dele, sobre o uniforme azul. Ele provavelmente o usara para lembrá-la de que estava voltando para a linha de batalha e entraria em ação imediatamente, visto que já tinha treinamento, conhecimento e experiência.

— Não há garantias de passar pela vida sem dor. É por isso que acho importante aproveitarmos cada segundo de felicidade enquanto podemos.

Ele expirou devagar, parecendo se render.

— Você me acharia um canalha se eu tivesse trazido preservativos?

Ela respondeu com um sorriso travesso e devolveu:

— Você pensaria menos de mim se eu tivesse trazido alguns na minha bolsa para o caso você não ter?

As bagagens caíram no chão pouco antes de Royce plantar os lábios nos dela com paixão. Seus braços a envolveram, puxando-a para perto, enquanto ela saboreava a sensação de seus músculos em suas mãos. Ele estava um pouco maior do que quando chegara, não a ponto de o uniforme não servir mais, porém mais preenchido, provavelmente como da primeira vez que o usara. Ela não queria imaginá-lo sem comida suficiente de novo, mas já se começava a racionar as coisas por ali também. Açúcar se tornara um artigo incrivelmente precioso. Mais racionamento viria nos meses seguintes. Não havia garantias, tudo estava prestes a mudar.

Mas não aquilo — o que ela sentia naquele momento, todo o amor se derramando dela e o envolvendo. Se Jessie tivesse apenas o fim de um ano e o começo de outro com ele seria o suficiente, ela faria com que fosse o suficiente. Se ele voltasse, ela estaria esperando. Enquanto isso, viveria um dia de cada vez, fazendo sua parte para acabar com aquela terrível guerra.

Ela deslizou as mãos pelas costas dele, pela lateral do tronco, parou nos botões da jaqueta e começou a abri-los. Royce desafivelou o cinto, terminou com os botões que ela começara, tirou a jaqueta e a largou em uma cadeira próxima. Os botões de Jessie foram os próximos, seguidos pelos da camisa dele. Mais botões e zíperes foram abertos, até os dois estarem nus um diante do outro. Ele era mais forte do que ela esperava — músculos firmes; magro, mas forte.

— Você é tão linda — sussurrou ele, a admirando.

— Você também.

Quando Royce a pegou no colo, Jessie quase amaldiçoou o fato de que a melhora da perna e do quadril dele que o ajudava a suportar seu peso agora era a mesma que poderia afastá-lo dela.

Depois de deitá-la cuidadosamente na cama, como se Jessie fosse de porcelana, ele se deitou e mais uma vez reivindicou sua boca. O desejo, escaldante e frenético, a invadiu. Nunca se cansaria de tocar nele, de Royce tocar nela. Enquanto eles se perdiam na paixão, ela percebeu que havia mentido. Lembranças não seriam o bastante.

CAPÍTULO 39

Jessie acordou, ainda nua e nos braços dele. Com os cabelos escuros jogados para o lado, Royce a olhava.

— Eu não queria ter dormido. Que horas são? — perguntou ela.

— Quase nove. Acho que devíamos nos vestir se queremos ir ao clube.

Como um gato satisfeito, ela se espreguiçou, certificando-se de tocá-lo o máximo possível, e passou os dedos pelo peito dele.

— Gostaria de não estar com fome, mas estou.

Ele deu um beijo em sua testa.

— Eu também.

Mas ela não sentiu que ele estava falando de comida. Royce voltaria para aquele quarto com ela.

Os dois seguiram como se estivessem juntos havia anos, dividindo o banheiro, tomando banho, penteando os cabelos e se vestindo. Ele vestira o uniforme novamente, enquanto ela escolhera um vestido de noite vermelho de mangas compridas com um sedutor decote em V mais ousado do que qualquer vestimenta que já tivesse usado.

Royce deslizou o dedo pelo decote.

— Estou louco para tirar isso de você mais tarde.

Ela tinha quase certeza de que estava corando. Rhonda havia pintado suas unhas de vermelho para combinar com o vestido, e Jessie não estava se sentindo ela mesma. Sua amiga também lhe dera uma série de dicas de maquiagem, mas ela decidira não usar nenhuma. Nunca dominara a arte da maquiagem, e suas tentativas sempre a deixavam parecendo uma meretriz barata. Ela não queria que Royce se lembrasse dela assim.

Eles chegaram atrasados ao clube que Rhonda havia recomendado e a mesa reservada para os dois já havia sido dada a outra pessoa. Não havia mais mesas disponíveis, até que o gerente interveio e insistiu que uma mesa fosse disponibilizada a um homem de uniforme.

Sentados longe da pista de dança, a iluminação ao redor era fraca, romântica. A música tocada pela banda de jazz estava um tanto abafada, e a linda cantora negra, usando um vestido de noite dourado, entoava mais canções lentas e sentimentais do que animadas. As pessoas não pareciam dançar com o entusiasmo de sempre, como se esperassem que uma bomba caísse dos céus a qualquer momento. Na pista de dança, um casal abraçado mal saía do lugar. Ela viu uma moça chorando, agarrada ao parceiro de dança. Jessie se perguntou se o sujeito já se alistara ou se fora um dos recém-convocados.

Enquanto esperavam a refeição chegar, Royce aproximou a cadeira até sua perna estar junto à de Jessie, os dedos entrelaçados nos dela. Naquela noite, naquele lugar, não parecia ousado ou inadequado. Todos pareciam precisar de um pouco mais de conforto. Ele se debruçou.

— Gosto de como seus olhos brilham à luz das velas.

— Estou feliz esta noite. — Jessie queria que ele se lembrasse dela feliz, e o champanhe certamente estava ajudando. Royce pedira uma garrafa e ela desfrutara de uma taça ainda com o estômago vazio. Estava se sentindo um pouco tonta e alegrinha. — Estou feliz por estarmos aqui, embora eu esperasse que fosse um pouco mais festivo.

— Todo mundo está se ajustando à realidade, suspeito.

— Você deve ter achado que fomos incrivelmente insensíveis quando comemoramos sua chegada à cidade com bailes, confraternizações e convites para discursos e almoços.

— Foi um pouco chocante passar do racionamento à fartura, de um otimismo cauteloso a uma exuberância tão desenfreada, mas na Inglaterra ainda damos bailes e vamos a cinema e teatros. Não se pode deixar que o inimigo tire sua alegria de viver. Caso contrário, ele ganha. Prevejo que o próximo Ano-Novo será um pouco mais animado aqui e Terrence não cancelará seu show de fogos de artifício.

O conselho da cidade temia que encher o céu de luzes explosivas a tornasse um alvo para qualquer inimigo invisível nas proximidades.

Como se estivesse ouvindo, o garçom parou, se abaixou e disse baixinho:

— À meia-noite, não gritaremos "Feliz Ano-Novo" nem jogaremos serpentina. Não sabemos se o próximo ano será feliz. Foi planejada uma recepção mais moderada para o Ano-Novo.

Jessie e Royce assentiram como se aquilo fosse esperado, e talvez de certa forma fosse. Depois que o garçom se afastou, ela admitiu:

— Não sei se eu realmente conseguiria gritar "Feliz Ano-Novo" com muita convicção.

Royce ficou imóvel quando os bifes chegaram. Sem pressa, eles saborearam o que provavelmente se tornaria uma raridade para ela e certamente para ele. Inúmeras vezes, Jessie se viu tentada a pedir que ele não fosse. Mas sabia que, se tentasse impedi-lo, ele ficaria ressentido. Parte do motivo pelo qual as coisas pararam de funcionar com Jessie e Luke foi porque ele queria que ela fosse dona de casa e ela queria ser aviadora — e Luke não estava disposto a aceitar suas escolhas. A verdade era que a escolha de Royce era parte do motivo pelo qual Jessie o amava: sua disposição de se colocar em perigo não importando o custo.

Quando terminaram a refeição, ele pediu mais uma garrafa de champanhe.

— Está tentando me embebedar, sr. Ballinger? — perguntou Jessie com um olhar sedutor que esperava ser intrigante como os que Bette Davis lançava na tela.

Ele riu.

— Não, srta. Lovelace. Eu só quero garantir que você se divirta.

— Então dance comigo.

Ele a acompanhou até a pista de dança. As pessoas estavam um pouco mais relaxadas, provavelmente devido ao excesso de champanhe ou coquetéis. Volta e meia, alguém esbarrava neles, mas ninguém parecia se importar. O swing e o *lindy hop* não eram dançados com o entusiasmo de outrora, mas ajudavam a aplacar um pouco a melancolia.

Então a banda começou a tocar "Tonight We Love" e todos se aproximaram. Royce passou um braço pela cintura de Jessie puxando-a para perto, descansando a mão que segurava a dela no peito enquanto desaceleravam o passo e se encaravam. Ele estava tão lindo naquele uniforme que chegava a doer. Seu aviador, seu amor.

— Royce...

— Eu sei.

Ele sabia? Ele sabia como o que ela sentia por ele era forte e onipresente?

— Você vai me mostrar a Inglaterra um dia.

O sorriso dele foi discreto, melancólico.

— Cada centímetro dela. As estações do ano são de verdade lá, sabe.

— Estou louca para experimentá-las.

O olhar dele ficou mais intenso.

— Eu não queria vir para cá. Agora não quero ir embora, mas, se não for, temo me tornar alguém de que nenhum de nós gostaria. De qualquer forma, não importa onde eu esteja, Jessica, sempre vou me lembrar de como foi maravilhoso ter você dançando nos meus braços.

Apesar da ardência nos olhos, ela não ia chorar, não daria a ele lágrimas das quais se lembrar.

— Eu te amo. Sei que não quer que eu diga isso, mas eu amo.

Antes que Royce pudesse responder, a música parou e a cantora iniciou a contagem regressiva.

— Três, dois, um.

Ela ergueu uma taça de champanhe e sorriu, mas pareceu forçado.

— Feliz Ano-Novo a todos.

Algumas pessoas exclamaram Feliz Ano-Novo em resposta. O tilintar de copos ecoava por todo o salão.

— Feliz Ano-Novo, aviadora.

Jessie sabia que, no beijo que Royce dera nela, ele estava transmitindo as palavras que não queria dizer — que não conseguia dizer. As palavras que ele temia se tornarem um fardo para os dois. Ele conhecia a dor de perder um amor de forma estúpida.

Enquanto as pessoas começaram a cantar "Auld Lang Syne", Royce a puxou para perto e a acompanhou de volta à mesa. Após pagar a conta, os dois voltaram para o hotel.

Para o quarto dela. Para a cama dela. Onde terminaram de receber o ano de 1942 fazendo o amor mais terno.

CAPÍTULO 40

Janeiro de 1942

Na primeira semana de janeiro, nevou e as temperaturas caíram para um dígito. Um clima miserável. No entanto, Royce insistiu para que as aulas de voo continuassem. O clima na Inglaterra nem sempre era ideal.

Em meio ao frio brutal na cabine, Jessie agradeceu pelo AT-6 ter um canopi fechado que a protegia de ser atingida diretamente pelo vento. Ela teve que assumir os comandos algumas vezes em que a escuridão piorou demais e seus alunos arriscaram perder o controle, mas, em grande parte, eles se saíram bem. O que era bom, porque no final da semana seguinte receberiam as asas e, no domingo, embarcariam no trem para iniciar o retorno à Inglaterra.

Royce partiria com eles. Ela lutava para não pensar no assunto, mas não conseguia.

Desde que voltaram de Dallas, os dois haviam passado as noites na companhia um do outro, mas não na cama um do outro. Eles moravam com outras pessoas, e Royce queria proteger a reputação de Jessie. Como se ela realmente se importasse. Ela pensou em sugerir que eles fossem a Dallas no sábado à noite e se hospedassem em um hotel, mas cheirava a desespero — embora estivesse mesmo desesperada para estar com ele. Beijos simplesmente não eram suficientes.

Os dias antes de Royce partir pareciam estar voando. Ela tinha essa concepção insana de que, agora que o Estados Unidos assumira um papel ativo na guerra, a Aliança do Eixo pudesse simplesmente se render. No entanto, ali estavam eles, havia mais de um mês no meio do furacão, e ninguém parecia disposto a desistir.

Assim como Royce planejara esperar até depois do Natal para dizer a ela que ia embora, parecia que a cidade só estava aguardando o fim do ano. Mais dezessete moradores haviam se alistado. Foi anunciado que pneus novos não seriam mais vendidos. Uma patrulha aérea civil foi estabelecida. O ensaio de blecaute agendado para 7 de janeiro foi adiado uma semana devido às temperaturas abaixo de zero. *Se você não gostar do tempo que está fazendo, é só esperar alguns minutos*, brincara o prefeito durante a reunião na prefeitura, mas ninguém riu. Era como se todos tivessem finalmente entendido a gravidade da situação.

Quando a sexta-feira seguinte, 16 de janeiro, marcou agradáveis 20 graus, foi combinado que o blecaute aconteceria naquela noite. A lua nova ajudaria a detectar qualquer coisa que precisasse ser corrigida. Eles pediram a Royce, com sua experiência, para sobrevoar a cidade e garantir que nenhuma luz pudesse ser vista. Todos temiam que a Alemanha ou o Japão começassem a bombardear a área, embora Jessie não soubesse bem como conseguiriam viajar uma distância tão grande. Contudo, eles haviam julgado mal a questão do Havaí, certos de que as ilhas estavam fora do alcance de quaisquer inimigos.

A cidade também pediu que Royce sugerisse o melhor material a ser usado para cortinas blecaute. Para trazer um pouco de alegria aos cômodos, Annette costurara lantejoulas no lado voltado para o interior. Visto que o solo era difícil demais para cavar, nenhuma das casas tinha porão, mas o conselho estava debatendo a necessidade de um abrigo antiaéreo.

Um pouco antes das dez, Jessie e Royce dirigiram até o aeródromo. Havia uma equipe de terra disponível para iluminar a pista para a decolagem e pouso. O avião já estava esperando. Os dois deram a volta na aeronave, fazendo a verificação pré-voo. Quando terminaram, ele disse:

— Se não se importa, eu piloto.

— Eu não me importo. Na verdade, eu queria mesmo fazer uma inspeção mais aprofundada de suas habilidades de voo.

O calor nos olhos e no sorriso discreto dele denunciaram a vontade de beijá-la, mas havia muitos membros da tripulação por perto — não que aquilo ainda importasse. Em dois dias, ele estaria partindo. Ela ocupou a cabine traseira, fez sua verificação interna e colocou o capacete que permitiria que eles se comunicassem.

— Tudo bem aí atrás? — verificou Royce.

— Perfeito.

— Certo. Vamos ver se detectamos alguma luz na cidade.

As hélices começaram a girar e logo os dois estavam taxiando rumo ao caminho iluminado preparado para eles. Em posição, ele esperou a permissão da torre de controle e, em seguida, estavam correndo pelo solo, o avião começava a alçar voo...

E lá se foi em meio ao céu escuro e sem lua. Quando Royce virou para a esquerda, na direção da cidade, Jessie estranhou o vazio negro onde ela sabia que deveria haver alguma iluminação. Todas as vitrines das lojas, letreiros e postes estavam apagados. Nenhuma luz de dentro das casas escapava pela noite. As pessoas tinham feito um bom trabalho em cobrir as janelas, levado a tarefa a sério.

— Impressionante. Vê alguma luz?

— Não. É assim que são todas as noites em Londres, não é?

— Sim.

— Como se locomove, então?

— Com muito cuidado.

— Estamos sobrevoando a cidade e vejo algumas silhuetas de prédios, mas acho que é só porque sei que estão lá.

— Eles se saíram incrivelmente bem.

— Mas você não acha improvável que algum dia sejamos atacados?

— É melhor estar preparado.

Ele falou no rádio pedindo que a torre informasse ao prefeito que nenhuma luz fora vista e que equipe e tripulação podiam ir para casa.

— Por que os mandou para casa antes de aterrissarmos?

— Porque vamos pousar em outro lugar.

Pouco depois, Royce estava pousando em Love Field. Depois de garantir que a aeronave estava segura e seria reabastecida e preparada para decolar ao amanhecer, ele passou o braço em volta da cintura dela e a conduziu para fora do aeroporto. Jessie estava determinada a deixar a felicidade e a alegria que sentia afogarem a tristeza que pairava. Aquilo podia vir depois que ele partisse, quando não sentisse mais a necessidade de parecer forte pelo bem dele. Ela entendia a urgência de Royce em voltar à ação e o apoiaria de todas as maneiras possíveis. Sem culpa, preocupações, dúvidas ou hesitações. Não se eles estivessem naquilo juntos. Um time.

Eles pegaram um táxi para um hotel próximo. Jessie não prestou atenção no nome ou no lobby. Ela se concentrou nele, na confiança com que se aproximou da recepção e reservou um quarto, na piscadela que lhe deu enquanto se dirigiam para o elevador, em seu passo decidido e perfeito enquanto seguiam pelo corredor. Depois de destrancar a porta, ele a pegou nos braços e atravessou a soleira.

Não havia fingimento de nenhum dos dois quanto ao motivo de estarem ali: mais uma noite, possivelmente a última noite a sós, em que eles poderiam se entregar ao prazer. Ele a sentou na beirada da cama, ajoelhou-se diante dela e começou a tirar suas botas enquanto ela tirava a jaqueta de couro forrada de pele e a deixava de lado. Jessie passou os dedos pelos cabelos escuros dele, mais compridos do que nunca. Ele parecia um pouco desleixado, mas ela gostava.

Depois das botas, foi a vez do traje de voo de Jessie, que Royce começou a desabotoar se debruçando, deixando um rastro de beijos sobre a pele não mais escondida dos olhos dele. Parecia importante ir devagar, prolongar aquela recordação. Onde quer que ele tocasse, ele a marcava.

— Depois que você for embora, ainda vou sentir o calor da sua boca no meu corpo.

— É justo. Consigo me lembrar de cada um dos seus toques.

Royce deslizou o tecido de lado, desceu pelos ombros, removeu tudo que o impedia de vê-la por inteiro. Depois Jessie fez o mesmo com ele, sem pressa, saboreando a oportunidade de conhecer cada centímetro mais uma vez, de se deliciar em olhar para ele esperando pacientemente diante dela, observando-a com uma fome nos olhos que às vezes a levava a se atrapalhar com um botão ou uma fivela. O desejo dele por ela era algo que Jessie sempre quisera, mas nunca soubera até que o tivesse.

Os segundos foram passando e um estremecimento a percorreu. Eles estavam indo devagar demais enquanto o tempo passava rápido. Ele ficaria longe por meses, talvez anos. Aquelas últimas horas tinham que preencher o poço da saudade, tinham que ser suficientes para ajudá-la nas noites solitárias que certamente viriam. Não importava que ela tivesse família e amigos para consolá-la. De alguma forma, ele conseguiu fixar residência em seu coração. Com Royce completamente nu, ela pôs as mãos em seus ombros e pulou, envolvendo a cintura dele com as pernas enquanto ele a segurava pelos quadris para oferecer apoio. Suas bocas colidiram com uma fúria apaixonada, como se antes estivessem só brincando, mas agora o jogo fosse para valer. Os suspiros dele e os gemidos dela ecoavam pelo quarto conforme a necessidade tomava conta.

Eles caíram na cama, famintos pelo que o outro poderia dar, igualmente desesperados para presentear o outro com prazer. Nos braços de Royce, Jessie voou para além de qualquer reino que conhecera antes.

Quando voltou à terra, esparramada em cima dele, ela esperava desesperadamente que as lágrimas que foi incapaz de conter não caíssem nele.

Eles não dormiram. Royce descreveu lugares aos quais a levaria quando a Inglaterra fosse novamente segura e ela a visitasse. Jessie contou sobre os *bluebonnets* que floresceriam e cobririam a terra de azul na primavera. Como queria que ele os visse! Ela sabia que provavelmente não seria naquela primavera, mas talvez na seguinte.

Eles não fizeram planos adicionais, como se aquilo pudesse dar azar. Royce não era o único que corria risco de vida. No início daquela semana, a escola perdera um instrutor e um cadete quando um avião caiu antes de pousar. Ninguém sabia o que dera errado, mas servira como um lembrete de que toda vez que um piloto decolava, existiam riscos.

Eles faziam amor sempre que ficavam muito quietos, quando os pensamentos pareciam se tornar pesados demais. A cada vez, Jessie imaginava se seria a última, pensava em como não queria que fosse. Então faziam amor de novo, até o amanhecer começar a despontar no horizonte.

Eles tomaram café da manhã em uma lanchonete próxima antes de retornar ao Love Field. O AT-6 estava esperando pelos dois. Foi Jessie que os levou para casa.

CAPÍTULO 41

Sábado, 17 de janeiro de 1942

J essie estava feliz por haver mais um baile no sábado à noite. Aquilo dava às pessoas uma desculpa para ficarem felizes, para sorrirem sem culpa. O desfile da ala foi realizado naquela tarde. Royce levara os cadetes formandos para jantar em Dallas.

Eles haviam acabado de chegar ao Legion Hall. As pessoas os cumprimentavam, desejando-lhes felicidades, embora a maioria dos moradores da cidade fosse estar na estação ferroviária na manhã seguinte para se despedir dos novos oficiais e pilotos.

Ela não esperou que Royce a encontrasse, resolvendo ir até ele. Ele a puxou para perto e deu nela um beijo rápido. Então olhou ao redor.

— E Kitty?

Jessie balançou a cabeça.

— Não consegui convencê-la. — Por respeito aos cadetes, sua irmã comparecera à cerimônia da ala. — Uma parte minha a considera jovem demais para ter amado tão profundamente, mas não sei se o coração se importa muito com idade. Eu só odeio como ela ainda sofre tanto.

— Duvido que Hollingsworth tenha mais sorte do que eu em impedir que os cadetes namorem enquanto estiverem aqui.

— Acho bom que eles saiam com as garotas, que aproveitem os momentos que podem. Até mesmo os comandantes. — Ela espalmou a mão no peito dele e continuou: — Estou interessada em dançar com este comandante aqui.

Ele sorriu.

— Oficialmente, já entreguei o comando para Hollingsworth, mas posso dançar com você mesmo assim.

Ela planejara conceder a Royce todas as suas danças naquela noite, mas não teve coragem de recusar nenhum dos alunos que a convidaram para dançar.

Jessie estava fazendo uma pausa na mesa de refrescos, observando Royce dançar com Annette, quando Lisa, esposa de Russell, se aproximou.

— Oi — disse Lisa timidamente.

— Eu não esperava ver você aqui.

Russell partira logo após o Ano-Novo para pilotar aviões para a Marinha.

— Eu queria garantir que haveria parceiras de dança suficientes, mas também preciso ocupar meu tempo com alguma coisa. Sinto que passo todos os meus dias esperando.

— Você tem licença de piloto, não tem?

— Só como piloto particular. Antes de partir, Russell mencionou que vocês precisavam de mais instrutores, mas não sou qualificada para ensinar.

— Teria interesse em trabalhar como operadora da torre de controle? Acho que o treinamento leva somente um ou dois meses.

Lisa se animou.

— Isso é algo de que vocês precisam?

— Desesperadamente. Dois de nossos operadores começam a servir em algumas semanas. Por que não passa no aeródromo na segunda e vemos quais informações eles podem compartilhar? Pode até observá-los por um tempo, descobrir se é algo que você gostaria de fazer.

— Eu adoraria. Obrigada.

— Com os homens sendo chamados para servir, as pessoas terão que aceitar quando mulheres ocuparem os lugares que podem. Se temos alguma esperança de vencer essa guerra, precisamos continuar treinando esses pilotos.

— Eles deviam mandar você discursar sobre os esforços de guerra.

Jessie sorriu.

— Nunca me senti confortável no chão como me sinto no ar. Discursar para uma plateia... — Ela balançou a cabeça. — Talvez só se eu pudesse fazer isso de uma cabine.

Lisa riu.

— Entendo perfeitamente. Sempre me senti mais em casa em uma também, mas para mim era só recreativo. — Ela olhou para o lado. — Acho que seu namorado está esperando uma dança. Vou deixar você ir.

Seu namorado. Enquanto observava Lisa se afastar, ela supôs que o que sentia por Royce não era mais um segredo na cidade. Ela não estava mais escondendo nada. Pensando bem, com base no afeto nos olhos de Royce ao se juntar a ela, ele também não.

A mãe de Jessie se aproximou.

— Todos estão em êxtase por terem se saído tão bem no blecaute. Espero que não se torne algo regular. Não sei como vocês conseguem na Inglaterra.

— É melhor do que ser um alvo. Até os trens que circulam à noite têm suas luzes apagadas.

Sua mãe olhou pelo salão.

— Acho que algumas pessoas estão bastante aliviadas por finalmente estarmos em guerra. Foi um pouco estressante imaginar se ou quando poderia acontecer. Agora pelo menos podemos estar todos do mesmo lado. — Ela sorriu docemente para ele e disse: — Sentiremos sua falta. Acho que não gostaria de vir de manhã cedo para um último café da manhã, gostaria?

Ele olhou impotente para Jessie.

— Na verdade, mamãe, eu já ia preparar o café da manhã para ele.

— Claro. Vocês precisam passar um tempinho juntos antes que ele vá. Nos vemos na estação, então.

Inclinando-se, ele beijou a mãe de Jessie no rosto.

— Obrigado por tudo, sra. Lovelace.

Ela tinha lágrimas nos olhos quando corrigiu, com a voz embargada:

— Dot.

Ela deu um abraço rápido em Jessie antes de sair.

— Uma última dança — disse Royce —, depois talvez possamos sair à francesa. Estou sozinho em casa esta noite.

Rhonda e Peter tinham ido para Dallas.

— Uma última dança, mas tem que ser uma música lenta, para você me abraçar.

Quando uma melodia lenta começou a tocar, Jessie foi para os braços dele como se já tivesse feito aquilo mil vezes antes e fosse fazer de novo. Ela não ia pensar no amanhã, apenas no momento. No perfume dele, misterioso e picante. Em como a cabeça dela se encaixava em seu ombro. Em como a mão dela parecia pequena aninhada na dele. Em como eles se moviam num ritmo que era mais deles do que da música. Em como estavam sintonizados um com o outro. Em como ela nunca se sentiria daquele jeito com ninguém novamente.

Quando a dança terminou e eles tentaram escapar, as pessoas começaram a parar os dois, a cumprimentar Royce, a desejar boa sorte, dar adeus. Agora ele era um deles, como os cadetes. Pareceu demorar uma eternidade para passar pela procissão, mas Jessie não se ressentiu por um segundo sequer. Era gratificante ver que as pessoas o apreciavam tanto quanto ela. Aqueles que antes desconfiavam dos estrangeiros não desconfiavam mais.

Quando finalmente saíram para o ar fresco da noite, ele disse:

— Eu gostaria de passar na casa da sua mãe para ver Kitty.

A primeira a cumprimentá-lo foi Trixie, abanando freneticamente o rabo enquanto Royce se agachava e lhe dava um afago carinhoso atrás das orelhas.

— Seja uma boa menina, sim?

Assim que entraram, ele foi para a sala, enquanto Jessie subia as escadas e batia na porta de Kitty.

— Entre.

Ela abriu a porta e olhou para a irmã enrolada nos cobertores, lendo.

— Royce está lá embaixo. Ele quer se despedir caso vocês não se vejam na estação de manhã.

— Não sei se consigo me despedir sem chorar.

Jessie entrou e se sentou na beirada da cama.

— Tudo bem se você chorar.

— Não derramamos uma lágrima quando Jack partiu, não onde ele pudesse ver.

O coração de Jessie se apertou ao pensar que sua irmã lutava com mais do que um simples medo de chorar. O último ano de Jessie no colegial envolvera jogos de futebol, namoros, usar a jaqueta de futebol de Luke e ir ao baile de formatura. O último ano de Kitty envolvera luto e agora uma guerra.

— Talvez devêssemos ter chorado. Não sei. Estávamos tentando manter uma fachada de bravura para ele não ver como sentíamos medo, como estávamos preocupadas. Não quisemos dificultar a partida dele.

— Você ama Royce?

— Muito.

— Vai chorar amanhã?

Ela afastou os cabelos de Kitty do rosto.

— Não na frente dele.

— Tem medo de que ele não volte?

— Sim, tenho.

— Dói tanto, Jessie. Ainda dói muito.

Com ternura e cuidado, Jessie abraçou a irmã, sentindo os tremores a percorrendo junto com os soluços.

— Eu sei.

E ela sabia que não estava falando sobre a partida de Royce.

— Mas Will não gostaria que você ficasse triste para sempre. Precisa pensar em todas as vezes em que o fez sorrir e ele a fez sorrir. As risadas, as conversas e simplesmente o tempo que passaram juntos.

Era fácil aconselhar quando não havia sido o próprio coração a ser partido.

— Na botica, tento não os conhecer a fundo, os cadetes. Só que eles flertam, conversam, me fazem perguntas. Já cogitei pedir demissão, mas aí começo a ficar curiosa e é uma chance de passar um tempo com eles. Mas eu nunca mais quero me apaixonar. Dói demais.

O próprio peito de Jessie arriscava desabar com o aperto se instalando. Ela começou a balançar sua irmã suavemente.

— Ah, Kitty, não diga isso. Will não ia querer isso. Você é jovem. Não precisa amar de novo imediatamente, mas um dia… um dia você poderá pensar em Will sem chorar. Um dia vai se lembrar dele sem doer.

Afastando-se, Kitty fungou e enxugou os olhos.

— Às vezes não quero que pare de doer. Temo que, se isso acontecer, eu vá esquecê-lo.

— Você nunca vai esquecê-lo. Nem eu. Ele foi um dos meus primeiros alunos. Um pouco arrogante, mas aprendeu rápido. Ele era um piloto nato.

— Então por que ele caiu?

— Nem os melhores pilotos conseguem controlar o clima ou certas condições que tornam a aviação uma atividade tão perigosa. Mas ele não gostaria que você ficasse remoendo isso, Kitty.

Kitty assentiu e se levantou da cama.

— Quero lavar o rosto antes de me despedir do Royce.

Esperando no corredor, com medo de que, se descesse, sua irmã pudesse se enfurnar de volta no quarto, Jessie tentou não contemplar como ficaria assolada se recebesse a notícia de que Royce havia sido morto. Ela fora imprudente em se apaixonar por ele, mas também não acreditava que a guerra fosse um momento de colocar o amor em espera. No mínimo, o amor devia ser aceito de braços abertos e vivido ao máximo. De que adiantava lutar bravamente se não havia amor, se o amor era racionado com a mesma mesquinhez com que se racionava ovos?

Quando Kitty saiu do banheiro, as irmãs desceram as escadas de braços dados, mas assim que entraram na sala, Kitty se soltou, correu para Royce e o abraçou. Ele havia se levantado, e Jessie se perguntou como a força de Kitty colidindo nele não o fez cair para trás.

— Por favor, volte — implorou Kitty.

Royce fechou os olhos com força, e Jessie desejou não ter visto a angústia em seu rosto. Ali ela percebeu como ele estava se esforçando para não a preocupar. Em vez de fazer à irmã dela uma promessa que talvez não pudesse cumprir, ele disse:

— Eu esperava que jogássemos mais uma partida de damas antes de eu ir embora.

Kitty riu e saiu de seu abraço.

— Talvez eu deixe você ganhar desta vez.

Jessie se sentou no sofá e ficou assistindo aos dois jogarem. Muita gente na cidade havia se despedido de entes queridos nas últimas semanas, mas no aeródromo haviam sobrado cumprimentos de boas-vindas quando os substitutos, a maioria mulheres, chegaram. Agora eles tinham mecânicas, montadoras de paraquedas e operadoras adicionais para o Link Trainer.

Kitty deu uma gargalhada.

— Eu sempre derroto você.

— Acho que simplesmente não sou bom em estratégia — concluiu Royce, se levantando.

— Na primavera, vou plantar árvores na parte britânica do cemitério e garantir que ela esteja sempre bem cuidada.

— É muito gentil e atencioso da sua parte, Kitty. Vai trazer muito conforto para as famílias saber que seus meninos estão sendo cuidados. Mas não pode se esquecer de cuidar de si. Devemos lamentar a perda dos que amamos, mas, em determinado momento, é hora de se juntar aos vivos.

— Algumas pessoas zombam de mim. Elas não acham que eu poderia amar tanto Will só por eu ser tão jovem.

— Essas pessoas me parecem bastante tolas. E provavelmente não leram *Romeu e Julieta*.

Jessie achou maravilhoso ver Kitty sorrindo, um sorriso verdadeiro e relaxado.

— Vou escrever para você — prometeu Kitty.

— Eu gostaria muito.

Ele colocou a mão em concha sobre o ombro dela.

— Preciso ir agora, levar sua irmã para casa.

— Nós nos vemos na estação de trem.

— Ótimo.

Descansando a mão na lombar de Jessie, Royce a guiou para fora. Encolhida em seu casaco, ela se aconchegou nele no caminho até sua casa para uma última noite juntos.

CAPÍTULO 42

Domingo, 18 de janeiro de 1942

J essie começara a detestar a estação de trem. A plataforma estava lotada de pessoas se despedindo dos ingleses ou dos próprios filhos recém-alistados. Ela ficou ao lado de Royce enquanto as pessoas se aproximavam para cumprimentá-lo e desejar boa sorte. A War Relief Society estava distribuindo lanches para aqueles prestes a embarcar no trem — britânicos e americanos. Jessie ficou feliz ao ver os pilotos em seus uniformes, as asas bem à mostra. Mais cedo, ela se dirigira a cada um, deixando claro que havia sido um privilégio trabalhar com eles. Embora não expressasse seus medos em voz alta, rezou pela segurança de todos.

De longe, o apito do trem soou. Um dia ela considerara aquele o som mais maravilhoso do mundo. Agora, ele apenas refletia a solidão e incitava ondas de horror dentro dela. Horror pelo que esperava aqueles jovens. Pelo que esperava Royce.

Com um sibilo alto, o trem entrou na estação e parou. Após o desembarque de poucas pessoas, o condutor gritou:

— Todos a bordo!

Manter a fleuma. Cabeça erguida. Ela tentou recordar todas as expressões britânicas que precisava refletir para Royce não ver como seu coração estava partido, como estava apavorada por ele. Jessie o olhou e prometeu:

— Escreverei.

— Vou entender se outra pessoa chamar sua atenção.

— Não seja tonto. Não é assim que você diria?

— Deus, como vou sentir sua falta.

Ele rapidamente passou o braço pela cintura dela, a puxou para o peito e cobriu os lábios dela com os dele. Com fome. Desesperado. Decisivo. Um último beijo. A esperança de haver outro.

Ela passou os braços por seu pescoço como as trepadeiras selvagens nas árvores perto do riacho. Para garantir. Para segurar. Para nunca mais soltar.

Dois apitos curtos do trem indicaram que ela seria obrigada a soltar. Imediatamente. Antes que estivesse pronta, antes que quisesse. Eles se separaram.

— Continue treinando-os bem — disse ele.

— Eu vou continuar. Cuidado com o inimigo.

— Terei. Eu te amo.

Abaixando-se, ele a beijou mais uma vez, rapidamente, antes de correr para o trem que começara a avançar.

Não era justo. Ela correu atrás dele, que pulou dentro do trem, pendurou-se no corrimão e olhou para trás. Ela correu ao lado.

— Eu te amo!

Royce sorriu amplamente.

— Eu sei.

Ele soprou um beijo.

Jessie parou abruptamente, bem a tempo de evitar cair da plataforma. Acenando freneticamente, observou até ele se tornar pouco mais que uma silhueta borrada ainda pendurada do trem, até não estar mais visível, até o trem em si desaparecer.

Foi só então que Jessie sentiu alguém a abraçando. Ela se virou para o peito da mãe, inalou sua reconfortante fragrância de lavanda e chorou em seu ombro enquanto a dor no peito ameaçava dominá-la.

Quando tudo começou, ela queria ensinar a pilotar porque pensou que poderia fazer a diferença, poderia ajudar a salvar a vida do irmão. Agora, queria salvar todos eles.

DO TERRENCE TRIBUNE

19 de janeiro de 1942

Para o bom povo de Terrence,

Quando chegamos aqui, sete meses atrás, eu não fazia ideia de que um dia estaria apreciando tanto os moradores de sua bela cidade. Vocês nos receberam em seus lares e corações e trataram estranhos como amigos de longa data.

Não tenho palavras para expressar nosso apreço por sua hospitalidade e, mais ainda, por seu interesse genuíno pelos rapazes. É com profunda tristeza que os deixo agora, mas saibam que carrego lembranças de todos vocês comigo.

Rezo para a guerra logo chegar a um fim e para que suas perdas sejam poucas. E que possamos todos brindar com uma cerveja, juntos outra vez.

Atenciosamente,
Royce Ballinger
Comandante de Ala, Força Aérea Real de Sua Majestade

CAPÍTULO 43

Domingo, 25 de janeiro de 1942

Encolhida no sofá antes que alguém mais acordasse, Jessie sentiu que passara a semana como se estivesse em um elevador, indo de um ponto a outro, sem fazer muita coisa, apesar de agora ser a instrutora-chefe de voos avançados e de ter supervisionado a chegada de cinco novos instrutores — dois homens velhos demais para se alistar e três mulheres. Barstow entrara em contato com alguns dos homens com quem voara na última guerra e os pressionara a prestarem ajuda. Ela cuidara da orientação. Todas as contínuas mudanças de pessoal ocorreram sem sobressaltos e de forma quase imperceptível para os cadetes. Infelizmente, no entanto, dois alunos em seus primeiros voos solo se chocaram durante o pouso. Um saiu sem um arranhão, o outro quebrou o nariz. Os aviões foram enviados para reparos.

Ela sentia a falta de Royce com uma angústia que deixava um enorme buraco em seu peito. Ele telefonara para ela pouco antes de embarcar no navio.

— Eu te amo, Jessie, mas não espere por mim. Se você conhecer outra pessoa...

Ele não terminara a frase e ela não respondera especificamente ao que ele estava dizendo, visto que as opções eram mentir e dizer que não esperaria ou admitir que esperaria e o deixar preocupado. Jessie suspeitava que Royce só queria ouvir a voz dela, dar a ela uma chance de ouvir a voz dele uma última vez no caso de um submarino alemão atacá-los na travessia do Atlântico. Então, simplesmente respondeu:

— Eu sei. Eu também te amo, um amor tão grande quanto o céu do Texas.

Desde então, ela vasculhava os jornais em busca de relatos de navios atingidos ou submergidos. Sempre que possível, ouvia rádio. As notícias eram deprimentes. Eles não pareciam estar fazendo nenhum progresso para vencer a guerra. Ao mesmo tempo, parecia que ainda estavam na fase de preparação.

Quando ouviu um barulho de vômito vindo do banheiro, ela se levantou do sofá, caminhou descalça pelo corredor e bateu na porta.

— Você está bem?

— Estou — murmurou Rhonda, parecendo tudo, menos bem.

— Posso fazer um chá quente para você, se quiser.

— Seria ótimo.

Depois que o chá terminou de ferver, ela acrescentou bastante açúcar na xícara e algumas torradas no pires. Quando o levou para a sala, Rhonda estava encolhida no canto do sofá, incrivelmente pálida. Jessie entregou-lhe o chá.

— Obrigada. Nunca gostei muito de chá quente, mas acho que não consigo tomar café. Peter vai me mandar um bom chá inglês. — Rhonda indicou com a cabeça o jornal sobre a mesinha de centro. — Não há nada aí que me faça pensar que ele não vai, né?

— Até agora o navio em que eles estão não foi notícia.

— Por quanto tempo mais precisamos nos preocupar? Duas semanas?

— Por volta disso. Mas estou mais preocupada com você.

— Foi só algo que comi.

— Também foi algo que você comeu alguns dias atrás. E na semana passada.

Rhonda colocou a xícara e o pires na mesa, pegou uma torrada e mastigou. Jessie nunca vira sua amiga tão mal.

— Estou em apuros.

As palavras foram um soco no estômago, embora Jessie suspeitasse que não fosse comida estragada que fazia Rhonda começar suas manhãs agarrada ao vaso sanitário. Ela se levantou e passou os braços por seus ombros.

— Ah, Rhonda.

— Foi na feira estadual, eu acho.

Jessie recuou ligeiramente.

— Na feira?

Ela assentiu.

— Nós não ficamos lá. Demos uma escapulida e fomos para um motel. Depois disso, ele às vezes entrava pela janela do meu quarto, como se estivéssemos no ensino médio. Mas tenho certeza de que foi no dia da feira que *isto* aconteceu.

— Ele sabe?

Lágrimas brotaram dos olhos de Rhonda.

— Foi por isso que ele voltou. Jess, ele é casado.

Aquele novo soco quase a nocauteou.

— Ah, Rhonda. Merda. Canalha...

— Não, ele me contou no começo. Antes que acontecesse qualquer coisa entre nós. Lembra no seu churrasco, quando falei que ele estava me evitando depois do baile? Ele sabia que estava começando a sentir alguma coisa por mim, sabia que não deveria, não queria que eu me machucasse. Mas não me importei. Era para ser só um flerte inofensivo. Ele não é feliz no casamento e ela também não. As famílias dos dois estão envolvidas com política, foi mais uma aliança.

— Como nos tempos medievais?

— Algo do tipo. Ele tinha certeza de que ela estava tendo um caso antes mesmo de vir para cá. Ele vai se divorciar, mas quem sabe quanto tempo isso vai demorar ou quando ele poderá voltar para nos casarmos? Não é como se ele estivesse a apenas algumas horas de distância. E a viagem é terrivelmente perigosa.

— Royce sabia?

— Duvido. Eles não se conheciam antes de receberem essa missão. A situação no casamento dele já estava tão tensa que ele nunca queria falar a respeito. Se eu não estivesse tão louca por ele e houvesse pressionado, ele provavelmente nunca teria me contado nada também. Irônico, não é? Eu estava tão certa de que ele não era do tipo que se casava e que Royce era.

— Royce tinha uma noiva, mas ela foi morta durante a Blitz.

— Droga. E agora toda essa incerteza. — Ela deu uma mordida na torrada. — Meu pai vai me deserdar. Barstow vai me demitir.

Jessie temia que Rhonda estivesse correta em ambas as suposições. Para algumas pessoas na cidade, o que sua amiga havia feito era horrível, a veriam como uma vagabunda. Ela teria tempos difíceis pela frente.

— Talvez Barstow não faça isso.

— Assim que a barriga começar a crescer, ele não terá escolha. Ele não pode ter alguém de moral duvidosa como professora. Já estou me preparando. Peter vai tomar providências para eu receber uma ajuda todos os meses. Ele vai abrir um fundo ou algo assim, então ficarei bem. Exceto pela parte em que serei marginalizada.

— Estarei ao seu lado, Rhonda, ajudando no que puder. Vamos atravessar isso juntas.

— Quero esperar antes de contar para a Annette, caso ela não queira que eu more aqui. Não tenho para onde ir.

— Estou um pouco ofendida por você achar que eu poderia expulsá-la — disse Annette, entrando e se sentando na mesinha de centro, evitando cuidadosamente o chá, que, sem dúvida, havia esfriado. — Eu não estava bisbilhotando, mas captei o suficiente para decifrar o que estava sendo discutido, algo que eu já imaginava ter pouco a ver com comida estragada. Devido às minhas escolhas profissionais, sei bem o que é lidar com desaprovação. Não devíamos ter que passar por isso por causa de nossas escolhas pessoais.

— Mas o que fiz é pecado.

— Há alguém nesta sala que nunca tenha dado uma mordida na maçã?

— Eu fui pega. As pessoas vão saber que fiz isso.

— Não acho que as regras normais se aplicam durante a guerra — sugeriu Annette amavelmente. — E se as pessoas da cidade julgarem demais, acho que podemos ser um trio formidável.

Com aquilo, Rhonda começou a chorar. Abraços e promessas tranquilizadoras se seguiram. Jessie percebeu que morava com as melhores pessoas do mundo. Elas superariam qualquer desafio que enfrentassem.

Quando as lágrimas pararam de rolar e deram lugar a sorrisos, Jessie anunciou:

— Mamãe está preparando um assado para o jantar de domingo, e vocês estão convidadas.

Algumas horas depois, enquanto suas amigas faziam companhia a Kitty na sala de estar, Jessie se viu na cozinha colocando pãezinhos em uma assadeira. Sua família sempre estivera presente nos momentos difíceis e, naquela semana, ela precisava daquilo para reunir forças e poder se concentrar no treinamento dos cadetes, em vez de se preocupar com cada detalhe de uma guerra abrangente e complexa demais para ser reduzida a trechos de notícias aqui e ali.

— Bug, a sra. Baker, disse que a família vai organizar uma cerimônia fúnebre para David — revelou Dot baixinho. — Sem corpo, claro, mas deverá trazer um pouco de paz a eles.

Os Baker haviam finalmente recebido a notícia de que o filho morrera no *Arizona*.

— É difícil acreditar que ele não vai voltar para casa.

— Eu sei, mas haverá muitos mais. Tem tido notícias de Luke?

— Na verdade, recebi uma carta esta semana. Ele recebeu um distintivo de atirador de elite.

— Não estou surpresa. Todas as caçadas que aquele menino fazia.

Jessie sorriu. Luke poderia ser um homem velho, e sua mãe ainda o chamaria de menino. Ainda assim, Jessie queria que não fosse tão bom com um rifle. Tornava mais provável que ele entrasse em combate.

— Ele termina o treinamento em fevereiro. Acha que deve ser enviado para algum lugar no Pacífico.

— Espero que ele passe em casa primeiro. Sua mãe sente muita falta dele.

Jessie também sentia, mas era mais como a saudade que sentia de Jack ou de um amigo querido. Ela abriu a porta do forno e deslizou os pãezinhos para dentro.

— Como conseguiu não se preocupar quando papai foi lutar na última guerra?

— Oh, querida, eu me preocupei. Mas eu tinha você e Jack para me ocupar. Foi uma loucura, mas agradeci por ter gêmeos. Vocês me deram propósito e foco, assim como esses cadetes estão dando a você.

— Metade dos nossos funcionários são mulheres agora.

— Li no jornal que umas moças vão trabalhar nas fábricas. Todos os dias, parece haver meninos indo embora. Alguns colegas de classe de Kitty nem vão esperar a formatura por medo de a guerra acabar antes de terem a chance de lutar. Estão largando os estudos e fazendo as mães assinarem cartas lhes dando permissão para ingressar. É claro que alguns ainda vão precisar da permissão mesmo depois de se formarem, de tão jovens que são. Que guerra maldita.

Jessie não estava acostumada a ouvir a mãe xingar, mas ultimamente todos em todos os lugares xingavam, em quase todas as conversas, como se as demais palavras não fossem boas o bastante para expressar o peso das emoções sentidas.

Quando todas estavam sentadas, uma abundância de comida disposta sobre a mesa, sua mãe começou:

— Com o racionamento, esta provavelmente será nossa última grande refeição por um tempo, então quero que comam e aproveitem. Que nada disso seja desperdiçado.

Enquanto as travessas eram passadas pela mesa, Rhonda perguntou:

— Vai para a faculdade depois que se formar, Kitty?

— Não. Falei com o sr. Morris, do *Tribune*. Um dos repórteres dele partiu para trabalhar como correspondente de guerra para outra organização de notícias, então ele me contratou como repórter em meio período. Se eu me sair bem, ele me contratará em tempo integral depois que eu me formar.

— Isso é maravilhoso. Você sempre gostou de escrever e catalogar a história da cidade.

— Estou ansiosa para começar.

— Vai parar de trabalhar na botica? — perguntou Annette.

— Não, vou continuar trabalhando lá. Gosto de conhecer os cadetes e conversar com eles. Há sempre tantos na bancada de refrigerantes. Acho que é um de seus lugares favoritos. E gosto de dar a eles uma bebida grátis quando o sr. Delaney não está olhando.

Jessie ficou contente em saber que a irmã estava conversando com os cadetes, mesmo que ainda usasse preto.

— Com dois empregos, como terá tempo para fazer as tarefas?

— Eu arranjarei tempo. Não tenho mais nada para fazer.

— Vai voltar aos bailes de sábado à noite?

— Não; não quero dançar. Mas estou feliz por estarem mantendo os bailes pelos cadetes. Eles precisam se divertir do jeito que puderem. Eu escrevo para os que partiram e para as famílias dos que nunca poderão partir. É bom ter para onde direcionar a tristeza e o medo.

Quantos fardos sua irmã carregava aos dezessete anos que Jessie não carregara. Ela não podia deixar de torcer para Kitty encontrar alguma felicidade novamente.

No dia 8 de fevereiro, Jessie recebeu um telegrama.

```
Cheguei.
Te amo profundamente.
Royce
```

Ela sorriu, supondo que atravessar o Atlântico em segurança o deixara franco daquele jeito quanto ao que sentia. Já sua carta, quando chegasse, sem dúvida a encorajaria a não esperar por seu retorno.

Rhonda também havia recebido um telegrama, e, embora não tivesse revelado o conteúdo, Jessie sabia que a mensagem dera à amiga o mesmo alívio. Pela primeira vez em três semanas, ela sentiu que realmente podia respirar de novo. Foi com vigor renovado que foi ao aeródromo para treinar seus alunos.

9 de março de 1942

Minha querida aviadora,

Sou um canalha por escrever para você e, ao fazê-lo, oferecer qualquer incentivo para que espere por mim. No entanto, encontro um conforto incrível em ter essa pequena conexão com você e sorrio enquanto escrevo estas palavras com a caneta-tinteiro que me deu.

Fui designado para o Esquadrão —— localizado em ——. Vou enviar--lhe um telegrama com instruções sobre para onde encaminhar as cartas que possa vir a escrever. Suspeito que os censores irão simplesmente riscar o que escrevi aqui.

Já enfrentei o inimigo algumas vezes. Eles não me deram metade do trabalho que você me deu. Acho que seria bom termos aviadoras indo para a batalha. Se ao menos isso pudesse acontecer sem custar vidas. Acho que não é a sua capacidade que está sendo questionada, mas sim o impacto da perda. Mesmo que as mulheres tenham sido guerreiras desde o início dos tempos.

No caminho de volta para cá, Peter me deu algumas notícias inesperadas, que suspeito que agora você também saiba. Estamos servindo no mesmo esquadrão. Nosso tempo no Texas forjou um vínculo que não tínhamos antes. Ambos sentimos falta do clima quente e do calor das pessoas.

Sinto sua falta terrivelmente.

Com todo meu amor,
Royce

17 de julho de 1942

Minha querida amada,

Recebi seu telegrama. Uma menina! Com seus cabelos ruivos, espero. Lamento muito por não estar aí com você, minha corajosa amada. Sei que esses meses não foram fáceis e sou incrivelmente grato à família Lovelace por cercá-las de amor em meu lugar.

Minha esposa está brigando comigo pelo divórcio, mais preocupada em garantir para si uma pensão caso eu morra do que com a possibilidade de eu morrer. Mas finalmente obtive provas da infidelidade dela e estou progredindo para obter minha liberdade. Conseguir uma licença para voltar e me casar com você será um pouco complicado devido ao tempo que a viagem leva, mas vou providenciar. Em sua última carta, você mencionou vir para cá. Juro que comecei a tremer. É perigoso demais, meu bem. Eu nunca me perdoaria se me tirassem você — e agora nossa preciosa filhinha.

Por favor, seja paciente. Vou resolver tudo e, com sorte, nos casaremos antes do final do ano.

Dê um beijo em nossa querida menina por mim. E prepare-se para o que pretendo dar em você quando estivermos juntos novamente. Ele vai durar alguns dias.

Para sempre,
Seu Peter

20 de setembro de 1942

Querida mamãe, Jess e Kitty Kat,

A partir de hoje, visto o uniforme do Exército dos Estados Unidos. Após meses de rumores de que meu Esquadrão Águia seria transferido para as forças americanas, aconteceu.

Não sei bem o que estou sentindo. Os americanos ainda não foram testados em batalha e ainda carecem da experiência e coragem dos britânicos, e me vejo perdendo a paciência com sua arrogância e ignorância. Para ser sincero, também estou um pouco ressentido porque, dois anos atrás, o país pelo qual agora luto estava disposto a me prender por cruzar o Atlântico para me defender da tirania, mas agora se beneficiará de tudo o que aprendi no tempo em que não me queriam aqui.

No entanto, nos prometeram, caso lutássemos pela América agora, que não enfrentaríamos quaisquer consequências quando voltássemos para casa. Nossos postos foram designados com base nos postos que ocupávamos na RAF. Depois de muito reclamar, tivemos permissão para usar as asas da RAF costuradas no bolso esquerdo do peito. Por Deus, nós as merecemos e queríamos reconhecimento por nosso tempo servindo na RAF. As asas de prata americanas ficam sobre nosso bolso direito.

É estranho estar perto de tantos americanos novamente. Eu me acostumei com os costumes britânicos. Mas desconfio que vou me ajustar rapidamente às novas circunstâncias. Ter um inimigo em comum cria estranhas alianças. No entanto, pelo menos agora ficou claro que estamos todos do mesmo lado. E temos uma guerra para vencer. Estarei em casa antes que vocês se deem conta.

Com amor,
Major Jack Lovelace, USAAF

P.S.: Cocem bem atrás das orelhas de Trixie e deem a ela uma guloseima por mim.

CAPÍTULO 44

Sábado, 24 de outubro de 1942

Limpando o balcão do Delaney's dez minutos antes de fechar, Kitty olhou para a outra ponta, onde um cadete bebia lentamente sua Coca-Cola e lia um livro. Seu nome era Alec McTavish, ele era da Escócia, vinha todos os sábados à tarde e fazia o mesmo até fechar. Só que naquele dia ele estava usando suas asas. Houvera uma cerimônia no início da tarde, e Kitty notou quando ele subiu os degraus para receber as asas. Ela ainda comparecia às cerimônias, dava as boas-vindas aos cadetes e despedia-se dos pilotos na estação. Periodicamente, também entrevistava um deles para o *Tribune*.

Após a formatura, começara a trabalhar no jornal em tempo integral. Fran havia partido para estudar enfermagem e planejava ingressar no Corpo de Enfermeiras do Exército quando terminasse, em três anos. Kitty esperava desesperadamente que a guerra terminasse muito antes daquilo. Fran tentara convencê-la a ir junto, mas Kitty ainda não estava pronta para deixar Will.

Pouco mais de duas semanas antes, ela completara dezoito anos. Era o primeiro ano em que não comemorara indo à feira estadual, mas também não houvera feira estadual. De qualquer forma, provavelmente não teria ido. Ela ainda não ia aos bailes, incapaz de se livrar da culpa que certamente experimentaria se tivesse algum tipo de diversão. Quando não estava trabalhando, cuidava do cemitério britânico. Mais cinco cadetes tinham perecido durante o treinamento, assim como um instrutor que estava em um dos aviões que caiu. Embora Jessie tivesse afirmado que Will era um bom piloto, Kitty não acreditara plenamente até aquele momento, quando alguém com tanta experiência também não conseguiu impedir que uma aeronave caísse em um campo em um dia de tempo bom. Foi então que ela realmente se deu conta de como era perigoso voar. Ela não entendia por que alguém ficava repetindo aquilo.

Kitty foi até a ponta do balcão.

— Mais uma antes de fecharmos?

— Sim, se não se importa.

Devido à escassez de refrigerantes, ela deveria limitar cada cliente a um, mas muitas vezes abria exceções para os cadetes. Após deixar o copo diante dele, ela limpou uma mancha invisível perto de onde o cadete apoiava o cotovelo.

— Eu não entendo.

Um canto da boca dele se levantou ligeiramente.

— O que você não entende, Kitty Lovelace?

Ela sorriu. Eles haviam conversado algumas vezes ao longo dos meses, e o rapaz tinha o hábito de tratá-la pelo nome completo. Ele era bonito e tinha cabelos escuros e ombros largos.

— Você passar as tardes de sábado aqui. Por que não está fazendo um piquenique com uma garota bonita? Ou passeando com uma? As moças da região são loucas pelos cadetes. Elas ficariam contentes em simplesmente ouvir você falar. Por que não está por aí, fazendo coisas?

— Ah! Veja bem, Kitty Lovelace, na verdade, estou de olho em uma moça muito bonita. Mas ela está de luto, e pensei que, se me sentasse aqui com frequência suficiente e por tempo suficiente, poderia ter a chance de vê-la de vermelho ou outra cor. Mas, infelizmente, vou embora amanhã e até hoje só a vi de preto.

Como se a resposta tivesse sido um golpe, Kitty deu um passo para trás. Ela não queria ouvir aquelas palavras. Não conseguia decidir se ele era cruel por dizê-las ou se ela era por ser o motivo daquilo ser verdade.

— Não me venha com essa cara de cachorrinho triste, Kitty Lovelace. Eu invejo o rapaz que conquistou seu amor. É uma coisa poderosa, e sei que ele devia ser muito especial. Por isso, sei que ele não gostaria que você ficasse de luto e vestisse preto para sempre.

— Você não sabe nada sobre isso — sussurrou ela.

— É verdade. Então me conte sobre ele.

Ela não falava sobre Will havia meses e certamente nunca falara para um cadete, agora piloto, que sequer o conhecera.

— Ele tinha uma risada maravilhosa.

— Ele gostava da vida, então?

Ela assentiu.

— Ele não gostaria que você fizesse o mesmo, que seguisse em frente para que a vida dele tivesse mais sentido? Não acho que ele gostaria de vê-la no túmulo com ele.

— Eu não estou... Eu... — Ela olhou ao redor. — Estamos fechando. Você precisa ir embora.

— Vejo você no baile hoje à noite?

— Não.

— Que pena. — Ele deixou uma moeda no balcão e deslizou do banco. — Encontre um jeito de rir de novo, Kitty Lovelace. Ele desejaria isso para você.

Envolvendo-se com os braços, ela o observou sair da botica. Quanta arrogância, dizer a ela o que Will desejaria. Julgá-la, julgar sua maneira de viver o luto. Ele simplesmente não entendia a grandiosidade do amor dela. E quem era ele para julgar como ela vivia a própria vida quando passava horas sentado no balcão da botica lendo um livro e bebendo Coca-Cola? Era absurdo.

Naquela noite, no entanto, sentada na cama de pernas cruzadas enquanto folheava seus álbuns de recortes, ela não pôde deixar de pensar que havia passado como uma sonâmbula o último ano do ensino médio, aquele último ano de sua vida. Suas amizades se limitaram a Fran, que agora estava longe, se preparando para uma ocupação gratificante que ajudaria os outros. Por meio de seus artigos para o *Tribune*, Kitty estava documentando a tristeza da guerra — mas Will sorrira. Todos os cadetes encontravam formas de rir, sorrir e se divertir apesar da perda, do medo e da incerteza. Ela se concentrou na morte de Will em vez de sua vida, algo que nunca teria esperado de si mesma. Era desconfortável. Talvez Alec estivesse certo e ela, errada.

De repente, sem vontade de ficar sozinha, ela levantou da cama e desceu as escadas. Dot estava no baile, ajudando a servir o lanche. Kitty deixou um bilhete para ela, embora suspeitasse que estaria de volta antes que a mãe retornasse.

Enquanto caminhava pela noite, ela se lembrou de como todos na cidade tinham medo de serem atacados, de como se prepararam. Depois do êxito no teste de blecaute, passaram por um período em que apagavam tudo todas as noites, mas em seguida ficaram mais relaxados, sentindo-se seguros e protegidos. O racionamento e as campanhas para arrecadar borracha, porém, lembravam a todos de que estavam em guerra. Além das listas de baixas. Trinta dos pilotos que haviam treinado lá eram prisioneiros de guerra, estavam desaparecidos ou haviam sido mortos. No entanto, a cada cinco semanas, chegava mais um lote de cadetes.

Quando chegou à casa de Jessie, Kitty subiu os degraus e bateu na porta. Passaram-se alguns minutos antes que Rhonda a abrisse, com a filha aninhada no braço.

— Eu estava dando de comer para Molly. Entre.

Kitty passou pela soleira, fechou a porta e seguiu Rhonda até a sala de estar, onde a colega da irmã se sentou em uma cadeira de balanço. Kitty se aconchegou no canto do sofá, seu lugar favorito. Por um minuto, simplesmente observou enquanto o bebê ruivo mamava de uma mamadeira. Quando ficou óbvio que Rhonda estava grávida, ela foi dispensada da escola. Depois que Molly nasceu, entretanto, ela conseguiu o emprego de volta no aeródromo, e a mãe de Kitty cuidava do bebê durante o dia. Algumas pessoas ficaram escandalizadas com a ideia de uma mãe solteira, mas Kitty sabia como Rhonda e Peter se amavam. Ela suspeitava que aquele tipo de coisa acontecia durante uma guerra.

— Veio aqui por algum motivo especial?

— Só precisava sair de casa.

— Podia ter ido ao baile.

Apesar de seu amor por Royce, Jessie ainda ia aos bailes. Por um piscar de olhos, Kitty realmente ponderara ir. Ela se perguntou se o escocês estaria lá.

— Ainda não estou pronta, mas talvez em breve. Você conhece um cadete chamado Alec McTavish?

Rhonda sorriu.

— Oh, sim. Eu o orientei em algumas voltas no Link Trainer. Sempre se saiu bem, mas é um cara sério. Parecia muito mais velho do que seus dezenove anos. Se bem que eu mesma estou me sentindo muito mais velha do que meus vinte e cinco. Em certos dias, estou mais para cinquenta.

— Você não parece.

Ela riu.

— É muita gentileza sua, mas esta pequena ainda não dorme a noite toda. Estou surpresa por sua irmã não nos expulsar.

— Ela nunca faria isso. Quando Peter volta?

— Ainda não sei. Ele está tentando ser transferido para cá. Existem outras cinco escolas, então se ele não conseguir um emprego em Terrence, talvez possa supervisionar o treinamento em uma delas. Dessa forma, ele faria apenas uma viagem pelo Atlântico. Eu me sentiria melhor com isso. Pedi a ele para não vir apenas para se casar. Não há razão agora. A pior parte de ser a vadia da cidade já passou. As pessoas aceitaram nossa filha e eu. Pelo menos quase todas.

Kitty sabia que o pai de Rhonda a havia renegado e ido pregar em outra cidade. Para falar a verdade, Kitty gostava mais do novo pastor. Seus sermões falavam mais sobre céu do que inferno.

— Então o sr. McTavish chamou sua atenção?

— Eu só estava curiosa sobre ele. Ele vai embora amanhã. Não é bom se apaixonar por esses sujeitos. Royce me disse isso, mas eu não dei ouvidos.

— O coração não é bom em seguir conselhos. Ele quer o que quer. Emily Dickinson disse algo assim. Isso é tudo que me lembro da aula de inglês. — Ela descansou a filha no ombro e começou a esfregar suas costas. — Quer segurá-la depois que ela arrotar?

Com um sorriso largo, Kitty assentiu.

— Eu devia trazer minha câmera e tirar uma foto de vocês duas para enviar a Peter.

— Seria bom.

Kitty ficou para ninar Molly até a criança dormir e ajudou a colocá-la na cama. Porém, depois que ela mesma se deitou, não conseguia parar de pensar em Alec McTavish.

Na manhã seguinte, um pouco constrangida, foi até a estação e, uma vez lá, começou a caminhar lentamente entre os cadetes, cumprimentando-os e desejando-lhes o melhor. Então ela viu Alec, alto e largo, com um sorriso que ofuscava o brilho do sol.

— Ora, ora. Se não é Kitty Lovelace. Eu sabia que você ficaria supimpa de vermelho.

Havia sido estranho ficar diante do espelho e se ver vestindo algo que não fosse preto, mas parecia a coisa certa a fazer.

— Tenha cuidado, Alec McTavish. Não me faça vestir preto novamente.

— Eu nem sonharia com isso, pequena.

— Escreva-me dizendo para onde posso enviar cartas, e eu escreverei de volta. Basta colocar meu nome, cidade e estado no envelope. O carteiro sabe onde me encontrar.

O carteiro uma vez comentara que ela era quem mais recebia cartas na cidade.

— Ficarei feliz em ter notícias suas.

O guincho agudo do apito do trem ecoou ao redor.

O sorriso que Alec abriu foi a coisa mais linda que ela já tinha visto.

— Adeus, Kitty Lovelace. Obrigado por vir se despedir e me deixar com uma lembrança tão boa.

De repente, ele começou a correr para o trem. Kitty teve vontade de puxá-lo, segurá-lo e não o deixar ir.

Um braço tranquilizador passou por seus ombros.

— Eu não sabia que você conhecia Alec — disse Jessie.

— Ele frequentava a botica. Nós conversamos. — Ele dera a Kitty muito em que pensar. — Eu quero trabalhar na escola.

— E o jornal?

— Posso continuar escrevendo minha coluna "Os britânicos" e deixar o resto de lado. Eu não estava fazendo muito, de qualquer maneira. Quero ajudar a fazer a diferença. Sei que não sou piloto, mas deve haver algo que eu possa fazer.

— Durante o verão, os britânicos começaram a aumentar o número de cadetes para cada curso. Em breve teremos cem em cada.

— Bem que pensei ter visto mais deles na botica.

— Semana que vem, o Exército vai começar a nos enviar pilotos americanos para treinar. Há muita informação para registrar. O sr. Curtiss, que cuida das funções de despacho e acompanha o treinamento e as horas de voo de cada cadete, mencionou que vai precisar de um assistente. Você seria perfeita para a função. Não posso contratá-la, mas você pode ir falar com ele.

— Eu gosto de coletar informações. Farei isso.

Jessie sorriu.

— Ótimo.

As pessoas se afastaram, deixando apenas as duas na plataforma.

— Acha que ficarão sem homens para mandar para cá? — perguntou Kitty.

— Não. Sempre tem alguém, em algum lugar, crescendo.

Kitty não pôde deixar de sentir que talvez Jessie também estivesse se referindo a ela.

— Tive medo de que, se eu ficasse feliz, não fosse justo com Will.

— Eu sei. A guerra deixa uma série de viúvas e corações partidos em seu rastro. Mas esses homens, e em alguns casos mulheres, estão lutando e morrendo para voltarmos a ser felizes. Todos nós lidando com um racionamento e coletando borracha e tricotando meias, todos se virando e fazendo o que podem, estamos contribuindo de alguma forma para deixar este período trágico para trás. Não honramos seus sacrifícios encontrando alegria onde podemos?

— Não quero esquecer as perdas.

— Você não vai. E nem eu. Mas espera-se que o que estamos fazendo resulte em menos perdas.

Kitty desejava fazer parte, agora. Talvez sempre tivesse desejado. Talvez fosse aquele o motivo por não ter ido embora com Fran. Seu destino estava ali, e ela poderia fazer a diferença.

17 de novembro de 1942

Querida Jessie:

Escrevo com notícias trágicas. O avião de Peter foi abatido perto de —— e ele foi capturado pelos alemães. Atualmente, está detido em Stalag Luft III, um campo de prisioneiros de guerra. Como eles não são casados, não sei se Rhonda será avisada, então decidi fornecer todas as informações que puder para que você possa dá-las a ela. Melhor ouvir de você pessoalmente do que em uma carta minha. Infelizmente, sei pouco mais do que já escrevi.

Acredito que ele terá permissão para escrever duas cartas, embora só Deus saiba quanto tempo levará para que sejam entregues. Rhonda deve entrar em contato com o Comitê Internacional da Cruz Vermelha em Genebra para descobrir como enviar cartas para ele. Pelo que entendi, existe uma série de regras sobre o que é proibido, então é melhor ela verificar com o comitê.

Se serve de algum consolo, ele está fora da briga — por mais que estar em um campo de prisioneiros alemão não seja muito divertido.

Vou encerrar aqui, mas escreverei em breve com notícias mais animadoras.

Com amor,
Royce

CAPÍTULO 45

Sábado, 13 de março de 1943

Jessie estava com Rhonda, as outras operadoras do Link Trainer e os instrutores de solo e voo quando o último grupo de cadetes recebeu suas asas. A cerimônia foi um pouco mais elaborada do que as primeiras realizadas para os formandos. Uma banda do Exército tocou. As Forças Aéreas dos Estados Unidos e a delegação da RAF em Washington tinham enviado palestrantes e representantes. O público agora incluía moradores de Dallas e das cidades vizinhas a Terrence. Jessie suspeitava que algumas das jovens na plateia eram namoradas ou no mínimo estavam saindo com cadetes. Artigos sobre os "nossos amigos britânicos" haviam sido publicados no *Dallas Morning News* e no *Dallas Times Herald*. A revista *Look* até divulgara um artigo sobre a escola com direito a entrevistas com alguns cadetes e fotos deles em um evento social promovido pela War Relief Society.

Jessie olhou para Rhonda e pensou em como a amiga envelhecera consideravelmente desde que recebera a notícia da captura de Peter. Por mais que escrevesse para ele todos os dias, ainda não havia recebido nenhuma notícia.

Entre cadetes britânicos e americanos, a escola tinha agora mais de quatrocentos alunos. Foram construídos mais dois quartéis. Outro hangar fora erguido para abrigar as aeronaves adicionais necessárias. Não tinham instrutores de solo suficientes. Os instrutores de voo estavam substituindo quando podiam. Todos entendiam a urgência, a extrema necessidade de pilotos, e haviam trabalhado no Dia de Ação de Graças. Nenhuma luzinha de Natal enfeitara a cidade em dezembro. Ninguém havia proferido as palavras *Feliz Ano-Novo*. Jessie estava começando a duvidar que haveria um ano feliz novamente, mas logo em seguida se repreendeu pela falta de confiança.

Como parte da equipe, Kitty estava por perto, usando saia, camisa e gravata cáqui. Ela gostava do cargo na escola, registrando as horas de voo e verificando os diários de bordo, e voltara a frequentar os bailes. Sorria mais, até ria com os cadetes, mas todos os rapazes pareciam entender que ela nunca seria mais do que uma amiga, e muitos a consideravam uma irmã.

Kitty estava se correspondendo com o jovem de quem tinha se despedido na estação, e Jessie rezou para que ele não partisse o coração da irmã, embora os corações de todos se partissem um pouco a cada dia, conforme as vítimas eram listadas no jornal. Cadetes treinados lá. Meninos com quem cresceram ou namoraram. Mortos. Desaparecidos. Capturados.

Ela começou a ter pavor de abrir o jornal, mas parecia errado não reconhecer as perdas. E também havia os que morriam durante o treinamento. Um acidente em um lago, um campo, alguns bosques. Desviando de uma rota. Condições climáticas inesperadas. Desorientação. Às vezes, eles conseguiam determinar que havia sido um problema com a aeronave. Em outras, só podiam supor.

As cerimônias, no entanto, sempre traziam uma efêmera sensação de alívio, visto que aqueles cadetes não estariam mais sob os cuidados deles, sob os cuidados dela. Aqueles conseguiram sobreviver.

Quando a cerimônia chegou ao fim, Rhonda perguntou:

— Tem ideia de quantos são agora?

— Eu deveria ter, mas já perdi um pouco a conta. Seiscentos, setecentos. Podemos pedir a Kitty para começar a divulgar o número em algum lugar.

— Ela certamente se adaptou.

— Ela olha para este lugar e vê potencial para reunir e organizar vários álbuns de recortes diferentes.

Kitty começara a criar álbuns de recordações para cada turma.

— Ela rapidamente se tornou indispensável. Até me ajudou a organizar algumas coisas com o Link Trainer.

Rhonda estava encarregada de seis outras operadoras agora.

— Ah, oi, sra. Lovelace. Deixe-me pegar a Molly.

A mãe de Jessie devolveu a criança, agora com quase oito meses, e Rhonda a pegou no colo.

— Ela foi boazinha?

— Os meus nunca foram tão bonzinhos.

— Obrigada, mãe — disse Jessie com um toque de sarcasmo. — Jack, talvez, fosse difícil, mas eu era um anjo. — Ela cutucou o ombro da amiga e avisou: — Vou cumprimentá-los.

— Claro, vá em frente.

Jessie começou apertando as mãos dos que haviam ganhado suas asas. Embora não tivesse absolutamente nada contra os estudantes americanos, queria garantir que estaria sempre treinando os britânicos. Fora com eles que ela começara, e era com eles que pretendia estar quando as coisas finalmente chegassem ao fim. Embora tivessem a mesma idade dos primeiros cadetes que chegaram naquele longínquo mês de junho, os que se formavam agora pareciam mais jovens. Talvez porque ela se sentisse muito mais velha, não tão pretensiosa quanto antes, embora sua determinação de ensinar aqueles jovens permanecesse forte.

Ela falou brevemente com os representantes do Exército dos Estados Unidos e da RAF. Quando os da RAF manifestaram interesse em visitar os túmulos dos mortos, Jessie os apresentou a Kitty, de modo que sua irmã os levasse ao cemitério. De tempos em tempos, ela deixava flores nos túmulos e plantava as árvores que havia prometido a Royce.

Jessie foi até Hollingsworth. Ela gostava dele e ambos se davam bem, esforçando-se para garantir que tudo corresse sem maiores percalços.

— Isso se transformou em uma cerimônia e tanto. No início não tínhamos convidados tão ilustres.

— Acho que as autoridades passaram a reconhecer a importância desses programas. Você e seus colegas instrutores fizeram um trabalho notável garantindo que nossos rapazes sejam todos bem treinados — afirmou ele.

— Tirando algumas raras exceções, sempre tivemos bons instrutores. Mesmo que, para falar a verdade, eu jamais esperasse que a guerra durasse tanto.

— Às vezes parece mesmo que nunca vai acabar.

— Mas vai.

Ela precisava acreditar naquilo.

CAPÍTULO 46

Sábado, 25 de dezembro de 1943

P or mais que Kitty sorrisse e risse com os cadetes que recebera para o jantar de Natal, jogasse damas com eles e garantisse que se fartassem das tortas assadas com um pouco menos de açúcar naquele ano, ela lutava para compreender o que realmente estava acontecendo no mundo.

Considerando que continuava a escrever sua coluna de notícias sobre os cadetes que haviam retornado à Inglaterra, tinha acesso a todos os principais jornais assinados pelo editor do *Tribune*, e os artigos que encheram as páginas na maior parte do ano eram terríveis. Os nazistas estavam executando milhares e milhares de judeus — homens, mulheres e crianças. Tudo parte de um plano que eles chamavam de "solução final". Estavam determinados a aniquilar o povo judeu.

Kitty não conseguia digerir tal atrocidade. Ela havia se dedicado mais a registrar o treinamento de cada cadete, acompanhar suas horas de voo e garantir que estivessem preparados para o que os esperava quando voltassem para a Inglaterra. A tarefa deles ia além de impedir que Hitler invadisse seu país. Precisavam garantir que todo o regime nazista fosse destruído. E ela estava determinada a fazer sua parte para garantir que aquilo acontecesse.

Quando Jessie e Rhonda começavam a incentivar os britânicos a cantarem algumas canções de Natal, Kitty se afastou discretamente e começou a caminhada rumo ao cemitério. No início da semana, deixara flores em vasos diante de cada lápide, e vê-las ali conforme se aproximava a animou um pouco.

Ao chegar à primeira sepultura, Kitty se ajoelhou e se debruçou sobre ela. Era o mais perto que podia chegar de abraçar Will. Muitos colegas de classe dele haviam morrido. Ela às vezes se perguntava se teria sido mais difícil se Will fosse morto longe dela, ter recebido a notícia por telegrama. Pelo menos ali ela podia visitá-lo.

— Feliz Natal, meu amor.

Menos lágrimas caíram, mas elas doíam do mesmo jeito e seu coração ainda se apertava com as memórias.

— Quanta saudade. — Ela suspirou. — Mas também me sinto um pouco culpada.

Após se sentar, Kitty traçou o nome dele com os dedos.

— Eu tenho mandado cartas para um rapaz. O nome dele é Alec McTavish. Ele escreve de volta. Nossa correspondência não é como todas as outras. Escrevemos sobre coisas pessoais, sobre nossos sentimentos e talvez... sobre nos vermos depois da guerra. Eu não diria que o amo, mas acho que poderia. Ele me conta sobre a casa dele, a família, as coisas que gosta de fazer. Ele acha que você gostaria que eu encontrasse alguém para me amar, para casar comigo, para garantir que eu tivesse uma vida boa, felicidade e "crias".

Ela riu.

— A princípio, pensei que ele estava se referindo a animais e não consegui entender por que ele achava que você gostaria que eu tivesse animais. Mas ele quis dizer bebês. Preciso ler as cartas com um dicionário ao lado, mas elas sempre me fazem sorrir. Assim como você fazia.

Ela olhou para os lados.

— Nem sei se você me reconheceria agora, Will. Eu era tão inocente e ingênua quando você me conheceu. Agora não sou mais tanto. Todas essas coisas horríveis estão acontecendo no mundo, e não sei se estou fazendo o suficiente. Jessie me garante que cuidar da papelada é um trabalho importante e alguém tem que fazê-lo, caso contrário os cadetes não ganham asas. Eles precisam de pilotos desesperadamente. A guerra está cobrando um preço terrível de todos. Eu sabia que Hitler era mau, mas ele é imensamente cruel. Ele precisa ser contido. E vai ser contido. Acredito nisso de todo o meu coração. Alemanha, Itália, Japão — todos serão derrotados.

Ela pressionou os dedos nos lábios, depois na lápide.

— Na primavera, vou plantar flores aqui. Narcisos. Sua mãe me disse que eram suas favoritas. Sua família está indo bem. Eles vêm nos visitar quando a guerra acabar.

Ela olhou para o número crescente de sepulturas. Dezessete agora.

— Suspeito que as famílias de todos que descansam com você virão. Eu gostaria que você não tivesse tanta companhia. Bom, preciso voltar para casa agora. Tenho mais algumas partidas de damas para jogar.

Antes de partir, ela parou em cada lápide, transmitido recados das famílias. Kitty supunha que alguns na cidade pensavam que ela enlouquecera por passar tanto tempo ali, mas ela pretendia garantir que aquelas almas corajosas jamais fossem esquecidas.

C A P Í T U L O 47

Sábado, 6 de maio de 1944

Era tarde de sábado, e Jessie estava encolhida no canto do sofá, sentada de pernas cruzadas, tomando um *sidecar*, e Kitty estava em posição semelhante na outra ponta. Sua irmã costumava vir relaxar depois do trabalho e havia desistido do emprego na botica. Rhonda estava sentada no chão, arrumando os blocos de madeira que Molly adorava derrubar. Quando a criança gargalhava, todas sorriam. Era uma ótima maneira de terminar a semana.

— Acho que ela vai ficar alta como a mãe — opinou Jessie.

Molly faria dois anos em julho. Todos deram um enorme suspiro de alívio quando a menina começou a dormir a noite toda. Ela tinha mais madrinhas do que qualquer outra criança na cidade e era mimada. Cada vez mais pessoas haviam começado a aceitá-la, especialmente porque havia menos bebês por perto desde que os homens foram lutar.

— E alta como o pai. Ela definitivamente tem os olhos dele — observou Rhonda. — Odeio que os canalhas não me deixem mandar uma foto ou um desenho dela para o Peter, para ele pelo menos ver como ela está enquanto cresce.

— Eles provavelmente temem que você inclua alguma mensagem oculta nas entrelinhas — disse Kitty. — Se eu fosse uma espiã, daria um jeito de me comunicar usando todos os meios possíveis.

— Se você fosse uma espiã, quem nos manteria organizados e garantiria que tudo corresse bem no aeródromo? — perguntou Jessie.

— Se está dizendo que sou insubstituível, talvez eu precise de um aumento.

— Isso é com os ingleses.

Kitty riu.

— Não tenho as habilidades persuasivas de Jack, então não vejo mais dinheiro no futuro, mas tudo bem. Eu gosto do trabalho, especialmente quando posso dizer a você o que fazer.

Quando a porta se abriu, Annette entrou e anunciou:

— Correio. É impressão minha ou Royce está escrevendo para você com mais frequência?

Jessie esticou o braço e pegou o envelope, mais pesado que o normal. Ele *estava* escrevendo com mais frequência e aparentemente desistira de convencê-la a não esperar por ele. Quase sempre, mencionava coisas que os dois fariam e lugares que visitariam depois da guerra.

— Obrigada.

— Leia para nós — pediu Rhonda.

Deixando o copo de lado, Jessie passou a unha por baixo da aba do envelope.

— Não vou ler nada para vocês.

— Você não precisa compartilhar as partes sensuais, mas eu recebi só uma carta de Peter durante todo esse tempo em que ele está preso, e ele só me garantiu que estava bem. Seria bom ouvir algumas palavras de um pombinho para outro.

Jessie começou a se levantar.

— Acho que lerei em particular.

— Não — disse Rhonda. — Fique. Não precisa ler em voz alta, mas vai ser divertido vê-la corar.

— Eu não vou corar — murmurou ela enquanto se sentava de volta.

No entanto, houvera uma carta ou outra em que Royce mencionara os momentos mais íntimos dos dois, fazendo Jessie se perguntar se o censor teria ficado tão acalorado quanto ela lendo as palavras. Ela tirou a carta e, com ela, um envelope menor com o nome de Rhonda na frente. Seu primeiro instinto foi entregá-lo à amiga, mas um pressentimento a fez abrir a própria carta e começar a ler.

As palavras se misturavam, não faziam sentido, dando a sensação de um grande peso pousando sobre seu peito.

— Por que você ficou tão branca? — perguntou Rhonda. — Ele foi ferido? Capturado? Não me diga que é uma daquelas cartas avisando que ele conheceu outra pessoa?

Jessie levantou o rosto e Rhonda recuou como se tivesse levado um tapa.

— Não me olhe como se não fosse mais minha melhor amiga.

Como Rhonda poderia continuar sendo sua melhor amiga quando Jessie estava prestes a destruí-la? Ela se levantou, se aproximou e desabou no chão, engolindo em seco, lutando contra as lágrimas, procurando as palavras certas, palavras que Royce havia escrito e que lhe faltavam. *Melhor ouvir de você pessoalmente do que por carta.*

— Rhonda, eu queria... Meu Deus, eu sinto muito. Não sei como dizer isso, mas é o Peter. Ele...

— Não me diga que ele está morto. Ele não morreu naquele maldito campo de prisioneiros.

— Não, querida, não foi assim. Ele foi um dos mais de setenta que escaparam, mas a maioria foi recapturada. Hitler ficou furioso e ordenou que cinquenta fossem executados. Peter...

— Não. — Rhonda levantou a mão e balançou a cabeça. — Não me diga que... Peter não tentaria escapar. Ele só esperaria a guerra acabar. Ele tinha...

Lágrimas rolavam por seu rosto.

— Eu sinto tanto.

O soluço lamentoso de Rhonda ecoou pela sala, e Jessie a envolveu nos braços, embalando-a carinhosamente, esfregando suas costas. Annette pegou Molly, que também começara a chorar, e a tirou dali. O coração de Jessie estava partido por sua amiga, e ela só podia imaginar como o de Rhonda acabara de se partir em mil cacos.

— Deve ser um engano.

— Eu queria que fosse.

Mas Royce havia escrito com a maior certeza. A fuga acontecera no dia 24 de março. Peter fora executado em 6 de abril. Demorou para a notícia chegar à Grã-Bretanha, e depois para Royce avisá-la.

— Royce disse que Peter deixara com ele uma carta para você, caso o pior acontecesse. Está aqui, para quando quiser ler.

Rhonda se afastou.

— Eu o amei tanto.

— Eu sei.

— Eu não deveria. Ele deveria ter sido como todos os outros, nada mais que uma diversão passageira.

— Só pelo jeito como ele olhava para você, era nítido que se apaixonou também.

— Por que ele simplesmente não ficou quieto?

Não era o momento de lembrá-la de que um campo de prisioneiros de guerra não era um clube de férias. Eles não tinham garantia de que, em algum momento, os prisioneiros não seriam executados ou adoeceriam e morreriam. Ela colocou o envelope na mão de Rhonda.

— Eu gostaria de poder oferecer mais. Espero que as palavras dele lhe tragam algum conforto, mas estou aqui para o que precisar.

Rhonda pegou a carta e a apertou contra o peito, onde seu coração batia por um homem que nunca mais voltaria para ela.

Minha querida amada,

Se está lendo esta carta, é porque a sorte não estava do meu lado. Não, isso não é verdade. A sorte foi incrivelmente boa comigo. Ela me levou ao Texas, me deu você. Apesar dos horrores da guerra e da minha missão de preparar rapazes para enfrentá-los, aqueles meses com você foram os mais felizes da minha vida. Não me arrependo de nenhum segundo passado ao seu lado.

Lamento, no entanto, não ter conseguido cumprir minha promessa de fazer de você minha amada esposa. Por favor, cuide da nossa garotinha e da minha garotona. Eu amo vocês duas mais que tudo na vida. Espero apenas que, com minha morte, eu tenha ajudado a garantir um mundo melhor para vocês duas.

Eu te amo, querida.

Para sempre,
Seu Peter

10 de junho de 1944

Minha querida srta. Lovelace,

Nunca me foi tão difícil escrever uma carta ou saber exatamente por onde começar. Meu filho falou de você com tanto carinho, que recai sobre mim a tarefa nada invejável de ser a portadora de notícias cruéis.

Como sem dúvida sabe, a RAF e a USAAF estiveram criticamente envolvidas nos eventos relacionados ao Dia D. Esta manhã, meu marido e eu recebemos um telegrama devastador. Royce não conseguiu retornar de uma de suas missões e foi dado como desaparecido. Os detalhes são escassos no momento, mas me apego tenazmente à esperança de que não tenha acontecido o pior.

Anexei uma carta que ele deixou comigo para ser entregue a você após sua morte. Continuo sempre otimista de que você não terá motivos para lê-la. No entanto, eu queria enviá-la porque, assim que recebermos qualquer outra comunicação sobre o estado dele, enviarei imediatamente um telegrama para você. Achei que, dependendo das notícias, pode encontrar algum conforto tendo a carta já em mãos.

Que jeito de me apresentar, devo dizer. Peço desculpas por não escrever antes. Sem dúvida, teria suavizado o golpe uma notícia tão terrível vir de alguém com quem já se está um pouco mais familiarizada. Mas acreditei tolamente que, tendo sacrificado um filho, não seria forçada a sofrer a perda de outro.

Desejo expressar minha sincera gratidão a vocês por seus esforços em ajudar nossos jovens a subirem aos céus e vencerem neste esforço justo que trouxe tanto desespero a tantos.

Independentemente do que o futuro reserva, obrigada, srta. Lovelace, por amar meu filho.

Com os melhores cumprimentos,
Victoria Ballinger

C A P Í T U L O 48

Sábado, 17 de junho de 1944

E ra difícil acreditar que onze dias antes Jessie estava tão otimista e esperançosa. Embora as notícias fossem limitadas, havia relatos de que a libertação da Europa começara. À medida que mais notícias chegavam, ficava claro que a vitória teria um preço alto.

Agora, sentada no balanço da varanda, tinha nas mãos uma parcela do preço. A carta da mãe de Royce levara uma semana para chegar. Nenhum telegrama viera durante aquele tempo. Ela não sabia se faria sentido caso tivesse chegado antes da carta. No entanto, com todo o caos que se desenrolava na Europa, a *mãe* dele devia ter previsto que quaisquer notícias não chegariam imediatamente.

— Não vai ler? — perguntou Kitty, sentando-se ao lado dela.

— Não. — A carta só seria lida se Royce estivesse morto, e Jessie não estava pronta para perder a esperança de que ele ainda estivesse vivo. Ela pensou que levaria meses, anos, até que se tivesse uma verdadeira compreensão da escala da operação realizada em 6 de junho. — Ainda assim, não consigo deixar isso de lado. É como segurar parte dele.

Ela queria tanto que aquela não fosse a última coisa que receberia dele.

— Não sei se realmente entendi como você sofreu quando perdeu Will. Às vezes sinto que não consigo nem respirar, que simplesmente não há ar.

Kitty abriu um sorriso breve e compreensivo.

— Bem, você ainda não perdeu Royce. Ainda há esperança.

Jessie assentiu. Era mais do que muitos tinham. Ele poderia ter sido capturado. Ela não queria pensar que, caso ele tivesse sobrevivido a um acidente, pudesse ter lutado contra o inimigo com a pistola que carregava ou que os alemães, em sua fúria com a invasão, pudessem tê-lo executado só por ser um piloto britânico. Não saber seu destino ou o que ele estava enfrentando era uma agonia em si.

— Ainda bem que recebemos um telegrama de Jack avisando que ele estava bem — disse Kitty.

Chegara dois dias antes, curto e direto ao ponto: *Estou bem. Fazendo o trabalho.*

— Deve estar tão caótico agora. Duvido que ele tenha muito tempo para escrever. Se não está voando, provavelmente está dormindo — disse Jessie.

— As listas de vítimas devem começar a chegar em breve. Eu me pergunto quantos dos que treinaram aqui, dos que dançaram e riram conosco, descansaram.

— Muitos, mas acho que um já é demais. Você leu aquele artigo de Ernie Pyle sobre os desembarques nas praias? — perguntou Jessie.

— Sim. Deve ter sido tão assustador. Mas tudo deve chegar ao fim em breve, não é?

— Não vejo como não. E não vejo como não podemos vencer.

Em 10 de agosto, o telegrama prometido finalmente chegou.

> Royce está vivo. Recuperando-se de
> sua provação. Envia lembranças.

24 de agosto de 1944

Minha querida Jessica,

Você nunca está longe dos meus pensamentos, mesmo que eu demore para escrever. Esse acidente foi um pouco mais problemático que o primeiro. Cair em território inimigo significou ter que me esconder bastante e contar com a bondade de estranhos. Mas estou em casa agora, me recuperando, e em breve estarei de volta à luta.

Sinto muito por toda a preocupação que devo ter causado, mas você estava sempre comigo. Passei por momentos em que desistir teria sido o caminho mais fácil, mas fazê-lo teria me impedido de ver seu sorriso, ouvir sua risada ou admirar a teimosia estampada no seu rosto quando você está determinada a fazer o que quer.

Da próxima vez em que nos encontrarmos, depois de todo esse tempo, saiba que não espero que ainda me ame. Também não desejo pressioná-la a nutrir seus sentimentos por mim, mas saiba que você sempre terá meu coração. Estou vivo hoje por sua causa.

Com amor,
Royce

CAPÍTULO 49

Quinta-feira, 10 de maio de 1945

— Tudo bem, sr. Collins, os maus não dormem. Vamos ver se você finalmente dominou aquela manobra de Immelmann — disse Jessie, um pouco provocadora, apesar da seriedade de seu tom.

Como todos na cidade e no aeródromo, o jovem cadete estava distraído, feliz porque a guerra na Europa havia finalmente chegado ao fim na terça-feira. Na quarta, os cadetes receberam licença para comemorar a vitória duramente conquistada, mesmo que ainda houvesse muito trabalho a ser feito.

Naquela manhã, todos voltaram às tarefas, mas com energia e determinação renovadas. A guerra ainda se desenrolava no Pacífico e havia urgência de mais pilotos por lá.

Jack havia enviado um telegrama informando que seria transferido para aquela região, fazendo Jessie entrar em pânico. No início do ano, Luke havia sido morto em Iwo Jima. Enquanto Jessie estava de luto e confortando a família dele, a mãe de Luke compartilhou a carta que recebera do comandante do filho, elogiando-o por sua bravura e informando que ele o havia nomeado para uma medalha de honra. Jessie não ficou surpresa. Mesmo sabendo que Luke teria odiado morrer em um pedaço de terra que não significava nada para ele, ela sabia, sem sombra de dúvida, que assim que ele pisasse na praia, teria dado tudo de si.

Collins fez o loop e, uma vez invertido, endireitou o avião e nivelou.

— Muito bem, sr. Collins. Você está atrás do inimigo agora. Ele está à sua mercê.

— Espero que sim, senhora.

— Leve-a para casa.

— Sim, senhora.

Alguns meses após a morte de Peter, Rhonda recebeu uma carta dos pais dele. Eles não sabiam muito bem o que fazer com a texana que arruinara o casamento do filho, embora Peter tivesse garantido a eles que a relação estava arruinada muito antes de ele partir para a América, e que inclusive aquela fora uma das razões para ele se oferecer a ir para os Estados Unidos. Quando a guerra acabasse, eles planejavam enviar dinheiro para Rhonda e a neta visitarem a Inglaterra. Queriam construir um lar para as duas, manter sua última ligação com o filho que haviam perdido.

Enquanto todos comemoravam rindo, brincando, dançando e bebendo o fim da guerra na Europa, Rhonda disse baixinho para Jessie:

— Vou ficar mais alguns meses aqui, mas, no outono, darei meu aviso-prévio. Quero levar Molly para a Inglaterra para que ela finalmente tenha avós e conheça pessoas que possam contar histórias sobre o pai.

O pai de Rhonda nunca reconhecera a existência da neta.

Jessie a abraçou com força.

— Sentirei saudade de você.

Contudo, ela entendia por que a amiga queria — precisava — ir. Ela pensou que Peter gostaria que Rhonda ficasse com os pais dele, encontrasse amor e aceitação onde pudesse.

Depois de sua carta em agosto, Royce raramente escrevia e, quando o fazia, suas cartas eram breves. Ele nunca mencionava o futuro ou dizia que sentia falta dela. Jessie tentou não se preocupar, mas sentiu que algo drástico havia mudado entre os dois. Pelo que será que ele passara quando estava desaparecido? Será que se apaixonara por outra pessoa? Uma enfermeira que cuidara dele ou… alguém que o abrigara das linhas inimigas?

Eles se aproximaram do aeródromo. Aquela era a única vez em que ela não ficava particularmente animada por estar sentada na parte de trás da cabine, visto não ter uma visão clara do que estava diante deles. Mas se concentrou nas leituras dos instrumentos, sem se preocupar com as habilidades de seu piloto. Collins estava na fase final de treinamento e era… bem, ele era um ótimo dançarino. Eles pousaram levemente, quicaram algumas vezes e diminuíram a velocidade. Ele taxiou, parando ao longo da linha de voo.

Quando ele desligou o motor, Jessie disse:

— Boa aterrissagem, sr. Collins.

— Obrigado, senhora.

Ela se levantou de seu banco, passou uma perna sobre a asa e congelou quando olhou para o hangar e viu as duas figuras de pé ali. Sua mente retrocedeu quatro anos. Os cabelos de Barstow estavam mais grisalhos, mas ele não mudara muito. O homem parado ao lado dele não usava um terno cinza de lã, mas sim um uniforme azul da RAF. Ela reconheceria sua silhueta em qualquer lugar. Royce.

Jessie pulou da asa, jogou de lado o capacete e os óculos e começou a correr, de alguma forma conseguindo desamarrar o paraquedas enquanto avançava para descartá-lo no caminho. Nunca correra tão rápido na vida, muito menos percebera que suas pernas tinham a habilidade de voar, mas foi assim que ela se sentiu quando se lançou sobre ele — não tendo que ir muito longe, porque ele também corria na direção dela. Royce a envolveu e ela o beijou na boca — não com paixão, apenas com gratidão, com alegria. Ele estava de volta. Ele estava ali, vivo, bem, abraçando-a...

Com apenas um braço.

Foi então que ela se afastou um pouco e percebeu que a outra manga da jaqueta dele estava vazia. Como estava quase fundida a ele, Jessie o sentiu endurecer. Ela procurou seu rosto amado.

— Isso aconteceu quando você caiu?

— Eu estava em território inimigo e tive que me esconder. Quando um fazendeiro finalmente me encontrou, a infecção havia se instalado e já não havia como salvar meu braço. Ele mesmo serrou, homem corajoso.

Ela ficou horrorizada.

— Você foi o homem corajoso.

— Eu quis morrer com a agonia da provação e do que se seguiu, mas significaria nunca mais vê-la.

Na primeira carta que Royce enviara depois de voltar para a Inglaterra, Jessie pensou que ele estivesse se referindo à rendição aos alemães, não à morte.

— Por que você não me avisou? Em uma de suas cartas?

— Porque eu estava com medo de você inventar de ir para lá, e não queria que se arriscasse. E então... É egoísta, mas eu queria que você me dissesse pessoalmente se isso faz diferença, se muda o que sente por mim. Eu vou entender, Jessica. Não sou o mesmo homem que partiu...

— Não seja tonto — interrompeu ela, usando a expressão que aprendera com os ingleses. — Você está aqui, está vivo, e eu te amo mais agora do que há quatro anos. Se a ausência fortalece o amor, estou prestes a explodir.

Com uma risada, ele afundou o rosto no pescoço dela.

— Achei que não importaria, não para você, mas conheci sujeitos com namoradas que... bem, não eram você. Deus, como senti sua falta, aviadora.

CAPÍTULO 50

Domingo, 23 de setembro de 1945

Na cozinha da mãe, Jessie estava abrindo a massa da torta de maçã que ia fazer enquanto todos jantavam para poderem degustá-la assim que saísse do forno. No dia 2 de setembro, a guerra com o Japão finalmente chegara ao fim. Uma semana depois, a escola de aviação britânica fechou. Os cadetes já estavam voltando para a Inglaterra, e Royce estava ajudando a desmontar a escola e garantir que o equipamento fosse entregue ao Exército. Assim que suas responsabilidades terminassem, ele e Jessie viajariam para a Inglaterra, onde ele retornaria à vida civil e ela ensinaria a voar. Os dois haviam se casado em agosto.

No início da semana, Rhonda começara a própria jornada para a Inglaterra. Foi difícil dizer adeus, mas elas se veriam em breve e, se tudo corresse como planejado, Rhonda moraria perto de Jessie e Royce.

Annette ficaria para lecionar na escola de aviação civil que se tornaria parte do novo aeroporto. Kitty fora contratada para supervisionar a conversão e assumir todos os aspectos administrativos da escola.

— Vi no jornal que não haveria feira estadual este ano de novo — disse Jessie.

— Eu provavelmente não teria ido de qualquer maneira — admitiu Kitty enquanto amassava algumas batatas. — Tenho lembranças especiais da última vez que fomos. Eu era tão diferente na época, tão inocente. Não sei se algum dia sentirei o mesmo pela feira.

Era difícil acreditar que sua irmã faria vinte e um anos. Ainda mais difícil era acreditar que ela própria faria vinte e nove em janeiro. De certa forma, Jessie sentia que ela e a irmã haviam crescido durante a guerra.

— Assim que tirarmos esses sujeitos do Exército do caminho — continuou Kitty —, todos nós estaremos ocupados na escola. A guerra gerou muito interesse pela aviação. A escola e o novo aeroporto proporcionarão empregos para os que voltarem da guerra, embora eu espere que muitas mulheres continuem trabalhando lá.

— Antes que você se dê conta, estará pilotando — disse Jessie.

— Não, voar não é para mim, mas gosto de ajudar quem quer voar.

Jessie abriu a porta do forno e colocou a torta para assar.

— Eu imagino que...

Latidos a interromperam, vindo do lado de fora da casa.

— É a Trixie? — perguntou Dot.

A cadela raramente latia.

— Acho que sim.

— O que deu nela?

— Não sei. Vou ver o que é.

Segurando um jornal, Royce tinha aparecido no corredor ao mesmo tempo que ela.

— O que há com Trixie? — perguntou ele.

— Talvez seja algum bicho lá fora.

— Eu cuido disso, então.

— Já estou indo.

Jessie aproveitou para beijá-lo antes de abrir a porta. Havia um homem vestindo um uniforme da Força Aérea do Exército ajoelhado no gramado da frente. Trixie alternava entre pular em cima dele, se aconchegar em seu colo e correr euforicamente à sua volta. Então o homem levantou a cabeça e sorriu.

— Meu Deus. É o Jack!

Jessie saiu correndo. Ele se levantou a tempo de ela pular nos braços do irmão, e ele a girou.

— Seu idiota. Por que não nos avisou que estava voltando para casa?

— Eu queria fazer uma surpresa.

— Oh, meu Deus, meu Senhor — gritava sua mãe entre soluços.

Jack soltou Jessie.

— Ei, mãe.

Ele a abraçou com força.

— Não chore, vai.

Jessie enxugou as próprias lágrimas quando Royce começou a descer os degraus da varanda, mas Kitty voou pela porta e correu até Jack. Sem soltar a mãe, ele passou o braço em volta da irmã mais nova e a abraçou também.

— Rapaz, como você cresceu enquanto eu estava fora.

Kitty se afastou, mas a mãe permaneceu grudada nele. Jessie não sabia se ela algum dia sairia do lado do filho de novo.

— Minha nossa, como você emagreceu — lamentou mamãe.

— Foi por isso que vim para casa: para você me engordar.

Estendendo o braço, Jessie segurou a mão de Royce. Ele se juntou ao grupo discretamente, na certa não querendo atrapalhar o reencontro, e ela desejou que ele pudesse ter tido um reencontro semelhante com o próprio irmão.

Jack olhou para ele e sorriu.

— Você deve ser Royce.

Royce soltou a mão de Jessie e a estendeu.

— E você seria Jack.

Apertando a mão de Royce, Jack respondeu:

— Culpado. Ouvi falar um bocado de você.

— Igualmente.

— Não sei se recebeu minha carta, mas ele é meu marido agora — informou Jessie, orgulhosa, a alegria por poder dizer aquelas palavras inconfundível no tom de voz.

— Não, mas parabéns. — Jack sorriu. — Eu diria que essa boa notícia pede uma dose de bourbon. — Ele piscou para Jessie. — Imagino que você ainda tenha um pouco da garrafa do papai por aí.

— Guardei só para este momento.

Depois de uma rodada de brindes, eles se sentaram para comer. Conversas e risadas fluíram e, pela primeira vez, Jessie sentiu que a guerra havia finalmente terminado.

CAPÍTULO 51

Sexta-feira, 12 de outubro de 1945

K itty estava na plataforma, ansiosa, nervosa, aliviada — bombardeada por emoções demais. Não sabia se era possível mesmo se apaixonar por alguém por cartas, mas certamente sentia que sim. Alec tinha um jeito poético de escrever e raramente mencionava a guerra. Em vez disso, contava histórias de sua infância, pintava um retrato da Escócia e escrevia sobre a família. Kitty seguia o exemplo, descrevendo áreas que ele não vira, seduzindo-o com lugares que visitariam um dia. Eles sempre se referiam a um dia. Ele sabia enchê--la de esperança por dias melhores.

Em alguns minutos, seu trem chegaria. Ainda na RAF, ele conseguira tirar uma licença longa o suficiente para passar alguns dias com ela. Aparentemente, ele era uma espécie de herói... pelo menos de acordo com Royce, que disse que Alec havia recebido a Cruz de Voo Distinto. Alec nunca se gabara de suas façanhas ou condecorações. Estava mais para seu dócil herói. O apito de um trem ecoou ao longe, e Kitty resistiu à vontade de morder o lábio inferior e borrar o batom vermelho que reaplicara minutos antes. Quase três anos se passaram. Será que ele a reconheceria depois de tanto tempo? Será que ela o reconheceria?

Ela enviara algumas fotos a ele, mas às vezes se sentia tão distante da menina que servia refrigerantes para jovens cadetes que mal podia acreditar que era a mesma pessoa.

O trem apareceu, grande e majestoso. Quantas histórias o veículo poderia contar sobre aqueles que trouxera para a cidade e aqueles que levara embora. Logo seria o início da jornada de Jessie rumo à Inglaterra. Era difícil imaginar a vida sem a irmã por perto. Jack mencionara que não sabia se ficaria. Depois de ter cruzado um oceano, Terrence de repente parecia pequena demais para ele, sufocante. Ela não conseguia imaginar o vasto mundo que esperava por seus irmãos, nem se imaginar fazendo parte dele.

Sibilando alto, o trem guinchou até parar. Naqueles dias, não havia mais tanta gente desembarcando, nem tantos esperando na plataforma.

Então, quando Alec McTavish saiu do vagão, ela riu. Não teria importado se mil pessoas tivessem se embaralhado, se mil estivessem correndo para embarcar ou cumprimentar aqueles por quem estavam esperando — ela o teria reconhecido. Seu coração o conhecia com tanta certeza quanto seus olhos.

Ela não se lembrava de ter corrido para ele, mas seus pés de repente não estavam mais pisando o chão, seus braços estavam em volta do pescoço dele e os dele, em volta da cintura dela, enquanto a girava em um amplo arco.

— Ainda supimpa e ainda de vermelho — cantarolou ele com seu sotaque escocês.

Recuando, ela embalou seu rosto, familiar apesar das linhas profundas.

— Obrigada por não me fazer vestir preto.

Ele sorriu.

— Foi um prazer, minha pequena.

— Agora você está em casa.

— Sim. Nos seus braços, estou em casa.

EPÍLOGO

Tendo terminado de contar suas histórias, Kitty observou as netas deixarem coroas de papoula carmesim nas lápides. Era o segundo domingo de novembro, Dia da Lembrança na Grã-Bretanha, e aqueles jovens britânicos também seriam lembrados.

— Vou dar uma volta — disse Kitty à mais velha das três filhas, que estava ao seu lado.

— As pessoas vão chegar para a cerimônia em breve.

Poucos remanescentes daquela época continuavam ali, mas os filhos, netos e bisnetos de quem continuava — assim como os dela — ainda iam homenagear os caídos.

— Não vou demorar. Só quero visitar seu pai rapidamente.

Sem pressa, ela percorreu o caminho, passando por onde seus pais descansavam, até chegar à lápide de granito vermelho de seu amado. Por trinta anos, Alec trabalhara como piloto de uma companhia aérea comercial que voava de Dallas. Após se aposentar, fora prefeito de Terrence por um tempo. Já ela, por mais estranho que pudesse parecer quando se lembrava, administrara a escola de aviação local mesmo sem nunca ter aprendido a voar. Alec frequentemente se oferecia para ensiná-la.

— Um de nós tem que manter os pés no chão — provocava ela.

Jack havia voltado para o país e o povo por quem se apaixonara durante a guerra. Jessie e Royce ficaram na Inglaterra. Ela finalmente realizara seu sonho e, por alguns anos, trabalhara como pilota de uma companhia aérea comercial. Rhonda nunca se casara.

Mas todos eles já haviam partido agora, e Kitty sentia falta deles com uma ferocidade indescritível.

No entanto, ainda sorria quando as lembranças vinham e ela via Alec como o jovem que fora.

— Que bom que você não desistiu de mim e ficou diante daquele balcão esperando que eu estivesse pronta. Que vida gloriosa nós tivemos, meu amor.

Kitty beijou a ponta dos dedos antes de pressioná-los na lápide.

— Em breve — sussurrou.

Ela voltou para a parte especial do cemitério.

As guirlandas estavam todas no lugar. Mais pessoas haviam chegado. Várias delas se separaram do grupo.

— Tia Kitty!

Sua sobrinha mais velha a abraçou. Filha de Jessie. O filho de Jessie também estava lá, e foi o próximo a abraçá-la. Depois os dois filhos e a filha de Jack. Por fim, afastando-se do marido para dar um abraço apertado em Kitty, viera Molly, que era o retrato da mãe na juventude e dera ao filho o nome do pai. Todos estavam com suas famílias. Era uma tradição se reunir a cada poucos anos para lembrar, relembrar, recordar como tudo começara. Aquela guerra que destruíra e dilacerara também reunira.

Rodeada pela família, Kitty deu as boas-vindas a todos os outros que compareceram. Os moradores da cidade. Alguns parentes dos que ali descansavam. Em certo ano, a família de Will visitara. Foi um reencontro agridoce.

Às onze horas, um dos dois oficiais da RAF pediu que fizessem dois minutos de silêncio. Depois, um dignitário britânico falou sobre sacrifício. Seguiu-se uma oração. Então um estrondo e, assim que quatro jatos prateados surgiram disparando pelo céu, um desviou. A formação do homem desaparecido sempre fazia Kitty chorar, lágrimas que se multiplicavam quando o corneteiro tocava "Last Post".

Kitty pensou com carinho em Jessie. Sua irmã tivera a Inglaterra, enquanto ela cuidara com o maior carinho daquele pedacinho da Grã-Bretanha.

AGRADECIMENTOS

Dar vida a esta história envolveu muita gente, e sou eternamente grata a todos que me acompanharam na jornada. Em primeiro lugar, minha incrível editora, May Chen, cuja paciência e orientação foram além enquanto eu escrevia meu primeiro livro que não tinha romance como foco principal. May sempre consegue me fazer ir mais fundo para criar personagens com os quais os leitores se importarão. Agradeço muito a disposição dela em se arriscar nesta história.

Minha agente, Robin Rue, por seu incentivo e apoio quando a abordei pela primeira vez com a ideia de escrever uma história ambientada no Texas durante a Segunda Guerra Mundial.

A equipe da HarperCollins/William Morrow, por seu entusiasmo e esforços em prol desta história.

A colega autora e amiga Barbara Dunlop, por me emprestar seu marido piloto, Gord, que voou com um Stearman e pacientemente me guiou ao retratar as complexidades da aviação com a maior precisão possível. Quaisquer erros relacionados à aviação são meus.

Kristi Nedderman, arquivista municipal assistente da cidade de Dallas, que forneceu informações valiosas sobre a Feira Estadual do Texas. De menor importância, minha pesquisa indicou que os cachorros-quentes fritos foram introduzidos na Feira Estadual daquele estado em 1942. No entanto, depois de 1941, a feira só foi realizada novamente em 1947, então, pelo visto, eles já existiam em 1941.

Linda Winder, minha professora de jornalismo do ensino médio, que ajudou a criar um Centro de História da Escola de Angleton e conseguiu compartilhar informações arquivadas sobre o número de alunos que poderiam estar matriculados em uma escola de cidade pequena em 1941. Ela também forneceu informações sobre alistamentos, bem como sobre as mortes de ex-alunos que serviram durante a Segunda Guerra Mundial.

Meus sogros, que responderam às minhas perguntas sobre detalhes relacionados à vida em uma pequena cidade e às escolas do Texas antes e durante a guerra. Meu sogro, por compartilhar suas experiências com os Fuzileiros Navais dos Estados Unidos vividas em seus dias de recruta, aos dezessete anos, pouco antes do fim da guerra. Enquanto os recrutas a oeste do Mississippi são geralmente enviados a San Diego para o campo de treinamento, ele foi enviado a Parris Island para acomodar o grande número de alistados. Achei plausível Luke também ter ido para Parris Island.

Tom Killebrew, que escreveu *The Royal Air Force in Texas* e *The Royal Air Force in American Skies*, documentando os programas da British Flying Training School.

Também quero expressar minha gratidão a Bill Huthmaker e aos voluntários do BFTS Museum em Terrell, Texas, por responderem às minhas perguntas. Se um dia você estiver naquela área, recomendo fazer um tour pelo museu e ver suas exibições de uniformes, diários de bordo, um Link Trainer, fotografias e relíquias. Depois, visite o Oakland Memorial Park. A estrada principal que leva para seu interior se ramifica em duas bifurcações. Pegue a que fica à direita e siga até ver um pequeno monumento e vinte lápides cinzentas alinhadas uniformemente, cercadas por sebes e protegidas pela sombra de árvores altas.

Todo mês de novembro, uma cerimônia é realizada para lembrar os jovens que ali repousam. Oficiais da RAF e outros dignitários britânicos comparecem para garantir que aqueles homens não sejam esquecidos. Até hoje, seus locais de descanso são minuciosamente cuidados pela Terrell War Relief Society. Os nomes dos caídos, na ordem em que fizeram seu voo final:

Richard Mollett, 24 anos (30 de novembro de 1941); William Ibbs, 21 anos (18 de janeiro de 1942); George Hanson, 20 anos (21 de janeiro de 1942); Raymond Berry, 19 anos (7 de fevereiro de 1942); Leonard Blower, 21 anos (7 de fevereiro de 1942); Aubrey Atkins, 24 anos (14 de fevereiro de 1942); James Craig, 19 anos (28 de maio de 1942); Geoffrey Harris, 21 anos (17 de setembro de 1942); Allan Gadd, 31 anos (27 de outubro de 1942); Thomas Travers, 21 anos (27 de outubro de 1942); Alan Langston, 19 anos (1º de fevereiro de 1943); Vincent Cockman, 20 anos (20 de fevereiro de 1943); Frank Frostick, 22 anos (20 de fevereiro de 1943); Michael Hosier, 20 anos (20 de fevereiro de 1943); Maurice Jensen, 19 anos (20 de fevereiro de 1943); Kenneth Coaster, 19 anos (17 de setembro de 1943); Maurice Williamson, 20 anos (27 de novembro de 1943); Harold Slocock, 19 anos (7 de fevereiro de 1945); Thomas Beedie, 26 anos (3 de setembro de 1945); Raymond Botcher, 21 anos (3 de setembro de 1945).

NOTA DA AUTORA

Em 17 de janeiro de 1991, um artigo do *Dallas Morning News* chamado "The Air Unites Us" ["O céu nos une"] contou a história de Virginia Brewer, na época com sessenta e oito anos, que cuidava dos vinte túmulos de pilotos britânicos mortos em Terrell, Texas. Foi minha introdução à primeira British Flying Training School e gerou a ideia de uma história que me perseguiu ao longo dos anos.

Em 1940, quando a Grã-Bretanha foi arrastada para a guerra contra a Alemanha, o governo percebeu que precisava de muito mais pilotos da Força Aérea Real do que poderiam treinar em um pequeno país insular sob o risco de ataques de aeronaves inimigas. Inicialmente, foram estabelecidas escolas para treinar pilotos da RAF em vários países da Commonwealth, mas eram necessárias mais. Assim, o primeiro-ministro Winston Churchill abordou o presidente Franklin Roosevelt para obter assistência.

Como os Estados Unidos adotaram uma política isolacionista, muitas estratégias ocorreram para encontrar uma maneira de ajudar a Grã-Bretanha sem que o país parecesse estar ativamente envolvido nos esforços de guerra. Em 1941, as escolas de treinamento de pilotos civis foram convertidas em British Flying Training Schools. A primeira BFTS foi estabelecida em Terrell, Texas. Mais duas seriam instaladas em Oklahoma e, depois, uma na Califórnia, uma no Arizona e uma na Flórida. Durante alguns meses, esteve aberta uma sétima escola em Sweetwater, Texas. (Mais tarde usada para treinar pilotas.) Os primeiros cadetes britânicos chegaram em junho de 1941, os últimos, no início de 1945. Durante esses anos, mais de seis mil e seiscentos pilotos ganharam suas asas nessas escolas civis.

Terrell, no Texas, e os aviadores que protegeram os céus da Grã-Bretanha ocupam um lugar especial em meu coração, já que meu pai se formou na Terrell

High School e minha mãe era uma menina que vivia nos arredores de Londres enquanto as bombas caíam.

Embora esta história se passe no Texas, a escola de aviação fictícia e a cidade devem ser uma representação de todas as BFTS e cidades vizinhas. Mesmo que eu tenha tentado ser o mais factualmente precisa possível, usei alguma licença literária. Não consegui encontrar um exemplo específico de uma mulher que tenha servido como instrutora de voo em uma BFTS, mas as mulheres estavam treinando pilotos para o Exército dos Estados Unidos, então sinto que, em algum lugar, elas também possam ter treinado pilotos britânicos. Encontrei exemplos de mulheres que ensinaram navegação e meteorologia como instrutoras de solo em salas de aula. Elas também atuaram como operadoras do Link Trainer, mecânicas, funcionárias administrativas, montadoras de paraquedas e operadoras de torre de controle.

A queda de Will em uma montanha foi baseada em um incidente ocorrido em 20 de fevereiro de 1943 envolvendo uma colisão de dois AT-6 com as montanhas Kiamichi, Oklahoma. Em 20 de fevereiro de 2000, os alunos de uma pequena escola em Rattan, Oklahoma, ergueram uma lápide em um dos locais do acidente para homenagear os mortos e garantir que esse aspecto da guerra nunca fosse esquecido.

O episódio do aluno que caiu da cabine durante uma rolagem é baseado no relato documentado de um cadete que se esqueceu do arnês, assim como o incidente de um avião que pousou em cima do outro, gerando ferimentos leves e danificando gravemente a aeronave.

Esta história também incorpora outros aspectos da Segunda Guerra Mundial. Alguns aviadores norte-americanos ingressaram na RAF antes que os Estados Unidos declarassem guerra à Alemanha, mas, devido aos Atos de Neutralidade, corriam o risco de perder a cidadania norte-americana. O número exato de pessoas que se alistaram não está claro porque nem todos admitiram ser norte-americanos, na esperança de evitar a confirmação de seu envolvimento e assim poderem retornar aos Estados Unidos após a guerra. Incapazes de usar seus passaportes ou obter vistos, tiveram que sair dos Estados Unidos pelo Canadá para seguir até a Inglaterra e ingressar na RAF. *Yanks in the RAF* [Ianques na RAF], de David Alan Johnson, é um relato fascinante sobre os que começaram a servir antes de 7 de dezembro de 1941.

O esquadrão britânico 601 *foi* apelidado de Esquadrão dos Milionários porque seus pilotos eram membros do White's, um clube de cavalheiros exclusivo. Filhos da aristocracia, dos ricos e da elite, provaram seu valor durante a Batalha da Grã-Bretanha.

A fuga de Peter de Stalag Luft III foi baseada em uma fuga real do campo de prisioneiros com aviadores capturados. Na noite de 24 de março de 1944, setenta e seis prisioneiros escaparam por um túnel. Setenta e três foram recapturados. Furioso com o constrangimento, Hitler ordenou a execução de cinquenta. O filme *Fugindo do inferno* foi baseado na fuga desse campo.

Todas as fotos por Lorraine Heath.

Lote britânico dentro do Oakland Memorial Park, Terrell, Texas.

Monumento dedicado por Lorde Halifax, embaixador britânico nos Estados Unidos, em 16 de abril de 1942.

Uma espiada no interior de um Link Trainer. Este é um modelo mais antigo, não a caixa azul originalmente usada na escola em 1941.

O *crab* do Link Trainer, que marcava a rota do piloto.

Controles do Link Trainer gerenciados pelo operador do Link.

Jaqueta de sargento com as asas.

Este livro foi impresso pela Vozes,
em 2023, para a HarperCollins Brasil.
O papel do miolo é avena 80g/m², e o da capa é cartão 250g/m².